Silje O. Ulstein

# Ihr Ein und Alles

Psychothriller

*Aus dem Norwegischen von Max Stadler*

btb

Die norwegische Originalausgabe erschien 2020 unter dem Titel
*Krypdyrmemoarer* im Verlag Aschehoug & Co. (W. Nygaard), Oslo

Penguin Random House Verlagsgruppe FSC® N001967

1. Auflage
Deutsche Erstausgabe September 2024
Copyright der Originalausgabe © Silje O. Ulstein
First published by H. Aschehoug & Co. (W. Nygaard) AS, 2020
Published in agreement with Oslo Literary Agency
Copyright © der deutschsprachigen Ausgabe 2024 btb Verlag, München,
in der Penguin Random House Verlagsgruppe GmbH,
Neumarkter Straße 28, 81673 München
Covergestaltung: Semper Smile
Covermotiv: © Arcangel / Karoliina Norontaus; © Shutterstock / Here
Satz: GGP Media GmbH, Pößneck
Druck und Einband: GGP Media GmbH, Pößneck
MA · Herstellung: sc
Printed in Germany
ISBN 978-3-442-77249-0

www.btb-verlag.de
www.facebook.com/penguinbuecher

»Ich ist ein anderer.«
ARTHUR RIMBAUD

# Erster Teil

# Liv

Ihr Körper war beim ersten Mal ein Paradoxon. Wie lebendiger Granit oder weiches Sandpapier. Er war hart und weich zugleich. Grob und glatt. Schwer und leicht. Das Erste, was mir auffiel, war die Wärme. Als hätte ich geglaubt, dass ihr Körper innen und außen kalt wäre. Oder als hätte ich bis zu diesem Zeitpunkt nicht glauben wollen, dass sie wirklich lebte. Erst später erfuhr ich, dass sie keine eigene Wärme abgab, sondern nur die Wärme ihrer Umgebung aufnahm.

Nun lag sie in meinen Armen, kaum einen Meter lang und immer noch ein kleines Baby. Sie hob den Kopf, stützte sich auf meinen Arm und blickte mich mit ihren glänzenden Augen an. Vielleicht versuchte sie zu begreifen, was ich war. Beute oder Feind. Die gespaltene Zunge vibrierte leicht in der Luft. Die Schlange bewegte sich langsam an meiner Brust entlang nach oben, in Richtung meiner Kehle. Dort hielt sie inne, in der Luft schwebend, die Augen steinern und tot auf mich gerichtet. Ich blickte geradewegs in die schmalen Pupillen, in einen Blick ohne jedes Blinzeln, ohne jeden flüchtigen Impuls. Sie schien eine Art Verbindung zu suchen, obwohl eine Kommunikation zwischen uns ja nicht möglich war.

Sie hatte etwas Ätherisches an sich. Diese Fähigkeit, einen so großen Teil ihres Körpers in der Luft zu halten, ohne dass es sie zu ermüden schien. Als bräuchte sie keinerlei Kontakt zu irgendetwas Irdischem und könnte einfach in permanenter Schwerelosigkeit verharren, wenn sie nur wollte. Allein eine solche Körperbeherrschung erschien mir unvorstellbar – wie im freien Fall. Ich hob den Arm, an dem die Schlange wie an einem Ast hing und sich suchend auf mein Gesicht zubewegte.

»Er mag dich. Es ist übrigens ein Männchen«, sagte die Frau mit amerikanischem »r« und holte mich zurück in die kalte Dachkammer, an deren Wände Käfige mit unterschiedlichsten Tierarten standen. Die Frau klang so, als würde sie gern lachen. »Magst du ihn? Sieht so aus.«

Mögen. Das Wort passte nicht. Das hätte ich vielleicht über eine coole Jacke gesagt. Doch das hier war etwas ganz anderes.

»Darf ich ihn halten?«

»Wann darf ich ihn halten?«

Rechts und links von mir standen Ingvar und Egil und sahen mich an. Ich hatte fast vergessen, dass sie auch noch da waren. Obwohl Ingvar ein paar Jahre älter war als Egil, einen Bart trug und wie ich lange dunkle Haare hatte, während Egil ein weißes Hemd angezogen und seine blonde Mähne nach hinten gekämmt hatte, wirkten sie in diesem Moment wie ein Zwillingspaar im frühen Teenageralter. Bei ihnen passte das Wort »mögen«. Sie »mochten« die Schlange, so wie sie Bands und Bier und alles andere mochten, was sie interessierte. Doch was empfand ich? Mütterliche Zuneigung? Verliebtheit? Eine Verbindung, die die Unterschiede zwischen den Arten überwand. Wenn ich in dieses winzige Gesicht blickte, das so weit von meinem eigenen entfernt war, kam es mir so vor, als würde es mich voller Vertrauen oder Verständnis ansehen.

Es war noch gar nicht so lange her, dass uns die Idee gekommen war. Das Wohnzimmer in der coolsten Kellerwohnung von Ålesund, wo die Lavalampe rund um die Uhr ihre roten Bälle ausspuckte, war von Rauch erfüllt gewesen. Um fünf Uhr morgens war nur noch eine kleine Gruppe übrig von dem, was einmal ein Wohnzimmer voller Menschen gewesen war. Wir standen kurz davor, die Nacht zu beenden, waren aber noch nicht ganz bereit dazu. Die Atmosphäre war gedämpft, der Raum von süßlichem Rauch erfüllt, und Ingvar saß in einem Sessel und spielte Rockklassiker auf seiner Gitarre. Inzwischen hatte sogar Egil, der das Zimmer den ganzen Abend mit 50 Cent und OutKast beschallt hatte, die Hemdsärmel heruntergekrempelt und sich auf den Teppich gesetzt, den Arm um ein Mädchen gelegt, mit dem er wahrscheinlich zusammen an der Wirtschaftshochschule studierte.

Ich war high von der Stimmung und von Ingvars starkem Joint und hatte mich in mein Inneres zurückgezogen. Während ich auf dem Sofa lag, konzentrierte ich mich auf das Gefühl, wie sich die Zimmerdecke bewegte, auf und ab, auf und ab, als würde sie atmen. Ich wollte dort liegen bleiben, bis ich einschlief, und hatte gerade den richtigen Rhythmus gefunden, als wie aus dem Nichts ein Mann auftauchte. Er war irgendwo unterwegs gewesen und kam zurück in die Wohnung, ein Bekannter von Ingvar oder Egil, das war mir egal. Später konnte ich mich nicht mehr an sein Gesicht erinnern, nur daran, dass er neben meinem Kopf auf dem Boden saß und mit mir reden wollte. Ich war jedoch zu sehr damit beschäftigt, die Zimmerdecke beim Atmen zu beobachten. Nach wiederholten Versuchen, meine Aufmerksamkeit zu erregen, setzte sich der Typ stattdessen zu den anderen.

Ich schlief ein, oder ich wurde eins mit der Decke und hörte auf zu existieren, und plötzlich war ich wieder da. Es war Ingvars Schrei, der mich weckte. Das Mädchen, das Egil vorhin angemacht hatte, saß halb versteckt hinter seinem Rücken und hielt sich die Hände vor die Augen. Egil selbst hockte mit starrem Blick vor dem Fernseher. Auf dem Bildschirm war ein Mann im Dschungel zu sehen, halb in einer schlammigen Pfütze, der etwas aus dem Wasser zog. Es war eine Schlange mit glitzernden braunen und schwarzen Schuppen, so dick wie ein Alligator, aber viel länger. Die Schlange wurde größer und größer, während der Mann sie aus dem Wasser zog. Ihre Haut war braun, schwarz und gelb. *The Great Python.* Der Mann rief etwas, während er das Wesen mit schnellen Bewegungen aus dem Wasser zog, das immer dicker und kräftiger wurde. »*This is a big snake.* Der Kopf, da ist der Kopf!«, rief er mit australischem Akzent. In diesem Moment öffnete die Schlange ihr Maul und stürzte sich wütend auf ihren Fänger. Der Mann wich zurück und gab einen unterdrückten Schrei von sich, während die Schlange ihn verfolgte.

Ich schluckte und hörte Egils nervöses Lachen und Fluchen, als käme es aus weiter Ferne. Mein Herzschlag schien alles zu übertönen und erfüllte den Raum mit dem Rauschen meines Blutes. Meine Wangen wurden heiß, meine Hände feucht. Normalerweise hatte ich keine so innige Verbindung zu meinem Körper – zumindest nicht so. Vielleicht hatte es mit den sanften Bewegungen der sich windenden Schlange zu tun, mit der Muskelkraft, die unter den glatten Schuppen verborgen sein musste. Ich fühlte mich zum Bildschirm hingezogen, wo der Mann eine Kamera aus dem Gebüsch geholt und sich in Position gebracht hatte, um das riesige Tier zu fotografieren. In diesem Moment rissen die Schlange und ich beinahe synchron den Mund auf. Wir reckten unsere Hälse und entblößten ein langes, weiches Maul mit winzigen Zähnen, die fast zu einem einzigen verschmolzen waren. Ein feuchter, weicher Gaumen, eine Zunge, die in der Luft wogte. Dann griffen wir an. Der Raum brach in einhelliges Entsetzen aus, als wir unsere Zähne in einen dicken, haarigen Arm schlugen.

»Ich dachte, ich sterbe«, sagte der Australier. »Ich dachte, sie hätte mich erwischt.« Er saß in einem Liegestuhl, im Hintergrund stand ein Zelt. »Sie hätte mich getötet, wenn sie nicht mit dem Unterkiefer an meiner Hose hängen geblieben wäre. Sonst hätte ich keine Chance gehabt.«

Der Clip, in dem die Schlange den Mann biss, wurde in schneller Folge immer wieder gezeigt. Das weiche, rosafarbene Maul schnellte vorwärts, mehrmals, erst in hohem Tempo, dann in Zeitlupe, sodass ich sehen konnte, wie die Schlange zubiss, wie sich ein blassrosa Zahn im Stoff der Hose verfing, bevor er sich schließlich löste. Der Gedanke an diesen Zahn, wie er sich anfühlen musste, wenn man ihn mit den Fingerspitzen berührte. Ich schloss den Mund. Schluckte.

»Ich weiß, wo du so eine kriegen kannst«, sagte der Typ, der aus dem Nichts aufgetaucht war. »Natürlich keine so große wie die da, aber ich weiß, wo man kleinere kaufen kann – Babys.«

Wenn ich zurückdenke und versuche, mich daran zu erinnern, wie er aussah, erscheint in meinem Gedächtnis nur ein Kopf ohne Gesichtszüge, ohne Augen, Nase oder Mund. Aber ich erinnere mich, dass es für einen Moment ganz still im Raum war. Egil drehte den Kopf und schenkte mir ein breites Lächeln. Ich versuchte, es zu erwidern, aber es fiel mir schwer, mit meinen intensiven Gefühlen umzugehen. Ich hatte Angst, dass sie merken würden, wie schnell ich atmete, wie ich schluckte und wie meine Wangen brannten. Ich nickte langsam. Egil drehte sich zu Ingvar um, der ein ähnliches Grinsen im Gesicht hatte. Auch er nickte. Und damit war es entschieden. Wir würden eine Schlange kaufen.

Der Abend erwachte wieder zum Leben, der Raum füllte sich mit Gelächter und Stimmen. Der neue Typ hielt eine silbern glänzende Digitalkamera hoch und machte Fotos von uns allen. Von mir, von Ingvar, Egil, dem Mädchen, sich selbst – alle vor dem Fernseher mit dem eingefrorenen Bild eines sechs Meter langen Pythons.

Das neue Familienmitglied war ein Tigerpython, nur einen Meter lang. Noch ein Baby. Und doch war ich schon in dieses winzige Wesen verliebt. Ich hatte das Gefühl, in der Luft über einem Abgrund zu schweben – ein unglaublich schönes Gefühl. Bevor ich ihn an die anderen weitergab, hob ich ihn an mein Gesicht und flüsterte: »Du kommst mit mir nach Hause.«

Wahrscheinlich bildete ich es mir nur ein, aber ich glaubte zu sehen, wie er nickte.

# Mariam

»Mama, kann ich das haben?«

Iben hält ein Comic-Heft in schillernden Pastellfarben hoch. Die Figur auf dem Cover ist ein sexy Zombie mit Glitzerlippenstift, der mit übergroßen Lippen einen Schmollmund macht. Normalerweise nimmt nur Tor Iben mit in den Supermarkt – ich erledige die Einkäufe lieber alleine. Aber heute ist unser »Mutter-Tochter-Tag«. Der Vorschlag war von mir gekommen. Am Montag beginnt die Schule, und ich wollte diejenige sein, die mit unserer Sechstklässlerin neue Kleidung und Schulsachen kauft. Ich wollte mir Zeit für uns beide nehmen, in der Hoffnung, dass wir uns wieder näherkamen. Je älter sie wurde, desto schwieriger wurde unsere Beziehung. Irgendwie distanziert.

Wir sind schon fast drei Stunden im Einkaufszentrum Storkaia. Iben durfte sich ein Outfit aussuchen, und sie hat sich für eine Skinny Jeans und ein Spitzentop mit einem Knopf im Nacken entschieden, das ihr gut steht, dazu rosa Schuhe und einen farblich passenden Kapuzenpulli, den sie sofort angezogen hat. Wir haben in den Bekleidungsläden herumgestöbert und vor den Spiegeln Fotos gemacht. Dabei haben wir sogar einen gelben Pulli in ihrer Größe gefunden, der aussah wie der Kaschmirpullover, den ich heute trage, und wir haben Tor ein Bild von uns beiden geschickt. Iben sieht aus wie ich, als ich in ihrem Alter war. Manchmal tut es weh zu sehen, wie ähnlich wir uns sind, aber heute war es irgendwie schön. Nach dem Shoppen haben wir uns in ein Café gesetzt und Eis gegessen. Ich habe ihr Fragen gestellt, und sie hat mir geantwortet. Wir haben uns eine Weile über Pferde unterhalten. Eine Freundin von ihr nimmt Reitstunden, und sie würde gern zusammen mit ihr Reiten lernen. Ich habe ihr versprochen, mit Tor darüber zu sprechen, aber sie hat gelächelt, als hätte ich ihr schon die Erlaubnis erteilt.

Iben ist hübsch, mit hellen Locken, die ihr in die Augen fallen, einer schmalen Nase und dünnen Lippen. Die absurde Comicfigur bildet einen scharfen Kontrast zu ihr. Iben schaut mich mit großen Augen an, um mich zu bezirzen. Das funktioniert vermutlich bei Tor, der sich viel zu sehr von seinem schlechten Gewissen leiten lässt, aber bei mir ist das keine gute Taktik. Ich fühle mich betrogen. Elf Jahre lang habe ich mich um sie gekümmert, habe aufgepasst, dass ihr nichts passiert – dass sie nicht vom Sofa fällt, dass ihr das Essen nicht im Hals stecken bleibt, dass sie keine Legosteine verschluckt. Ich habe sie getröstet, wenn sie geweint hat, wenn sie krank war. Das alles weiß sie nicht zu schätzen. Geschenke und die Erlaubnis für irgendwelche Vorhaben – nur das zählt für sie.

Ich nehme ihr den Comic aus der Hand. Für ein paar Sekunden schaut sie mich an, noch immer ist in ihren dunklen Augen ein Licht, und es vergehen Sekunden, in denen sie noch die Hoffnung hat, das Heft zu kriegen, zu kriegen, zu kriegen. Ich blättere im Comic herum. Noch mehr aufgetakelte Zombiemädchen, die mich mit großen, schwarz angemalten Augen anstarren. Sie tun alltägliche Dinge, gehen zur Schule, schminken sich. Die Produzenten dieser Zeitschrift nutzen schamlos aus, dass sich junge Mädchen mit glänzenden Augen solches Glitzerzeug ansehen.

»Was kannst du daraus lernen?«

Iben senkt den Blick. Scharrt mit ihren neuen Schuhen über den Boden.

»Iben. Was kannst du daraus lernen?«

»Ich weiß nicht«, flüstert sie.

»Für mich sieht es so aus, als gäbe es nichts zu lernen. Warum willst du so was haben?«

Sie schaut weiter auf den Boden, zuckt als Antwort mit der einen Schulter.

»Ihre Hüften sind schmaler als ihr Hals«, sage ich.

Dann drücke ich ihr das Comic-Heft wieder in die Hand. Ich stelle mich hinter sie und schlage die erste Seite auf. »Schau dir das an. Keine Geschichte. Fast kein Text, und der wenige Text besteht aus nichts als Geschwätz. Das Einzige, worum es in dieser Zeitschrift geht, sind hässliche Bilder von geschminkten Mädchen. Warum willst du so was haben, Iben?«

Sie schüttelt den Kopf. Versucht, sich loszumachen, aber ich halte sie fest. Ich schlage die nächste Seite auf.

»Schau dir das an.« Wieder blättere ich um. »Siehst du? Zehn Seiten und noch immer keine Geschichte. Es geht um nichts – um gar nichts.«

Ich höre die Strenge in meiner Stimme, aber ich kann nicht zulassen, dass meine Tochter weiter auf so etwas Geschmackloses hereinfällt. Nächstes Mal wird sie es besser wissen. Sie versucht, sich wegzudrehen, aber ich halte sie mit meinen Ellbogen fest. Sie schaut auf ihre neuen Schuhe hinunter, lässt die Zeitschrift los, sodass nur noch ich sie festhalte – das Heft und ihre nun schlaffe Hand. Sie wimmert, versucht, ihre Hand wegzuziehen. Ich bin zu weit gegangen.

»Es tut mir leid. Ich hab es nicht so gemeint. Ich finde nur, du solltest nichts lesen, was dich dümmer macht. Such dir was Besseres aus, dann kauf ich es dir.«

Iben reißt mir das Heft aus der Hand. Sie legt den Kopf schief, geht mit schnellen Schritten los und verschwindet hinter den Regalen. Da klingelt mein Handy. Ich wühle in meiner Handtasche und finde zuerst Ibens Handy – sie hat mich gebeten, darauf aufzupassen, weil ihre Hosentaschen nicht groß genug sind. Ich krame weiter und finde mein eigenes Gerät. Es ist einer der Buchhalter – wahrscheinlich plant er eine Besprechung, bei der es darum geht, weitere persönliche Assistenten einzustellen. VeryHealth hat im Juni eine Ausschreibung gewonnen – es gab ein Foto von uns in der Lokalzeitung *Tidens Krav*, auf dem wir mit Marzipantorte und Sekt abgebildet waren. Nachdem wir den Sommer mit der Planung verbracht haben, sind wir jetzt bereit, mit den Interviews zu beginnen. Aber heute ist meine Tochter wichtiger als meine Arbeit – das habe ich mir vorgenommen. Ich stelle das Telefon auf lautlos und lasse es weiterklingeln.

Iben ist nicht am Zeitschriftenregal, als ich dort hinkomme. Ich nehme ein anderes Comic-Heft mit, das mir besser gefällt, und ein Buch mit Kreuzworträtseln. Einen Moment bleibe ich stehen und betrachte das Heft mit den stark geschminkten Zombiemädchen. Darüber können wir heute Abend reden.

An der Kasse ist Iben auch nicht. Nicht bei den Süßigkeiten

und auch nicht vor dem Supermarkt. Ich nehme die Waren aus meinem Einkaufswagen und lege sie aufs Band an der Kasse. Als ich mein Handy zücke, um sie anzurufen, fällt mir ein, dass ich ihr Handy habe. Ich denke, sie ist noch zu jung für eine Umhängetasche, aber ich werde ihr wohl bald eine kaufen müssen. Als ich bezahle, versuche ich, den jungen Mann, der an der Kasse sitzt, zu fragen, ob er ein elfjähriges Mädchen gesehen hat, aber da hätte ich auch die Kasse selbst fragen können. Ich packe meine Sachen in Tragetaschen, rolle meinen Einkaufswagen durch den Ausgang und bleibe zwischen zwei Läden stehen, schaue nach links und rechts. Als sie immer noch nicht zu sehen ist, schiebe ich den Einkaufswagen mit großen Schritten über den Bürgersteig und merke, dass meine Geduld langsam am Ende ist. Zähneknirschend zwinge ich den Einkaufswagen den Hang hinauf zum Parkplatz.

Sie steht nicht an der Parkuhr und wartet auch nicht am Auto. Ich drehe mich um und schaue in alle Richtungen, aber ich sehe nur ein paar Autos, kein Mädchen. Das ist wahrscheinlich der Punkt, an dem ich anfangen sollte, hysterisch herumzulaufen, den Sicherheitsdienst zu rufen und eine Durchsage über die Lautsprecheranlage machen zu lassen, weil ich befürchte, dass jemand sie entführt hat. Das ist es, was sie will. Aber sie wird mich nicht bestrafen – ich weigere mich, ihr Spiel mitzuspielen. Ich fange an, die Einkäufe ins Auto zu laden, und werfe die Tüten immer aggressiver in den Kofferraum. Die Eier werden dabei wahrscheinlich im Karton zerquetscht, und ich hoffe, dass sie auf Ibens Zeitschrift landen. Ich lasse den leeren Einkaufswagen gegen die Wand krachen, er kippt um und bleibt mit durchdrehenden Rädern liegen, als ich einsteige. Der Saum meines viertausend Kronen teuren Mantels verfängt sich in der Tür, der Stoff reißt, als ich ihn zu mir ziehe. Ich lasse den Wagen an. Iben läuft so schnell, dass sie in zehn Minuten zu Hause sein dürfte. Bald bin ich auf der Straße. Wenn ich will, kann ich einfach weiterfahren. Das Familienleben hinter mir lassen und nie wieder zurückkommen.

# Liv

Er hatte sich die Kapuze über den Kopf gezogen und schlenderte mit seinem typischen Gang vornübergebeugt dahin. Schon von Weitem erkannte ich seinen grau-grün gestreiften Pullover, der durchs jahrelange Waschen und Tragen verschlissen war. Beim Näherkommen sah ich, dass der Pullover vom Nieselregen mit Flecken übersät war. Da hob er den Kopf, und ich blickte in seine eisblauen Augen, sah das fast ausdruckslose Lächeln auf seinem pickeligen Gesicht. Unter seiner Oberlippe steckte wie immer ein Päckchen Snus. Fast hätte man meinen können, er hätte schon immer so ausgesehen. Er musste jetzt achtundzwanzig sein.

Patrick winkte mir zu, und mir wurde übel. Ich drehte mich um, blickte nach unten und bog in den Eingangsbereich des erstbesten Geschäfts ein, des Schmuckladens, bereute es aber sofort, als ich durch die Tür trat. Das war kein Fluchtweg, sondern eine Sackgasse. Ich ging auf eine Wand mit Vitrinenschränken zu, in denen Goldschmuck aufbewahrt wurde, und hörte die Glocke läuten, als er nach mir hereinkam.

Zuerst kamen die schönen Erinnerungen. Unser Lachen, wenn er mich im Wohnzimmer hin und her schwang, bis wir beide auf dem Boden landeten. Wie er sich Schinken- und Käsescheiben aufs Gesicht legte, um mich zum Lachen zu bringen. Erinnerungen an die Zeit, bevor ich in die Schule kam und bevor die Frau, die sich meine Mutter nannte, immer wieder monatelang verschwand. Es war, als wären diese Erinnerungen in Watte gepackt, als würde sich mein Kopf in Watte verwandeln, wenn ich nur an sie dachte.

Nach den schönen Erinnerungen kamen die Alltagsbilder. Patrick, der nie rechtzeitig aufwachte. Der Radiowecker, der surrte und eine trockene Nachrichtensprecherstimme in die Dunkelheit des fensterlosen Zimmers entsandte. Er surrte, bis Patrick den Stecker aus der Steckdose zog. Ich stand da und zerrte an ihm, bis er aufstand oder mir sagte, ich solle zur Hölle fahren. Dann schmierte ich mir ein Butterbrot, trank ein Glas Schokomilch und ging zur Schule. Wenn ich am Nachmittag nach Hause kam, lag er manchmal auf dem Sofa, oder er war ausgegangen, oder er stand in der Küche und schmierte uns Käsebrote. Die Tage verschwammen ineinander, ein ganzes Leben, das aus Dingen bestand, die wir zusammen oder nicht zusammen taten. Der Atem, der aus seiner Nase kam, wenn er mich kitzelte, der Fernseher, der fast immer lief, die Gläser mit eingetrockneter Milch und die Schüsseln mit Resten von Haferbrei, die auf der Küchenarbeitsplatte standen. Die Zahnpasta, die er im Waschbecken zurückließ und die ich mit dem Finger vom Porzellan kratzte. Allmählich gehörte der Alltag nicht mehr uns dreien, sondern nur noch uns beiden.

Die dunkelsten Erinnerungen kamen zuletzt. Da war Patrick mir so nahe gekommen, dass ich ihn riechen konnte, während ich vor den Schränken mit dem Goldschmuck stand. Ich konnte diese Erinnerungen nicht ertragen. Ich wollte, dass er ging, da-

mit ich nicht mehr daran denken musste. Ich starrte den Goldschmuck an – Schmuck, den ich mir nicht leisten konnte. Das
einzige Schmuckstück, das ich trug, war ein vergoldeter
Schlüssel an einer Halskette. Ich sah sein Spiegelbild in der
Glasvitrine, und ich sah Patrick, der in diesem Moment eine
Hand ausstreckte und den Schlüssel mit den Fingerspitzen berührte.

»Bist du ein Schlüsselkind geworden, Sara?«

Ein Schauer lief durch meinen Körper. Ich wich ihm aus.

»Ach, Sara«, sagte er.

Ich hielt die Luft an und versuchte, die Übelkeit in Schach
zu halten.

»Ich heiße Liv«, sagte ich. »Und ich kenne dich nicht.«

# Roe

Die Uhr auf dem Computerbildschirm nähert sich der Mittags-
zeit. Ich schaue alle paar Minuten hin und werfe ab und zu einen
Blick aus dem Fenster, wo die Fähre Sundbåten in den Hafen
zurückkehrt. Der Wind bläst winzige Regentropfen an die
Scheibe. Als ich zum ersten Mal hierherkam, dachte ich, das
Fenster mit Meerblick würde mir Freude bereiten. Jetzt erinnert
es mich nur daran, dass Kristiansund genauso deprimierend ist
wie Ålesund, nur dass der Blick aus dem Bürofenster besser ist.

Die Vernehmung des jungen Mädchens, das behauptet, im
Schlaf vergewaltigt worden zu sein, ist längst beendet – ich
überarbeite gerade den Bericht. Natürlich hätte ich auch mit
den anderen in die Kantine gehen und hinterher ein Stück von
dem Kuchen essen können, den der Däne als Entschuldigung
für irgendeinen Schnitzer mitgebracht hat, den er sich bei der
Arbeit erlaubt hatte. Als ich neu bei der Polizei war, mochte ich
diese Kuchenrunden. Ich tat sogar so, als würde ich sie immer
noch toll finden, als ich zum Vorstellungsgespräch nach Kristiansund fuhr, dabei wollte ich nur weg von Ålesund. Aber
diese Runden, bei denen jemand einen Entschuldigungskuchen
ausgibt, sind nicht dasselbe, wenn man einen Schreibtischjob

hat und nicht mehr im Außendienst ist. Man wird einfach zum Kollegen, der nur vom Kuchen isst und nie einen backt – der sich die Geschichten anhört und sie analysiert, aber keine eigenen mehr erlebt, bei denen er sich einen Fehler erlauben könnte. Einige von den alten Kollegen, die nicht mehr im Einsatz sind, backen immer noch Kuchen und bringen ihn mit, aber das ist irgendwie komisch.

Es geht nicht nur darum, dass ich nicht mehr im Außendienst bin. Nach allem, was passiert ist, kann ich es kaum ertragen, unter Menschen zu sein. Und wenn Polizisten zusammen Kuchen essen, stellen sie Fragen. Sie wollen alles wissen, was in deinem Kopf vorgeht. Ich habe nicht vor, auch nur ein Detail preiszugeben, das sie nicht wissen müssen. Sie finden es hart, einen Junkie von der Straße aufzusammeln, und halten es für eine Tragödie, wenn aus ihren Flirtversuchen nichts wird. Mit solchen Leuten kann ich nicht darüber reden, wie es ist, alles zu verlieren, was einem wirklich etwas bedeutet hat, ohne dass einem klar war, wie wichtig es einem war. Wie es sich anfühlt, wenn man sechzig ist und jedes Jahr, das vergeht, zugleich ein weiteres ist, das zwischen mich und mein Kind gelegt wird. Für mich ist es zu spät. In der Vergangenheit liegt eine immer fernere Erinnerung an Menschen, die ich nicht wertschätzte, als ich sie noch hatte, und in der Zukunft wartet nur der Tod. Aber das kann ich meinen Kollegen nicht sagen. Dann bin ich nur der mürrische alte Mann, der schweigend dasitzt und ihren Kuchen isst. Sie dürfen mich nicht zwingen, dieser Kerl zu sein.

Das Einzige, was mir aus der Zeit in Ålesund fehlt, ist, dass meine dortigen Kollegen genau wussten, wo meine Grenze verlief. Als ich ging, hatte ich keine Ahnung, dass ich das einmal vermissen würde. Sverre kennt mich so lange, dass wir wieder zueinander hätten finden können, wenn ich die Kraft dazu gehabt hätte, aber für ihn ist es auch völlig in Ordnung, mich einfach in Ruhe zu lassen. Dieses Verständnis fehlt mir hier.

Mein Magen knurrt, aber ich will warten, bis möglichst wenig Leute in der Kantine sind, bevor ich zum Mittagessen gehe. Um die Zeit totzuschlagen, schaue ich mir noch einmal das Video von der Vernehmung des jungen Mädchens an. Sie sitzt mit gesenktem Kopf da, die Hände im Schoß. Ihre Haare verdecken ihr Gesicht vor der Kamera. »Ich kannte ihn von früher«, sagt sie, »von der Schule und so. Er hat mich nie angemacht, da war nichts zwischen uns. An dem Abend, auf der Party bei ihm zu Hause, hat er es bei mir versucht, aber er war nicht aufdringlich oder so.« Meine eigene Stimme unterbricht sie mit einem Räuspern: »Also, du sagst, er hat es versucht – was hat er getan?« Stille. Dann: »Er wollte über Dinge reden. Private Dinge. Dann wollte er mich küssen, aber ich habe mich zurückgezogen. Ich habe gesagt, dass ich kein Interesse habe, und dann hat er aufgegeben. Danach schien alles in Ordnung zu sein. Er ist ein Typ, bei dem man sich sicher fühlt. Ich hatte keine Angst, mich neben ihn zu legen und einzuschlafen.« Das Mädchen fängt an zu weinen. Ich sehe zu, wie ich ihr die Schachtel mit den Taschentüchern reiche. »Erzähl mir bitte, was dann passiert ist«, sage ich. »Ich habe geschlafen«, sagt sie. »Ich bin erst aufgewacht, als er angefangen hat. Er … hat Sachen mit mir gemacht, während ich geschlafen habe.« Meine Stimme unterbricht sie erneut. »Ich weiß, dass es schwierig ist«, sage ich, »aber du musst versuchen, so genau und detailliert wie möglich zu sein. Wenn du sagst, dass er Sachen mit dir gemacht hat, kannst du mir sagen, was du damit meinst?«

Ich weiß noch, wie ich mich die ersten Male fühlte, als ein solches junges Mädchen weinend vor mir saß. Wie wütend ich auf den oder die Täter war. Manchmal hatte ich diesen Mädchen mehr zu geben als meiner eigenen Tochter. Ich hatte das Gefühl, dass sie mich eher brauchten, nach allem, was sie durchgemacht hatten. Inzwischen hört die Empathie auf halbem Weg auf. Ich ertrage dieses Gefühl nicht mehr und habe Angst, rotzusehen und durchzudrehen.

Ich halte das Video mitten in der Vernehmung an. Einen Moment betrachte ich den gesenkten Kopf des Mädchens. Ich erinnere mich, wie meine Lütte die Straße hinauf zu dem Haus lief, in dem wir als Familie lebten. Sie hat sich immer so gefreut, mich zu sehen. Plötzlich beginnt das Herz in meiner Brust schneller zu klopfen. Ich schüttle die Erinnerungen ab und schalte das Video aus.

Ich gehe gegen den Strom von Polizisten, die gerade zu ihren Schreibtischen zurückkehren. Bald werden viele von ihnen weg sein – die Einsatzzentrale wird in wenigen Wochen nach Ålesund verlegt. Alles verschwindet aus Kristiansund. Nur ich bin in die entgegengesetzte Richtung gereist.

Auf dem Weg nach oben bleibe ich stehen, um meine Schnürsenkel zu binden. Ich lausche dem Stimmengewirr in der Polizeistation, es erinnert an einen Bienenschwarm, der mich umgibt. Ich weiß, dass ich das nicht mehr lange aushalte, aber es gibt auch keine Alternative für mich. Ich richte mich auf und beschließe, den Rest der Treppe hinaufzujoggen, auch wenn mich niemand sehen kann, vorbei an den Wachspuppen in alten Polizeiuniformen.

Birte kommt aus der Kantine, in der Hand eine Flasche Sprudelwasser. Ihr Gesicht ist so dicht mit Sommersprossen bedeckt, dass sie an eine Landkarte erinnert, der übliche rote Zopf hängt über die Schulterklappe ihres Uniformhemdes. Birte hebt die Hand zum Gruß, als ich an ihr vorbeigehe. Man grüßt sich hier viel zu oft, das ist anstrengend. Kaum bin ich durch die Tür, höre ich hinter mir einen Schrei, gefolgt von schrillem Gelächter. Ich drehe mich um und sehe, dass sich der Däne als Schaufensterpuppe verkleidet hat, mit Perücke und alter Uniform. Der große Mann krümmt sich vor Lachen. Birte muss sich auf die Stufen setzen und sich die Augen reiben, so sehr lacht sie. Ich weiß, es ist blöd von mir, aber ich kann mich des Eindrucks nicht erwehren, dass der Däne schon dort gestanden hat, als ich vor ein paar Sekunden vorbeigegangen bin. Dass er gewartet hat, bis ich weg war, ganz still, damit er herausspringen und jemand anderen erschrecken konnte.

In der Kantine sitzen noch ein paar Grüppchen, die eine lange Mittagspause machen. Keines der Gerichte sieht besonders appetitlich aus, und ich entscheide mich für einen Hühnchensalat. Ich nehme mir eine Zeitung und gehe zu einem Fenstertisch. Der Fußballtrainer Magne Hoseth ist heute auf der Titelseite von *Tidens Krav* abgebildet – er will Kristiansund dabei helfen, in der ersten norwegischen Liga zu bleiben. Ich blättere in der Zeitung, bis ich das Interview gefunden habe. Eigentlich ist es mir egal, wie der Verein in der Fußballliga abschneidet, aber wenigstens geht es in dem Artikel um etwas anderes als Wirtschaft oder Krankenhäuser. Falsch. Auch Hoseth hat eine Meinung zum geplanten Regionalkrankenhaus, das den Steuerzahler bereits vierhundertfünfzig Millionen Kronen gekostet hat. Vor einer Woche hat Kristiansund die Berufung im Krankenhausprozess verloren. Die Klinik wird nun in Molde gebaut.

Ich fasse mir ein Herz und schiebe die Gabel in den Hühnchensalat. Kaum habe ich den Mund geöffnet, sehe ich aus dem Augenwinkel jemanden auf mich zukommen.

»Ja, wer sitzt denn da!«

Åsmund trägt einen grau-braunen Pullover, der viel zu klischeehaft zu seinen weißen Haaren passt. Er versteht nicht, dass ich lieber nicht mit ihm gesehen werden möchte. Dass seine Anwesenheit die Aufmerksamkeit auf meine silbergrauen Strähnen lenkt. Mir bleibt nichts anderes übrig, als mich auf Åsmunds unvermeidliche Geschichten über Schulbesuche und beunruhigende Gespräche mit Jugendlichen vorzubereiten.

»Wie geht es dir, Åsmund?«

Åsmund seufzt und stellt sein Tablett auf den Tisch.

»Weißt du, je länger ich hier arbeite, desto mehr bin ich davon überzeugt, dass es einfach keine Hoffnung für die nächste Generation gibt.«

»Wenigstens musst du dich nicht um Sexualdelikte kümmern. Da nehme ich lieber eine Schlägerei unter Alkoholeinfluss oder einen Einbruch – Sexualdelikte machen einen wirklich fertig.«

Was ich an Åsmund am schwersten akzeptieren kann, ist die Tatsache, dass wir uns eigentlich ganz gut verstehen. Das ist deprimierend.

»Ich habe gehört, dass du sehr gut mit solchen Fällen umgehen kannst, Roe. Ich habe vorhin beim Kuchenessen mit ein paar von den Kollegen gesprochen. Sie sagen, du bist richtig gut im Vernehmen.«

Ich bin überrascht, dass sie über mich geredet haben, aber ich vermute, dass Åsmund nicht die ganze Geschichte erzählt – dass es irgendwo ein Aber gibt.

Åsmund beginnt eine Geschichte von einem Dreizehnjährigen zu erzählen, dem er helfen wollte. Ich schalte schnell ab, betrachte meinen Salat und überlege, ob ich noch einen Bissen nehmen soll. Ich fülle meine Gabel und betrachte das blasse Fleisch, die senfgelbe Soße.

»Roe!«, ruft Birte von der Tür. Ihr sommersprossiges Gesicht ist diesmal ernst. »Besprechung. Teamraum.«

Ich sehe an ihrer Haltung, wie sie plötzlich zehn Jahre reifer wirkt. Das klingt nach einem richtig großen Fall. Genau das brauche ich jetzt, dass etwas passiert. Besonders hungrig war ich sowieso nicht. Ich stehe auf, nehme meinen Salat und die Zeitung und gehe zum Mülleimer. Mit beiden Händen werfe ich die Sachen so heftig hinein, dass der Plastikdeckel scheppert.

Wir eilen die Treppe hinunter in den dritten Stock. Doch vor der Tür zum Teamraum bleibt Birte stehen. Sie streckt einen Arm aus und will, dass ich zuerst hineingehe. Ich drehe mich um und sehe, dass Åsmund uns gefolgt ist – er steht auf der Treppe und schaut in unsere Richtung. Als ich nach der Türklinke greife, wird mir plötzlich mulmig.

Der Raum ist halbdunkel und voller Menschen, die schweigend dasitzen und mich anstarren. Dann gibt es einen Knall, und die Luft ist erfüllt von Konfettiregen. An der Wand leuchtet ein Schild mit der Aufschrift: »Roe – 60 Jahre!« Und der Saal stimmt ein Geburtstagslied an. Sie singen, verbeugen sich, knicksen und drehen sich um, genau wie es der Text des Liedes vorschreibt. Ich hätte es wissen müssen. Die Bastarde wollen es mir natürlich unter die Nase reiben.

# Liv

»Oh nein, nein, nein, nein, nein!«

Das Auto auf dem Fernsehbildschirm kam von der Straße ab, fuhr geradeaus gegen eine Betonmauer und landete auf dem Dach. Egil fluchte und schleuderte den Controller gegen den Sockel mit der Engelsfigur, der mitten in Ingvars Zimmer stand.

»Was zum Teufel machst du da?« Ingvar grinste und fuhr sich durch sein langes dunkles Haar, während er seinen Wagen sauber über die Ziellinie lenkte. »Du hast viel zu viel Temperament.«

»Aber Egils Vater kauft uns gern eine neue Xbox, wenn die hier kaputtgeht«, sagte ich. »Lass es nur raus, Egil.«

»Ach, halt die Klappe«, antwortete Egil.

Die Hänseleien, die Streitereien – unter all dem lagen nur gute Gefühle. Das war eines der Dinge, die ich an diesen Jungs am meisten mochte – dass wir uns anschreien konnten, ohne dass es falsch verstanden wurde. So redet man nicht mit jemandem, den man nicht mag, nicht in diesem Ton. Jeder von uns wusste, dass der andere es aushalten konnte und nicht zu weit gehen würde. Keiner von uns fasste es falsch auf, niemand war sauer, wir konnten ganz einfach Dampf ablassen.

Egil ließ sich neben mich aufs Bett fallen und zupfte das beigefarbene Lacoste-Hemd zurecht, das er trug. Es war natürlich *slim fit* – er hatte nicht umsonst so viele Stunden im Fitnessstudio verbracht. Egil war auf irritierende Weise wohlproportioniert, von den breiten Schultern über die Kinnpartie und die Wangenknochen bis hin zu seiner Nase, der Stirn und den Augenbrauen, die in der Mitte leicht zusammenliefen. Er war der Typ Mann, von dem viele Mädchen glaubten, ihn haben zu wollen, weil sie dachten, dass alle anderen ihn auch wollten. Mädchen, die aussahen wie aus einem Hochglanzmagazin, waren der Meinung, sie wollten auch jemanden aus einem Hochglanzmagazin – und Egil nutzte das nach Kräften aus. Nur ich wusste, dass in Egils Fall unter der Oberfläche ein guter Kerl steckte.

Ich hob meinen Arm, an dem Nero hing. Sein schuppiger Körper wollte zurück zur Heizung unter dem Fenster, und Egil nahm mir die Schlange ab. Ich setzte mich neben Ingvar auf den Boden und griff nach dem Controller. Ingvar startete das Spiel noch einmal, und die Autos stellten sich zum Rennen auf, mein weißer Jaguar und Ingvars schwarzer Lamborghini zusammen mit zwei anderen schicken Autos. Der dröhnende Klang von vier Motoren erfüllte den Raum. Einige Frauen in kurzen grauen Röcken kamen herbei und bereiteten uns auf den Startschuss vor. Dann ging es los. Mit Vollgas durch die dunklen Straßen der Stadt. Ich war so übereifrig, als ich in die Kurve fuhr, dass ich es mit vollem Körpereinsatz tat. Ich drehte das Auto zu stark und krachte mit dem Heck in die Leitplanke – keine Bonuspunkte für mich. Ingvar war bald an der Pole-Position, segelte elegant über den Asphalt, machte einen weiten Sprung von der Kuppe eines Hügels und landete kontrolliert in der nächsten Kurve. Ich war zu sehr damit beschäftigt, was er tat, und donnerte in einen Opel mit roten Streifen an den Seiten – woraufhin wir beide die Kontrolle verloren. Egil lachte laut in seiner üblichen spöttischen Art und schien zu vergessen, dass er noch vor wenigen Minuten in meiner Situation gewesen war. Ich bekam das Auto wieder unter Kontrolle und überholte den Opel, nahm eine Kurve mit perfektem Schwung, nur um festzustellen, dass ich in die falsche Richtung gefahren war. Bald war ich wieder Letzte. Ich seufzte, fuhr vorsichtig an den Straßenrand und stellte den Wagen ab.

»Ich denke, es ist offensichtlich, was du den ganzen Tag tust, Ingvar, wenn du eigentlich Musik machen solltest«, sagte ich.

Ingvar hob den Zeigefinger, während die Worte »Clean Section« auf dem Bildschirm erschienen.

»Du bist nur neidisch«, sagte Ingvar, »weil ich so gut bin.«

»Du bist nur gut darin, kein Leben zu haben«, antwortete Egil.

Ingvar fuhr weiter, ohne ein Wort zu sagen. Ich setzte mich neben Egil ins Bett, während Ingvar allein vorneweg fuhr und Punkte sammelte.

»Du kommst doch am Samstag, oder?«, sagte Egil.

Er versuchte, Nero dazu zu bringen, sich wie eine Katze in seine Armbeuge zu legen, aber die Schlange schien das nicht zu verstehen. Stattdessen ließ sie sich aufs Bett fallen und stützte ihren Kopf auf ihren zusammengerollten Körper. Nero war von Natur aus ruhig. Nur selten bewegte er sich – er konnte stundenlang in fast der gleichen Position liegen. Er sparte seine Energie für die nächste Gelegenheit, bei der er auf die Jagd gehen konnte.

»Ich habe kein Geld«, sagte ich. »Keine Kohle für Drinks.«

Egil schnaubte verärgert. »Du schnorrst deine Getränke doch sowieso immer bei mir.«

»Und außerdem habe ich keine Lust.«

Egil sah mich an.

»Ich will das Wochenende damit verbringen, für meinen Kurs zu lernen«, sagte ich zu Egil. »Im Ernst. Früh ins Bett gehen und so, den ganzen Sonntag mit Lesen verbringen, anstatt verkatert im Bett zu liegen und mich zu hassen.«

Egil zog eine Augenbraue hoch. »Eine Party wird dich nicht davon abhalten, Krankenschwester zu werden. Komm schon, es wird nicht wie letztes Mal, es wird cool.«

Egil erinnerte sich wahrscheinlich besser als ich an das, was ich in den frühen Morgenstunden des vergangenen Sonntags von mir gegeben hatte. Ich hatte mir geschworen, ihnen nie von Patrick zu erzählen. Aber dass ich ihm an diesem Tag in der Stadt begegnet war, hatte einen starken Eindruck auf mich gemacht.

»Sobald du anfängst zu trinken, hast du auch wieder Lust«, sagte Egil.

Das dachte ich auch, als ich am vergangenen Samstag hierher zurückkam, um mich für die Party vorzubereiten. Eigentlich wollte ich mich nur unter die Bettdecke verkriechen und die Angst vertreiben, die mich überkam. Stattdessen beschloss ich, diesen Abend zur besten Nacht aller Zeiten zu machen, und ich sagte mir, sobald ich anfangen würde zu trinken, würde es Spaß machen. Aber so war es nicht. Ich konnte mich nicht einmal erinnern, was ich gesagt hatte. Nur, dass es viel zu viel gewesen war. Ich wusste nicht einmal, dass Ingvar Patrick von früher kannte.

Egil warf mir einen niedergeschlagenen Blick zu. Er wartete

auf eine Antwort und schien ein Nein nicht akzeptieren zu wollen. Ich seufzte.

»Das war nur ein Witz. Natürlich komme ich mit.«

Ich streckte meinen Zeigefinger aus und berührte den schmalen Streifen von blassen Schuppen auf Neros Kopf, ganz oben am Hals. Wenn man den Kopf von oben betrachtete, sah das Muster wie ein Pfeil aus, ein weißer Strich ganz hinten und eine dunkle Pfeilspitze, die auf Schnauze und Maul zeigte. Ich hatte in den letzten Monaten so viel Zeit damit verbracht, diesen Kopf anzustarren, diesen wundersamen Wegweiser.

»Er ist so schön«, sagte ich. »Ich fass es einfach nicht.«

»Mensch«, sagte Egil, »jetzt übertreib es mal nicht mit Komplimenten an mich.«

»Ich meine es ernst, schau dir diesen Körper an.«

Vor einer Woche hatte er sich gehäutet. Ich konnte den ganzen Prozess beobachten, von dem Moment an, als sein ganzer Körper einen gräulichen Schimmer angenommen hatte – sogar die schwarzen Augen –, bis zu dem Moment, als er sich um den Bettpfosten gewunden hatte, um die spröde, grau-weiße Haut abzuschaben. Die neuen Schuppen, die zum Vorschein kamen, leuchteten in klaren Farben, so glänzend, als wären sie frisch poliert. Früher glaubten die Menschen, Schlangen seien unsterblich. Sie sahen, wie sie aus ihrer eigenen Haut wiedergeboren wurden, immer und immer wieder. Neros Haut hing jetzt an der Deckenlampe in meinem Zimmer. Ich wollte jede Wiedergeburt festhalten, mich an all die Schlangen erinnern, die er gewesen war.

»Könnten wir die Schlange nicht auf der Party vorführen?«, fragte Egil und klimperte mit den Wimpern.

Ich sah ihn an.

»Oder nur auf der Afterparty?«

Ich schüttelte den Kopf.

»Es wird ja keine Polizei da sein oder so – nur coole Leute. Wenn er Angst bekommt, bringen wir ihn einfach wieder weg. Alles wird gut.«

»Bis er ein Mädel beißt, das dann seine Mama anruft.«

»Ich werde ein Auge auf ihn haben und alle warnen, dass sie ihn nicht erschrecken.«

»Egil. Wir haben genug darüber geredet.«

»Es ist nicht nur deine Schlange. Ingvar – was denkst du?«

Ingvar hatte die Xbox ausgeschaltet und legte eine CD ein. *Dopethrone* von Electric Wizard – sein Lieblingsalbum. Langsame Gitarrenriffs erfüllten den Raum, als Ingvar sich auf das Bett mir gegenüber fallen ließ. Er trug ein T-Shirt der Band, das so verblichen war, dass man nicht mehr erkennen konnte, was darauf stand. In der Hand hielt er ein Buch.

»Soll ich dir sagen, woran ich heute Morgen gedacht habe?«, fragte Ingvar und hielt das Buch hoch.

»*Alice im Wunderland*?«, las ich vor. »Kinderbücher, Ingvar? Ich dachte, du liest nur russische Wälzer.«

»Es ist ein Klassiker«, sagte Ingvar. »Wenn wir Figuren aus *Alice im Wunderland* wären, welche davon wären wir?«

Egil lachte. »Ich weiß genau, wer du wärst, Ingvar. Du wärst die Raupe, die auf einem Pilz sitzt und die ganze Zeit vor sich hin pafft.«

Ingvar breitete die Arme aus.

»Die ganze Zeit? Das passiert doch höchstens einmal in der Woche!«

»Manche von uns finden das ziemlich oft«, antwortete Egil.

»Und wer weiß, was du machst, wenn wir anderen in der Vorlesung sitzen.«

»Das ist eine Lüge«, sagte Ingvar. »Und außerdem ist Cannabis ein Medikament.«

Ingvar hatte Epilepsie. Er bekam nur selten Anfälle, aber er war immer auf der Hut und trank kaum Alkohol. Unsere Vereinbarung lautete: Wenn er einen von uns anrief, weil er allein zu Hause und nicht in der Lage war, irgendetwas zu sagen, sollten wir davon ausgehen, dass er einen Anfall hatte, und sofort zu ihm kommen. Zum Glück hatte er bisher nur Anfälle gehabt, wenn jemand bei ihm war.

Egil lächelte. »Es ist gar nicht bewiesen, dass Cannabis bei Epilepsie hilft, Ingvar, also versuch ja nicht, deinen Drogenkonsum zu entschuldigen.«

»Bei Egil ist es auch ganz einfach«, sagte ich. »Er ist der verrückte Hutmacher. Eine einzige, endlose, sinnlose Party – das ist dein Leben, Egil, oder?«

»Du bist verdammt frech«, meinte Egil. »Und außerdem bist du noch verrückter als ich, wenn du trinkst. Und was ist mit Liv, Ingvar? Ist sie die Katze?«

»Sie könnte die Grinsekatze sein.« Ingvar hob den Zeigefinger. »Oder Alice, das würde meiner Meinung nach auch passen. Aber es gibt eine noch bessere Möglichkeit. Liv ist die Herzkönigin.«

»Weil ich der Boss von euch beiden bin?«

»Das auch, und außerdem bist du die Partyqueen. Aber die Herzkönigin ist die wichtigste Figur im ganzen Buch. Sie macht die Geschichte gefährlich – ohne sie gäbe es keine Geschichte.«

»Das verstehe ich nicht. Hältst du mich für gefährlich?«

»Ich kapier es auch nicht, Ingvar.«

»Denkt doch mal nach. Wer hat uns im Februar zum Mitternachtsschwimmen mitgenommen? Wer ist im Dunkeln mit einem Haufen betrunkener Idioten auf den Sukkertoppen geklettert? Wer ist durchs Gebüsch in einen schicken Garten gekrabbelt, um das Teil da zu klauen?«

Ingvar deutete zur Engelsfigur auf dem Sockel. Es war eine dieser dicken, babyähnlichen Engelsfiguren, die man überall sah, aber mit den grünen Flecken und der Möwenscheiße sah sie alles andere als niedlich aus. Ich hatte das Teil »Beelzebub« getauft.

»Ich weiß noch, wie das Licht im ersten Stock anging«, sagte Egil. »Du bist mit dem Engel unterm Arm gerannt wie der Teufel.«

»Genau«, sagte Ingvar. »An wie viele Nächte würden wir uns noch erinnern, wenn Liv nicht da gewesen wäre, um sie aufzupeppen? Ohne sie hätten wir keine besonderen Erinnerungen. Nur ein ewiges absurdes Spiel mit Uhren und Teetassen.«

Ich schüttelte den Kopf. »Für einen Kerl, der ständig raucht, Ingvar, bist du verdammt schlau.«

»Ich rauche gar nicht ständig!«

»Liv ist diejenige von uns, die im Gefängnis landen wird«, sagte Egil. »Wetten?«

Ich lachte. »Mal sehen, wie falsch du am Ende liegst.«

»Dann ist es also beschlossene Sache«, sagte Egil. »Ingvar hat dich überredet. Nero kann also zur Party mitkommen?«

»Eigentlich stimme ich Liv zu«, sagte Ingvar. »Die Schlange wird bestimmt jemanden beißen oder würgen. Damit will ich nichts zu tun haben.«

In diesem Moment klingelte mein Handy. Die Nummer auf dem Display war nicht in meinen Kontakten gespeichert.

»Hallo?« Die weibliche Stimme war heiser, wahrscheinlich eine Raucherin.

»Sie haben angerufen, nicht ich«, sagte ich und stand auf. Ich ging den Flur entlang, vorbei an den Wänden, die mit gestickten Ornamenten aus der Jugendzeit unserer Vermieterin bedeckt waren, in Richtung Badezimmer. Ich glaubte einen Duft zu riechen, eine Wolke von Parfüm.

»Sara? Bist du das?« Sie klang emotional. Ich klappte die Klobrille herunter und stellte mir vor, wie das Gesicht einer Frau mittleren Alters auf dem Boden der Schüssel schwamm. Ich zog meine Jeans und den Slip runter und setzte mich.

»Liv«, sagte ich und pinkelte.

Sie verstummte, während ich das Telefon fest an den Hals drückte und das Meer aus verschiedenen staubbedeckten Seifen, Aftershaves, Rasierern und anderen männlichen Schönheitsprodukten studierte, zusammen mit dem Waschpulver, den Haarbändern, einigen Nagelstücken und einer Tennissocke. Ich bewahrte meine Sachen in meinem Zimmer auf, außer wenn ich gerade duschte.

»Ich bin's, Mama.«

Ich hörte das Geräusch ihres Atems, während sie den Rauch in ihre Lungen sog, eine Dunkelheit. Ich wischte mich ab und betätigte die Spülung. Die Toilette füllte sich halb und saugte das Papier in den Abfluss. Ich wusch mir die Hände mit heißem Wasser. Die Frau am anderen Ende der Leitung sagte: »Hallo?« Sie sagte: »Ich habe gehört, dass Patrick dich am Wochenende in der Stadt getroffen hat.« Ihre Stimme brach. Ich trocknete die Hände ab und stellte mir vor, wie sie sich anfühlen würden, wenn sie mit Schlangenhaut bedeckt wären, mit Schuppen. Die Haut war eine so dünne Schicht, so zart.

»Es tut mir so leid, Sara.«

Ihre Lügen bahnten sich mit Macht ihren Weg, als wollten sie etwas in mir lösen. Ich betrachtete mich im Spiegel, mein blasses Gesicht im grellen Licht. Ich zog an der goldenen Kette, die ich um den Hals trug, um den vergoldeten Schlüssel unter meinem Pullover hervorzuholen, und spielte daran herum. Ich strich mit den Fingerspitzen über die kleinen Zacken am Ende. Dann räusperte ich mich, und der Redeschwall verstummte, eine Erleichterung.

»Sie haben sich verwählt«, sagte ich. »Hier ist Liv. Nicht Sara.«

»Geht es dir gut, Schatz?«

»Sie haben es nicht begriffen«, sagte ich lauter. »Ich kenne Sie nicht.« Ich schloss meine Faust um den Schlüssel und versuchte, den Geruch und die Stimme auszublenden.

»Wir können doch wieder zusammenfinden, oder?«

Ich beendete das Gespräch. Ihre Stimme hinterließ ein Vibrieren im Raum. Ich ließ das Handy auf dem Waschbecken liegen und ging zurück ins Wohnzimmer. Egil und Ingvar schauten mich an.

»So viele Leute verwählen sich heutzutage«, sagte ich, griff nach Nero und hielt ihn vor mich hin. Ich studierte die tiefen Grubenorgane am Kiefer, mit denen er die Infrarotstrahlen im Raum wahrnahm. Er konnte unsere Körperwärme »sehen«. Ich fragte mich, wie die wohl aussah.

Nero öffnete sein kleines Maul und zischte. Egil und Ingvar schauderten, aber ich hatte keine Angst. Ich glaubte nicht, dass er mir etwas tun würde. Stattdessen versuchte ich zu lauschen, meinen Geist zu öffnen und seine Sprache zu verstehen. Würde ich ein Wort aufschnappen, tief im Innersten? Wenn ich einfach über alles hinwegsah, was wie ein »s« oder ein »h« klang, wenn ich das Alphabet hinter mir ließ, konnte ich vielleicht erkennen, was er sagen wollte. Er hatte keine Lippen – wenn er versuchte, ein »m« zu formen, wie würde das wohl klingen? Wenn er versuchte, mit seiner gespaltenen Zunge ein »t« zu bilden, ein »g« ohne Stimmbänder? Seine Worte konnten nie wie menschliche Worte klingen, also musste er seine eigenen benutzen. Feine Nuancen von »h« und »s«. Wenn ich ganz genau hinhörte, würde ich ihn verstehen.

Hatte ich in der letzten Nacht davon geträumt? Dass ich mich als brennende Flamme im Bett sah und meine eigene Stimme flüstern hörte? Oder war es seine gewesen? Ich wusste nicht mehr, was er gesagt hatte.

»Wir sollten versuchen, ihn mit lebenden Mäusen zu füttern«, sagte ich. »Meint ihr nicht, dass das besser für ihn wäre – irgendwie natürlicher?«

# Mariam

Die Windschutzscheibe ist voller kleiner toter Fliegen. Ich schalte die Scheibenwischer ein, die sie zerquetschen und in rotbraunen Schlieren auf der Scheibe verteilen. Ich fahre los. Die Straße liegt hinter mir, vor mir taucht immer mehr Asphalt auf, eine ewige Bewegung. Auf dem Armaturenbrett liegt ein Stapel Rechnungen, denn ich bin ein ewiger Widerspruch. In meinem Haus führe ich ein Ordnungsregime, das ich selbst nicht einhalten kann. Ich sprühe Wischwasser auf die Windschutzscheibe. Und fahre weiter. Ich könnte bis Trondheim fahren, dort übernachten und morgen weiterfahren. Könnte ein gutes Stück zurücklegen, bevor Tor so unruhig wird, dass er mich als vermisst meldet.

Wieder vibriert ein Handy, meins oder das von Iben. Er ruft ständig an. Wahrscheinlich denkt er, dass seine junge Frau mit irgendeinem Liebhaber durchgebrannt ist, und jetzt hat er Angst, dass unsere perfekte Fassade zusammenbricht. Dass der Politiker Tor Lind und seine Vorzeigefrau, von der alle einen so guten Eindruck haben, sich bald trennen werden.

Das Klingeln verstummt. Ich folge der Strecke, die sich durch die noch sommergrüne Landschaft schlängelt. Der Fjord verschwindet manchmal hinter Häusern oder Bäumen, aber er ist da und verfolgt mich. Das kühle Wasser ist auf der Jagd und wartet auf den richtigen Moment, um zuzuschlagen. Ich bin die Berge und Fjorde leid. Wahrscheinlich hätte ich auch die Nase voll vom Dschungel und von Savannen, wenn ich ständig von ihnen umgeben wäre. Ich weiß nicht viel über die Welt da draußen, aber ich spüre, dass mein Herz hier gefesselt ist. Dass es nicht reicht, ab und zu zum Horizont zu schauen und das Wasser in der Ferne verschwinden zu sehen. Ich möchte selbst verschwinden.

Auf der Fähre bleibe ich im Auto sitzen und schließe die Augen. Das eine Handy klingelt wieder, dann das andere. Die Vibration klingt gedämpfter, als wäre das Gerät fest in etwas eingewickelt. Ich weiß nicht, warum er immer wieder anruft, wenn niemand abnimmt. Ich esse ein bisschen von dem Baguette, das ich an einer Tankstelle gekauft habe. Es schmeckt nach Plastik und erinnert mich daran, dass alles verderblich ist. Ich lege das Sandwich auf den Sitz neben mir, sitze da und starre geradeaus in das geschlossene Maul der Fähre, während ich darauf warte, dass es sich öffnet. Um mir eine andere Welt zu zeigen.

Die Landschaft verändert sich, je weiter ich nach Sør-Trøndelag hineinfahre. Weniger Fjord, mehr Wald. Zu meiner Linken taucht eine senkrechte Felswand auf, die deutliche Spuren von Sprengungen aufweist, um den Weg für Menschen freizumachen. Wieder summt ein Handy in meiner Tasche. Ich beschleunige, spüre die Kraft in den Kurven, wie mich die Muskeln des Autos mitreißen.

Ich denke darüber nach, was es bedeuten würde, einfach wegzufahren, einfach zu verschwinden. Ich spüre, wie unmöglich es ist. Es würde nicht nur bedeuten, die Firma zu verlassen, die ich jahrelang aufgebaut habe, oder mein Haus, meinen Mann, mein Leben. Soll ich von ihr verlangen, dass sie zu mir kommt und bei mir lebt, soll ich eine alleinerziehende Mutter werden? In vielerlei Hinsicht ist sie mehr sein Kind als meins – ich könnte sie ihm nie wegnehmen. Es ist eher so, dass ich mich von ihnen entfernen möchte. Ich laste schwer auf ihnen und ziehe sie runter. Ohne mich wären sie besser dran.

Ein weiterer Fjord erscheint in der Landschaft. Ich bremse und halte auf einem Rastplatz. Schalte die Zündung aus und lege die Hände in den Schoß. Es gibt Frauen, die ihre Kinder zurücklassen. Niemand begreift, wie sie das übers Herz bringen. Aber obwohl da eine Sehnsucht ist, wie Staub im Wind zu verschwinden, kommt es mir auch jetzt noch unmöglich vor. Der Gedanke daran, wegzugehen und mein Kind nie wieder zu sehen, tut mir weh. Vor meinem inneren Auge sehe ich Iben, wie sie sich die Haare hinter ein Ohr schiebt, während sie dasitzt und liest, und das löst eine Wärme in mir aus, kleine Blasen in meinem Blut. Sie ist trotz allem mein Kind.

Ich steige aus dem Auto. Schließe es ab, obwohl keine Menschenseele zu sehen ist, und gehe über die Straße den Hang hinunter zum Fjord. Hier ist es still, nur ab und zu krächzt eine Krähe. Ich bücke mich und greife ins Wasser. Es ist kalt an den Fingern. Ich schaue mich um. Ein Auto fährt vorbei und ist blitzschnell wieder weg. Ich ziehe meine Pumps aus. Ich hebe meinen Rock hoch, greife nach meiner Strumpfhose, ziehe sie herunter. Lasse sie auf dem Boden liegen wie eine tote Haut. Ich trete ins Wasser. Es brennt an den Zehen, an den Knöcheln. So weit im Norden bin ich schon seit Jahren nicht mehr geschwommen. Nur Tor geht mit Iben schwimmen, wenn die

Sonne scheint und der Wind so warm ist, dass er sich die Mühe macht, seine Badeshorts anzuziehen. Ich hatte vergessen, wie gut es sich anfühlt, wenn die Füße im kalten Wasser taub werden. Ich hebe meinen Rock an und gehe weiter, bis das Wasser fast bis an meine Unterwäsche reicht. Einen Moment bleibe ich so stehen und schaue auf die ruhige Wasseroberfläche.

Ich wünsche mir so sehr, zeitlos zu sein, ortlos, frei von den sinnlosen Gesetzen der Physik. Es ist nicht das Haus, die Stadt oder meine Familie, was mich gefangen hält – es ist mein Körper. Ich frage mich, wie lange es dauern würde, bis mich jemand finden würde, wenn ich vollständig in diesem dunklen Wasser untergehen würde. Aber ich bin nicht mutig genug, ich meine es nicht ernst genug. Etwas hält mich zurück, eine unerbittliche Kraft.

Ich drehe mich um und gehe zurück, die Unterwäsche und der Rock werden nass, weil ich mich zu schnell bewege, die Kälte sticht, und jetzt bekomme ich wahrscheinlich eine Blasenentzündung. An Land setze ich mich ins Gras und schaue aufs Wasser hinaus. Mein kürzlich erst gereinigter Rock wird schmutzig von der feuchten Erde, aber das macht nichts.

Es ist, als würde eine alte Erinnerung aufsteigen und auf der Wasseroberfläche treiben. Eine Seifenblase, die nicht platzen will. Ich kann nicht weglaufen. Es würde nichts nützen. Das, wovor ich weglaufen will, wird mich immer begleiten.

Ich stehe auf und gehe zurück zum Auto, Schuhe und Strumpfhose in der Hand. Meine Füße sind es nicht gewohnt, auf Asphalt zu laufen, und kleine Steinchen bohren sich in meine Fußsohlen. Ich wische sie ab und setze mich auf den Fahrersitz. Dann hole ich mein Handy aus der Tasche und warte, bis es wieder aufhört zu vibrieren. Ich bin nicht fair zu ihm. Ich weiß, dass ich für ihn viel mehr bin als nur eine Trophäenfrau. Ich habe keine Lust, die unzähligen Nachrichten auf der Mailbox abzuhören. Ich schalte einfach mein Handy aus und mache dasselbe mit Ibens Gerät. Dann fahre ich nach Hause.

Ich sitze eine Weile im Auto, der Motor ist aus, und schaue zu meinem Haus hinauf. Es steht da in seiner ganzen Alltäglichkeit. Die Vorhänge an den Fenstern habe ich so gewählt, dass sie möglichst wenig auffallen. Die Thujahecke ist so geschnitten, wie man Thujahecken schneiden sollte, das Tor ist frisch gestrichen, die Gartenmöbel neu und sauber. Niemand, der an diesem Haus vorbeikommt, wird auch nur die geringste Spur von Verfall sehen. Es ist das Innere, das verstaubt und verrottet.

Ich habe eine Fantasie, die mich beruhigt, wenn meine Gefühle die Oberhand gewinnen, und mir schon oft beim Einschlafen geholfen hat. Ich beginne damit, das ganze Haus von Möbeln, Kleidern, Spielzeug und all den unzähligen Dingen zu befreien, mit denen wir es im Laufe der Jahre vollgestellt haben. Ich sehe einen Lieferwagen, der das alles wegfährt. Dann nehme ich einen Eimer Wasser, einen Schrubber, einen Lappen und ein paar starke Reinigungsmittel. Ich fange ganz hinten in Ibens Zimmer an, arbeite mich bis zur Tür vor und mache dann in meinem und Tors Zimmer weiter. Viel Zeit verbringe ich mit Schrubben und Putzen im Badezimmer im ersten Stock, wo wir meistens duschen. Wenn ich dort fertig bin, gehe ich die Treppe hinunter und mache weiter mit dem Wohnzimmer, der Küche, dem Bad und der Toilette im Erdgeschoss und dem großen Raum, in dem wir nur alte Sachen aufbewahren. Zuletzt putze ich den Flur, bis er wieder so strahlt und glänzt wie bei unserem Einzug. Ein frisch polierter Kronleuchter, ein sauberer weißer Teppich auf jeder Stufe. Ich putze bis zur Vortreppe, wo ich stehen bleibe, allein vor der verschlossenen Haustür, die keine Spur mehr von uns trägt. Kein einziges Bakterium, keine einzige Haarsträhne. Es ist ein mühsames Ritual, das ich ins Unendliche ausdehnen kann. Es gibt mir ein Gefühl der Ruhe.

Langsam öffne ich die Autotür und bleibe dann mit offener Tür sitzen, den Blick geradeaus gerichtet, als würde ich auf etwas warten. Vielleicht auf etwas, das vom Himmel plumpst und mein Leben verändert. Der Regen fällt ins Auto, aber ich bin schon nass.

Als ich endlich aussteige, recke ich den Hals, um ins Wohnzimmerfenster zu schauen. Der Fernseher scheint nicht zu laufen. Außerdem ist es schon so spät, dass Iben sicher schon im Bett liegt, und Tor ist wahrscheinlich erleichtert, dass er den Fernseher für eine Weile nicht hören muss. Ihm wäre es lieber, wenn wir ihn nur einschalten, um die Nachrichten zu sehen. »Für dich, mein liebes Mädchen, tue ich alles«, sagt er oft zu Iben und streicht ihr über die blonden Haare, wenn sie vor dem Fernseher sitzt. Er ist ihr immer ein guter Vater gewesen. Konsequent, aber geduldig. Diese Geduld ist wie eine warme Umarmung seiner kleinen Herde.

Eigentlich ist es seltsam, dass er mich heute so oft angerufen hat. Das war noch nie so, nicht einmal, wenn ich allein einen kleinen Ausflug gemacht habe. Nicht einmal, als ich auf einem Campingplatz übernachtet habe, bevor ich morgens wieder nach Hause gefahren bin. Nach all seinen Erfahrungen würde ich wiederkommen. Er musste nur die übliche Geduld aufbringen und warten. Was ist diesmal anders?

An der Eingangstür hängt ein Schild, das Iben in der Schule gebastelt hat. Drei lächelnde Gesichter, zwei Erwachsene und ein Kind, darunter unsere Namen in kindlichen Großbuchstaben. Neben den Gesichtern steht ein großer Baum, den Iben wohl mithilfe der Lehrerin gezeichnet hat. Die Familie Lind. Ich fahre mit der Hand über das Schild. Ich möchte so gerne die Mütter verstehen, die sagen, dass sie alles für ihr Kind tun würden. Diese Worte sind auch aus meinem Mund gekommen, aber ich habe sie nicht so gemeint – nicht tief in meinem Inneren. Die kleinen Blasen sind da – der Stolz, den ich empfinde, wenn es ihr gut geht, der Trost, den ich ihr spende, wenn sie krank ist. Aber die tiefere Verbundenheit entgleitet mir. Würde ich mich für sie vor einen Zug werfen? Einen Bären abwehren? Ich bin mir nicht sicher.

Es ist wohl das erste Mal, dass Iben ihre Schuhe freiwillig aus dem Flur geräumt hat.

Vielleicht hat sie doch etwas von dem verstanden, was ich gesagt habe, sie ist ja schon ein großes Mädchen inzwischen. Ich lächle und öffne den Schrank, aber auch dort sind ihre Schuhe nicht zu finden. Ihre Jacke hängt auch nicht am Haken. Sie liegt nicht auf dem Stuhl und auch nicht in einem Knäuel auf dem Schuhregal, wo sie sie oft hingelegt hat, als sie noch kleiner war. War sie wirklich so wütend, dass sie mit allem, was sie anhatte, nach oben gestürmt ist?

Tor sitzt in der Küche. Er schaut von seinem Laptop auf und erwidert meinen Blick. Sein Telefon liegt neben ihm auf der Bank, eine leere Kaffeetasse steht auf dem Tisch. Sein Gesicht glüht vor Sorge. Seine Haut sieht gräulich aus, seine Stirn ist von tiefen Falten gezeichnet. Ich schaue in seine blauen Augen, auf die tiefen Rundungen seines zurückweichenden Haaransatzes, mit dem er so unzufrieden ist – obwohl er ihm eigentlich gut steht. Die etwas zu große Brille, die er trägt, wenn er die richtige nicht findet. Plötzlich empfinde ich Zärtlichkeit für meinen Mann. Wie konnte ich nur daran denken, ihn zu verlassen?

»Wo seid ihr gewesen?« Er steht auf.

Mein Blick fällt auf den frisch gewischten Küchentisch. Mir fällt ein, dass die eingekauften Lebensmittel noch im Auto liegen. Ich schaue auf den Stuhl, auf dem Iben normalerweise sitzt, auf die Fensterbank, wo sie nachts immer ihr Handy auflädt, aber natürlich habe ich ihr Handy in der Tasche.

»Wir?«

Die Worte kommen mit einer schwachen Quietschestimme heraus, mehr kann ich nicht sagen. Ich sehe, wie sein Gesicht einen verwirrten Ausdruck annimmt. Ich drehe mich auf dem Absatz um und gehe in die entgegengesetzte Richtung, zum Flur. Ich nehme zwei Stufen auf einmal und ignoriere Ibens »Erst anklopfen, dann reinkommen«-Schild, das seit ihrem sechsten Lebensjahr an ihrer Tür hängt. Ich stürme in ihr Zimmer und atme tief durch, bereit, sie anzuschreien, ihr eine Standpauke zu halten. Aber das gemachte Bett ist leer, der Stuhl am Schreibtisch auch. Ich renne die Treppe wieder hinunter. Vor der Wohnzimmertür bleibe ich stehen und spüre, wie das Adrenalin durch meinen Körper schießt – sie will doch nur, dass ich Angst habe, wahrscheinlich sitzt sie da drin und lacht mich aus. Ich greife fester nach der Türklinke und reiße die Tür auf.

Das Wohnzimmer ist in gedämpftes Abendlicht getaucht. Ich blicke auf das Sofa, den Esstisch und den leeren Stuhl in der Ecke. Ich drehe mich um und gehe zum Badezimmer, aber auch dort ist niemand. Mir fällt ein, dass ich oben nicht im Bad nachgesehen habe, also laufe ich zurück und reiße die Tür auf.

»Was ist denn hier los?«, höre ich Tor von unten sagen.

Die Wände zittern von meinen eigenen harten Schritten auf dem Boden. Ich schaue in unser Schlafzimmer und breche fast zusammen, als ich wieder nach unten ins Erdgeschoss gehe. Ich öffne die Tür zum Vorratsraum und stehe da und starre in das Chaos. Ich gehe zurück in die Küche.

»Ist Iben rausgegangen?« Ich versuche, normal und unbekümmert zu klingen, aber meine Stimme ist schwach.

Tor starrt mich an. Seine Nackenmuskeln spannen sich an. Die Augen scheinen sich zu weiten. Mir wird klar, dass er wütend ist. Und wenn Tor wütend ist, dann meint er es ernst.

»Willst du mir damit sagen, dass du nicht weißt, wo Iben ist?«

Die Erkenntnis trifft mich im selben Moment wie seine Worte. Die Uhr an der Mikrowelle zeigt 22.23 Uhr. Das Einkaufszentrum ist seit Stunden geschlossen. Und ich habe keine Ahnung, wo meine Tochter ist.

# Liv

*Ålesund*
*Freitag, 29. August 2003*

Wir versammelten uns um mein Bett wie um einen Altar. Egil und Ingvar zu beiden Seiten, ich am Kopfende. Wir hatten ein großes weißes Laken ausgebreitet, das Ingvar und Egil an den Ecken hochhielten. In der Mitte des Lakens krabbelte eine kleine weiß-braune Maus und rutschte auf dem Stoff herum. Egil beugte sich vor, spähte über den Rand des Lakens und lockte die Maus mit kleinen schmatzenden Lauten.

Nero ruhte in meinen Armen. Er hob den Kopf und streckte die Zunge in schnellen Stößen heraus. Ich setzte mich im Lotussitz auf mein Kissen und legte ihn auf meine Beine. Dann zog ich für ihn das weiße Laken zurück. Er züngelte in der Luft und witterte seine Beute. Der schuppige Körper begann sich zu bewegen, glitt an meinen nackten Füßen entlang – eine raue, glatte Berührung – und weiter über den Rand des Lakens.

In der Nacht zuvor war ich von einem Geräusch im Zimmer geweckt worden, wie von einem entfernten Wind. Etwas, das kaum zu hören, aber trotzdem da war, wie ein Jucken. Weil die Nacht so hell war, ließ sich nicht sagen, ob es zwei oder sechs Uhr war. Ich griff zum Handy, das fünf nach vier anzeigte. Das Geräusch war leise, aber zweifellos da. Es war ein Geräusch voller Gerüche, voller Träume. Ich beugte mich über die Bettkante und spähte unter das Bett. Neros steinerne Augen starrten mich an. Er lag zusammengerollt auf dem Teppich. Für einen Moment dachte ich, das Geräusch hätte aufgehört, aber es setzte sofort wieder ein. Es war so leise, dass ich dachte, es hätte mich mein ganzes Leben lang begleitet oder nie existiert. Das Geräusch kam von ihm. Ich legte mich auf den Boden, schloss die Augen und lauschte, glaubte, die Spuren dieses Etwas zu erkennen, das zwischen uns im Raum tanzte. Reiner Kontakt.

Dann hörte ich das erste Wort. Seine Stimme klang uralt und staubig. Als ich es zum ersten Mal hörte, dachte ich, es müsse das sein, was er mir die ganze Zeit hatte sagen wollen. Eine Bedeutung, die so klar war, obwohl sie nur in einem einzigen Wort ausgedrückt wurde. *Lieb.* Wärme breitete sich in meinem Körper aus. Ich kroch näher zu ihm und flüsterte: »Ich hab dich auch lieb, Nero.« Dann raschelte es wieder im Raum, und ich hörte ein anderes Wort. *Liv.*

Ich hätte nie geglaubt, dass ein Lebewesen mich glücklich machen könnte. Ich hatte geglaubt, ich müsse diese Einsamkeit immer in mir tragen, wohin ich auch ging. Aber letzte Nacht, als ich mit Nero unter dem Bett lag, nachdem er mir seine ersten Worte zugeflüstert hatte, spürte ich, wie sich ein Glücksgefühl in meinen Adern ausbreitete, in jeden Finger, durch meine Füße, zurück zu meinem Herzen und wieder hinaus. Es war, als hätte er einen Weg in meinen Körper gefunden. Das nächste Wort, das ich aus seiner Tiefe hörte, war ein Wunsch. *Jagd.* Es war lange her, dass er das letzte Mal gefüttert worden war, und er war unzufrieden mit den gefrorenen Mäusen, die wir vor ihm baumeln ließen, um ihm die Illusion von lebendiger Beute zu geben. Er vermisste die Jagd. Das lag in seiner Natur.

Als ich heute Morgen aufwachte, lag ich allein auf dem Teppich. Beim Versuch, aufzustehen, stieß ich mir den Kopf am Lattenrost des Bettes. Für einen Moment dachte ich, er hätte mich verlassen, einen Spalt gefunden und wäre geflohen. Doch dann sah ich ihn: Er hing in der Pflanze auf dem Fensterbrett. Die Strahlen der Morgensonne trafen seine glänzende Haut. Wieder war ich fasziniert, seinen Körper so hängen zu sehen, in sich ruhend und gleichzeitig angespannt, um sich in der Luft zu halten. Ich legte mich aufs Bett und versuchte, mich so weit zusammenzurollen, wie es meine steife Wirbelsäule zuließ, dann streckte ich mich aus und rollte mich hin und her, während ich die Arme eng am Körper hielt. Hätte mich jemand gesehen, dann hätte er sich gefragt, ob ich wohl einen Anfall hatte. Aber Nero sah mich an und verstand, was ich tat. Dass ich die Schnittpunkte zwischen uns suchte und versuchte, ihm näherzukommen.

Jetzt krabbelte die Maus in dem weißen Raum herum, den wir für sie geschaffen hatten, und kratzte mit den kleinen Pfoten. Sie probierte immer neue Richtungen aus und scheiterte. Ich fragte mich, ob sie vergessen hatte, wo sie eben gewesen war, oder ob sie es noch einmal versuchte, weil sie keine andere Möglichkeit sah. Bald würde es keine andere Richtung zum Ausprobieren mehr geben. Der weiße Raum füllte sich langsam mit einer Schlange. Nero näherte sich, ein Schatten in der Mäusewelt, scheinbar neu und doch etwas, das schon immer da gewesen war, eine Trübung des Mäusehimmels.

Im nächsten Moment saß das weiß-braune Tier in der Falle. Die Maus zappelte kurz, hielt inne und zappelte wieder. Aus ihrem winzigen Maul drang ein verzweifeltes Quieken. Nero hielt die Maus fest und drückte zu, bis das Tier aufhörte zu zappeln. Blut spritzte auf das weiße Laken. Ich spürte, wie es in mir kribbelte. In der Brust, im Bauch und ein Stück tiefer. Egil stieß einen langen, pfeifenden Atemzug aus. Dann zog sich der Körper der Schlange vorsichtig um den der Maus zusammen.

»Das ist ja krank«, flüsterte Egil.

Keiner von uns sagte etwas. Nero drückte weiter zu, immer fester. Es schien ihn nicht viel Kraft zu kosten. Sein Körper war angespannt, aber ruhig. Dann geschah etwas in seinem Gesicht. Es schien sich zu einem Lächeln zu öffnen. Seine riesigen Kiefer weiteten sich, die Haut um seine Mundwinkel spannte sich wie ein weiches Tuch. Er umschloss seine Beute mit dem Maul, weißes Fell lugte daraus hervor. Der braun-beige Kopf der Schlange war ohnehin breit und flach und verbreitete sich auf geradezu absurde Weise, während sie das kleine Tier verschlang. Bald waren von der Maus nur noch ein Paar rosafarbene Füße und ein Schwanz zu sehen, bevor auch dies in Nero versank und verschwand. Egil und Ingvar ließen das Laken aufs Bett fallen. Beide zogen sich wortlos zurück.

Eine kleine Beule wanderte den langen Bauch der Schlange hinunter, eine kaum sichtbare Wölbung in der glänzenden Haut. Ich streckte die Hand aus und strich vorsichtig mit den Fingerspitzen darüber. Ich fragte mich, wie es sich wohl anfühlte, dort drinnen zu sein. Es musste warm sein, vielleicht auch feucht und eng, wie in einer Gebärmutter.

# Reptilienmemoiren

Eines Tages wusste ich es einfach. Meine winzige Welt war von einer dünnen weißen Schale umgeben, aus der ich ausbrechen konnte. Ich drückte meinen Kopf gegen die weiße Membran, erst vorsichtig, um die Elastizität des zähen Materials zu testen. Dann immer fester, bis die Schale zerbrach. Durch die Öffnung kam etwas Kühles – dieses neue Ding, das ich allmählich als Luft erkannte. Natürlich hatte ich mein ganzes Fruchtwasser getrunken, und als ich zum ersten Mal spürte, wie die kühle Luft in meine Lungen drang, war ich erleichtert, etwas zu bekommen, von dem ich nicht wusste, wie sehr ich es brauchte.

Ich schaute mich um und betrachtete die neue Schicht der Welt, die sich vor mir aufgetan hatte. Eine Schicht, in der die Grenzen des Universums ein riesiger, leuchtender Schlangenbauch waren, der sich um seine unzähligen weißen Eier wickelte. Mutter. Geschwister, die noch nicht geschlüpft waren. Langsam kroch ich in den Tag hinein, glitt über meine ungeschlüpften Brüder und Schwestern hinweg. Es gab so viel wahrzunehmen. Die Wärme, die von oben kam. Einen entfernten Hauch von Leben in der Luft. Alle möglichen lauten und durchdringenden Geräusche von einem Ort, den ich nicht kannte. Geräusche, die auf und ab schwangen, Vibrationen von Mutter, die ihre Eier warm hielt.

Nachdem Licht und Dunkelheit sich mehrmals abgewechselt

hatten, gab es um mich herum ein Dutzend Brüder und Schwestern, die ihre Eier mal verließen und dann wieder zurückkrochen, je nachdem, ob sie schlafen oder spielen wollten. Wir wickelten uns umeinander, pressten unsere Körper zusammen und zogen jeder in seine eigene Richtung. Wir fanden neue Hohlräume zwischen den Windungen, schlüpften hinein, heraus und wieder hinein. Wir lernten die Kraft unserer Muskeln kennen und merkten, wie leicht wir uns ducken und verstecken konnten, um dann überraschend wiederaufzutauchen. Es spielte keine Rolle, wo ein Körper aufhörte und der nächste anfing. Wir waren zugleich wir selbst und alle anderen.

Mutter verbarg etwas vor uns. Sie schützte uns vor dem, was hinter ihren großen Windungen auf uns wartete. Zuerst war es uns egal. Wir dachten, sie sei die Grenze des Universums. Für uns waren die Tage eine einzige intensive Welle von Bewegung, Hitze und Geschmack. Aber wir wussten, dass wir etwas lernen mussten. Dass es einen Grund gab, warum wir unsere Muskeln gegeneinander testeten. Wir wussten in unseren Körpern, dass es etwas geben musste, wofür wir unsere Kräfte einsetzen sollten.

Ich erinnere mich noch genau an das erste Mal, als ich aufblickte und den Rücken meiner Mutter nicht mehr sah. Er war nicht das Ende gewesen, sondern der Anfang. Um uns herum war der Boden frei, der Weg offen. Ich war hungrig, und die Luft roch schwach nach Essen. Kleine Geschöpfe, die sich irgendwo in der Nähe versteckten. Jetzt waren wir dran. Jetzt mussten wir uns wie ein Strom freier Schlangen auf der Erde ausbreiten, um den bitteren Geschmack des Fruchtwassers durch den von Fleisch zu ersetzen.

Ich tastete mich von den leeren Eierschalen hinunter zur trockenen Erde. Lautlos bewegte ich mich zwischen den kleinen Steinen voran. Die Tiere mussten hier irgendwo sein, aber die Gerüche in der Luft waren fern und schwach.

Ich machte mich darauf gefasst, mich ruckartig vorwärts zu bewegen und über die Erde zu zischen. In mir steckte ein Jäger, der mir Befehle erteilte, ganz ohne mein Zutun. Doch ich stellte fest, dass auch die Luft ihre Grenzen hatte. Überall, wo ich hinglitt, stieß ich gegen eine unsichtbare Barriere. Ich züngelte in der Luft, aber diese Barriere hatte keinen Geschmack. Sie war einfach da, eine neue Wahrheit. Verwirrt lag ich da und versuchte, es zu verstehen. Diesmal wusste ich, dass auf der anderen Seite etwas sein musste. Ich konnte es deutlich sehen, hören und riechen. Jetzt bewegte es sich sogar. Ein Wesen, das so riesig war, dass Mutters Rücken dagegen klein wirkte. Das Beeindruckendste an seiner Größe war, wie es mich überragte. Es kam näher, hob eines seiner langen Gliedmaßen und klopfte an die Barriere, klopfte, klopfte, klopfte, sodass die Vibrationen durch meinen Körper schossen.

# Liv

Alles drehte sich. Der Raum bewegte sich im Kreis, sodass ich die Wände nicht mehr von der Zimmerdecke unterscheiden konnte und meine Arme nicht von den Händen des fremden Mannes, die mich herumwirbelten. Menschen, die in einem Strom aus Haut und Farben an mir vorbeizogen. Ich sah Haare und Kleider und jemanden, der lachte. Ich lachte zurück, ohne zu wissen, in wessen Gesicht. Ich hatte zu viel getrunken. Ich versuchte, mich auf einen Fixpunkt zu konzentrieren. Auf das schwarze Ledersofa und den dazugehörigen Sessel. Die verstaubten Bilder an den Wänden, die die Vermieterin wahrscheinlich für wenig Geld gebraucht gekauft hatte. Auf die Kommode in der Ecke, knallrot – Ingvars Kommode, die nie benutzt wurde. Egils CD-Player, aus dessen Lautsprechern rhythmische Reime dröhnten – Egil war immer derjenige, der als Erster die Musik fürs Wohnzimmer aussuchte. Ich mochte Ingvars Musik lieber – sie war depressiver und psychedelischer und entsprach mehr meinen Gefühlen. Egils Tanzmusik und seine ganze Ausgelassenheit, dieses brennende Bedürfnis, dass das Leben eine einzige lange Party sein sollte, all das machte mich unruhig. Hätte ich nicht gewusst, dass er ein ganz anderer Mensch war, wenn seine lärmenden Kommilitonen nicht da waren, hätte ich mir nicht so viel Mühe gegeben. So war unsere Beziehung. Wir gaben und nahmen.

Die Person, die mich herumwirbelte, hatte ein Gesicht, das sich so schnell veränderte wie Sand am Meer. Ich wollte anhalten und versuchte, meine Arme wegzuziehen, ihn loszuwerden, aber stattdessen zog er mich näher zu sich. Bewegte sich langsamer. Strich mit der Hand über mein Haar. Mir wurde schwindelig, ich hielt mich an ihm fest, um nicht zu fallen. Er umfasste meine Schultern, drückte mich an sich und wiegte mich hin und her, mal im Takt, mal gegen den Takt der Rapmusik. Mir kam es so vor, als würden die Bewegungen im Raum nicht zum Rhythmus passen, alles schien hinterherzuhinken. Ich wusste auch nicht, ob ich der Schwerkraft trauen konnte. Oben war nicht immer oben – manchmal war es links, und ich hatte keine Ahnung, wo mein Kopf, mein Bauch und meine Beine waren, wo oben und unten an meinem Körper war, ob irgendetwas davon zusammengehörte. Teile, die nicht wirklich passten, die man aber doch zusammenfügen konnte, ein vergeblicher Versuch, ein Puzzle zu lösen. Genau das war ich.

Ich legte das Gesicht an seinen Pullover und berührte mit den Händen den Aufdruck an der Brust. Die Musik wummerte durch meine Finger. Vor einer Weile hatte Egil mir Wasser geben wollen und mich gebeten, mich zu setzen. Ich hatte ihn nur ausgelacht und ihm das halb volle Glas Wasser über den Kopf geschüttet. Die Erinnerung daran, wie wütend er gewesen war, brachte mich zum Lachen.

»Worüber lachst du?«, fragte der Typ.

Ich betrachtete die Silberkette um seinen Hals und dann sein Kinn, ein rundes Kinn. »Ich habe nur daran gedacht, wie schlecht die Band ist«, sagte ich und drückte meinen Finger gegen den Aufdruck seines Pullis, wobei ich keine Ahnung hatte, was er darstellte. Wieder kicherte ich, diesmal lauter. In diesem Moment packte er mein Kinn, krallte die Finger darunter und hob mein Gesicht an. Er presste seine Lippen auf meine und schob seine Zunge, die nach etwas Bitterem schmeckte, erbarmungslos dazwischen.

Ich löste mich aus seinem Griff, brauchte frische Luft. Ich drängte mich zwischen den tanzenden Körpern hindurch in Richtung Tür. Plötzlich erinnerte ich mich an das Glas Bananenlikör, das mir jemand in die Hand gedrückt hatte, und daran, wie scheußlich es geschmeckt hatte. Ich stützte mich auf einen Stuhl und versuchte, die Kotze hinunterzuwürgen, aber es war zwecklos. Es gelang mir, die Terrassentür zu öffnen und zum Geländer zu hechten. Braun-gelbes Erbrochenes ergoss sich über die Terrassenwand und das Blumenbeet. Einige Spritzer fielen auf die grünen Stängel und die rosafarbenen Blütenblätter. Wir sollten uns um den Garten kümmern, das war unsere Aufgabe, aber die Vermieterin hatte es längst aufgegeben – sie selbst mähte den Rasen und jätete die Beete. Jetzt hatte ich wenigstens ein wenig Dünger ausgebracht.

Ich ging über den Rasen, immer noch den Geschmack von Erbrochenem im Mund. Ich pflückte ein großes Blatt von einem Baum und leckte es ab, um meine Zunge von dem Geschmack zu befreien. Ich lehnte mich an den Stamm und spürte die kühle Feuchtigkeit der Blätter auf meinem Gesicht. Dann schloss ich die Augen und versuchte, den Weg zurück in eine Welt zu finden, die sich nicht anfühlte, als würde sie auf hoher See treiben. Zumindest tat es gut, von der Musik, den Menschen und dem Lärm wegzukommen.

»Zigarette?«

Der Typ, mit dem ich getanzt hatte, lehnte an der Hauswand und hielt mir eine Schachtel hin. Das Feuerzeug flackerte unter seinem Gesicht. Ein kindliches Gesicht auf einem großen Körper. Sein Kopf war fast völlig kahl rasiert, die verbliebenen Haarstoppel so blass, dass sie mit dem Schädel zu verschmelzen schienen. Er war schlank und trug einen Kapuzenpullover, der ihn klein aussehen ließ, wie eine Kopie von Eminem. In seinem Ohr steckte ein funkelnder Diamant.

»Scheiße, ja«, sagte ich.

Er kam mit der Zigarettenschachtel auf mich zu, lehnte sich an den Baum, indem er den Arm über meinem Kopf ausstreckte. Der Geruch seines Rasierwassers verursachte in mir ein mulmiges Gefühl. Sein Gesicht war so nah an meinem, er wollte, dass ich meine Zigarette mit seiner anzündete. Jetzt kam es wieder hoch. Ich hielt die Zigarette zur Seite und beugte mich vor. Er packte mich an den Haaren, als das Erbrochene herausspritzte. Ich übergab mich und spürte, wie sich meine Muskeln anspannten – dass mein Magen leer war, aber mein Körper noch nicht bereit war aufzugeben. Der harte Unterleib des Kerls drückte gegen meinen Hintern. Seine Hand auf meinem Bauch lag tiefer, als mir lieb war.

Ich wischte mir den Mund mit dem Arm ab, was eine klebrige gelbe Spur auf dem Ärmel hinterließ. Ich saugte an der winzigen Glut, die am Ende der Zigarette übrig war, bis sie wieder glühte, während ich zur Treppe ging. Der Typ blieb auf dem Rasen stehen und beobachtete mich, während ich rauchte. Seine Augen waren so dunkel, dass sie schwarz wirkten. Sein Gesicht war schmal und fast haarlos. Trotzdem schätzte ich ihn auf ein paar Jahre älter als ich. Manchmal merkt man es einfach, ohne zu wissen, wie. Er wartete, bis ich meine Zigarette auf einer Stufe ausgedrückt hatte. Wenn ich jetzt ins Haus ging, würde er mir nur folgen. *Warum kann ich nicht dein Zimmer sehen, warum nicht, warum nicht?* Ich musste mich so unauffällig wie möglich davonschleichen.

»Normalerweise gewinne ich«, sagte ich und spürte, dass die Zigarette geholfen hatte, obwohl ich immer noch sehr betrunken war.

»Du gewinnst normalerweise was?«

Ich zeigte auf ihn. »Anstarr-Wettbewerbe. Ich bin eigentlich der sturste Mensch, den ich kenne, aber du bist ein echter Herausforderer.«

Er kam auf mich zu und legte eine Hand auf meine Hüfte.

»Ich starre gerne«, sagte er. Er ließ seine Hand nach hinten gleiten, um eine meiner Pobacken zu umfassen, und drückte zu.

Erneut stieg Übelkeit in mir auf – ich erinnerte mich an Patricks Atem. Ich unterdrückte den Fluchtimpuls und beugte mich stattdessen näher zu ihm.

»Du bist wirklich verdammt hübsch«, flüsterte er und zupfte an meiner Unterlippe.

Ich lächelte und zog ihn näher zum Haus, zu einer Stelle, die nicht weit von der Terrassentür entfernt war, wo uns aber niemand sehen konnte, ohne nach draußen zu kommen. Ich setzte mich ins Gras und zog ihn zu mir herab. Ich kicherte und legte einen Finger auf meine Lippen.

»Leg dich hin. Mach die Augen zu.«

Er tat, was ich ihm sagte. Er lag flach auf dem Rücken, das Gesicht nach oben, die Augen geschlossen. Er lächelte abwesend, als ich begann, seinen Hosenstall zu öffnen. Ich zog ihm die Jeans aus und gleichzeitig seine Schuhe und Socken, die ich ordentlich neben ein Beet mit großen lachsfarbenen Blumen legte. Unter der Jeans trug er Boxershorts mit einem Logo am oberen Rand – die Sorte, die man oft unter Baggys trug. Ich stand auf, griff nach dem Gartenschlauch, der an der Hauswand lag, und klappte den roten Griff nach oben, um das Wasser aufzudrehen. Der Typ schrie auf, als ihn der eiskalte Wasserstrahl traf. Ich ließ den Schlauch fallen und rannte lachend zum Haus. Hinter mir hörte ich lautes Fluchen.

Ich schlug die Terrassentür zu und verriegelte das Schloss mit einem Klicken. Ich bahnte mir einen Weg durch die Menge und sah, wie Egil mit einem Mädchen tanzte, das lange rote Fingernägel hatte und ihm damit im Gesicht herumtatschte. Ich war mir ziemlich sicher, dass sie Brustimplantate hatte. Ich war immer wieder fasziniert von den Frauen, die er herbeizauberte. Sie mussten irgendwoher kommen, wo der Tussen-Kopierer rund um die Uhr lief.

Ich drängte mich durch Gruppen von Körpern, die sich unterhielten, drängelten und lachten, durch falsches Lächeln und künstlich hohe Stimmen, Finger, die mit Gläsern spielten. Ich drängte mich an einem Pärchen vorbei, das wild knutschte. Ich ging auf Ingvars Zimmer zu, öffnete die Tür und wurde von einer Wand aus Musik empfangen. Der Sänger von Bongzilla brüllte und grunzte aus den Lautsprechern. Ingvar hob die Hand zum Gruß und reichte seinem Nachbarn einen Joint. Der Raum quoll über vor Rauch und Menschen, das Bett und der Teppich auf dem Boden waren voll mit schwatzenden Körpern. Ich setzte mich auf den Boden und schob mich halb in eine

Gruppe von Kids, die so aussahen, als würden sie noch zur Schule gehen.

Als ich an der Reihe war, ließ ich mir Zeit mit dem Joint, nahm ein paar lange Züge und ließ ihn meine Brust füllen, während ich die Augen schloss. Bald fühlte ich mich weniger betrunken und zufriedener. Die Stimmen um mich herum wurden leiser, der Raum entfernte sich, ich konnte die Worte nicht mehr hören. Es war, als hätte sich etwas in meine Gehörgänge geschlichen, etwas, das sich ausdehnte. Es war wunderschön. Ich nahm einen letzten Zug und öffnete die Augen, um den Joint weiterzureichen. Da stand ein Mann in der Tür und sah mich an. Es war der Eminem-Typ, der im Garten hatte spielen wollen. Er hatte einen großen nassen Fleck vorne auf seinem Kapuzenpullover. Hinter ihm standen zwei Typen mit muskulösen Armen. Die Art, wie sie dastanden, erinnerte an eine Parodie auf einen Tarantino-Film. Der Eminem-Typ starrte mich an. Ich dachte, er würde wegschauen, aber weit gefehlt. Sein Blick blieb starr, als wäre er aus schwarzem Stein. Das kam nicht sonderlich gut, wie er zusammen mit den beiden Muskelprotzen dastand – neben ihnen sah er dünn aus, wie ein Schwächling. Es war so witzig, dass ich kichern musste, und einmal angefangen, konnte ich nicht mehr aufhören. Ich platzte fast, Lachtränen sammelten sich, und kurz darauf kippte ich nach hinten und krümmte mich vor Lachen.

Als ich wieder zur Tür blickte, war der Mann verschwunden. Ich merkte, dass es im Zimmer stiller geworden war. Als ich mich kichernd gegen das Bett lehnte, fühlte ich, wie mich jemand an der Schulter anstupste. Ich hob eine Hand und zog sanft an Ingvars Bart.

»Guter Stoff, Ingvar«, sagte ich und wischte mir die Tränen weg.

Ingvars Blick war ernst. »Was war das denn?« Er zeigte auf die Tür, wo der Eminem-Typ gestanden hatte.

»Nur so ein Kerl, der mich belästigt hat.«

Ingvar seufzte. »Na ja, der Typ, der dich belästigt hat, ist mein Dealer.«

Ich setzte mich auf. »Das ist David Lorentzen? Wenn du von ihm erzählst, klingt es immer so, als wäre er total unheimlich!«

»Er sah ziemlich angepisst aus.«

Ich zuckte mit den Achseln. »Ich werde nicht mit jemandem schlafen, nur damit du an deinen Stoff kommst.«

Ingvar seufzte noch einmal und setzte sich wieder auf das Bett. Aus den Lautsprechern dröhnte Weedeater, eine Band, die ich mochte, wenn Ingvar, Egil und ich den Nachmittag zu dritt verbrachten. Aber jetzt war die Musik viel zu laut, viel zu düster. Zusammen mit den Stimmen im Raum wurde sie zu einem brodelnden Chaos. So muss es in der Hölle klingen, dachte ich.

»Hey, Liv!«

Egil stand plötzlich über mir. Ich machte ihm Platz, damit er sich neben mich auf den Teppich setzen konnte, aber er beugte sich nur halb hinunter und warf einen Blick in Richtung zweier Mädchen, die auf ihn zu warten schienen.

»Ich habe mich nur was gefragt. Die beiden Ladys da drüben sind neugierig auf Nero – meinst du nicht, wir könnten ihn mal holen, nur ganz kurz?«

»Hör auf, Egil.«

»Nur ein bisschen? Oder sie könnten in dein Zimmer gehen und ihm Hallo sagen?«

Ich zog ihn näher zu mir, bis er das Gleichgewicht verlor und sich setzen musste. »Ich verstehe nicht, warum du ihnen überhaupt von ihm erzählt hast. Brauchst du Nero jetzt, um Bräute klarzumachen?«

»Er gehört nicht nur dir, weißt du. Wir sind doch die Schlangen-WG.«

»Vergiss es.«

Egil beugte sich zu meinem Ohr. »Gib mir den Schlüssel«, flüsterte er, aber ich stand auf und ging.

Als ich vor der Tür stand, zog ich an der goldenen Kette, die ich um den Hals trug, sodass der Schlüssel unter dem Ausschnitt meines Tops hervorlugte. Vorsichtig strich ich mit dem Daumen darüber. Ich hatte ihn vergolden lassen, als ich hier eingezogen war. Mein erster Schlüssel zu meinem eigenen Zimmer, das niemand betreten durfte, wenn ich es nicht erlaubte. Natürlich hatte ich auch einen Schlüssel für die Eingangstür meines sogenannten Elternhauses, aber mein Zimmer dort war immer offen, und viele Jahre lang hatte ich es mit Patrick geteilt. Für mich hatte es etwas Heiliges, so etwas zu besitzen, mein eigenes Glücksamulett.

Ich drehte mich um und vergewisserte mich, dass Egil nicht hinter mir stand, bevor ich den Schlüssel ins Schloss steckte. Kurz darauf war ich drinnen und hatte die Tür hinter mir abgeschlossen. Ich atmete auf.

Dann ging ich zu dem eigens angefertigten Terrarium am Fenster, in dem Nero auf einer Heizmatte lag. Die Amerikanerin hatte uns beim Kauf geraten, ihn in einem geschlossenen Raum zu halten. Selbst wenn das Terrarium einen Schiebedeckel hatte, konnte er hinausgelangen. Und sollte er das Haus verlassen, wäre das bald in den Nachrichten. Ingvar und Egil ließen ihre Zimmertüren den ganzen Tag offen stehen, also musste die Schlange bei mir bleiben. Ich öffnete den Deckel des Terrariums, nahm Neros geschmeidigen Körper vorsichtig in die Hand und hob ihn hoch. Seine gespaltene Zunge zuckte hervor. Er streckte sich und schien Ausschau zu halten.

»Hallo«, flüsterte ich. »Hast du mich vermisst?«

Ich kroch unter die Bettdecke und nahm ihn mit. Seine kleinen Schuppen kitzelten meinen Bauch, als ich ihn unter mein T-Shirt schob. Ich strich mit den Fingern über seine trockene Oberfläche. Als wir ihn bekamen, meinte Egil, er habe gedacht, Schlangen seien glitschig wie Schnecken oder klebrig und weich wie Würmer. Vielleicht hatte ich auch eine solche Erwartung in meinen Fingerspitzen gehabt – aber es stimmte nicht. Es kam mir eher so vor, als wäre Neros Körper mit lauter kleinen, glatten Fingernägeln bedeckt. Ich konnte nicht genug bekommen von dem Gefühl, seinen rauen Rücken zu berühren.

Kurz nach meinem Einzug wäre ich womöglich mit dem Kerl vorhin im Bett gelandet. Vielleicht hätte ich ihn sogar mitgenommen, nur damit ich nicht allein schlafen musste. Ein paar Mal probierte ich es aus, doch es half kein bisschen, sondern endete immer mit einem Gefühl von Unwohlsein, einem Brennen zwischen den Beinen und zu wenig Platz, um sich beim Schlafen umzudrehen. Das Bett mit Nero zu teilen, war dagegen eine Art Linderung. Ich lag da und lauschte seiner Stimme im Zimmer, versuchte mich an die Worte zu erinnern, die er mir in jener Nacht zugeflüstert hatte, aber er schwieg. Hatte ich mir das alles nur eingebildet?

»Sprich mit mir«, flüsterte ich und spürte, wie mir eine Träne über die Wange lief. Ich war überrascht. Normalerweise weinte ich nicht.

# Roe

»Willst du mit mir tanzen?«

Ronja lächelt und streckt ihre kleine Hand aus. Sie ist beschwipst, ihre Wangen sind rosig. Ihre braunen Locken, die sie sonst mit einem Haargummi zusammengebunden hat, hängen jetzt offen. Ronja Solskinn – Sonnenschein – heißt sie. Ein Nachname, der ein Versprechen ist, und niemand löst dieses Versprechen besser ein als Ronja. Sie ist die Verkörperung von »offen und einladend«, immer noch geprägt von der Naivität, die ihr das Erwachsenenleben noch nicht ausgetrieben hat. Sie hat noch einiges vor sich.

»Danke, das ist sehr nett von dir, aber ich tanze nicht.«

Die Bar, die sie sich ausgesucht haben, ist überfüllt. Betrunkene torkeln umher, reden zu laut, lehnen sich plötzlich über einen Stuhl oder sprechen dich an. Der beliebteste Ort der Stadt, sagen sie, wegen des Karaoke. Das Gekreische von Betrunkenen, die alle Hemmungen verloren haben und sich an ein Mikrofon klammern. Ein Riesenspaß, finden sie. Wenn man den Text nicht kennt, ist es noch lustiger.

Ronja beugt sich über den Tisch. Wirft einen Blick auf die anderen, die in Gespräche vertieft zu sein scheinen. Sie tippt etwas mit schnellen Daumenbewegungen in ihr Handy und zeigt es mir.

*Ich wollte dir nur sagen, ich fand es total okay, dass du wütend geworden bist. Sie haben kein Recht, dich nach solchen Dingen zu fragen.*

Ich bin später ins Restaurant gekommen – die anderen waren direkt von der Arbeit hergegangen, während ich noch ein paar Besorgungen machen und mir ein frisches Hemd anziehen durfte. So bin ich am schlechtesten Platz am Tisch gelandet, ganz hinten in der Ecke, im Fadenkreuz der persönlichen Fragen von Polizisten, mit denen ich seit meiner Ankunft nichts zu tun gehabt hatte.

Sie wollten wissen, ob es stimmte, was sie gehört hätten – dass ich meine Tochter verloren hatte. Teilnahmsvoll legten sie das Gesicht in Falten. Das Schlimmste ist, dass sie denken, sie seien nett. Sie glauben, es hilft mir, wenn sie die Lütte aus meinen Erinnerungen hervorzerren und mit ihr vor meinen Augen herumwinken. Sie begreifen nicht, dass sie kein Gesprächsthema ist – sie ist eine Tochter aus Fleisch und Blut. Am Ende forderte ich sie auf, den Mund zu halten – ohne Umschweife. Ich nicke Ronja zu, lächle dankbar.

Die Lütte hat mich mal einen Griesgram genannt. Zufällig war es genau dasselbe Wort, mit dem Ingrid mich oft beschrieb, als wir noch verheiratet waren. Aber so wütend wie heute war ich damals nicht. Schnell gereizt vielleicht. Prinzipientreu – auf jeden Fall. Manchmal war ich distanziert, weil meine Arbeit einen so großen Teil meines Lebens einnahm. Aber jetzt bin ich ein Griesgram. Der Griesgram in mir ist ein Freund geworden, ein Beschützer. Ich hasse ihn, aber ich brauche ihn auch. So weit ist es inzwischen gekommen.

Ich lösche Ronjas Nachricht und tippe mit ungeschickten Fingern meine eigene: *Es ist immer in Ordnung, wütend zu sein. Nicht gegenüber den Schurken, nicht bei Verhaftungen oder Vernehmungen, aber sonst immer.*

Sie nimmt das Handy und liest, was ich geschrieben habe. Dann nickt sie, richtet sich auf und geht zur Tanzfläche. Sie wirkt so unbekümmert, so frei. Ich bin froh, dass wenigstens die Musik zu laut ist, um auch nur ansatzweise ein vertrauliches Gespräch führen zu können. Die meisten anderen sind mit Ronja auf der Tanzfläche. Bald hat sie ihre Arme um die Schultern des Dänen gelegt, während er seine auf ihrem Rücken ruhen lässt. Ich frage mich, ob er der Richtige für sie ist – anständig genug scheint er zu sein. Aber sie wird sich langweilen. Ich glaube, diese jungen Mädchen brauchen Zeit, bevor sie sich festlegen. Immer auf der Suche und so verdammt offen. Sie wird immer wieder verletzt werden, bevor sie lernt, sich zu verschließen.

»Willst du was zu trinken?«, fragt Shahid. »Ich gebe einen aus.«

Seine Augen glänzen, und er beugt sich unnatürlich nah zu mir herüber. Shahid ist einer der praktischsten Menschen, die ich je getroffen habe. Seine Brille ist funktional, seine Schuhe sind bequem, und er geht mit einem grau-orangen Rucksack zur Arbeit, in dessen Seitentasche eine Wasserflasche steckt. Training und Transport in einem. Jetzt wedelt mein sonst so vernünftiger Chef mit seiner Visa-Karte in Richtung Bar. Betrunkene riechen Nüchternheit auf einen Kilometer Entfernung. Sie tun alles, um jede Spur von klarer Sprache oder Selbstachtung auszulöschen. Ich zeige auf mein halb volles Glas und sage, dass ich versorgt bin.

»Alles in Ordnung, Roe? Gefällt es dir bei uns auf dem Revier?«

Er versucht also, ein vertrauliches Gespräch zu führen, obwohl er schreien muss, um eine sturzbesoffene Frau in den Vierzigern zu übertönen, die glaubt, dass sie alle hohen Töne trifft. Auch wenn es mir nicht gut gehen sollte – was in gewisser Weise zutrifft –, werde ich nicht hier sitzen und es meinem Chef entgegenschreien. Ich überlege, ob ich gar nicht antworten oder ihn fragen soll, ob dies ein Mitarbeitergespräch ist.

»Alles gut, aber ich glaube, ich muss bald nach Hause.«

Er legt mir die Hand auf die Schulter, eine Geste trunkener Vertrautheit.

»Bleib noch ein bisschen, Roe. Du bist schließlich der Ehrengast.«

Der Ehrengast wollte nie eine Party zu seinem sechzigsten Geburtstag, aber das scheint keinem aufgefallen zu sein. Shahid ist selbst in den Fünfzigern und hat wahrscheinlich die ganze nordpakistanische Gemeinde eingeladen, um seinen letzten runden Geburtstag zu feiern.

»Bleib noch ein bisschen«, sagt er wieder. »Es ist schön, dass du hier bist. Es kommt nicht oft vor, dass wir alle zusammen ausgehen. Die soziale Komponente ist auch wichtig. Das weißt du sicher auch, mit all deiner Erfahrung, dass es hilfreich ist, seine Kollegen zu kennen, wenn man bei der Arbeit gut vorankommen will. Man muss reden und auch mal Dampf ablassen können. Über alles, was wir erleben. Aber heute Abend geht es darum, Spaß zu haben. Prost!«

Ich stoße mit ihm an. Er dreht sich zu den Leuten um, die auf der anderen Seite sitzen, und ich schaue in mein Bier, versuche zu atmen und zähle bis zehn. Ich würde ihm gern sagen, dass ich keinen Vortrag darüber brauche, dass Debriefings gut sind. Natürlich sind sie sinnvoll. Über Dinge, die mit der Arbeit zu tun haben, über Dinge, die man bei der Arbeit erlebt. Für Leute, die wenig Stress in ihrem Leben haben, die einfach ab und zu ein bisschen Dampf ablassen müssen, ist das in Ordnung. Aber für mich ist das unmöglich.

Ein ruhiges Lied beginnt. Ronja und der Däne tanzen eng zusammen, sie lehnt ihren Kopf an seine Brust. Sie wirkt so klein und zierlich, während er riesig ist und sich um sie zu legen scheint. Hände, in denen ihre ertrinken, Schultern, die ihre überschatten. Sie passen fast zusammen, aber nicht ganz, als wäre er eine zu große Version von dem, was sie hätte haben sollen. Er ist höflich, jemand, der alles unter Kontrolle hat. Das ist gut. Ich weiß nicht, warum es mich so interessiert, mit wem sie ausgeht. Ich finde es einfach nett, mit ihr zu reden, und ich will, dass es ihr gut geht.

Auf der Bank vibriert etwas – es kommt von Shahids Jacke, aber er merkt nicht, dass sein Handy klingelt, er redet einfach weiter mit dem Typen auf der anderen Seite. Ich muss ihn anstupsen, damit er reagiert. Er steht auf, doch anstatt sich an mir vorbeizuschieben, geht er in die andere Richtung und zwingt drei Kollegen, aufzustehen und ihn vorbeizulassen. So landet Åsmund neben mir. Er trägt ein frisches Hemd und einen Strickpullover.

»Na, wie geht's unserem Neuen?«

Ich zähle schon nicht mehr mit, wie oft mich heute Abend schon jemand gefragt hat, wie es mir geht. Es geht mir nicht so gut. Ich bin in eine neue Stadt gezogen, nur um festzustellen, dass sich nichts geändert hat. Wie dumm von mir. Jeder weiß, dass man immer sich selbst mitnimmt. Ich erhebe mein Glas und frage ihn, ob er bereit sei für die bevorstehenden Schulbesuche, nur um Gesprächsstoff zu haben.

Es gibt einen Grund, warum es leicht ist, mit Åsmund zu reden. Für ihn bleibt alles an der Oberfläche. Die Arbeit, das Wetter und der Stress. Åsmund freut sich auf die Rente. Er freut sich darauf, endlich in der Sonne auf der Terrasse zu sitzen und die Vögel im Garten zu beobachten. Ein alter Junggeselle, der vom einsamen häuslichen Glück träumt. Ich teile sein Interesse an Vögeln, aber für mich ist es etwas Dunkles. Ich beobachte die Vögel, weil sie mich an das erinnern, was mir fehlt. Ich beobachte, wie sie ihre Nester bauen und Futter für ihre Jungen sammeln, und ich denke an den Tag, an dem jemand mit einer Kettensäge kommt und den ganzen Baum fällen wird. Åsmund würde es nicht verstehen, wenn ich ihm das erzählte. Also reden wir meistens darüber, welche Vogelarten unsere Futterstellen besucht haben. Ich in meinem früheren Leben, er in diesem.

Die Musik verstummt. Eine Frauenstimme kommt aus dem Lautsprecher, räuspert sich und sagt, dass wir heute Abend ein Geburtstagskind haben. Ich schaue zur Bühne, wo Birte zusammen mit vier Kollegen steht.

»Roe Olsvik wird heute sechzig, also lasst uns ›Happy Birthday‹ singen!«

Åsmund greift meinen Arm und versucht, mich hochzuziehen, aber ich bleibe sitzen. Trotzdem haben die meisten schnell ausgemacht, wer das Geburtstagskind ist. Die ganze Kneipe schaut in meine Richtung und singt mit. Eine Kellnerin bringt eine riesige Torte mit brennenden Kerzen, die in der Dunkelheit des Raumes leuchten. Ich balle meine Fäuste unter dem Tisch und weiß, ich muss lächeln und mich bedanken und die Kerzen ausblasen und mir etwas wünschen, aber ich weiß einfach nicht, wie. Ich hätte die Person sein sollen, die gestorben ist, wenn irgendetwas in dieser verdammten Welt einen Sinn hätte. Ich hätte nicht so alt werden dürfen. Ich stehe auf. Das Lächeln ist ein steifer, falscher Strich in meinem Gesicht. Ich winke, verbeuge mich, nicke, während die Leute mich filmen und mit ihren Handys fotografieren. Ich puste die Kerzen aus. Ich muss ein zweites Mal tief Luft holen, bis sie alle erloschen sind.

Bald hat sich die halbe Bar um meinen Tisch versammelt, um mir zu gratulieren. Eine Frau, die selbst in den Sechzigern sein muss, will mir einen ausgeben. Sie ist so betrunken, dass sie nicht bemerkt, dass die Hälfte ihres BHs aus dem Ausschnitt ihres Tops ragt. Ich lehne höflich ab. Aber wenn mich noch jemand anspricht, explodiere ich. Mein Magen schmerzt, meine Brust verkrampft sich, und meine Wangen brennen. Ich versuche, mir einen Weg durch die Menge zu bahnen. Ich muss nur noch die Treppe hinunter und durch die Tür an die frische Luft. Gott steh mir bei, wenn ich noch eine verdammte Sekunde hierbleiben muss.

»Roe!«

Shahid steht auf dem Balkon inmitten einer Gruppe von Rauchern. Er hält sein Handy an die Brust gedrückt und hat offenbar gesehen, dass ich aufgestanden bin, um zu gehen. Er gibt mir mit einem Wink zu verstehen, dass ich zu ihm kommen soll. Für einen Moment überlege ich tatsächlich, ob ich zu ihm hinausgehen soll, aber ich habe keine Geduld mehr. Ich will nach Hause. Ich gehe an einem Paar vorbei, das eng aneinandergeschmiegt im Flur steht. Draußen auf dem Bürgersteig bleibe ich stehen und atme tief durch. Meine Lungen brennen.

»Roe!«

Shahid ist hinter mir hergelaufen. Er sagt ins Telefon, dass er zurückrufen wird.

»Es ist etwas passiert.«

Er sieht blass aus. Hält sein Handy zwischen zwei Fingern, als ob er etwas zu Heißes in der Hand hätte. Er schaut sich um, blickt zum Türsteher und zu ein paar jungen Mädchen, die ein Stück entfernt stehen.

»Ein Mädchen ist verschwunden. Elf Jahre alt. Wird seit neun Stunden vermisst.«

Ich räuspere mich. »Und sie wurde erst jetzt als vermisst gemeldet?«

Er nickt. »Da es sich um ein Kind handelt und die Kleine noch nie weggelaufen ist, werde ich sofort eine Fahndung einleiten. Hoffentlich finden sie sie noch heute Abend, aber nur für alle Fälle. Du weißt ja, wie das ist. Zeit kann kostbar sein, falls doch ein größerer Fall daraus wird. Wir können nicht alle heute Abend feiern, wenn sich morgen herausstellt, dass sie immer noch vermisst wird. Wir müssen nach Hause und schlafen, und zwar alle.«

Ich nicke und spüre, wie sich der Knoten in meiner Brust löst, eine Erleichterung. Ich räuspere mich noch einmal.

»Ich kann jetzt arbeiten.«

Shahid sieht mich erstaunt an. »Du musst erst nüchtern werden.«

Ich schaue auf meine Hände. Eigentlich wollte ich für mich behalten, was ich gleich sagen werde.

»Ich habe den ganzen Abend nur alkoholfreies Bier getrunken«, sage ich.

# Liv

In einem dunklen Raum saß ein Mädchen. Das lange schwarze Haar fiel nach vorne über ihr Gesicht. Sie saß auf einem Stuhl mit gerader Lehne mitten in einem Ring aus Wasser. Das Rauschen eines Fernsehers und ein schwacher Ton waren zu hören. Die Protagonistin des Films ging auf das Mädchen zu und streckte eine Hand aus, um es zu berühren. Dann ging es sehr schnell: Das Mädchen ergriff die Hand der Frau, der Raum drehte sich, und ein Schrei war zu hören. Die Frau erwachte in ihrem Bett. Auf ihrem Arm befand sich ein blutiger Fleck in Form einer Hand.

Ich bediente mich gierig aus der Popcornschüssel und lehnte meinen Kopf an Egils Schulter. Nero lag auf der Sofalehne hinter uns, sein Schwanz berührte meinen Hinterkopf. Draußen wehte nasser Schnee gegen die Fensterscheiben. Die Lampen, die wir vor Weihnachten über die Terrassentür gehängt hatten, baumelten dort nach den Feiertagen immer noch. Egil hatte Heiligabend bei seiner Familie verbracht und war mit dem starken Bedürfnis zurückgekehrt, sein Revier zu markieren. Es hatte sich angefühlt, als wäre die ganze Stadt zwischen Weihnachten und Neujahr hier bei ihm gewesen.

»Wir hätten einen Film wie *The Ring* selber drehen sollen«, sagte Egil. »Du wärst direkt in die Rolle von Samara geschlüpft, Liv.«

»Pssst!«, sagte Ingvar. Er saß in seinem Sessel und hatte die Füße auf einen alten Bierkasten gelegt. Seine dunklen Haare hingen ihm in die Augen.

»Ingvar könnte genauso gut Samara spielen«, meinte ich lachend. »Wir hätten uns bei der Rolle abwechseln können.«

Ingvar warf ein Stück Popcorn quer durch den Raum und traf mich im Gesicht. Ich warf es zurück, aber es segelte quer durch die Luft und landete auf dem Teppich. Egil kam mir zu Hilfe, indem er eine Handvoll Popcorn aus der Schüssel nahm und in Ingvars Richtung schleuderte. Ich stieß einen Freudenschrei aus und klatschte in die Hände.

»Hört auf, Kinder«, sagte Ingvar. »Einer hier will den Film tatsächlich sehen.«

»Du hast dir doch die japanische Version angeschaut«, sagte ich. »Du weißt, was passiert.«

»Ich schaue mir keine Filme an, um zu wissen, was passiert«, sagte Ingvar.

Es klingelte, und die Wohnungstür öffnete sich. Im Flur war Stimmengewirr zu hören.

»Wir bauen rasch auf«, rief einer von Ingvars Bandkollegen aus dem Flur. Ingvar antwortete mit einem wortlosen Ruf.

Auf dem Fernsehbildschirm hatte der Hauptdarsteller das Elternhaus des dunklen Mädchens gefunden und deckte allmählich die Vernachlässigung auf, der es ausgesetzt war. Egil streckte seinen muskulösen Arm aus, auf den Nero in der Zwischenzeit geklettert war.

»Ich meine ja nur«, sagte Egil. »Wenn er so lang geworden

ist, dass er über die ganze Rückenlehne dieses Sofas reicht, dann lassen wir ihn verdammt noch mal raus, wenn wir Besuch haben. Ich werde es tun, egal, was du dazu sagst. Irgendwann seid ihr beide nicht mehr da, und dann entscheide ich.«

»Vergiss es, Egil«, sagte ich. »Wenn ich umziehe, nehme ich Nero mit.«

»Es ist nicht nur deine Schlange, also ist es nicht allein deine Entscheidung«, sagte Egil. »Ich habe schließlich die Schlange und das Terrarium bezahlt.«

»Dein Vater hat bezahlt, meinst du.«

»Halt die Klappe.«

»Könnt ihr beide mal aufhören?«, fragte Ingvar genervt.

»Was ist eigentlich mit dir los, Ingvar?«, konterte ich. »Hast du deine Tage?«

Ingvar stand auf und schob sich die Popcornreste von der Kleidung.

»Ich habe keine Lust auf diesen Mist. Man kann sich mit euch beiden echt keinen Film anschauen.«

Ingvar verschwand im Flur. Ich richtete meinen Blick wieder auf den Bildschirm, aber ich hatte den Faden der Handlung nicht mitgekriegt.

»Ich mag das nicht«, sagte Egil. »Wenn du meinen Vater mit reinziehst. Das stört mich sogar ein bisschen.«

»Ich weiß«, sagte ich. »Es tut mir leid.«

»An Weihnachten habe ich sogar davon geträumt, ihn zu erschießen. So richtig in den Kopf.« Er formte seine Hände zu einer Pistole. »Er ist ein totaler Psychopath, das meine ich ernst. Er hat keinerlei Emotionen außer Gier und Unzufriedenheit. Ich glaube nicht, dass Leute wie er es verdienen, Macht über andere zu haben.«

»Leute wie er *haben* aber Macht über andere«, sagte ich.

Er nickte. »Ich sollte rebellieren. Irgendwie dafür sorgen, dass er bekommt, was er verdient. Eines Tages werde ich das tun. Etwas, das ihn an dem Punkt trifft, wo es wehtut – beim Geld. Das Haus abfackeln, den Safe ausräumen.«

Auf der Ablage neben dem Fernseher entsandte die Lavalampe eine große gelbgrüne Blase in Richtung Zimmerdecke.

»Stimmt etwas nicht mit Ingvar?«, fragte ich. »Er ist sonst nicht so empfindlich.«

Egil kaute ruhig das Popcorn, das er sich gerade in den Mund gestopft hatte.

»Da ist doch etwas, oder?«, sagte ich.

Er seufzte. »Ich habe ihn wegen ein paar Sachen ein bisschen verärgert. Nichts, worüber man sich Sorgen machen müsste.«

Ich hielt den Film an und drehte mich zu Egil um. Neros Zunge zuckte vor und zurück.

»Warum erzählst du mir nicht davon?«, fragte ich.

Egil sah zu Boden. »Weil ich glaube, dass du es nicht hören willst.«

»Spuck es einfach aus, Egil.«

Egil hielt die Schlange vor sich und starrte das schuppige Wesen an. »Er ist Patrick ein paar Mal zufällig in der Stadt begegnet«, sagte Egil. »Ich habe sie reden sehen.«

Sofort schloss ich die Augen und versuchte, die Erinnerungen zu verdrängen. An Patrick, der nach Bier und schlechter Körperpflege roch. Er war grob, hatte schmutzige Haut und fettige Haare. Die Mädchen redeten über ihn und sorgten dafür, dass er es merkte. Abends stand er vor dem Spiegel und drückte Pickel aus.

»Ingvar hat gesagt, es ist schwierig, wenn der Typ einfach so auf ihn zukommt«, sagte Egil. »Ich meine, sie sind ja alte Freunde. Aber er hat versprochen, dass sie nicht zusammen abhängen.«

Alte Freunde. So war das eben. Man kannte sich. Es reichte nicht, sich eine Wohnung auf der anderen Seite des Fjords zu suchen, wenn man fliehen wollte.

»Ich finde, Ingvar hätte ihm einen rechten Haken verpassen sollen«, fuhr Egil fort. »Ich finde sogar, wir sollten jemanden holen, der ihm eine Lektion erteilt. Zum Beispiel diesen David, den Ingvar kennt – der könnte uns helfen.«

»Das kommt nicht infrage«, sagte ich. »Patrick ist schließlich mein Bruder.«

Egil schüttelte den Kopf. »Du machst dir Sorgen um ihn. Das hat er nicht verdient.«

»War er hier?«

In diesem Moment waren laute, durchdringende Instrumentengeräusche aus Ingvars Zimmer zu hören. Es klang, als versuchten sie, eine Kreissäge zu imitieren. Nero schien von dem Lärm gestresst zu sein. Ich nahm ihn von Egils Schultern.

»Scheiß drauf«, sagte ich. »Ich gehe jetzt und lese was.«

# Ronja

August riecht nach frischem Rasierwasser und Whisky. Er hat die Arme um mich geschlungen, sodass ich in seiner Umarmung fast ertrinke. Jetzt beugt er seinen Kopf zu mir herunter, bis zu meinem Gesicht, so nah, dass ich die Poren seiner Haut sehen kann. Auf seinem sonst so glatten Kinn beginnen sich blonde Stoppeln zu bilden. In der Bar singen alle »Happy Birthday«. Wir stehen auf der Treppe, etwas versteckt zwischen Fremden, aber jeden Moment könnte jemand von den Kollegen kommen. Ich schaue in Richtung Bar, aber ich sehe niemanden, den ich kenne. August ist sehr betrunken. So habe ich ihn noch nie erlebt. Sein Blick ist glasig, sein Lächeln ein langer Strich. Ich kichere. Ich bin es nicht gewohnt, sein Gesicht so zu sehen. Es ist ein seltsames Gefühl, meine Arme um seinen Hals zu legen, die Wärme seines Atems zu spüren, etwas, das sich so fremd anfühlt.

Das ist keine gute Idee, überhaupt keine gute Idee, wir sind schließlich Kollegen, aber es ist fast so, als würde es nicht wirklich passieren. Er riecht gut, und ein kleiner Kuss kann nicht schaden. Ich muss mich auf die Zehenspitzen stellen, um an ihn heranzukommen.

Seine Lippen sind schmal und etwas weicher, als ich es mir vorgestellt hatte. Seine Zunge bewegt sich vorsichtig, ein kleines, spitzes Geschoss. Ein leises Schmatzen entweicht meinen Lippen, als ich mich zurückziehe. Ich kichere wieder und lehne meine Stirn an seine Brust. Schüttle den Kopf. Er haucht mir warme Luft in die Haare.

»Vielleicht sollten wir nicht weitermachen, zumindest nicht jetzt«, sagt er auf Dänisch.

»Nein«, kichere ich und ahme ihn nach. »*Vielleicht* lieber nicht.«

Jemand rempelt uns im Vorbeigehen an. Ich hebe den Kopf und sehe den breiten Rücken von Roe, der gerade die Stufen hinuntergeht. Der Chef folgt ihm – sie eilen die Treppe hinab und verschwinden. August weicht vor mir zurück. Ich vergrabe mein Gesicht in den Händen, die Hitze glüht auf meinen Wangen.

»Glaubst du, sie haben uns gesehen?«

Ich gehe ein paar Schritte, richte meine Frisur – ich habe keine Ahnung, wie sie aussieht, jetzt, wo er mir mit den Fingern durchs Haar gefahren ist. »Ich glaube, wir sollten zu den anderen gehen, bevor sie zurückkommen.« Ich mache mich auf den Weg und versuche, nicht an meinen Haaren herumzufummeln. Ich habe auch keine Ahnung, wie mein Make-up aussieht – vielleicht ist die Wimperntusche komplett verschmiert, aber das wird wohl kaum jemandem auffallen. Ich hebe den Kopf und begegne Birtes Blick. Sie schaut von mir zu August, zieht eine Augenbraue hoch und lächelt. Ich hätte wissen müssen, dass wir niemandem hier etwas vormachen können.

Ich stelle mich in die Schlange an der Bar. Ich will mit niemandem reden, nur ein Glas Wasser trinken und dann nach

Hause gehen. Birte kommt auf mich zu und fasst mich am Arm.

»Ich liebe dieses Lied«, sagt sie. »Los, komm mit tanzen!«

Ich schüttle den Kopf, aber sie lässt nicht locker und zieht mich auf die Tanzfläche. Sie legt einen Finger unter mein Kinn und hebt es an.

»Kopf hoch, Prinzessin.«

Also tanzen wir. Es fühlt sich schon besser und freier an, als an der Bar zu stehen und mich zu schämen. Vielleicht war es das, was Birte wollte, warum sie so auf mich zugekommen ist. Ich werfe die Haare zurück, schaue an die Decke und verliere mich in der Bewegung. Die Discokugel färbt unsere Gesichter mit ihrem silbrig schimmernden Licht, wir singen »Wannabe« von den Spice Girls mit und lachen.

Dann packt mich jemand am Ellbogen und dreht mich um. Für einen Moment erwarte ich, dass es August ist, aber da steht Shahid. Er sieht gestresst aus.

»Die Party ist vorbei«, sagt er. »Wir müssen nach Hause und ausnüchtern, und zwar alle.«

# Liv

Ihr Küchenschrank war ein Portal zur Kuchenwelt. Sie holte Aniskringel, Wienerbrød, Gewürzkuchen und eine Butterdose mit Glashaube heraus. Die Serinakekse lagen wahrscheinlich schon seit Weihnachten da. Sie füllte den Kaffee in Porzellantassen mit Blumenmuster. Der Braunkäse klebte an meinem Gaumen, und ich spülte Brot und Kuchen mit großen Schlucken Milch hinunter.

»Die machen da unten das reinste Chaos«, sagte sie. »Das ist zu viel Arbeit für eine alte Frau. Mein Sohn ...« Sie holte ein Foto, auf dem ein Mann mittleren Alters abgebildet war, und zeigte es mir. »Er würde gerne helfen, aber er hat schon genug zu tun. Als er das letzte Mal hier war, hat er die Hälfte von ihnen zum Tierarzt gebracht. Es ist schrecklich, so etwas tun zu müssen, aber wenn man sich nicht um sie kümmern kann ... Nun, es ist schön, dass es wenigstens ein paar junge Leute wie dich gibt, die Tiere lieben.« Sie tätschelte meinen Arm mit einer weichen Hand.

Wenn die alte Frau ging, winkelte sie die Ellbogen an, krümmte den Rücken und streckte die Brust heraus. Sie ähnelte einem seltenen Vogel. Ich hatte nie eine Großmutter gehabt, jedenfalls keine, die ich kennengelernt hatte. Ich wusste nicht, ob es eine gab, die noch am Leben war, oder wie sie mich empfangen hätte, wenn sie mir begegnet wäre. Ich wusste nicht, ob sie Arme hatte wie diese Frau – bei der die Haut in schweren Falten von den Unterarmen hing, runzlig und mit Muttermalen übersät wie mit Sternen.

Sie führte mich in den Keller, wo sie eine Decke anhob, die wie ein Vorhang von einer Arbeitsplatte herabhing. Unter der Arbeitsplatte lagen sie, eine Katzenmutter und zwei winzige Flauschbälle in einem Karton. Die Kätzchen quäkten, als das Licht auf sie fiel, und begannen herumzutollen. Die Frau hob ein kleines weiß-gelb-braunes Kätzchen hoch, das erschrocken quietschte. Sein Fell war dünn und weich. Das Kätzchen lag auf dem Bauch in meiner Handfläche, wie in einem Löffel, und zappelte hilflos mit den Beinchen. Es miaute schwach und klammerte sich an meine Hand. Behutsam legte ich das Kätzchen an meine Brust.

»Hallo, du«, sagte ich. »Du kommst mit mir nach Hause.«

Ich musste zu Fuß nach Hause gehen. Ich traute mich nicht, den Bus zu nehmen, weil ich Angst hatte, dass mich jemand erkennen würde. Ich schaute die Leute an, die mir auf der Straße begegneten, und versuchte herauszufinden, ob ich sie kannte, bevor sie mich sahen. Ich hielt den Rücken gerade, obwohl ich den Impuls verspürte, mich zu ducken, wegzulaufen, mich zu verstecken. Gleichzeitig bemühte ich mich, dem Schneematsch auszuweichen, aber es war vergeblich. Das Wasser drang in meine Schuhe ein und machte die Hosenbeine meiner Jeans nass.

Es war eigentlich ein langweiliger Weg, aber noch nie hatte

er so viel Angst in mir ausgelöst. Die Transportbox schaukelte in meiner Hand. Jedes Mal, wenn ich sie ein wenig schräg hielt, rutschte das Kätzchen auf die andere Seite und gab ein leises Miauen von sich. Es war erst Mittag. Die Straßen waren relativ leer – in dieser Gegend war zu der Tageszeit wenig los, solange ich die Pausen der umliegenden Schulen mied. Egil und Ingvar würden auch erst in ein paar Stunden nach Hause kommen.

Nero gab sich nicht mehr mit einer Maus oder einer Ratte zufrieden, die er ab und zu bekam. Er nahm sie und verschlang sie, aber sie sättigten ihn nicht. Er hielt mich nachts wach. Seine uralte Stimme bohrte sich in meine Gehörgänge. Er attackierte mich, wann immer er konnte, um mir zu zeigen, wie wütend er war, weil er nicht genug zu essen hatte. Jetzt hörte ich nie mehr die Worte *Liv* oder *Lieb*, sondern nur noch *Jagd, Jagd, Jagd*. Noch hatte er mich nicht gebissen, aber es fehlte nicht mehr viel.

Ich überquerte die Straße. Ging dicht an den letzten Resten der rußgeschwärzten Schneehaufen entlang. Es war nicht mehr weit und das Risiko gering, gesehen zu werden, aber meine Nerven trauten mir nicht. Das Miauen ging weiter. Was sollte ich sagen, wenn ich jemandem begegnete? Die Lüge musste einen wahren Anteil haben, wenn sie glaubwürdig sein sollte – das war immer so –, aber was daran sollte der wahre Anteil sein? Ich passte für eine alte Dame auf das Kätzchen auf, während sie im Krankenhaus lag. Eine gute Freundin der Familie von früher. Nein, das war zu kompliziert. Die Transportbox glühte zwischen meinen Fingern, das Miauen brachte meine Schläfen zum Pochen. Nur noch wenige Meter an der Straße. Ich vermied es, einen Blick in Richtung des Autos zu werfen, das abgebremst hatte und an mir vorbeifuhr. Es war ein ganz normaler Tag, es war ein ganz normaler Tag, ich war nur gerade beim Tierarzt gewesen, ich passte für eine Freundin auf das Kätzchen auf. Sie hatte gerade ihre Abschlussprüfungen. Welche Freundin?

Endlich näherte ich mich der Wohnung. Als ich abrupt um die Ecke bog, setzte das Miauen wieder ein. Ich musste ruhig bleiben. Jetzt gab es nur noch ein Hindernis, und das war das riskanteste. An den Fenstern im Erdgeschoss vorbeigehen, eine Lüge parat haben, falls die Vermieterin mich sehen sollte – als wäre ausgerechnet dieser Punkt für sie inakzeptabel. Sie schaute nie aus dem Fenster, weder tagsüber noch abends, sie blieb immer hinter den Vorhängen – aber wer wusste das schon so genau? Vielleicht war heute der Tag, an dem sie zufällig in dem Augenblick hinausschaute, in dem ich vorbeikam. Ich hielt den Käfig wie einen Koffer, ging gemächlich über den Platz vor dem Haus und schaute hinüber. Da stand sie im Küchenfenster. Ihr grauweißes Haar hing wie eine Wolke um ihren ausgemergelten Kopf. Sie stand da und war mit irgendetwas beschäftigt, und gerade, als ich ins Küchenfenster sah, schaute sie heraus. Automatisch hob ich meine freie Hand, um ihr zuzuwinken, aber sie wandte sich nur wieder ihrer Arbeit zu.

Ich bemühte mich, nicht zu zittern, während ich die Treppe hinunterging. Ich musste ruhig bleiben. Ich hatte mir das Kätzchen nur für ein paar Tage ausgeliehen, natürlich würde ich die Vermieterin um Erlaubnis fragen, wenn ich zu der Entscheidung gelangen sollte, dass es etwas für mich war. Mit zitternden Händen versuchte ich, die Haustür zu öffnen, während das Fiepen aus der Transportbox drang. Wenn ich es mir für ein paar Tage ausgeliehen hatte, warum hatte ich dann Egil und Ingvar nichts davon gesagt? Andererseits, warum sollte sich jemand die Mühe machen, mir diese Fragen zu stellen?

Mein Blick glitt über das Schuhregal und den Fußboden davor, obwohl ich wusste, dass Egil in einer Vorlesung war und Ingvar bei einem Freund – er würde den ganzen Tag mit seiner Band üben. Ich stand im Flur und schaute aus dem Fenster in den Garten und zum Zaun. Ein paar Autos fuhren vorbei. Ich konnte immer noch zu der alten Dame zurückgehen, die mir das Kätzchen geschenkt hatte, und ihr sagen, dass ich allergisch sei und es mir anders überlegt hätte. Vielleicht hätte ich mich besser gefühlt, wenn ich Egil und Ingvar hätte einbeziehen können. Zusammen mit ihnen hätte ich es als ein aus dem Ruder gelaufenes Spiel abtun können. Wir hätten uns gegenseitig hochschaukeln können. Aber ich hatte mich nicht getraut, sie zu fragen – und ich wollte es auch nicht. Ich wollte es allein erleben, nur geleitet von dem Wunsch, dem Trieb, meine Schlange zu füttern.

Mit dem goldenen Schlüssel schloss ich mich in meinem Zimmer ein. Ich stellte die Transportbox auf den Boden und nahm Nero aus seinem Terrarium. Ich ließ ihn oft frei im Zimmer herumkriechen, aber im Terrarium war es wärmer. Vermutlich hasste er es, darin zu liegen, denn ich hörte, wie er wütende Worte ausspuckte, wenn ich ihn hineinsetzte, doch ich wusste, dass er die Wärme der Heizmatte brauchte. Er wollte Freiheit, aber ich war mir ziemlich sicher, dass er nicht verstand, was das bedeutete.

Nero ließ sich hochheben und auf den schmutzig beigen Teppich setzen. Er war in kurzer Zeit so groß geworden, dass es immer schwieriger wurde, ihn herumzumanövrieren, aber er war immer sehr gehorsam, wenn er Futter roch. Er hatte bereits das neue, winzige Wesen im Raum gewittert. Er kroch zur Transportbox, seine gespaltene Zunge zuckte suchend in der Luft umher.

Ich öffnete die Box, griff hinein und packte den winzigen Körper. Das Kätzchen fiepte und strampelte mit den Beinchen. Die hauchdünnen Härchen seines Fells standen ab, als hätte es in eine Steckdose gegriffen. Es wimmerte, wenn man es auf den Arm nahm, wenn man ihm über den Rücken strich, wenn man es auf den Boden setzte, wenn es in einem Raum mit Luft und Bewegung war – wenn es überhaupt existierte. Vielleicht gab es nichts, was ein solches Wesen nicht erschreckte, außer der Wärme seiner Mutter, der es jetzt entrissen worden war.

In meinem Körper schrillten die Alarmglocken, in meinen Ohren rauschte es, und das Adrenalin schoss mir durch den Körper, aber ich erinnerte mich daran, dass das Schicksal dieses Tieres schon vor langer Zeit besiegelt worden war. Niemand sonst hatte sich für den Wurf interessiert, die anderen waren bereits zum Tierarzt gebracht worden, um eingeschläfert zu werden. Es wäre besser gewesen, sie im Wald auszusetzen und sie einem Fuchs zum Fraß vorzuwerfen. Es gab schon viel zu viele Katzen in norwegischen Haushalten – die Besitzer tapezierten die Wände der örtlichen Geschäfte mit Aushängen von Katzen, die sie verschenken wollten, ohne Erfolg. Besser, man gab einem hungrigen Tier etwas zu fressen, dachte ich, als dass man das Hinterzimmer einer Tierarztpraxis mit einem weiteren Kadaver füllte, weil die Menschen nicht in der Lage waren, sich um ihre Haustiere zu kümmern. So hatte es wenigstens einen Nutzen.

Nero bewegte sich schnell auf seine Beute zu, die unsicher auf den winzigen Beinchen umherwankte. Vielleicht sah das

Kätzchen die Bewegung, einen gleitenden und wogenden Körper. Dann bemerkte es den Kopf der Schlange und stieß einen Schrei aus. Nicht das Miauen eines Kätzchens, sondern einen Schreckensschrei wie den eines Menschen. Er wurde umgehend erstickt, als sich Neros Zähne in den zarten Hals des Kätzchens bohrten. Dann war da nur noch die Bewegung des Schlangenkörpers, der sich immer fester um seine Beute zusammenzog.

Schlangen sind wenigstens ehrlich, dachte ich. Sie versuchen nicht, ihre Taten mit moralischem Gerede zu verschleiern. Wir Menschen sprechen in der einen Minute von Gut und Böse und sündigen in der nächsten gegen alles, was wir gerade gesagt haben. Der Mensch ist eine Spezies, die Mauern aus Holz und Stein errichtet, um sich selbst und das sogenannte Böse zu schützen. Er nennt seine Beute Fleisch und tut so, als sei sie nie lebendig gewesen. Warum dieses Spiel? Wenn eine Frau ihren Mann tötet, wird sie verurteilt, denn ihre Tat gilt als widernatürlich. Warum werfen wir nicht stattdessen einen Blick auf das Spinnenweibchen, das seinen Partner direkt nach der Paarung verschlingt? Und erkennen, dass wir auch das sind? Dass auch dies Natur ist?

Neros steinerner Blick ruhte einen Moment auf mir, als wolle er mir danken, bevor er begann, das Kätzchen zu verschlingen. Mir wurde übel, und ich war völlig überwältigt. Spürte ein heftiges Pochen in Brust, Bauch und Schritt. Ich zog Jeans und Slip aus und rieb mich innerhalb weniger Sekunden zum Orgasmus.

# Mariam

*Kristiansund*
*Freitag, 18. August 2017*

Ich sitze am Esstisch im Wohnzimmer und bin wie gelähmt. An den Wänden blinken die Reflexe der Blaulichter von draußen, das Warnsignal für die ganze Nachbarschaft, dass etwas passiert sein muss. Aber nichts ist passiert. Ich weigere mich, das zu glauben. Sie hat sicher nur jemanden besucht. Schlimmstenfalls hat sie sich irgendetwas in den Kopf gesetzt und ist in einen Bus gestiegen. Ich weigere mich zu glauben, dass etwas Schlimmes passiert ist. Sie werden sie in ein, zwei Stunden finden. Sie wird einen Erwachsenen um Hilfe bitten oder von selbst nach Hause kommen. Kinder verschwinden und tauchen wieder auf, so etwas kommt ständig vor.

Sie haben mich gebeten, in der Nähe des Telefons zu bleiben, für alle Fälle. Vor mir liegen mein Handy und das von Iben nebeneinander auf dem Tischset. Ich beobachte das blaue Flackern der Lichter an der Wand, atme tief ein und aus. Ich hätte ins Bett gehen sollen. Morgen ist Samstag – Iben hat ein Handballspiel, und ich habe versprochen, einen Kuchen für den Verkauf zu backen. Die Tüten mit den Lebensmitteln stehen noch auf der Arbeitsplatte – wahrscheinlich sind die Eier alle zerbrochen, und die Milch ist sauer. Ich muss morgen früh noch einmal einkaufen gehen, bevor ich mit dem Backen anfangen kann. Sie kann mir helfen, wenn sie wieder da ist. Ich hoffe, sie ist nicht so weit weg, dass sie heute Abend nicht nach Hause kommt – ich mag den Gedanken nicht, dass sie friert und Angst hat. Oder dass sie mit der falschen Sorte von Erwachsenen spricht.

»Mariam Steinersen Lind?«

Ein Mann steht in der Tür. Er hat die Schuhe ausgezogen, trägt eine Jeans und ein weißes Hemd. Er ist groß und breitschultrig. Sein dunkles Haar ist von einigen grauen Strähnen durchzogen, er hat dichte Augenbrauen und eine schiefe Nase. In der Hand hält er eine abgewetzte Ledertasche mit Druckknopfverschluss. Er sieht aus wie eine Mischung aus Klempner und Lehrer.

»Hauptkommissar Roe Olsvik.« Er hält einen Ausweis in der Hand und geht auf mich zu. Sein Händedruck ist fest.

»Roger?«

»Roe. R. O. E. Das ist ein nordischer Name – er bedeutet Ehre.«

Er kommt aus Ålesund. Sein Dialekt tanzt in meinen Ohren. Die breite Brust hebt sich, als er seinen Namen sagt. Er lässt meine Hand los, öffnet die Ledertasche und holt ein Diktiergerät heraus. »Ich muss Ihnen ein paar Fragen stellen, Mariam. Ich hoffe, das ist in Ordnung?«

Automatisch schweift mein Blick durch den Raum. Noch mehr Fragen sind das Letzte, was ich jetzt gebrauchen kann. Ich will einfach nur die Augen schließen und so tun, als wäre dieser Tag nie passiert. Morgen ist alles wieder normal.

»Ich habe schon mit … ich weiß den Namen nicht mehr … geredet.«

Er nickt. »Ich weiß. Das ist gut, aber ich würde auch gern mit Ihnen reden. Wenn das okay ist?«

Sein Ton gefällt mir nicht. Ich finde seine Freundlichkeit so aufgesetzt, als wolle er mich bezirzen. Eigentlich ist er mir gar nicht sympathisch.

»Darf ich Sie um einen Gefallen bitten, Mariam? Ich bin etwas überstürzt hergekommen und habe vergessen, etwas zum Schreiben mitzunehmen. Hätten Sie zufällig einen Stift und ein Blatt Papier für mich?«

Ich frage mich, ob er zu den Menschen gehört, die es nett finden, immer mit dem Vornamen angesprochen zu werden – als ob ich meinen eigenen Namen nicht kennen würde.

»Reicht das Diktiergerät nicht?«

Er schenkt mir ein schwer zu deutendes Lächeln.

»Natürlich, aber Sie wissen ja, wie das ist. Alte Gewohnheiten. Ich mache mir gerne Notizen auf Papier – das gibt mir die Sicherheit, dass wichtige Informationen nicht verloren gehen. Wenn es nicht zu viel Mühe macht?«

Ich stehe auf und gehe in die Küche. Ich glaube, ich habe hier irgendwo Papier herumliegen, aber ich benutze es so selten. Ich krame zwischen den Kochbüchern herum, öffne eine Schublade mit Holzkellen, Servierlöffeln und einem Schneebesen und finde schließlich einen Notizblock mit einem Rezept für süße Brötchen und einer Einkaufsliste. Außer einem türkisfarbenen Glitzerstift, der Iben gehören muss, finde ich nichts zum Schreiben. Ich betrachte ihn, mit all seinen schillernden Farben. Sie liebt Pastellfarben, sie ist wirklich noch ein kleines Mädchen. Warum habe ich ihr diese Zeitschrift nicht einfach gegeben?

Als ich ins Wohnzimmer zurückkehre, steht dort der Polizist

mit einem unserer Familienfotos in der Hand. Er nickt mir zu und stellt es wieder in die Schrankwand.

»Sie haben eine schöne Familie, Mariam.«

Meine Tochter ist weg. Warum steht er da und singt ein Loblied auf eine amputierte Familie, als wäre sie ganz? Ich schaue auf das Bild, auf dem Iben lächelnd zwischen Tor und mir steht, die Sonne scheint ihr ins Gesicht. Sie versteckt sich vor mir. Wenn sie zurückkommt, werde ich ihr zeigen, was sie angerichtet hat. Ich werde sie zur Polizeistation schleppen, damit sie ihr dort erklären, wie viele Leute nach ihr gesucht haben. Tor wird schildern können, wie er durch die Straßen gelaufen ist und ihren Namen gerufen hat, wie viel Angst er hatte. Der vorherige Polizist fragte mich nach den Telefonnummern von Ibens Freundinnen. Ich blieb ihm eine Antwort schuldig und gab ihm stattdessen die ganze Klassenliste. Tor ist derjenige von uns, der den Überblick über diese Dinge hat.

Wir sitzen uns am Esstisch gegenüber, wo ich seit einer Stunde mit den beiden Handys warte und abwechselnd auf die Geräte und auf eine von Ibens alten Zeitschriften starre, die sie beim Essen immer wieder liest. Es ist so sehr Teil unserer Routine geworden, dass ich die Zeitschriften nicht mehr wegräume – sie ersetzt sie immer selbst, wenn sie neue besorgt hat.

»Mal sehen«, sagt der Polizist und schreibt etwas auf das Papier. »Man hat mich über Ihre bisherigen Aussagen informiert, aber ich habe noch ein paar weitere Fragen. Sie sagten, Iben sei nach einem Streit im Supermarkt weggelaufen?«

Ich spüre, wie meine Kehle trocken wird, und nicke.

»Erzählen Sie mir, was passiert ist, als sie weggelaufen ist.«

»Iben wollte ein Comic-Heft haben, aber ich wollte es ihr nicht kaufen. Wir haben uns gestritten, und sie ist davongerannt. Ich dachte, sie würde vor dem Laden auf mich warten oder zurückkommen, aber sie war weg.«

Er nickt.

»Haben Sie mit dem Sicherheitsdienst des Einkaufszentrums gesprochen oder mit jemandem im Laden?«

Ich war zu sehr mit meinen eigenen Gefühlen beschäftigt, um andere Menschen zu bemerken.

»Ich hatte einen vollen Einkaufswagen, der nicht ganz leicht zu schieben war. Außerdem dachte ich, sie würde am Auto warten.«

Er macht sich eine Notiz auf seinem Block.

»Als sie nicht beim Auto war, warum sind Sie dann nicht zum Einkaufszentrum zurückgegangen und haben das Sicherheitspersonal gefragt, ob sie sie gesehen haben?«

»Ich dachte, sie wäre nach Hause gelaufen. Es ist ja nicht weit.«

Er blickt auf. »Wäre jemand hier gewesen, wenn sie auf direktem Weg nach Hause gegangen wäre?«

»Tor war bei der Arbeit.«

»Hat sie einen Hausschlüssel?«

Ich schüttle den Kopf. Früher hatte sie einen, aber sie hat ihn verloren und sich erst ein paar Wochen später getraut, es uns zu sagen. Wir mussten alle Schlösser auswechseln.

Der Polizist tippt mit dem kleinen Glitzerstift auf den Notizblock.

»Das verstehe ich nicht ganz. Wenn sie keinen Schlüssel hatte, wie kamen Sie dann darauf, dass sie nach Hause gelaufen sein könnte?«

Ich blicke auf den Tisch. Ich weiß, ich hätte die gute Mutter sein sollen, die beklommen herumrennt und ihr Kind sucht.

Die weint und die Polizei ruft, obwohl sie ihr kleines Mädchen erst vor einer halben Stunde zum letzten Mal gesehen hat, weil sie solche Angst hat, solche Angst. Stattdessen hat eine andere Mariam das Kommando übernommen, eine, die wütend ist, anstatt Angst zu haben, die flieht, anstatt zu bleiben und zu suchen. Ich kann es der Polizei nicht erklären, aber das muss ich auch nicht. Sie ist einfach weggelaufen und versteckt sich irgendwo.

Er räuspert sich. »Sie dachten also, dass Iben nach Hause gegangen ist. Dann sind Sie ins Auto gestiegen, aber Sie sind nicht nach Hause gefahren, oder?«

»Ich bin ein bisschen herumgefahren. In Richtung Trondheim. Das habe ich schon gesagt.«

Er nickt. »Sie waren wütend, haben sich von einer Elfjährigen ungerecht behandelt gefühlt und sind deshalb mit dem Auto allein durch die Gegend gefahren?«

Es klingt so kindisch, wie er es beschreibt. Wieder dieser Gesichtsausdruck, den ich nicht deuten kann – in dem eine Art Dunkelheit liegt. Er schreibt etwas auf den Zettel, vielleicht, dass ich die Frage nicht beantwortet habe.

»Wie lange waren Sie weg?«

»Wie ich schon sagte … ich war gegen zehn, halb elf wieder hier.«

»Das heißt, Sie waren zwischen sieben und acht Stunden weg. Ist das eine Angewohnheit von Ihnen, stundenlang mit dem Auto in der Gegend herumzufahren?«

Ich räuspere mich. »Das kommt nicht oft vor.«

Sein Blick durchbohrt mich. Warum ist er so wütend?

»Warum sind Sie einfach weggefahren, Mariam? Warum haben Sie nicht nach Ihrer Tochter gesucht?«

Ich habe die Schultern hochgezogen, ohne es zu merken. Mit Mühe senke ich sie und hole tief Luft. »Ich weiß es nicht.«

»Wissen Sie, ich habe das Gefühl, dass Sie mich anlügen, Mariam.«

Automatisch wandern meine Schultern wieder hoch. »Warum sollte ich lügen?«

Er räuspert sich und schlägt mit dem Stift rhythmisch auf den Notizblock. »Das können nur Sie beantworten. Vielleicht ist das, was Sie sagen, nicht wahr – dass Sie nicht versucht haben, nach ihr zu suchen. Woher soll ich wissen, ob Sie allein im Auto waren oder ob sie bei Ihnen war? Woher soll ich das wissen, Mariam?«

Er hat jetzt angefangen, immer wieder meinen Namen zu sagen. Es ist, als würde er mich damit stechen, ihn mir entgegenschleudern.

»Sie war nicht dabei«, sage ich. Meine Stimme zittert. »Sie war nicht im Auto.«

»Mir ist etwas anderes eingefallen«, sagt der Polizist. »Sie könnte im Kofferraum gewesen sein. War sie im Kofferraum, Mariam?«

»Nein!« Ich schlage so fest mit der Handfläche auf den Tisch vor mir, dass mein Tee umkippt. »Ich habe ihr nichts getan!«

Der Polizist läuft rot an. Er hustet. Dann öffnet er den Druckknopf seiner Ledertasche und holt etwas heraus, das in Plastik eingeschweißt ist, eine Broschüre oder eine Zeitschrift. Ein Comic-Heft. Er legt es vor mir auf den Tisch. Es befindet sich in einem Kunststoffbeutel mit Zip-Verschluss. Sexy Zombies mit glitzerndem Lippenstift.

»Ist das die Zeitschrift, die Sie Iben kaufen sollten, Mariam?«

Wenn er nicht bald aufhört, meinen Namen zu sagen … Ich halte es nicht mehr aus. Ich starre auf die Zeitschrift.

»Wo haben Sie die gefunden?«

»Hier in der Nähe, unten beim Kindergarten. Es gibt eine Abkürzung hier hoch, oder?«

Ich bringe es nicht fertig zu nicken. Mein Nacken verspannt sich. Im Freien gefunden. Das kann nicht stimmen. Das passt nicht. Der Polizist blättert im Notizblock und hält ihn mir zusammen mit dem Stift hin.

»Ich brauche eine Übersicht, wo Sie hingefahren sind. Wenn Sie irgendwo angehalten haben, um Essen zu kaufen oder so, dann brauche ich die Namen dieser Orte. Wenn Sie sieben oder acht Stunden unterwegs waren, müssen Sie doch etwas gegessen haben, oder? Ich brauche auch die Uhrzeit, wann Sie die Fähre nach Halsa genommen haben. Da Sie gesagt haben, dass Sie Richtung Trondheim gefahren sind, müssen Sie irgendwann die Fähre genommen haben. Es sei denn, Sie sind sieben Stunden lang im Kreisverkehr herumgekurvt.«

Ich betrachte den Notizblock, den er mir reicht. Dann blicke ich wieder auf den Comic mit den glitzernden Lippenstiftmündern. Sie hat die Zeitschrift mitgenommen und ist heimgelaufen, aber sie ist nicht angekommen.

»Ich entschuldige mich für den schroffen Ton«, sagt er. »Wir gehen natürlich davon aus, dass sie irgendwo steckt, jemanden besucht. Aber Sie wissen ja – die Polizei muss jeden Stein umdrehen.«

Er ist immer noch rot im Gesicht. Deutet auf den Notizblock.

»Imbissbuden, Tankstellen, falls Sie in einem Restaurant waren oder sonst wo. Jede Stelle, an der Sie heute waren.«

Ich nehme den Stift. Überlege, was ich gemacht habe. Wie ich versucht habe, so zu tun, als wäre alles normal, wie ich mich verhalten habe, als Iben weg war.

»Denken Sie, jemand könnte sie in einem Auto mitgenommen haben?« Meine Stimme zittert.

»Ich denke gar nichts«, sagt er.

»Tor hat es noch nicht begriffen«, sage ich. »Er hatte noch keine Zeit, darüber nachzudenken. Dass ich ... Sie wissen schon ... einfach wegfahren wollte.«

Der Polizist nickt. Er hält meinem Blick einen Moment stand, bevor er wieder wegschaut. Dann betrachtet er das Notizbuch in meinen Händen und wartet darauf, dass ich zu schreiben beginne.

# Liv

*Ålesund*
*Montag, 15. März 2004*

Ich war fünf, vielleicht sechs Jahre alt und lag in meinem Bett. Patrick saß im Wohnzimmer vor dem Fernseher. Ich hörte seltsame Geräusche von drüben, es klang, als würde er einen Film ansehen. Er hatte mir gesagt, dass ich mein Zimmer nach der Schlafenszeit nicht mehr verlassen dürfe, aber ich musste so dringend pinkeln. Das Glas Milch, das ich kurz vor dem Schlafengehen getrunken hatte und von dem er gesagt hatte, dass ich es bereuen würde – jetzt wollte es wieder raus. Ich stellte mir vor, dass das Pipi in der Kloschüssel ganz weiß sein würde. Wenn ich die Tür ganz leise öffnete, würde er es nicht merken, und ich könnte mich an ihm vorbeischleichen. Ich schloss meine Hand um die Türklinke und begann, sie langsam nach unten zu drücken, um kein Geräusch zu machen. Wenn ich mir auf die Zunge biss, konnte ich mich besser konzentrieren. Ich wollte ihn nicht stören, ich würde nur schnell auf die Toilette gehen und mich dann gleich wieder ins Bett legen. Die Geräusche wurden lauter, als ich die Tür einen Spalt öffnete, es war das Kichern von Frauen. Vorsichtig steckte ich den Kopf hinaus. Patrick saß mit dem Rücken zu mir auf der Couch. Sein Haar hinten im Nacken war lang. Ich starrte auf den Bildschirm und versuchte zu verstehen, was ich da sah. Die Gesichter von zwei Frauen am Bildrand, die kicherten. Zur Seite geneigte Köpfe, lange Zungen, tanzende Haare. Eine von ihnen hatte ihre Hand um den Pipimann eines Mannes gelegt. Das Ding füllte die Mitte des Bildes aus, eine Eidechse, eine Schnecke. Die Frauen lachten und sahen in unsere Richtung, streckten ihre langen Zungen heraus. Was taten sie da?

»Sara«, sagte Patrick lachend. »Warum bist du auf?«

Ich schüttelte den Kopf. Ich wollte mich wegducken, wegsehen, aber in diesem Moment passierte etwas. Der Pipimann auf dem Bildschirm wuchs, streckte sich, wurde lang wie eine Schlange. Er kam heraus ins Zimmer. Er schlängelte sich durch die Luft auf mich zu, ein riesiger Regenwurm.

Patricks Gelächter dröhnte in meinen Ohren.

Ich setzte mich abrupt auf. Die Vorhänge flatterten in den Raum, tanzten wie ein riesiger Umhang. Ich stand auf und schloss das Fenster. Dann kehrte ich zum Bett zurück, wo Nero lag. Als ich mich wieder hinlegte, streckte er neben mir seinen langen Körper aus und zeigte mir seine gelben, braunen und schwarzen Schuppen. Er war in kurzer Zeit unheimlich gewachsen – jetzt war er doppelt so groß wie damals, als wir ihn bekommen hatten. Ich strich mit einer Hand über seine glänzende Oberfläche. Normalerweise mögen Schlangen es nicht, wenn man sie streichelt, im Gegensatz zu Warmblütern. Ich dachte oft, dass unsere Beziehung etwas Besonderes war, aber soweit ich wusste, konnte ihn das Streicheln stören. Manchmal schien es so. Wie jetzt, als er sich als Reaktion darauf zu meinen Füßen zusammenrollte, Windung um Windung, und dann unten am Boden weiterglitt. Er kroch zur

Heizung unter dem Fenster und legte sich darunter an die Wand.

Ich stand auf, ging die wenigen Schritte durchs Zimmer und kniete vor ihm nieder. Streckte eine Hand aus, um die Verbindung zwischen uns wiederherzustellen. Ich zog ihn heran, wollte ihn zu mir nehmen, aber er wehrte sich. Er hob den Kopf und zischte mich an. Wie immer hörte ich in diesem Zischen wütende Befehle. Er stieß mit dem Kopf in meine Richtung, und ich musste zurückweichen.

Es war jetzt einen Monat her, dass ich das Kätzchen besorgt hatte. Schlangen können viel länger ohne Nahrung auskommen, aber ich hatte bemerkt, dass er wieder hungrig wurde. Ich versuchte, ihm Hühnerfilet zu geben, aber er rührte totes Futter nicht mehr an. Stattdessen schnappte er nach meinem Arm und zischte mir seine Befehle zu. Das Einzige, was unsere Beziehung beherrschte, war meine Unfähigkeit, ihm etwas zu fressen zu beschaffen. Er konnte sich nicht vorstellen, wie schwer es das letzte Mal gewesen war, wie riskant – wie es sich angefühlt hatte. Er begriff nicht, dass die Beute nicht einfach da war, wenn er sie brauchte.

Mein Körper zitterte, als ich mir einen Bademantel überzog und in die Küche ging. Ich fand die Lokalzeitung auf dem Boden zwischen dem Altpapier, schlug sie bei den Kleinanzeigen auf und suchte die Rubrik »In gute Hände abzugeben«. Es gab jede Menge Anzeigen von Haustierbesitzern.

»Da bist du ja!« Ingvar stand in der Tür. Er trug ein T-Shirt, auf dem in großen grünen Buchstaben »Sleep« stand, dazu das Bild einer dunklen Karawane, die durch eine Wüste zieht. Es war das Motiv vom Cover des Albums *Dopesmoker*. Ich faltete die Zeitung zusammen und legte sie auf den Tisch.

»Du bist um diese Zeit schon wach?«, fragte ich.

Er zuckte mit den Achseln. »Ich bin Musiker.«

Er öffnete den Schrank und nahm eine Tasse heraus, die er mit Wasser aus dem Hahn füllte.

»Wir sehen dich in letzter Zeit kaum noch«, sagte Ingvar. »Du bist die ganze Zeit da drin.« Er deutete mit einem Nicken in Richtung meines Zimmers.

»Ich muss viel lernen.«

»Auch nachts?«

Ich blickte auf meine nackten Füße hinunter. Unter meinem großen Zeh hatte sich eine Wollmaus verfangen. Ich schob sie mit dem anderen Fuß weg.

»Schläfst du schlecht?«, fragte Ingvar.

»Ich hatte einen Albtraum«, antwortete ich.

Er setzte sich mir gegenüber an den Tisch und fuhr sich mit der Hand durch den Bart. »Hast du in letzter Zeit mit Egil gesprochen?«

Ich schüttelte den Kopf. »Ich bin doch die ganze Zeit da drin, oder?«

»Er hat sein Examen nicht bestanden. Sein Vater will ihm kein Geld mehr geben.«

»Ich wusste nicht, dass es so schlimm ist«, sagte ich.

»Es wird noch schlimmer. Sein Vater hält nichts davon, dass er hier bei uns wohnt. Er meint, wir hätten einen schlechten Einfluss auf ihn.«

Ich lachte. »Du musst zugeben, dass er schon irgendwie recht hat.«

»Er hat damit gedroht, Egil zu enterben. Egil ist stinksauer. Du kommst doch zu seiner Geburtstagsfeier, oder?«

Ich zupfte an meinem Daumennagel herum. »Ja.«

Ingvar starrte auf den Tisch. »Du weißt, dass du jederzeit mit mir … reden kannst. Wenn du das Bedürfnis hast.«

Ich lachte. »Ja. Du bist die beste Freundin, die ich habe, Ingvar.«

»Hör auf, Witze zu machen.« Er sah mich an. »Ich meine es ernst.«

Ich versuchte, die Erinnerungen wegzublinzeln. Die rhythmischen Klatschgeräusche im Zimmer, wenn Patrick dachte, ich würde schlafen. Die späteren Besuche im Halbdunkel.

»Du triffst ihn nicht mehr in der Stadt?«

Ingvar nickte.

»Und er kommt nie wieder hierher?«

Er schüttelte ruhig den Kopf. »Versprochen.«

Ich blickte Ingvar an und schüttelte ebenfalls den Kopf. »Es ist zu dunkel.«

»Für dich vielleicht. Aber nicht für mich.«

Die Flecken, die Patrick hinterließ, waren klebrig und rochen süßlich. Es war sinnlos, sie wegzuwischen, und die Bettwäsche war am nächsten Tag nicht immer sauber. Wenn ich an das Mädchen dachte, Sara Scheie hieß sie, erinnerte ich mich an diesen Geruch. Ich schaute zu Ingvar, dann wieder auf meine Füße. Ich stampfte auf.

»Was habe ich dir erzählt?«, fragte ich. »An dem Abend, als ich total betrunken war und angefangen habe, über Patrick zu reden. Ich weiß nicht mehr, was ich gesagt habe.«

»Ich will es nicht wiederholen«, sagte er. »Für das, was er getan hat, hätte man ihm den Schwanz abschneiden sollen.«

»Das war nicht das Schlimmste«, flüsterte ich.

Es gab einen Teil, den ich nicht in Worte fassen konnte. Wie sich das kleine Mädchen, das ich einmal war, mit der Zeit verändert hatte. Sie wurde immer anhänglicher. Klammerte sich an ihren Bruder, forderte seine Aufmerksamkeit. Tanzte in der Küche um ihn herum. Manchmal war sie es sogar, die zu ihm ins Bett kroch.

»Das Schlimmste war, dass ich ihn geliebt habe«, sagte ich zu Ingvar. »Deshalb musste ich gehen.«

Ich nahm seine Umarmung an. Ingvars warme, bärtige Wange, seine Arme, die meine umfassten. Ich lehnte mich an seine Schulter und schluchzte.

»Das war keine Liebe«, sagte er. »So ist Liebe nicht.«

»Für mich ist Liebe so.«

# Ronja

*Kristiansund*
*Samstag, 19. August 2017*

Auf dem Weg zur Polizei schaue ich noch im Laden vorbei, um Paracetamol, Salzcracker und einen Energydrink zu kaufen. Das Storkaia-Einkaufszentrum steht da wie immer und zeigt keine Anzeichen von dem, was gestern hier passiert ist. Ich bezahle an der Kasse und öffne die Crackerpackung auf dem Weg nach draußen. Ich stecke mir den ersten Cracker in den Mund und schwinge mich auf mein Fahrrad, um das letzte Stück zur Arbeit zu fahren. Mir kommt ein Gedanke: Was auch immer geschehen sein mag, es ist fast direkt vor der Nase der Polizei passiert – vielleicht sogar, während die meisten von uns feierten. Ich bin mir nicht einmal sicher, ob ich schon ganz nüchtern bin, aber ich habe nicht vor, noch eine Minute länger zu warten.

Ich hoffe, August ist noch nicht zur Arbeit gekommen. Es wäre schön, noch eine Weile so zu tun, als wäre gestern nichts passiert, aber sobald ich durch die Eingangstür des Gebäudes gehe, höre ich seine Stimme. Und nicht nur das, ich bin mir sicher, dass ich ein gedämpftes »Verdammt noch mal« auf Dänisch höre. Wütend habe ich ihn noch nie erlebt. Ich folge dem gedämpften Fluchen. Es kommt aus Shahids Büro. Die Tür ist geschlossen, also muss er da drin wirklich laut sprechen. Die übrigen Worte verstehe ich nicht, aber seine Stimme wird lauter, und der Chef antwortet in einem Ton, der ihn wahrscheinlich beruhigen soll. Dann öffnet sich die Tür, und August tritt heraus. Ich muss ein paar Schritte zurückweichen, damit er mich nicht anrempelt, und lasse dabei meinen Energydrink auf den Boden fallen. Er schaut mich überrascht an, dreht sich um und geht den Flur entlang zu seinem Büro.

»Hallo, Ronja«, höre ich die Stimme des Chefs.

Ich spüre, wie mir die Röte ins Gesicht steigt. Ich bücke mich, um den Energydrink aufzuheben.

»Ich war gerade auf dem Weg in mein Büro«, murmle ich.

»Schön, dass du so früh da bist«, sagt Shahid. »Du bist eine der Ersten. Hör zu – Tor Lind, der Vater des vermissten Mädchens, kommt in einer halben Stunde. Wir müssen noch einmal mit ihm sprechen und später mit seiner Frau. Wir brauchen jemanden, der bei den Vernehmungen dabei ist und sich Notizen macht. Kannst du das machen?«

»Natürlich.«

»Wenn sich der Fall hinzieht, wirst du andere Aufgaben bekommen, aber jetzt brauchen wir dich dafür am dringendsten. Ich werde mir die Aufnahme selbst ansehen, ich muss nur vorher noch ein paar Dinge erledigen. Sprich mit August ab, wie ihr es angeht.«

So hatte ich mir das nicht vorgestellt – normalerweise arbeite ich mit Birte zusammen. Normalerweise habe ich kein Problem damit, flexibel zu sein. Und so werde ich es auch jetzt halten. Ich beiße die Zähne zusammen, bis ich wieder in meinem Büro bin. Ich habe eine halbe Stunde, um nüchtern zu werden, um aufzuwachen, um diese Kopfschmerzen zu vertreiben, um meinen Puls zu beruhigen und die Röte in meinem Gesicht loszuwerden. Alles wird gut.

Als ich Augusts Büro betrete, ist seine Miene schwer zu deuten. Erwartungsvoll und skeptisch zugleich. Den Kuss von gestern spüre ich noch als kleines Glühen auf meinen Lippen, auch wenn es sich seltsam anfühlt. Mir ist unbehaglich zumute, ich möchte ihm am liebsten nicht in die Augen sehen, aber es wird nur noch unangenehmer, wenn ich es nicht tue.

»Shahid hat mich gebeten, bei den Vernehmungen dabei zu sein«, sage ich. »Notizen zu machen.«

Er wirkt erleichtert. Als hätte er gedacht, dass ich über die letzte Nacht sprechen wollte. Unwillkürlich reibe ich mit einem Fuß über den Boden und verursache ein Geräusch, bei dem er mich schräg ansieht. Er ist Vernehmungsbeamter und gewohnt, auf Anzeichen von Nervosität zu achten. Und schon stehe ich blöd da.

»Das ist gut«, sagt er und tut so, als sähe er die aufsteigende Röte in meinem Gesicht nicht. »Ich führe die Vernehmung alleine durch, aber es wäre gut, wenn du vom Beobachtungsraum aus zuschaust. Mach so viele Notizen wie möglich.«

Als er aufsteht, streicht er sich zweimal mit den Händen über die Oberschenkel – ich zeige nicht als Einzige Anzeichen von Nervosität. Er streckt einen Arm aus, und ich gehe vor ihm den Gang hinunter zum Beobachtungsraum, während er den Vernehmungsraum betritt, um zu überprüfen, ob alles bereit ist. Wir können zusammenarbeiten. Ich muss mich nicht unwohl fühlen, weder weil ich ihn gleich eine Stunde lang über einen Bildschirm anstarren werde noch wegen dem Gerede der anderen – wen interessiert das schon? Ich bin Profi, ich kann mein Privatleben da raushalten und meine Arbeit machen.

Auf dem Weg in den Beobachtungsraum wird mir klar, dass ich vor der Vernehmung auf die Toilette gehen sollte – es wäre dumm von mir, etwas zu verpassen. Ich eile zur Toilette und fühle mich wie ein verkatertes Teeniemädel bei der Arbeit. Ich bin gerade zurück, als August mit Tor Lind den Vernehmungsraum betritt und einleitend damit beginnt, ihm seine Rechte vorzulesen.

August schlüpft leicht in die Rolle des vertrauenerweckenden Fragestellers. Er fragt, ob Lind Probleme habe, sein Dänisch zu verstehen, ob er ein Glas Wasser möchte, und entschuldigt sich für den Zustand der Räumlichkeiten. Mit geradem Rücken sitzt Tor Lind auf seinem Stuhl im engen Vernehmungsraum. Seine Hände liegen im Schoß, unter dem blauen Hemd und der zugeknöpften grauen Strickjacke ist ein kleines Bäuchlein zu sehen. Er hat silberblondes Haar, das sich an den Schläfen zurückzieht. Eine silberfarbene Brille umrahmt seine blauen Augen. Er ist Mitte fünfzig, einige Jahre älter als seine Frau. Lind ist ein attraktiver Mann. Er hat eine gewisse Ausstrahlung. Mir fällt auf, dass er ruhig und gefasst wirkt und auf die ersten Fragen zum Fall klare Antworten gibt. Dem Beamten, der ihn gestern befragt hat, erzählte er, dass er gegen siebzehn Uhr nach Hause gekommen sei. Er habe erwartet, dass Mariam und Iben schon zu Hause wären. Als sie nicht da waren, habe er seine Frau und seine Tochter auf ihren Handys angerufen, aber keine von beiden erreicht. Mariam kam erst gegen halb elf nach Hause. Sie war allein.

»Kann jemand bestätigen, dass Sie zu Hause waren?«

Lind hat eine Antwort parat. »Mein Nachbar von gegenüber hat den Rasen gemäht. Haben Sie mit ihm gesprochen?«

August nickt. »Ja, aber gibt es jemanden, der bestätigen

kann, dass Sie nicht mehr rausgegangen sind, dass Sie die ganze Zeit zu Hause waren?«

»Dann hätte man mich durch das Fenster sehen müssen. Ich war allein zu Hause.«

Ich blicke auf Augusts Finger. Sie sind dünn und unheimlich lang, er hat sie auf dem Tisch vor sich ineinander verschränkt. Alles an ihm ist eigentlich zu groß und zu dünn, wie bei einer Comicfigur. Ich berühre meine Lippen. Blöd. Wirklich blöd.

»Haben Sie Ihren Computer benutzt?«, fragt August.

»Ja! Ja, das habe ich. Ich habe mich hingesetzt und ein paar Artikel im Internet gelesen. Wenn ich nicht gerade versucht habe, Mariam anzurufen.«

»Was haben Sie gelesen?«

»Ich habe nach Nachrichten gesucht. Verkehrsunfälle und so, irgendwas, das erklären könnte, warum sie nicht nach Hause gekommen sind. Ich habe auch im Krankenhaus angerufen, um herauszufinden, ob sie da sind.«

»Wann haben Sie im Krankenhaus angerufen?«

»So gegen sieben oder acht, glaube ich.«

Ich notiere mir die Zeiten und dass wir Linds Browserverlauf überprüfen und im Krankenhaus anrufen müssen. Mir fällt auf, dass Tor Lind über den Tisch gebeugt dasitzt, August in die Augen schaut und nicht sonderlich nervös wirkt. Dass er einige Fragen zu den Ermittlungen stellt und ob wir glauben, dass wir Iben lebend finden werden. Es erfordert viel Selbstdisziplin, sich so zu präsentieren, wenn man nicht unschuldig ist, aber wir dürfen nicht vergessen, dass er Politiker ist. Er hat die Gabe, zu reden, und ist es gewohnt, vertrauenswürdig zu wirken.

»Erzählen Sie mir, wie Sie Ihre Frau kennengelernt haben«, sagt August. »War es hier in Kristiansund?«

»Ja. Sie war Kellnerin in meinem Lieblingsrestaurant. Eigentlich hat sie mich entdeckt.«

»Eigentlich? Warum sagen Sie das?«

»Na ja, sie ist jünger und sieht besser aus als ich.«

Er ist vielleicht zehn Jahre älter als seine Frau. Kein ungewöhnlicher Altersunterschied, aber offensichtlich etwas, das ihn stört. Ich frage mich, ob er sich über irgendetwas in ihrer Beziehung unsicher ist. Vielleicht hat er Angst, dass sie ihn nicht so liebt, wie er dachte.

»Wie ist die Beziehung zu Ihrer Frau heute, nach so vielen Jahren Ehe?«

»Natürlich haben wir auch schlechte Tage. Die gibt es in jeder Ehe, aber ich liebe sie, das spüre ich jeden Tag.«

»Liebt sie auch Sie?«

Er zögert, überlegt.

»Ja, ich glaube schon. Aber man kann nie sicher sein. Mariam hat es manchmal schwer. Es gibt Tage, an denen sie uns ihre Liebe nicht zeigen kann, aber ich vertraue darauf, dass sie da ist. Das sage ich ihr auch.«

Ich schreibe auf, dass der Befragte auf Fragen nach seiner Beziehung zu seiner Frau offen und ehrlich zu antworten scheint, und füge in Klammern hinzu, dass er ein guter Ehemann zu sein scheint. Dann denke ich noch einmal nach und stelle fest, dass er sein Familienleben beschönigt. Als wolle er selbst die Schattenseiten in ein gutes Licht rücken.

»Hat Ihre Frau eine psychische Diagnose?«

Lind schüttelt den blonden Kopf. »Nein, das nicht, aber sie hat eine schwere Zeit hinter sich. Und damit Sie es wissen, Iben ist nicht meine leibliche Tochter. Ich kann selbst keine Kinder bekommen. Iben ist das Ergebnis einer Vergewaltigung.«

Es wird still im Vernehmungsraum. Tor Lind faltet die Hände auf dem Tisch, schaut August ernst an. Ich schreibe »Vergewaltigung« hin, unterstreiche das Wort mehrmals. Mariam hat nichts davon gesagt. Alle sind davon ausgegangen, dass Iben Tors leibliches Kind ist.

»Mariam ist stark«, sagt Lind. »Sie kommt schon zurecht. Aber an manchen Tagen merke ich, wie sehr der Vorfall sie geprägt hat. Auch zu Iben kann sie hart sein – und ich weiß, dass sie darunter leidet, wenn sie ihre Probleme an ihrer Tochter auslässt. Mariam hatte auch eine harte Kindheit, und das macht die Elternrolle wahrscheinlich noch herausfordernder. Natürlich will niemand die Fehler seiner Eltern wiederholen.«

»Hat Mariam die Vergewaltigung damals angezeigt?«

Lind schüttelt den Kopf. »Sie weiß nicht, wer der Täter war. Es war ein Überfall, es war dunkel, und sie hat niemals Anzeige erstattet. Als ich sie kennenlernte, lag es schon ein paar Monate zurück, sonst hätte ich mich mehr bemüht, sie zu einer Anzeige zu bewegen.«

»Iben ist also nicht Ihr leibliches Kind. Aber erzählen Sie mir doch in eigenen Worten, wie Ihr Verhältnis zu Iben ist.«

»Sie ist mein Kind. Ich würde sie nicht mehr lieben, wenn sie mein biologisches Kind wäre. Und wenn ich mit dieser Befragung fertig bin, gehe ich sofort wieder raus und suche meine Tochter.«

# Liv

Ich lag unter der warmen Bettdecke, sein Körper dicht an meinem, während die Bässe von der Party draußen die Bettpfosten und die Matratze zum Vibrieren brachten. Die Ohrringe rieben an meinem Hals, die Strumpfhose an meiner Taille. Nero lag teilweise unter meinem Kleid, sein trockener, rauer Körper an meinem Bauch. Er bewegte sich ein paar Mal zu meinem Dekolleté hinauf und kitzelte meine Haut mit seinen Schuppen, die rau und glatt zugleich waren.

Ein plötzliches Hämmern an der Tür, harte Fäuste.

»Liv, verdammt noch mal!«, rief Egil und ruckelte an der Türklinke.

Ich verbarg meinen Kopf unter der Decke, zog die Schlange näher an mich heran und betrachtete die fast leblosen Augen mit den Pupillen, die wie waagerechte Schlitze aussahen.

»Ich gehe da nicht raus«, flüsterte ich. »Ich bleibe lieber hier bei dir.«

Erst vor wenigen Stunden war ich noch bereit gewesen. In einem neu gekauften Kleid hatte ich mich an die Sofakante gelehnt und mich vor dem Wandspiegel geschminkt. Egil war mit einem Hemd hereingekommen, das aussah, als hätte es ein hal-

bes Auto gekostet. Ich verkniff mir die Frage, ob er seine Kredit-
karte benutzt hatte. An der Wand stand in großen Lettern: »Egil
wird 20«. Er lief hin und her und ratterte die Namen aller Gäste
herunter, die kommen würden. Es war schön, fast wie damals,
als ich gerade hier eingezogen war. Ich hatte einen winzigen
Funken Erwartung gespürt, während wir Tabletts mit roten,
gelben und grünen Wodka-Shots angerichtet hatten.

Ich war bereit gewesen – auch auf die Gefahr hin, David oder
irgendeinem anderen Idioten zu begegnen, der mich zu irgendetwas drängen wollte. Ich wollte bereit sein, damit Egil die Party
bekam, die er verdiente, denn er war ein wirklich guter Kum-
pel. Das Einzige, womit ich nicht gerechnet hatte, war, dass er
wieder anfangen würde, mich zu nerven – noch bevor ein einziger Gast eingetroffen war.

»Das ist das einzige Geburtstagsgeschenk, das ich mir von
dir wünsche, Liv. Keiner versteht, warum sie ihn nie sehen dürfen. Sie denken, ich hätte ihn erfunden.«

»Ich verstehe nicht, warum du ihnen überhaupt von ihm erzählt hast«, sagte ich.

»Weil ich keine seltsamen Regeln habe«, knurrte Egil.

»Musst du so angeben, um Aufmerksamkeit zu bekommen?«, fragte ich. »Hast du Angst, dass sie dich nicht mehr so
respektieren, jetzt, wo dein Papa die Nabelschnur durchschnit-
ten hat?«

Egils Mund stand offen. Sein Blick zeigte, dass er nicht glauben konnte, was ich gerade gesagt hatte. Dann stürzte er sich
auf mich. Er packte den Schlüssel, der um meinen Hals hing,
und riss an der Kette. Ich rammte ihm einen Ellbogen in den
Bauch, befreite mich aus seinem Griff und ging mit großen
Schritten in mein Zimmer. Dort zog ich die Decke über mich

und Nero und blieb liegen. Die Party brachte das Haus um uns herum in Bewegung. Stimmen trafen auf Wände und Zimmerdecken, Füße trampelten über abgenutzte Holz- und Linoleumböden, und Egils Fäuste hämmerten gegen die Tür. Sie konnten nicht in mein Zimmer eindringen, sie konnten uns nicht erreichen. Wir lagen mit den Köpfen unter der Decke und atmeten in der Dunkelheit die Luft des anderen.

»Hast du schon einmal daran gedacht«, flüsterte ich, »dass das Leben eine Mauer ist, die du einreißen willst, nur um zu sehen, was auf der anderen Seite ist?«

Er antwortete, indem er mit beiden Zungenspitzen züngelte. Die Ureinwohner Amerikas glaubten, dass Schlangen Boten zwischen den Menschen und der Unterwelt seien, und baten sie, ihre Gebete den Regengöttern zu überbringen. Wenn es dann zu regnen begann und die Schlangen aus ihren Löchern im Boden krochen, sahen die Menschen darin ein Zeichen, dass ihre Gebete erhört worden waren.

»Du weißt am besten, was auf der anderen Seite ist«, flüsterte ich.

Endlich hörte Egil auf, an der Tür zu hämmern. Wieder waren nur die Bässe um uns herum zu hören. Diesmal hatte ich es wirklich versaut, das würde er mir nie verzeihen, aber ich konnte nicht einmal den Gedanken ertragen, jetzt da rauszugehen. Die letzte Woche war lang und hart gewesen. In den Vorlesungen zu sitzen war in Ordnung, aber ich fand es schwierig, Gruppenarbeit mit Mädchen zu machen, die von Natur aus immer zu wissen schienen, was richtig war. Wenn sie nicht gerade darüber sprachen, wie man Betten bezog oder Medikamente dosierte, redeten sie über Jungs. Ich erkannte mich in ihren Problemen nicht wieder – Männer gingen nicht so auf mich zu wie auf die anderen Mädchen. Mit denen flirteten sie und luden sie zu gemeinsamen Unternehmungen ein. Mir näherten sie sich, als wollten sie einen Feind niederringen.

Schon als Kind hatte ich Probleme mit Mädchen gehabt. Sie saßen am Rand des Sandkastens, trugen rosa Steppjacken und bürsteten den Schweif ihres wunderschönen pastellfarbenen *My Little Pony*. Sie hatten perfekte Gesichtszüge und Haar, das ihnen sanft über die Wangen fiel. Sie betrachteten meine graue Jacke, die Patrick mir geschenkt hatte. Meine ausgelatschten Turnschuhe, meine aschblonden Haare, die ungeschnitten und wahrscheinlich ungewaschen waren. Sie sahen das alles, und dann drehten sie sich um und kicherten.

Mit den Jungs war es einfacher. Es genügte, ein Mädchen zu sein, das sich nicht wie ein Mädchen benahm, sondern auf Bäume kletterte, sich prügelte, solche Sachen. Im Großen und Ganzen war das eine erfolgreiche Strategie – bis einer versuchte, mich einen steilen Abhang hinunterzustoßen. Ich schaffte es gerade noch, das Gleichgewicht zu halten, dann griff ich nach dem ersten Stein, den ich sah, und warf ihn nach ihm. Ich wollte ihn nicht treffen, aber der Stein segelte durch die Luft und streifte seinen Kopf. Am Ende war alles gut, er hatte keine große Schramme, aber seine Mutter war wütend. Danach durfte keines der Kinder mehr mit mir spielen. Nur Patrick.

Ich hatte gelesen, dass Schlangen kein Gemeinschaftsgefühl haben. Dass sie keine Rudeltiere sind. Wenn man sie zusammen jagen sieht, kooperieren sie nicht, sondern konkurrieren. Schlangen binden sich nicht an Individuen, sie machen sich nicht von anderen abhängig. Sobald die Kleinen aus ihren Eiern geschlüpft sind, verlässt die Schlangenmutter ihren Nachwuchs. Ich dachte, ich könnte genauso leben, frei von Freundschaften und familiären Bindungen. Kontakt zu anderen Mitgliedern meiner Spezies hätte ich nur, wenn ich sie für etwas gebrauchen konnte. Irgendwie dachte ich, dass es das war, was ihn und mich verband – dass wir so unabhängig waren.

»Ich wünschte nur, ich könnte dir nahe sein, Nero«, flüsterte ich.

In diesem Moment klopfte es an die Fensterscheibe, schnell und heftig, klopf, klopf, klopf. Ich schaute hin und sah ein Gesicht, das mich anstarrte. Ich ließ die Vorhänge tagsüber immer offen, damit Nero so viel Sonnenlicht wie möglich bekam. Ich legte ihn kaum noch ins Terrarium, denn ich wollte, dass er sich frei bewegen konnte. Nun hatte ich vergessen, die Vorhänge zu schließen. Widerwillig schob ich Nero unter meinem Kleid hervor und ging zum Fenster.

Draußen stand David, einen Zigarettenstummel zwischen den Lippen. Die gleichen kurz geschorenen Haare und Augen wie schwarze Löcher. Er trug einen noch größeren Kapuzenpullover als beim letzten Mal, wenn das überhaupt möglich war. Ich öffnete das Fenster einen Spalt. Sein Blick war hart, die Miene starr.

»Was willst du?«

David nahm einen weiteren Zug von der Zigarette und stieß den Rauch kräftig aus, mit Nachdruck, während er die Stirn in Falten legte. Dabei schaute er mir herausfordernd in die Augen, als wolle er nach der zuvor erlittenen Erniedrigung die Kontrolle zurückerobern. Und mir zu verstehen geben, dass er nicht einer von der Sorte war, die sich kampflos ergaben.

»Zigarette?«

Das war das einzige Wort, das mich in diesem Moment dazu bringen konnte, das Fenster zu öffnen. Ich hievte mich aufs

Fensterbrett und streckte die Hand nach der Schachtel aus, aber er entzog sie mir.

»Lass mich erst mal rauf.«

Ich machte ihm Platz, er sprang und zog sich hoch. Seine Schulter berührte meine. Er zündete mir die Zigarette an, und ich sog gierig den Rauch ein, tief in die Lungen. Patrick hatte mir das Rauchen beigebracht. Er hatte mir gezeigt, wie man den Rauch richtig inhaliert, und mich ausgelacht, wenn ich zu husten begann.

David sagte nichts. Er saß nur neben mir und blies blaugraue Wolken in die Dunkelheit der Nacht. Er war mit seiner Zigarette schneller fertig als ich mit meiner. Er drückte sie an der Hauswand aus und warf die Kippe in den dunklen Garten. Er drehte den Kopf, blickte ins Zimmer und zuckte zusammen. Dann lachte er, ein dröhnendes Gelächter.

»Das ist also Nero«, sagte er.

Mit Mühe schaffte er es, einen Fuß über das Fensterbrett zu hieven, und gelangte in mein Zimmer. Nero war auf die Pflanze geklettert, die neben dem Fenster stand. David holte ihn vorsichtig herunter und hielt ihn vor sich.

»Hallo, Nero«, sagte David.

Einen Moment lang fragte ich mich, woher er den Namen der Schlange kannte, aber natürlich hatte er ihn von Egil gehört. Schnell rauchte ich meine Zigarette zu Ende und kletterte zurück ins Zimmer.

»Es ist verdammt heiß hier drin«, sagte David. »Gefühlt sind es über dreißig Grad.«

»Schlangen brauchen Wärme«, antwortete ich. Inzwischen hatte ich mich an die Hitze gewöhnt. Genauso wie ich mich daran gewöhnt hatte, dass der Boden mit Zeitungspapier ausgelegt war, damit Nero auch nach dem Fressen nach Herzenslust herumkriechen konnte.

Nero züngelte in der Luft. Er hielt den Kopf aufrecht und schien diese neue Person im Raum zu studieren. Seine glänzenden Augen bewegten sich nun ein wenig, als versuchte er zu registrieren, was vor sich ging. Dann öffnete er das Maul und gab ein leises Zischen von sich. Er fühlte sich bedroht. David dagegen schien die Situation gelassen zu nehmen. Vorsichtig legte er sich die Schlange auf die Schultern. Er machte ein paar alberne Tanzschritte und blieb vor mir stehen.

Irgendwie war das eine Erleichterung. Sein Mund schmeckte nach Bier und abgestandenem Rauch. Unsere Zungen wickelten sich umeinander. Nero rutschte weiter an Davids Hals hinauf und ließ sich auf der anderen Seite über seine Schulter fallen. Ich zupfte an Davids weißem T-Shirt und versuchte, es hochzuziehen. Er wollte Nero weglegen, aber ich übernahm die Schlange und hielt sie so lange, bis er sein Shirt ausgezogen hatte. Dann legte ich Nero auf seine nackten Schultern.

Ich mochte Sex nicht wirklich. Wenn ich mit jemandem ins Bett ging, dann nur, weil der andere es wollte und um mir die Zeit zu vertreiben. Es spielte keine Rolle, mit wem ich es tat, ob es Männer oder Frauen waren – es war immer nur ein Zeitvertreib. Vielleicht empfand ich auch ein wenig Freude, wenn ich mich ihnen überlegen fühlte, weil sie mich mehr mochten als ich sie. David ließ sich von mir nach unten drücken, als ich mich auf ihn setzte. Die Schlange kroch über seine Brust. Er lachte nervös, als ich ihn fester in die Matratze drückte, nur um zu spüren, wie er darin versank.

Ich schloss die Augen und versuchte, mich auf das winzige Pochen der Lust zu konzentrieren, das in meinem Zwerchfell flatterte, aber nicht weiter wachsen wollte. Ich legte eine Hand an Davids Hals und hielt ihn fest. Drückte meine Hand auf seinen Kehlkopf. Ich dachte an die erste Nacht zurück, in der ich durch Neros Kommunikation aufgewacht war, diesen reinen Kontakt. Die Worte, die ich im Strom zu erkennen glaubte. *Lieb, Liv.* Alles, was er mir seitdem gesagt hatte, ohne dass dazu Worte nötig gewesen waren. Ich wusste, dass er sich nach etwas Größerem sehnte. Er wollte mir für die lebende Beute danken. Er hoffte auf mehr und darauf, dass ich seine Jagdgefährtin sein würde. Hatte ich das alles nur geträumt? Hatte ich nicht all die Nächte hier gelegen und alles gehört?

David hustete. Er griff nach meinem Handgelenk und riss meine Hand weg. Ich musste lachen.

Er hustete weiter.

»Mensch, Liv«, sagte er. »Du bist ja total gestört.«

# Roe

»Hey, Roe.«

Jemand tippt mir auf die Schulter und rüttelt mich wach. Das Licht zwischen den Jalousien blendet mich. Ich drehe den Kopf und sehe Ronja mit einem freundlichen Lächeln über mir stehen, die braunen Haare straff aus dem herzförmigen Gesicht gekämmt. Genau wie das wandernde Herz, das sie ist, denke ich und schäme mich sofort für diesen idiotischen Gedanken. Ein wanderndes Herz.

»Zeit für die Morgenbesprechung«, sagt sie.

Ich muss die ganze Nacht im Personalraum geschlafen haben. Das Letzte, woran ich mich erinnere, ist, dass ich mir eine Tasse Kaffee eingeschenkt und mich für fünf Minuten hingesetzt habe. Im nächsten Moment überkam mich eine unglaubliche Schläfrigkeit, und ich muss beschlossen haben, mich hinzulegen, wobei ich dachte, dass ich meine Augen nur für ein paar Sekunden schließe – nicht um zu schlafen, sondern um mich auszuruhen. Und jetzt ist offenbar Sonntagmorgen. Ich richte mich auf. Mein Nacken ist steif und schmerzt, weil ich mit dem Kopf auf der Armlehne des Sofas geschlafen habe.

»Danke, dass du mich geweckt hast, Ronja. Ich habe mich gar nicht auf die Sitzung vorbereitet.«

Ich leere den restlichen Kaffee von gestern in die Spüle und fülle Wasser in die Maschine. Ronja lehnt sich an die Arbeitsplatte, während ich frischen Kaffee aufbrühe.

»Bist du seit Freitag hier?«, fragt sie. Typisch junge Frau, die für einen älteren, männlichen Kollegen die Verantwortung übernimmt. Wahrscheinlich macht sie das auch für ihren Vater. Die Rollen verändern sich im Lauf des Lebens. In den ersten Jahren ist man als Elternteil derjenige, der sich kümmert, und dann wird man allmählich – fast unmerklich – zur Person, um die jemand anderes sich kümmert. Das heißt, wenn man sein Kind behalten darf.

»Das stimmt, ich bin seit Freitag hier. Dieser Fall nimmt mich voll in Beschlag.«

Sie nickt. »Bei mir ist es genauso. Als ob es nicht schnell genug gehen könnte. Letzte Nacht habe ich von Iben geträumt und bin immer wieder aufgewacht.«

Sie lächelt dabei in sich hinein. Sie spricht offen über ihre Gefühle und versucht, sie mit einem Lächeln zu überspielen, ein bewährter Abwehrmechanismus. Dieses Mädchen ist die einzige Person hier, die mich nicht zu Tode nervt. Sie gibt sich keine übertriebene Mühe, sie ist einfach sie selbst. Ich weiß nur zu gut, warum ich die ganze Zeit ein Auge auf sie habe, warum ich will, dass es ihr gut geht. Weil sie mich an die Lütte erinnert – natürlich tut sie das –, aber sie ist nicht meine Tochter, und ich kann sie nicht vor der Welt beschützen.

»Es ist schwer, in so einem Fall die Arbeit nicht mit nach Hause zu nehmen«, gebe ich zu. »Hoffentlich schaffen wir bald einen Durchbruch.«

Ich wende mich ab, damit sie mir nicht in die Augen sehen kann. Ich nehme die Kanne aus der Maschine und stelle meine Tasse darunter, um damit die letzten Tropfen aufzufangen. Ronja holt eine bunte Tasse aus dem Schrank.

»Ich werde alles tun, damit wir den Fall schnell lösen«, sagt Ronja.

Sie ist eifrig, kampfbereit. So war das früher auch bei mir – dieses Brennen darauf, loslegen zu können. Inzwischen ist es nicht mehr die Begeisterung für den Job, die mich antreibt – der Zug ist längst abgefahren. Heute ist es die pure Wut, die mich antreibt. Doch das kann ich Ronja nicht sagen. Stattdessen stoße ich mit meiner Tasse gegen ihre.

Ronja schaut auf ihr Handy.

»Es ist fünf nach«, sagt sie überrascht, dreht sich um und geht vor mir die Treppe hinunter. Ich folge ihr dicht auf den Fersen und hoffe, dass alles für die Präsentation vorbereitet ist. Ich habe den größten Teil des Samstags damit verbracht, die Überwachungsvideos des Storkaia-Einkaufszentrums durchzusehen, jede Sekunde von jeder Kamera während dieser zentralen Stunden, und habe die Abschnitte herausgesucht, auf denen Mutter und Tochter zu sehen sind, wie jede in ihre eigene Richtung und zu unterschiedlichen Zeiten verschwindet. Eine einfache Aufgabe, vielleicht – aber eine wichtige.

Vorsichtig öffnet Ronja die Tür zum Teamraum. Ganz vorn neben der Leinwand steht Shahid und gestikuliert. Er nickt uns zu, als wir eintreten und uns auf zwei Plätze am Fenster setzen. Hinter ihm auf der Leinwand sind die Stichpunkte zu sehen, die wir in der gestrigen Morgenbesprechung gesammelt haben – mehr oder weniger wahrscheinliche Hypothesen, was mit Iben Lind passiert sein könnte. Shahid will uns an diese

Stichpunkte erinnern, damit wir sie bei der vor uns liegenden Aufgabe nicht aus den Augen verlieren: Flucht, Unfall, plötzliche Krankheit, Selbstmord, Entführung, Mord. Unter »Selbstmord« steht eine Liste möglicher Gründe, warum sich ein Kind das Leben nehmen könnte. Das kommt selten vor, aber wir sollten es nicht ausschließen. Unter »Entführung« und »Mord« sind mögliche Motive aufgelistet: finanzielle Vorteile, Pädophilie, Rache, Familienkonflikte, Konflikte unter Freunden. Auch die Tötung eines Kindes durch einen Gleichaltrigen kommt selten vor, ist aber nicht auszuschließen.

»Wir hoffen zwar, dass die Suchaktion positive Ergebnisse bringt«, sagt Shahid, »und wir wollen alle Iben lebend finden, aber es ist auch wichtig, dass wir uns während der gesamten Untersuchung vor Augen halten, dass das Schlimmste eingetreten sein kann. Das macht uns offener für Antworten und sorgt dafür, dass wir besser auf die Situation vorbereitet sind, wenn die Antworten nicht so ausfallen, wie wir es uns wünschen.«

Es gefällt ihm, da vorne zu stehen, vor uns allen. Ich sehe es daran, wie er seine Brust vorschiebt, wie er einen autoritären, aber pädagogischen Ton anschlägt. Obwohl er weder besonders groß noch breitschultrig ist, strahlt er eine natürliche Autorität aus.

»Bevor wir über den heutigen Tag sprechen, möchte ich, dass die Leiter der einzelnen Gruppen die seit gestern geleistete Arbeit zusammenfassen«, sagt er. »Wir können mit der Gruppe beginnen, die die Angehörigen befragt hat.«

Der Däne steht auf und geht nach vorne. Der große Mann überragt seinen viel kleineren Chef, der auf einem Stuhl in der ersten Reihe Platz nimmt.

»Mein Team hat die Angehörigen von Iben Lind befragt«, sagt der Däne. »Also ihre Mutter, ihren Vater, ihre Großeltern und ihre Tante väterlicherseits. Die Familie hat uns mitgeteilt, dass die Großeltern mütterlicherseits verstorben sind und dass es seit vielen Jahren keinen Kontakt mehr zwischen Mariam Lind und ihrer Familie gibt. Mariam wurde mehrmals befragt, zuerst am Freitagabend und dann am Samstagmorgen.« Er blickt in meine Richtung. Er ist immer noch verärgert über das Gespräch, das ich am Freitag mit Mariam Lind geführt habe, darüber, dass ich mich so aufgeregt habe.

Während August die Aussage von Mariam Lind über die Geschehnisse im Einkaufszentrum am Freitag wiedergibt, werfe ich einen kurzen Blick in die Runde. So viele waren in der Gegend unterwegs, haben Straßen, Parks und Parkplätze abgesucht, an Türen geklingelt. Und was habe ich gemacht? Ich habe auf einen Bildschirm gestarrt und versucht zu verbergen, dass ich schlechte Arbeit leiste. Jeder weiß, dass ich zu alt bin für die Gruppe, die sich mit elektronischer Spurensuche beschäftigt – ich habe nicht die Kompetenz, die die anderen in der Gruppe haben. Sie haben mich einfach irgendwo abgestellt. Vor mir liest eine Kollegin *Tidens Krav* auf dem Handy. Auf der Titelseite sind Mariam und Iben Lind zu sehen, lächelnd und in fast identischen Pullovern – das letzte Foto, das von Iben gemacht wurde, bevor sie verschwand. Blasse Haarsträhnen umrahmen die Gesichter von Mutter und Tochter. »Die Ermittlungen werden intensiviert.« Wer wählt so ein Bild, wenn er seine vermisste Tochter finden will? Es wirkt geradezu kalkuliert, als würde Mariam Lind die Gelegenheit nutzen, sich in Szene zu setzen. Vielleicht denkt sie, dass sie auf diese Weise mehr Geld für ihre Firma verdienen kann. Die Leute sind schon seltsam.

*Ist das nicht die Firma mit der Chefin, deren Tochter verschwunden ist? Was für eine Tragödie.* Ich kann mir gut vorstellen, dass sie so zynisch sein kann.

»Bei den Befragungen haben wir uns darauf konzentriert, ob Iben in letzter Zeit ein ungewöhnliches Verhalten an den Tag gelegt hat«, fährt August fort. »Anzeichen, dass etwas oder jemand sie beunruhigt hat, oder Hinweise auf das, was passiert sein könnte. Keiner der Erwachsenen will etwas Ungewöhnliches bemerkt haben. Ein Mädchen aus Ibens Klasse meinte, dass Iben irgendwann in diesem Sommer gesagt habe, dass man Erwachsenen nicht trauen könne. Nicht einmal denen, die man kennt, habe sie gesagt. Als das Mädchen fragte, was sie damit meinte, hat Iben nicht geantwortet, aber das Mädchen hat gesagt, dass Iben einen seltsamen Gesichtsausdruck gehabt habe. Die Freundin hat das offenbar als ungewöhnlich in Erinnerung behalten, aber das bedeutet nicht unbedingt, dass es von Bedeutung ist.«

Shahid quittiert den ausführlichen Bericht des Dänen mit einem geduldigen Nicken.

»Danke, August. Kannst du uns sagen, wie du weiter vorgehen willst?«

»Tor und Mariam Lind haben in ihren Vernehmungen erzählt, dass Iben das Ergebnis einer Vergewaltigung war, die sich 2005 hier in Kristiansund ereignet hat«, sagt der Däne. »Wir werden die Personen befragen, die wegen Vergewaltigung verurteilt wurden, und ihre Alibis überprüfen. Besonders wichtig wird es sein, zu überprüfen, welche verurteilten Vergewaltiger sich zu dem Zeitpunkt, an dem Mariam Linds Vergewaltigung ihren Angaben zufolge stattfand, in Kristiansund aufgehalten haben.«

Nach dem Dänen ist Birte an der Reihe, die Ergebnisse der bisherigen Suche zu präsentieren. Sie steht mit geradem Rücken da und redet, als wäre sie eine Schauspielerin auf einer Bühne.

»Wir haben im Einkaufszentrum Storkaia und in der Umgebung von Ibens Wohnung nach Zeugen gesucht und auch mit der Hinweis-Hotline zusammengearbeitet.« Sie wirft den Kopf hin und her, sodass ihr langer roter Zopf auf ihren Schultern tanzt. »Es gibt viele Zeugen aus dem Einkaufszentrum. Wir haben auch mit Leuten gesprochen, die Iben in der Zeit nach ihrem Verschwinden gesehen haben wollen. Am glaubwürdigsten sind zwei, die sie am Hagbart Brinchmanns Vei gesehen haben wollen – einer sagt, er habe sie vor dem Blumenladen Myra stehen sehen.«

Shahid wirft eine Karte von Kristiansund an die Leinwand, auf der Details des Falles aufgelistet sind und die eine wahrscheinliche Route vom Einkaufszentrum Storkaia zu Ibens Wohnung zeigt.

»Es gibt auch eher unsichere Beobachtungen«, sagt Birte. »Leute, die Iben nicht kennen und glauben, sich an etwas zu erinnern, nachdem sie das Mädchen im Fernsehen gesehen haben. Wir haben auch eine Reihe von Hinweisen in Kirklandet und Gomalandet, aber wir halten die beiden Zeugen am Hagbart Brinchmanns vei für glaubwürdiger. Ihre Beobachtungen liegen zeitlich und räumlich näher am Verschwinden, und sie lassen sich durch weitere Indizien bestätigen. Sie stützen die Hypothese, dass Iben auf dem Weg nach Hause etwas zugestoßen ist. Dies passt auch zur Tatsache, dass keiner der Nachbarn Iben zum Zeitpunkt ihres Verschwindens gesehen hat. Wahrscheinlich wäre sie jemandem aufgefallen, wenn sie nach Hause gekommen wäre. Zwei Nachbarn waren zur fraglichen Zeit in ihren Gärten und können bestätigen, dass sie Tor nach Hause kommen sahen, aber nicht Iben. Da das Comic-Heft in der Nähe des Wohnhauses gefunden wurde, halten wir es für wahrscheinlich, dass irgendetwas geschehen ist, was sie daran gehindert hat, bis ganz nach Hause zu gelangen.«

Shahid bedankt sich bei Birte für ihren Vortrag.

»Ich denke, das war ein guter Auftakt. Wir machen mit der Gruppe weiter, die sich um die digitalen Spuren kümmert«, sagt er.

Als ich aufstehe, fühlen sich meine Beine wie Wackelpudding an, und mein Herz schlägt wie wild in meiner Brust. Aber das sieht man mir nicht mehr an. Wer es mir anhört, wird denken, dass ich nervös bin, weil ich vor Publikum sprechen muss. Ich übernehme Shahids Computer und klicke den Videoclip an, auf dem zu sehen ist, wie Iben aus dem Supermarkt im Einkaufszentrum Storkaia rennt.

»Die Videoüberwachung von Storkaia zeigt, wie Iben Lind am Freitag um 15.47 Uhr den Supermarkt verlässt«, sage ich. »Wie man sehen kann, trägt sie eine blaue Jeans, einen hellrosa Kapuzenpullover und ein Paar rosa Turnschuhe. Sie hält das Comic-Heft in der Hand und verlässt den Supermarkt durch die erste Tür, danach wendet sie sich nach links. Das wäre der natürliche Weg, wenn sie zu Fuß nach Hause gehen wollte. Um 16.02 Uhr sehen wir Mariam Lind mit einem Einkaufswagen voller Lebensmittel aus demselben Geschäft kommen. Sie schaut sich nach ihrer Tochter um und geht dann durch dieselbe Tür nach draußen, durch die Iben kurz vorher gerannt ist. Mariam wendet sich jedoch nach rechts in Richtung Parkplatz. Bei ihrem Auto wird sie erneut von der Überwachungskamera gefilmt. Die Aufnahmen zeigen, dass sie offensichtlich wütend ist und die Einkaufstüten ins Auto wirft, bevor sie den Einkaufswagen gegen die Wand donnert. Dann steigt sie ins Auto und fährt davon. Der Wagen verlässt das Einkaufszentrum um 16.16 Uhr.«

Shahid wechselt wieder zur Karte. Ich zeige, wohin Iben nach dem Verlassen des Einkaufszentrums gegangen ist, und deute auf die Stelle, an der sie von einer Webcam an der Sparebank 1 am Langveien aufgenommen wurde. Dann bitte ich Shahid, zu der größeren Karte zurückzukehren, auf der Mariam Linds Bewegungsprofil und die Orte eingezeichnet sind, an denen sie sich nach dem Verlassen des Einkaufszentrums mit ziemlicher Sicherheit aufgehalten hat, was durch Kreditkartenzahlungen bestätigt wird: ein Imbiss, zwei Tankstellen und die Fähre nach Halsa, wo sie ebenfalls von einer Überwachungskamera gefilmt wurde.

»Bei den Vernehmungen sagte Mariam aus, sie sei auf dem Weg nach Trondheim gewesen. Sie sei im Affekt davongefahren, wollte ihre Familie verlassen. Unterwegs änderte sie ihre Meinung und kehrte um. Ich glaube, wir sollten hier suchen« – ich mache eine kreisende Bewegung auf der Karte über dem Gebiet, in dem Mariam gewesen ist. »Wie gesagt, wir können nicht ausschließen, dass Iben in Mariams Auto war. Auch wenn sie das Einkaufszentrum zu unterschiedlichen Zeiten verlassen haben, können wir nicht sicher sein, dass Mariam ihre Tochter nicht später abgeholt hat und etwas passiert ist. Die Tatsache, dass es vor Ibens Verschwinden einen Konflikt zwischen Mutter und Tochter gab, ist ein wichtiger Faktor in diesem Fall.«

Ich schaue zu Shahid, der sein strenges Chefgesicht aufgesetzt hat.

»Wo sollen wir auf dieser Route suchen, Roe? Das ist ein riesiges Gebiet.«

»Ich denke, wir müssen das machen, was wir hier in Kristiansund schon getan haben. Eine Bestandsaufnahme der Orte, an denen wir suchen sollten – Orte, wo Mariam unterwegs angehalten haben könnte, und Orte, von denen wir wissen, dass sie dort angehalten hat. Wir müssen die Waldgebiete und Gewässer an der Strecke absuchen.«

Ich beginne zu stottern und merke, dass es schwierig wird, für dieses Projekt zu argumentieren. Shahid schaut mich an und lächelt aufmunternd.

»Es könnte durchaus wichtig sein, die Autofahrt der Mutter genauer zu untersuchen, Roe. Es gibt aber viele andere mögliche Spuren. Und wir haben keine Augenzeugen, die Iben außerhalb der Stadt gesehen haben. Wir haben schon mit den Angestellten des Imbisses und der Tankstelle gesprochen, wo Mariam Lind eingekauft hat. Keiner kann sich daran erinnern, ein Kind gesehen zu haben. Außerdem ist Mariam Lind nicht vorbestraft, und keiner der Zeugen hat sie so beschrieben, dass wir uns Sorgen machen müssten. Selbst wenn Mariam ihre Tochter getötet haben sollte, ist es wahrscheinlich, dass die Leiche hier in Kristiansund entsorgt wurde. Die Suche mit Tauchern und Hubschraubern hier in der Gegend ist komplex genug – ganz zu schweigen davon, wenn wir das Gebiet bis nach Halsa ausweiten. Ich sage nicht, dass wir es nie tun werden, aber nicht zum jetzigen Zeitpunkt. Die Leichenspürhunde haben übrigens auch den Kofferraum von Mariams Auto gecheckt.«

Letzteres deute ich als direkte Anspielung auf meine Vernehmung von Mariam. Shahid räuspert sich.

»Vorläufig müssen wir vor allem Augenzeugenberichte sammeln und analysieren, bevor wir losziehen und wahllos suchen. Die von dir erwähnte Bestandsaufnahme ist aber wichtig, damit wir wissen, worauf wir unsere Suche konzentrieren müssen, falls die Untersuchung in die nächste Phase geht – was natürlich niemand von uns hofft.«

*Nächste Phase.* Damit meint er, wenn aus dem Vermisstenfall eine Mordermittlung wird.

»Es wäre toll, wenn du die Verantwortung für eine solche Bestandsaufnahme übernehmen könntest, Roe, wenn du noch Kapazitäten hast«, sagt Shahid. »Gibt es sonst irgendwelche Erkenntnisse aus Tor Linds Computer?«

Ich spüre, wie ich erröte. Natürlich hätte ich mich rechtfertigen können, aber ich bin davon ausgegangen, dass die Mutter am ehesten unter Verdacht steht. Ich räuspere mich.

»Der Browserverlauf bestätigt seine Aussage. Er hat am Freitag zwischen 17.00 und 22.30 Uhr viel Zeit damit verbracht, Onlinezeitungen zu lesen und über Suchmaschinen zu recherchieren. Wir konnten auch bestätigen, dass er um 19.25 Uhr im Krankenhaus angerufen hat, um sich nach Mariam und Iben zu erkundigen.«

»Irgendwas von Ibens Handy?«

»Auf dem Handy war nichts Auffälliges. Sie scheint damit nur ihre Eltern angerufen zu haben. Sie war bei Facebook eingeloggt, also haben wir uns dort ihre Nachrichten der letzten Wochen angesehen, aber keiner der Chats war auffällig. Auch eine gründliche Durchsuchung ihres iPads hat nichts Interessantes ergeben.«

»Gut«, sagt Shahid. »Dann brauchen wir nicht noch mehr Zeit darauf zu verwenden. Vielen Dank, Roe.«

Ich schaue zu Boden, während ich mich für die Aufmerksamkeit bedanke. Mir schießt das Blut in den Kopf. Ich höre, wie der Chef den Kriminaltechniker nach vorne bittet, um das völlige Fehlen von Fingerabdrücken auf dem durchnässten Comic-Heft zu erläutern. Der Kollege erklärt, dass die Zeitschrift zur weiteren Untersuchung an das nationale Institut für Spurensicherung geschickt worden ist. Die ganze Ermittlung besteht aus Andeutungen und fehlenden Hinweisen. Ich kann nicht mehr. Ich muss hier raus.

Ich schließe die Tür zum Teamraum hinter mir und frage mich, wie lange es wohl dauern wird, bis jemand herausfindet, dass ich auf dem Überwachungsmaterial von Storkaia zu sehen bin. Ich frage mich, ob es einen Ausweg gibt. Ob ich in ein Flugzeug springen kann, um in ein fernes Land zu fliehen und diese ganze Scheiße hinter mir zu lassen. Aber es hat keinen Sinn. Wohin ich auch gehe, sie werden mich finden. Es ist nur eine Frage der Zeit.

# Reptilienmemoiren

Ich legte meinen Kopf auf meinen Bauch. Auf dieser Seite war es wärmer als auf der anderen. Wenn ich das Bedürfnis hatte, mich abzukühlen, ging ich auf die andere Seite, aber die meiste Zeit lag ich hier. Ich hielt mich in der Nähe der unsichtbaren Barriere, versuchte, sie zu verstehen und zu durchbrechen, aber es war sinnlos. So vergingen die Tage. Draußen vor dem Fenster ging die Sonne auf und unter. Ich konnte zum anderen Ende hinübergleiten und wieder zurück. Ich konnte meine Pupillen schließen, sodass alles dunkel wurde, ein wenig schlafen und sie dann wieder öffnen. Ich konnte beobachten, was draußen geschah. Meine Brüder und Schwestern, die in ihren eigenen Glaskäfigen saßen, waren genauso still wie ich. Ich hörte das Scharren, Flattern und Krabbeln der Tiere, die hinter Gittern und Türen gehalten wurden. Ich wusste, wie diese Tiere rochen, denn ich hatte ihren Geruch bei den wenigen Gelegenheiten wahrgenommen, die ich auf der anderen Seite der Glasscheibe verbringen durfte. Hier drinnen roch es nur nach meinen eigenen Exkrementen.

Der Hunger zerrte an meinem Körper und machte mich gereizt. Ich beobachtete die Tiere draußen besonders aufmerksam, wenn ich schon lange nichts mehr gegessen hatte. Tiere mit Federn, Fell und Schuppen – Tiere, die flogen oder rannten oder sprangen und deren Schwänze hinter ihnen hertanzten.

Ich hätte sie alle essen können. Ich glaubte, frisches Blut im Mund zu spüren, obwohl ich es noch nie geschmeckt hatte.

Ich gähnte, brachte meinen Körper langsam in eine neue Position, bei der ich meinen Kopf an einer tieferen Stelle ablegte. Ich schloss die Pupillen und schlief ein. Derselbe Traum wie immer. Eine Welt, die ich nie wirklich gesehen hatte, eine Erinnerung aus früheren Generationen, die in meinen Zellen gespeichert sein musste. Ich lag unter einem Busch, wo die Sonne nicht so stark schien. Insekten krabbelten um mich herum, und die Luft schmeckte nach Büschen, Bäumen und Lebewesen. In der Nähe gab es auch Wasser – ich konnte die Sonnenstrahlen auf seiner glänzenden Oberfläche glitzern sehen.

Dann kam eine Bewegung in mein Blickfeld. Eine winzige Eidechse auf dünnen Beinen kletterte über den Kies. Sofort wusste ich, was zu tun war. Das ist das Beste am Instinkt – er weiß es immer. Ich stürzte vorwärts, folgte meiner Beute über den Boden, über buschige Hügel und unter Wurzeln hindurch und erwischte sie gerade noch, bevor sie an einem Baumstamm hochflitzen konnte. Genau in dem Moment, als ich meine Zähne in das winzige Reptil versenkte, als ich all das, was ich gelernt hatte, mit aller Kraft einsetzen wollte, wachte ich auf. So vergingen meine Tage. Immer wieder dieser Traum, und dann erwachte ich in diesem schrecklichen, toten Raum.

Eines Tages stand die kalte Frau wieder vor dem Gefängnis. Ein Wesen, das hoch aufragte und die Welt beherrschte. Ich nannte sie die kalte Frau, weil sie kälter war als alle anderen Lebewesen, die ich je gesehen hatte, und weil sie kaltes Essen servierte. Die kalte Frau war hart. Sie hatte mich hierhergebracht. Sie war es, die mich gefangen hielt, die mich aus dieser geruchlosen Gefangenschaft nur herausließ, wenn Käufer kamen. Sie war es, die mich mit all den lebendigen Geräuschen quälte, die ich nicht haben konnte, und die mit ihren schrecklichen Gliedmaßen an die Scheibe klopfte. Bevor ich sie traf, dachte ich, das Leben sei schön. Ich dachte, die Welt hätte einem Jäger wie mir etwas zu bieten. Jetzt wusste ich nur noch, dass ich selbst die Beute war. Nicht für einen hungrigen Jäger, sondern für das menschliche Bedürfnis, andere Lebewesen einzusperren und zu begaffen.

Die kalte Frau öffnete die Klappe über meinem Rücken. Ich züngelte und bemerkte, dass sie einen Kadaver bei sich hatte. Er roch nach Tod und Kälte, wie immer. Es war lange her, dass ich eine Mahlzeit zu mir genommen hatte. Mein Körper sehnte sich nach Nahrung, aber ich wollte nicht essen. Dieser kalte Leichnam war eine Beleidigung. Ich wollte ihr zeigen, dass dies kein Essen für ein Lebewesen wie mich war, dass ich es besser wusste, aber es war sinnlos. Sie brauchte den Kadaver nur leicht zu schütteln, schon löste die Bewegung etwas in mir aus, einen inneren Reflex. Trotz meines Appetitverlustes, trotz des intensiven Gefühls, nie das zu bekommen, was ich eigentlich wollte. Ich wehrte mich nie gegen meine Reflexe und schnappte nach dem Stück Fleisch.

Dieses Fleisch füllte meinen Magen, aber es gab mir keine Befriedigung. Ich aß nur, weil mein Körper Nahrung brauchte. So war es auch mit der Lampe. Sie leuchtete und spendete die Wärme, die ich brauchte, um am Leben zu bleiben, aber mir fehlte der Funke, der Lebenswille. Doch offenbar konnte ich nichts anderes tun, als es zu akzeptieren. Akzeptanz war die einzige Wahrheit, die mir meine Mutter beigebracht hatte, die höchste Tugend für Geschöpfe wie uns. Die Zwänge, denen wir ausgesetzt waren, existierten einfach. Der Versuch, sie zu bekämpfen oder zu bezweifeln und sich mit ihnen zu beschäftigen, war eine Verschwendung von Energie.

Akzeptanz dagegen kostete nichts.

Die Tage vergingen. Die Sonne ging vor dem Fenster auf und unter. Ein paar Mal hatte ich hinausgeschaut. Ich hatte gesehen, dass die Pflanzen üppig wuchsen, dass es draußen warm war. All das machte mich depressiv, hier, wo ich gezwungen war, unter künstlichem Licht zu liegen. Die Tage vergingen, und bald war es lange her, dass sie mir Essen gebracht hatte. Noch mehr Zeit verging, und der Hunger schmerzte in mir.

Meine Lampe funktionierte schon seit Tagen nicht mehr, sondern flackerte mit beängstigender Geschwindigkeit – an, aus, an, aus. Ohne Wärme fühlte ich mich träge und leer. Ich lag still in meiner Ecke und wartete auf den Tod. Ich beschloss, dem Ganzen ein Ende zu setzen. Ich wollte nicht mehr aus der schmutzigen Wasserschüssel trinken. Wenn noch mehr Kadaver auftauchten, würde ich sie nicht essen. Ich würde einfach daliegen und mein Leben ausklingen lassen. Die kalte Frau würde nichts merken, bis es zu spät war. Ich war müde – es kostete Kraft, sich auflehnen zu wollen. Und so schlief ich ein.

Als ich wieder aufwachte, stand eine Menschenmenge vor der durchsichtigen Barriere. Es waren Käufer. Das bedeutete, dass sie gekommen waren, um mich hochzuheben und Lärm zu machen. Ich züngelte, aber ich roch hier im Glas nichts. Ich erinnerte mich daran, dass Akzeptanz eine Tugend war, dass sie das Leiden verkürzen würde. Das war mein Leben, eine Abfolge von Schmerz und Leid, und ich wartete auf sein Ende. Als die kalte Frau mich fest packte und nach draußen in den Raum zog, blieb ich ruhig. Ich züngelte und lernte die Menschen kennen, die um mich herumstanden. Die Leute rochen nach so viel anderem als sich selbst – nach Blumen, toten Pflanzen und fremden Tieren. Es schien, als nähmen sie den Geruch anderer Tiere an, um ihren eigenen zu tarnen. Aber vor mir konnten sie ihren Geruch nicht verbergen. Ich züngelte und schmeckte die ganze Säure, die salzige Bitterkeit, die aus ihren Körpern sickerte. Die winzigen Schweißperlen auf ihrer Haut. Den fernen Geschmack von Verdauungssäften in ihrem Atem. Andere Säfte aus ihren Genitalien.

Dann wurde ich in die Arme einer Menschenfrau gelegt. Es war leicht zu erkennen, dass es sich um ein Weibchen handelte – das Geschlecht war etwas, das die Menschen deutlich zur Schau stellten. Sie hatte langes dunkles Haar, das tanzte und nach säuerlichen Pflanzen roch. Von ihr ging eine stärkere Ausstrahlung aus als von den anderen. Ich züngelte und bemerkte, dass auch der bittersüße Geschmack ihres Geschlechts stärker war und näher. Sie spürte Verlangen.

Sie nahm mich in ihre Hände und hob mich zum Fenster, sodass ich zum ersten Mal seit Monaten die hellen Strahlen der Außenwelt spüren konnte. Mein Körper war sofort wie erneuert – belebt. Während ich diese Belebung genoss, berührte sie mit ihren affenartigen Fingern meine Wirbelsäule und flüsterte in ihrer seltsamen Sprache. Ich verstand nicht, was diese Laute bedeuteten, aber ich verstand, dass sie Zuneigung ausdrückten. Ich mochte solche Zärtlichkeiten nicht, aber ich hatte gesehen, wie Papageien einander die Köpfe streichelten und die Federn putzten, wie Katzen einander das Fell leckten. Sie bewegten ihre Körper in einer Weise, die Zufriedenheit ausdrückte. Ich persönlich empfand Zufriedenheit nur bei gutem Essen und Wärme. Streicheleinheiten waren etwas für Rudeltiere – für solche, die als Individuen nicht zurechtkamen. Sie gaben und nahmen Streicheleinheiten als eine Form der Unterwerfung, um später einander nach Belieben benutzen zu können. Das verstand ich, als die Sonnenstrahlen, die durch das Fenster fielen, meinen Körper wieder zum Leben erweckten. Dass es ihre Unterwerfung war, die mir dieses Geschenk gemacht hatte – und dass diese mir noch mehr geben konnte.

# Liv

Mein Shampoo war alle. Ich schnupperte an Egils vielen Flaschen mit stark duftenden Seifen und Haarprodukten und suchte vergeblich nach etwas Neutralem. Ich würde heute Abend einfach wie ein Mann riechen müssen. Vielleicht würde das sogar die schlimmsten Jäger auf Abstand halten. Das Shampoo erzeugte eine Schaumansammlung, die sich um den Abfluss herum hob und senkte. Ich fragte mich, was die anderen Mädchen aus meinem Kurs jetzt taten – ob sie sich vorher trafen, um sich fertig zu machen, ob sie vor dem Abendessen zusammen ein Glas Wein tranken. Solche organisierten Treffen waren zwar nur für diejenigen schön, die sich schon gefunden hatten, aber es war besser, als hierzubleiben.

Es klopfte an der Tür.

»Hallo? Ist da jemand drin?« Es war eine Mädchenstimme.

»Ich bin unter der Dusche!«

Ich ließ mir das Wasser über das Gesicht, in die Ohren und den Hals laufen.

»Hallo? Kann ich reinkommen und pinkeln? Ich bin allein.«

Ich stellte die Dusche ab. Seufzend wickelte ich mich in ein Handtuch und trat auf den winzigen Fleck Boden, der zwischen den nassen Handtüchern und den schmutzigen Klamotten übrig geblieben war. Dann öffnete ich die Tür. Ein Mädchen mit langen hellblonden Haaren und einem Nasenring kam herein. Ein paar Jahre älter als die Mädchen, auf die Egil sonst stand, aber ansonsten schien sie sein Typ zu sein.

»Beeil dich«, sagte ich.

»Oh, danke! Wirklich – danke!«

Das Mädchen machte ein paar lange Schritte in den Raum und ging zur Toilette.

»Es tut mir wirklich leid, ich hätte dich nicht gestört, wenn es nicht so dringend wäre. Aber ich dachte, da wir ja nur Mädchen sind …«

Ich trocknete mich ab, während sie pinkelte. Ich hatte es noch nie gemocht, dass mich jemand nackt sieht. Ich mochte es nicht einmal, allein nackt zu sein. Es hatte etwas Tragisches, etwas Farbloses, wie eine Bettdecke ohne Bezug. Ich wartete darauf, dass sie etwas sagen würde. Dass sie mir Ratschläge zur Haarentfernung geben oder meinen Körper in irgendeiner Weise kommentieren würde. Stattdessen spülte sie und ging zum Waschbecken.

»Ist es in Ordnung, wenn ich mich auch schminke? Wo ich schon mal hier bin?«

Ich zuckte mit den Schultern, neigte den Kopf zur Seite und trocknete meine Haare mit einem Handtuch. Sie entdeckte ihr Schminktäschchen auf der Waschmaschine, zog einen Eyeliner heraus und begann, sich die Augen zu schminken.

»Du warst gestern nicht hier«, sagte sie.

Ich schüttelte den Kopf und ließ meine zerzausten, ungekämmten Haare tanzen. »Ich war beschäftigt. Hast du eine Haarbürste? Meine ist in meinem Zimmer.«

Sie reichte mir eine weiße Bürste und fuhr fort, ihren Eyeliner langsam und gründlich aufzutragen. Allmählich begann sie einer Katze zu ähneln.

»Egil sagt, dass du nicht mehr mit ihnen abhängst.«

»Ich weiß.« Ich versuchte, die schlimmsten Knoten auszubürsten.

»Stimmt es, dass du eine Schlange in deinem Zimmer hast?«

»Vieles ist wahr«, sagte ich und fuhr mit der Bürste ein bisschen kräftiger durchs Haar. Ein paar schwarze Strähnen blieben an der weißen Bürste hängen. Sie hoben sich von den blonden Strähnen ab, die schon da waren.

»Bleibt eigentlich Rotz an deinem Nasenring hängen?«, fragte ich.

Sie lachte. Einer ihrer Vorderzähne stand leicht vor dem anderen. »Ständig.«

»Das ist origineller als ein Arschgeweih, das muss ich zugeben.«

»Oh, so eins habe ich auch.« Sie zog den Pullover hinten ein Stück hoch. »Schau. Ich liebe Klischees, ich finde das total witzig. Hast du keins?«

Ich sah sie an – das Tattoo auf ihrem unteren Rücken, den Nasenring und die schiefen Vorderzähne. Sie war nicht wie die anderen Mädchen, die sonst hier abhingen. Sie wirkte cool, anders.

»Ich habe darüber nachgedacht, mir eine Schlange auf den Hintern tätowieren zu lassen«, sagte ich. »Weil Egil immer allen erzählt, dass ich einen Python in meinem Zimmer habe.«

Sie hielt sich die Hand vor den Mund. »Machst du Witze? Das hat er sich ausgedacht?« Sie lachte laut auf und griff sich an die Brust. »Das ist ja ein Knaller! Liv – so heißt du doch, oder?« Sie nahm meine Hand. »Ich bin Anita. Was machst du heute Abend?«

»Ich gehe mit Leuten von meinem Krankenpflegestudium essen.«

Sie lachte. »Klingt nach viel Spaß.«

Ich schüttelte den Kopf. Sie hielt ihr Gesicht an den Spiegel und wischte etwas Wimperntusche weg, die auf ihrer Wange gelandet war.

»Ich gehe auch mit ein paar Freunden von der Kunsthochschule weg. Ich glaube, wir gehen ins Lille.«

Mit raschen Pinselstrichen legte sie Rouge auf. Freitags ging ich auch manchmal ins Lille Løvenvold, um billigen Wein zu trinken. Es war nicht wie das Pub Smutthullet, in das ich sonst mit Ingvar und Egil ging. Das Lille Løvenvold war ein anständigerer Ort – irgendwie sauberer. Aber auch dort wurde später am Abend ziemlich gebechert – nach Mitternacht sahen alle Kneipen in Ålesund gleich aus. Aber irgendetwas im Lille Løvenvold war anders. Die Menschen waren anders.

»Bist du Künstlerin? Malerin oder so?«

Sie nickte. »Ich male hauptsächlich, ja. Und nicht nur mein Gesicht.« Sie lachte und begegnete meinem Blick im Spiegel. »Natürlich ist auch der Körper ein Kunstwerk, aber ich male hauptsächlich auf Leinwand.«

Mir fiel auf, dass sie sich selbst auf den Arm nahm. Vielleicht merkte sie es auch selbst, denn da war etwas, das ihr Lachen unterbrach, eine Art Stottern. Ihr Blick traf den meinen im Spiegel.

»Übrigens, ich hoffe, es macht dir nichts aus, wenn ich das sage, aber du hast echt interessante Augen. Du wärst ein gutes Modell für ein Gemälde.«

Ich betrachtete das Chaos von Handtüchern und anderem Zeug auf dem Boden und spürte, wie meine Wangen heiß wurden.

»Ich hoffe, das war nicht unhöflich von mir«, sagte sie.

Interessante Augen. Was meinte sie damit? Irgendwie fühlte es sich noch peinlicher an, als wenn sie über meinen Körper gesprochen hätte.

»Nein«, brachte ich heraus. »Nur ein bisschen komisch.«

»Dann lass ich dich mal in Ruhe«, sagte sie und packte das Schminktäschchen, sprang über die schmutzige Wäsche und öffnete die Tür. »Wenn du von den Krankenschwestern genug hast, komm einfach ins Lille.« Dann verschwand sie im Flur.

Ich zog mich schnell an und stellte überrascht fest, dass mir warm war, als hätte ich leichtes Fieber.

Aus der Küche hörte ich Egils aufgeregte Stimme. Ich folgte dem Geräusch und sah, wie er in der winzigen Küche auf und ab lief, das Telefon ans Ohr gepresst. Die Stimme am anderen Ende klang gedämpft und emotionslos.

»Weißt du, was du bist?«, sagte Egil. »Eine Seegurke! Du hast kein bisschen Mitgefühl, du bist einfach nur ein Schleimpilz!«

Die Stimme am anderen Ende der Leitung fuhr fort, unverändert, wie die eines strengen Schuldirektors.

»Niemand mag dich. Kein Wunder, dass Mama dich verlassen hat.«

Plötzlich drehte er sich um und sah mich dort stehen. Der Blick, den er mir zuwarf, war so krass, dass ich sofort in den Flur zurückwich. Mein Herz klopfte wie verrückt. Ich spähte durch die offene Tür in Ingvars Zimmer.

»Da bist du ja«, sagte Ingvar. In seiner Stimme schwang Anspannung mit.

Ich betrat das Zimmer, in dem die Jalousien so weit heruntergezogen waren, dass nur ein paar Streifen Sonnenlicht hineinfielen. Ingvar lag mit einem Buch auf dem Bett. Ich setzte mich zu seinen Füßen.

»Ich habe gerade etwas über dich gelesen«, sagte Ingvar grinsend.

Auf dem Buchumschlag war das Porträt eines Mannes mit langem Kinn und langer Nase, der einen Kopfschmuck aus grünen Blättern trug. Dante Alighieri, *Die Göttliche Komödie*.

»Du bist so ein Nerd, Ingvar.«

»Hör zu.«

Ingvar begann aus dem Buch vorzulesen. Es war ein Vers, der zwei Wesen beschrieb, einen Menschen und eine Schlange, die sich ineinander verwandelten. Das Gedicht beschrieb den ganzen Vorgang – wie die Beine des Mannes zusammenwuchsen und seine Zunge sich spaltete, während bei der Schlange das Gegenteil geschah. Wie die Schlange Haare und Ohren bekam, während die Haut des Mannes hart wurde. Am Ende glitt der Mann, der zur Schlange geworden war, zischend über den Erdboden davon, während die Schlange, die nun ein Mensch war, stehen blieb.

»Das ist genau das, was mit dir passiert«, meinte Ingvar lachend. »Du verwandelst dich gerade in diese Schlange. Vielleicht liegst du schon da hinten in deinem Zimmer, und Nero wandelt hier unter uns.«

Ich schüttelte den Kopf und ging zur Tür.

»Gehst du?«

»Wir sehen uns im nächsten Leben, Ingvar«, sagte ich. Dann ging ich.

# Mariam

Licht fällt durch den Spalt zwischen den Vorhängen. Ein verräterischer, schwacher Schimmer, der alles bloßlegt, woran ich nicht denken mag – dass der Tag angebrochen ist, dass die Welt existiert und ich in ihr. Sich die Decke über den Kopf zu ziehen, ist immer ein vergeblicher Versuch, sich selbst zu überlisten – der Kopf weiß, dass es Tag ist. Der Kopf weiß, dass es draußen noch Spätsommer ist, dass heute der erste Schultag ist. Der Kopf vergisst nicht, dass ihr Atem in kleinen Stößen kam, als sie ein winziges Baby war, ihre Stimme, als sie zum ersten Mal »Mama« sagte. Oder das Gefühl, mit ihr vor dem Spiegel zu stehen und auf sie zu zeigen. Die Erinnerung daran, wie es war, ihre kleinen Füße zu küssen, auf jeden Zeh zu zeigen und sie zu kitzeln. Die kleinen Lippen, die sich im Schlaf kräuselten, die Stirn, die von unbekannten Träumen in Falten gelegt wurde. Der Kopf weiß, dass er schuld ist an der Zerstörung.

Es klopft an der Tür. Tor kommt mit angespannter Miene herein. Er trägt eines seiner schönsten blauen Hemden mit eingearbeiteten Metallicfäden, der oberste Knopf ist offen. Es passt so gut zu seinen Augen und seinem graublonden Haar. In den Händen hält er einen Teller und ein Glas Milch.

»Hast du schon gegessen?« Er stellt Glas und Teller auf den Nachttisch und runzelt die Stirn, als ich den Kopf schüttle. »Über zweihundert Leute haben sich angemeldet, um heute an der Suche teilzunehmen. Die ganze Schule wird kommen. Ohne Iben fängt der Unterricht nicht an.«

Er schaut mich dabei nicht an. Sein Blick ist distanziert, er starrt auf die Familienfotos, die irgendwo an der Wand hängen. Er fragt mich nicht, ob ich mitkommen will, und ich sage auch nichts. Es muss ihm schwerfallen, jetzt hier zu sein, in diesem Raum, mit mir zu reden, nach allem, was ich getan habe. Und doch ist er immer noch derselbe geduldige, fürsorgliche Mensch. Ich habe immer das Gefühl, dass seine Fürsorge mir etwas darüber sagen soll, wie ich mich ihm gegenüber zu verhalten habe. Dass er irgendwie versucht, mir etwas beizubringen, es aber nicht schafft. Ich setze mich auf, nehme das Glas und trinke aus Dankbarkeit kleine Schlucke Milch. Dabei streiche ich mit der Hand über die Bettwäsche mit dem Frühlingsblumenmuster. Dann geht er.

Ich schließe die Augen und versuche so zu tun, als würde ich nicht existieren. Kleine Erinnerungsblitze brennen in meinen Ohren, das Lachen eines kleinen Mädchens. Immer wieder sehe ich sie vor mir, wie sie in den Minuten vor ihrem Verschwinden mit gesenktem Kopf und diesem lächerlichen Comic-Heft in der Hand von mir weggeht. Dem Heft, das sie gefunden haben. Nach ihr suchen sie immer noch. Als ob ein elfjähriges Mädchen sich einfach in den Straßen des Stadtzentrums oder in dem hundert Meter breiten Waldstück gegenüber dem Haus verlaufen könnte. Sie ist vernünftig. Sie weiß genau, wo sie wohnt. Hätte sie Probleme gehabt, hätte sie einen Erwachsenen um Hilfe gebeten oder wäre gleich nach

Hause gegangen. Zwei Tage sind vergangen. Jemand hat sie entführt. Eine andere Erklärung gibt es nicht. Wenn sie sie heute da draußen finden, ist sie tot, egal wo sie suchen.

Eine Erinnerung aus dem Frühling steigt in mir auf. Ich saß im Sessel im Wohnzimmer und war gerade von der Arbeit nach Hause gekommen. Ich wartete auf Tor und Iben. Nein – das stimmt nicht. Ich habe nicht gewartet. Ich sammelte mich. Ich bereitete mich auf die Rückkehr meiner Familie vor. Als ich hörte, wie sich die Tür öffnete, merkte ich gleich, dass es Iben war. Ihre vorsichtige Art hatte etwas von einem aufgescheuchten Spatz. Sie war auf dem Weg ins Wohnzimmer, wahrscheinlich, um fernzusehen, blieb aber in der Tür stehen, als sie mich sah.

Ich sah, dass sie ein schlechtes Gewissen hatte, denn sie wich meinem Blick aus. Eine unglaubliche Irritation überkam mich, völlig irrational. Ich fühlte mich richtig gemein. Mein Körper wollte ungerecht sein.

»Wie ist die Englischarbeit gelaufen, Iben?« Ich starrte sie an. Wartete.

»Ganz gut«, murmelte sie.

Ich wusste, dass sie log, also erhöhte ich den Druck.

»Du hast doch genug geübt, oder? Weißt du noch, was du gestern zu mir gesagt hast? Dass du genug geübt und noch Zeit zum Spielen hattest?«

»Ja. Ich habe genug geübt.«

Ihre Körpersprache zeigte, dass sie log, und ich – ich schlug einen spöttischen Ton an. Ich sagte: »Wunderbar! Dann freue ich mich schon auf das Ergebnis.«

Ich hörte nicht auf. Später, als wir zu dritt zu Abend aßen, sagte ich zu Tor: »Iben hat gesagt, dass die Englischarbeit heute total super gelaufen ist.«

Tor verstand mal wieder meinen Sarkasmus nicht, sondern lächelte Iben voller Stolz an und sagte: »Das ist toll, Iben! Siehst du, es zahlt sich aus, wenn man sich anstrengt, nicht wahr?« Genau das traf Iben ins Mark. Dass Tor so stolz war.

Aber ich hörte nicht auf. Später am Abend, als Iben schon im Bett lag, ging ich in ihr Zimmer und sagte: »Ich bin so stolz auf dich, Iben, dass du so fleißig in der Schule bist. Und auch Papa platzt beinahe vor Stolz.« Dann gab ich ihr einen Kuss auf den Kopf und sagte Gute Nacht.

Wenn ich daran denke, wird mir ganz flau im Magen, aber ich war noch nicht fertig. Als ich sie am Morgen beim Frühstück sah, sprach ich Englisch mit ihr. Ich fragte sie, ob sie Brot, Butter und Käse haben wolle. Dann fragte ich sie nach anderen Dingen, wobei ich Wörter benutzte, von denen ich wusste, dass sie sie nicht verstand. Sie senkte den Kopf und antwortete immer nur: *Yes.*

Wie oft habe ich sie so behandelt? Dabei will ich eigentlich nicht sie quälen, sondern die Vorstellung von einem Kind. Und all die Dinge, die sie werden könnte. Ich stürze mich auf den dunklen Ort, aus dem sie kommt und an dem sie völlig unschuldig ist. Vielleicht ist sie ja tatsächlich weggelaufen.

Ich öffne die Augen. Schlage mir den Gedanken aus dem Kopf und stehe auf. Der kalte Boden unter meinen Füßen fühlt sich gut an. Meine Beine sind schwer, mein ganzer Körper ist steif. Das Haus wird jetzt leer sein. Tor ist auf der Suche. Nach Iben. Die jetzt vielleicht nur noch ein kalter Körper ist, der irgendwo da draußen liegt. Bilder, die ich nicht sehen will, tauchen immer wieder in meinem Kopf auf – ihre Haut grau, kalt und verletzt, ihr Haar dunkel von Blut. Ich will nicht daran denken.

Die Schiebetür des Kleiderschranks steht offen, und ich sehe all meine schönen Outfits ordentlich nebeneinander hängen. Es beruhigt mich, hübsche Kleidung zu kaufen, etwas, das ich anziehen kann, um der Welt zu zeigen, dass ich eine Frau mit Stil bin. Dank meiner Kleidung und meinen Schuhen gehe ich automatisch aufrechter, hebe den Kopf. Sie geben mir Selbstvertrauen, wenn ich vor einer Verhandlung stehe. Kleidung ist mehr als nur Kleidung – sie bedeutet Kontrolle. Zumindest diese Art von Kleidung. Ich ziehe die Schranktür zu und sehe mich im Spiegel, barfuß in einem verschlissenen Pyjama, die blonden Haare zerzaust, weil ich mich die ganze Nacht herumgewälzt habe. Ich drehe mich um und verlasse das Zimmer.

Einen Moment bleibe ich vor den großen Buchstaben an Ibens Tür stehen: »Erst anklopfen, dann reinkommen!« Es ist schon einige Jahre her, dass sie diesen Zettel geschrieben hat – er hängt dort als Erinnerung und Warnung. Längst wurde die Regel missachtet – von Kriminaltechnikern in weißen Overalls mit winzigen Bürsten und Tupfern in der Hand. Ich drücke mit der flachen Hand gegen das Schild, stoße die Tür auf und blicke in den winzigen gelben Raum. Eine Kommode mit aufgemalten Blumen. An den Wänden Pferdeposter. Rosa Bettwäsche. In ein paar Jahren wird es hier ganz anders aussehen. Nüchtern und jugendlich, mit Bildern von Jungs an den Wänden. Ich habe mich darauf gefreut, sie heranwachsen zu sehen.

Der Schreibtisch quillt über vor Papier, Zeichensachen und Spielzeug. Wenn ich sie bitte aufzuräumen, räumt sie nur den Boden frei. Ich fange an, die Papiere aufzuheben und durchzusehen. Plötzlich habe ich Angst, auf eine dieser Zeichnungen zu stoßen, von denen man gehört hat. Mit irgendwas Erwachsenem als Motiv, das ihr Angst macht. Ich sage mir, dass die

Polizei so etwas längst mitgenommen hätte. Die Zeichnungen auf dem Schreibtisch zeigen allesamt harmlose Motive – Prinzessinnen, Pferde, Hunde.

An der Wand hängt ein Bild, das ein Künstler auf einem Jahrmarkt gemalt hat. Ich erinnere mich noch genau an diesen Tag. Wir sind mit Iben zum ersten Mal Achterbahn gefahren. Tor landete beim Zielschießen einen Volltreffer und gewann einen der größten Teddybären für sie. Das war vielleicht der schönste Tag, den wir je als Familie zusammen verbracht haben. Zum krönenden Abschluss besuchten wir den Stand, wo man sich porträtieren lassen konnte. Als Familie, auf Thronstühlen in einem Schloss. Der König und die Königin mit der kleinen Prinzessin auf dem Schoß ihres Vaters. Extravagante Kostüme mit gepolsterten Schultern und schmalen Taillen, schöne und klare Gesichter. Lächeln über Lächeln über Lächeln. Eine glückliche Familie.

Ich schlüpfe in ihr Bett, ziehe die Decke über mich und atme ihren Geruch ein. Erinnerungen an ein kleines Mädchen, als Neugeborenes, mit zwei Monaten, einem Jahr, der erste Milchzahn, Dreiradfahren im Hinterhof des Hauses, in dem wir wohnten, die Katze des Nachbarn streicheln, Ausflüge an den Strand mit Sonnencreme und aufblasbaren Schwimmreifen. Schlittschuhlaufen, Trampolinspringen, zum ersten Mal Zitronen essen, in einer Menschenmenge auf Papas Schultern sitzen und alle überragen. Der erste Schultag, an dem sie mit Freundinnen über den Pausenhof läuft, Radfahren und Schwimmen lernen. Meine Tochter.

Ich nehme mein Handy und sehe mir alte Fotos an. Iben, die unsicher auf ihrem Fahrrad mit Stützrädern fährt. Ein Video von einer Schulaufführung, in dem sie tanzt, während sie schüchtern auf den Boden blickt. Ich schaue es mir mehrmals an. Ich entdecke ein Foto, auf dem sie zwei Jahre alt ist und mit vollem Körpereinsatz ihren Brei isst. Damals war sie so glücklich. Sie rief immer »Hallo! Hallo! Hallo!«, mit einem hellen Lachen. Die Polizei hat Ibens Handy und iPad. Vielleicht stoßen sie auf Chats, die sie auf Facebook mit einem fremden Erwachsenen geführt hat.

Sie sind da draußen und suchen nach ihr – bei dem Gedanken kribbelt es in meinen Adern. Wenn ich die Augen schließe, versuche ich, die Umgebung ganz in Schwarz zu sehen, um darin zu verschwinden. Aber mein Kopf will sich erinnern. Ein kleines Mädchen, das seine drallen Hände in den Sand steckt. Eine Sechsjährige, die zum ersten Mal einen neuen Rucksack und neue Schuhe trägt.

Ich öffne die Augen. Ich sehe den leeren Stuhl, auf dem Iben so oft gesessen hat, den Kopf über ihre Hausaufgaben gebeugt. Die blonden Haare im Nacken zu einem Zopf geflochten. Das Haar zwischen meinen Fingern fühlt sich so fein an, beinahe schwerelos. Ich kann mich unter die Bettdecke legen und versuchen, das alles zu vergessen, aber mein Kopf weiß, dass sie da draußen sind und suchen. Mein Kopf weiß, dass ihre Haare irgendwo da draußen sind.

Ich stehe auf, gehe zum Regal mit den Mädchenbüchern und streiche über die pastellfarbenen Buchrücken. Ein Regalfach ist voller Schachteln: eine Schmuckschachtel, eine alte Zigarrenkiste, eine Schale voller Perlen. Ich fange an, die Schachteln zu öffnen, eine nach der anderen. Ich sehe den winzigen Goldschmuck, den sie zur Taufe bekam, und die Ohrringe, die sie trug, als sie in der Schule Karneval feierten. Auf der größten Schatulle steht »Meine Geheimnisse«. Sie glänzt im Regal.

Junge Mädchen müssen Geheimnisse haben dürfen, meine ich in irgendeiner Ratgeberkolumne gelesen zu haben, aber jetzt kann ich nicht anders, als sie zu öffnen.

In der Schachtel befinden sich ein 100-Kronen-Schein, ein Plastikspielzeugpferd und eine goldene Kette mit einem Anhänger. Ich krame sie heraus, halte sie gegen das Licht. Am Ende der Kette hängt ein Schlüssel. Ein einfacher Schlüssel, wie er zu jeder Tür in jedem Haus gehören könnte. Das Einzige, was ihn von anderen Schlüsseln unterscheidet, ist, dass er wie die Kette golden schimmert.

# Liv

Das Lille Løvenvold war bereits voll, aber dazu brauchte es auch nicht viel. Der kleine Raum im Erdgeschoss bot gerade einmal Platz für einen Tresen und eine Schlange an der Bar. Ich stellte mich auf die Zehenspitzen und suchte zwischen all den Köpfen nach einem blonden Mädchen mit einem Nasenring. Dann bahnte ich mir einen Weg durch die Schlange zur schwarzen Wendeltreppe, die in den ersten Stock führte.

Discolichter flackerten über die schwarz gestrichenen Wände, an den Tischen saßen Leute, die sich unterhielten und versuchten, die laute Technomusik zu übertönen. Es war noch zu früh, um zu tanzen – im Moment waren geschriene Unterhaltungen angesagt, das Summen von Stimmbändern, die sich unter glitzernden Halsketten und Hemdkragen heiser kreischten. Ich hatte keine Ahnung, was sie trug. Ich wusste nicht einmal, ob sie wirklich hergekommen war.

Nach dem Essen mit den Kommilitonen hatte ich allein vor dem Restaurant gestanden, während die anderen ihrer Wege gegangen waren. Ich hatte zu schnell und zu viel getrunken und dann zu laut geredet und herumgealbert. Die anderen hatten mir zugehört, gelacht und interessiert gewirkt – aber nicht auf eine gute Art. Sie waren an mir interessiert, wie Kinder an einer Spinne, der sie gerade die Beine ausrissen.

Während ich vor dem Restaurant stand, innerlich zerrissen, konnte ich nur an das denken, was das Mädchen gesagt hatte – das Mädchen mit dem Nasenring und dem schiefen Vorderzahn. Anita. Nicht die Bemerkung, dass ich interessante Augen hätte – obwohl auch das etwas war, worüber ich im Laufe des Abends viel nachgedacht hatte. Sondern dass sie gesagt hatte, ich solle doch ins Lille kommen. Warum nicht?, dachte ich. Das war sicher besser, als nach Hause zu fahren und mich in meinem Zimmer einzuschließen. Aber jetzt, wo ich hier war, war ich mir nicht mehr so sicher. Eine Aufforderung, im Lille vorbeizuschauen – das bedeutete nicht unbedingt, dass sie sich freuen würde, mich hier zu sehen. Wahrscheinlich war sie mit ihren Künstlerfreundinnen zusammen. Vielleicht entpuppte sie sich als genauso wie die anderen, mit einem verächtlichen Lachen, einer falschen Freundlichkeit.

Ich stand im ersten Stock und blickte mich um, doch keines der Mädchen sah aus wie Anita. Als sich schließlich jemand an mir vorbeidrängte, um die Treppe hinaufzugehen, drehte ich mich um und ging wieder hinunter. Die letzte Möglichkeit war der Hinterhof, der fast so groß war wie die Bar selbst und viel voller als der erste Stock. Ich schob mich an einigen Rauchern vorbei und trat hinaus in die kühle Frühlingsnacht. Ich versuchte, das Dröhnen der Stimmen auszublenden und nach dem richtigen blonden Kopf Ausschau zu halten. Ich fühlte mich müde. Die Wirkung des Alkohols hatte nachgelassen und ließ mich zittrig zurück. Am liebsten hätte ich einfach aufgegeben.

Ich drückte mich noch einmal an der Schlange vor der Bar vorbei und kam auf der anderen Seite wieder heraus. Das war eine dumme Idee. Einen Moment lang stand ich auf der Straße, die Jugendstilbauten um mich herum, genauso hatte ich zuvor vor dem Restaurant gestanden, bis mir klar wurde, dass mir nichts anderes übrig blieb, als nach Hause zu gehen. Doch gerade, als ich mich umdrehte, die Straße hinunterschaute und den langen Weg nach Hause antreten wollte, hörte ich eine männliche Stimme meinen Namen rufen. Er zog das »i« in »Liiiv« in die Länge, wie ein Heulen. Ich blickte die Straße auf und ab, aber niemand schien in meine Richtung zu schauen. Dann rief er wieder, ein langes, heulendes »Liiiv«, und ich merkte, dass es von oben kam. Aus einem Fenster über dem Blumenladen ragte der Kopf eines Mannes.

David winkte. Ich überquerte die Straße und stand direkt unter ihm. Auch von dort drinnen hörte ich nun Lärm – Rapmusik und das Schreien und Kreischen mehrerer Stimmen. David streckte den Arm aus, in der Hand hielt er eine Zigarette und klopfte etwas Asche ab. Es schien, als wolle er mich damit treffen.

»Was machst du da?«, fragte ich lachend.

»Ich warte darauf, dass du nach oben kommst. Kommst du?«

Ich zog meine Stiefel aus und stellte sie neben ein Dutzend anderer Schuhpaare an die Wand. Dann nahm ich das Bier, das David mir reichte, und folgte ihm in Richtung Musik, Geschrei und Gelächter einen Flur entlang, der aussah, als stammte er direkt aus den Siebzigern – der Teppich war rot und gelb gemustert, die Tapete gelb-braun gestreift. Sogar ein alter Telefontisch aus hellbraunem Holz mit eingebauter Sitzgelegenheit stand dort. Ein Unbehagen machte sich in mir breit, als ich das verschnörkelte Muster auf dem Kissen betrachtete.

Wir betraten das Wohnzimmer, und jetzt sah ich, weshalb die Leute geschrien und gejohlt hatten: Bäuchlings auf dem Sofatisch lag ein Mann. Seine Hand- und Fußgelenke waren hinter dem Rücken mit Gaffatape zusammengeklebt. Er drehte den Kopf, und einer gab ihm durch einen Strohhalm Schnaps zu trinken. Ein anderer führte eine Zigarette an seine Lippen. Auf dem Boden lagen Mengen von benutztem silbernem Klebeband. Ich sah zu David, der sich ans Fenster stellte.

»Er hat beim Pokern verloren«, erklärte er.

Es war eine dieser Wohnungen, die vor Blicken von draußen gut abgeschirmt waren. Sie lag zur Straße hin, befand sich aber zu hoch oben und zu weit von den nächsten Häusern entfernt, als dass man hätte hineinsehen können. Ich weiß nicht, warum mir das auffiel oder warum es mich störte. Doch, ich wusste es eigentlich. Es lag an den Menschen und der Atmosphäre dort drinnen. Die verbrauchten Gesichter, die Stimmen von einigen Anwesenden. Das war keine Party – das war eine Drogenhöhle.

David setzte sich auf einen Hocker und rutschte an den Stuhl heran, auf dem ich saß. Er hatte sich wieder eine Zigarette angezündet und blies den Rauch langsam an die Decke. Er wirkte betrunken oder bekifft oder beides gleichzeitig. Ich nahm eine Zigarette aus der Schachtel, die er mir hinhielt.

»Willkommen in meinem bescheidenen Heim. Wie findest du es?«

Ich lachte. »Sieht aus wie die Wohnung eines alten Mannes.«

Er sah sich um, betrachtete die Möbel und Vorhänge. Nur der Fernseher und die Lautsprecher waren neu, alles andere sah älter aus als ich. David prostete mir zu.

»Wird Zeit, dass du mir etwas von dir erzählst.«

Wieder lachte ich. »Und was?«

»Erzähl mir etwas Aufregendes. Ein Trauma aus deiner Kindheit oder so.«

Ich verfluchte mein Herz. Hatten Ingvar oder Egil ihm etwas erzählt? Nein, so weit konnte ich ihnen schon noch vertrauen.

»Du bist der letzte Mensch, dem ich etwas ›Aufregendes‹ erzählen möchte, David.«

»Wie kommt das?«

»Ich traue Verbrechern nicht.«

David lachte und hob den Zeigefinger. »Du verstehst nicht, wie das funktioniert, mein Mädchen. Gerade Kriminellen wie mir kannst du vertrauen. Kriminelle reden nicht – wir haben zu viele Leichen im eigenen Keller.«

Er saß näher neben mir, als mir lieb war. Wahrscheinlich wollte er herausfinden, ob das, was er beim letzten Mal bekommen hatte, auch diesmal im Angebot war – und ich musste ihm klarmachen, dass das nicht der Fall war. Das war das Schwierige an diesem Kerl. Ich hatte das Gefühl, immer auf der Hut sein zu müssen. Aber ich weigerte mich, diesem Gefühl nachzugeben – ich wollte nicht ständig auf der Hut sein müssen.

»Ich muss dir etwas Wichtiges über mich sagen«, sagte ich und hob meinen Zeigefinger, so wie er seinen gehoben hatte. »Ich bin nicht dein Mädchen.«

Er lächelte, beugte sich vor und fuhr sich mit der Hand über den beinahe komplett rasierten Schädel. Ich zuckte zusammen, als er näher kam, und ich erinnerte mich an das letzte Mal, als wir uns gesehen hatten. Solche Erinnerungen fühlten sich immer falsch an, als würde etwas von meinem Unterbauch aufwärts durch meinen Körper schneiden. Dann schloss er die Augen und atmete langsam durch die Nase ein.

»Du riechst gut«, sagte er.

»Männerparfüm«, sagte ich. »Ich werde Egil fragen, wie es heißt.«

Er lachte. »Du musst immer das letzte Wort haben, oder?«

»Man sagt, das sei meine beste Eigenschaft.«

»Oh. Mir fallen noch ein oder zwei andere Eigenschaften ein.«

»Geh eine Klit lecken«, sagte ich.

Ich stand auf und taumelte von Davids Lachen weg in Richtung Flur. Als ich das Badezimmer fand, ging ich hinein. Ich setzte mich auf die Toilette und zählte langsam bis hundert. Dann stand ich auf, ging zum Waschbecken und wusch mir das Gesicht mit kaltem Wasser ab. Ich wusste nicht, warum ich mich so schlecht fühlte. Doch – ich wusste es. Irgendwie ging sie mir nicht aus dem Kopf. Und nun würde ich sie nie wiedersehen.

Ich zog meinen Pullover hoch, um mir damit mein Gesicht abzutrocknen, und merkte sofort, dass sich etwas anders anfühlte. Etwas fehlte. Ich schaute in den Spiegel. Ich berührte meinen Hals, tastete nach der glatten Kette, aber meine Finger spürten nur nackte Haut. Der Schlüssel. Er war weg. Ich hatte die Kette beim Duschen abgenommen und vergessen, sie wieder anzulegen. Ich dachte daran, wie eifrig Egil an seinem Geburtstag danach gegriffen hatte. Wenn er sie heute Abend fand, würde er sie bestimmt benutzen. Ich musste zurück.

# Mariam

*Kristiansund*
*Montag, 21. August 2017*

Das Regenwasser trifft auf die Windschutzscheibe und läuft in kleinen Rinnsalen hinunter. Zwischendurch quietschen die Scheibenwischer auf der zweiten Stufe. Das ist etwas zu schnell für diese Regenmenge, aber die erste Stufe ist zu langsam. Dabei kommt es mir so vor, als würde es häufig mit genau dieser Intensität regnen. In den scharfen Kurven der Straße drücke ich das Gaspedal durch. Der Wald wird zu einer verschwommenen grünen Masse, das Bündel von Rechnungen auf dem Armaturenbrett segelt bei jeder Kurve hin und her.

Ich riskiere es und überhole kurz vor einer Kurve eine alte Karre, gebe Gas und bin im Nu vorbei. Die Straße ist fast autofrei – es ist Montagnachmittag. Nur der eine oder andere Lastwagen oder Traktor ist unterwegs. Ich fahre durch den Kreisverkehr und über die Brücke, kurbele das Fenster herunter und spüre den frischen Sommerregen auf meinem Gesicht. Ich muss fahren, ich muss in Bewegung bleiben. Ich halte es nicht mehr aus, dazuliegen und meinen Gedanken nachzuhängen, diesem wirren Durcheinander von Erinnerungen – daran, wie ich zum ersten Mal Mutter wurde, ans erste Lächeln, den ersten Schritt, den ersten Zahn. Lieber folge ich der Straße, trotze ihr und lasse mich von ihr herausfordern, werfe meinen Körper in die nächste Kurve, beobachte, wie der Regen die Richtung ändert und das Bündel von Rechnungen, das auf dem Armaturenbrett liegt, hin und her geschleudert wird. Könnte ich doch nur noch schneller fahren, noch schärfer abbiegen, wäre doch nur das Auto eine Waffe, mit der ich die Zeit auseinanderhacken könnte. Auf dieser Seite der Zeit ist meine Tochter verschwunden. Auf der anderen Seite gibt es vielleicht etwas anderes.

Man verlässt nicht die Stadt, wenn die Tochter verschwunden ist. Man hinterlässt dem Ehemann keine Nachricht, dass er der Polizei bitte nichts sagen, sondern abwarten und einem vertrauen soll – um dann einfach wegzufahren und alles hinter sich zu lassen. Natürlich weiß ich das. Und doch habe ich genau das getan. Das Handy mit den Fotos meiner Tochter, dem Video von der Schulaufführung – ich habe es zusammen mit dem Zettel auf dem Küchentisch liegen lassen. Tor wird das nicht gefallen. Vielleicht ruft er gleich die Polizei. Wenn sie mich suchen wollen, werden sie mich finden. Dann ist das eben so. Das Einzige, was ich will und was ich noch fertigbringe, ist, jetzt weiterzufahren, in die Kurve hinein- und wieder herauszufahren, die Kraft des Autos in meinem Körper zu spüren und das Gefühl, dass ich jeden Moment zu viel Gas geben, eine Kurve unterschätzen, wieder einen Fehler machen könnte.

Das ist es, was ich will. Ich will Fehler machen, bis ich keine mehr machen kann. Wenn ich nicht weiß, wie ich diese Knoten in meinem Körper lösen soll, wenn sie sich bei jedem Versuch, sie zu lösen, fester und fester zusammenziehen, dann will ich sie zerstören. Ich möchte sie durchbrechen und in Stücke reißen. Linke Kurve, rechte Kurve, ich fliege praktisch über eine

Brücke und in einen Tunnel, der eine einzige lange, sanfte Kurve ist, direkt in die Hölle hinein und auf der anderen Seite wieder hinaus. Die Schafe, die auf den Feldern weiden, sind kleine Wolken, die sich auflösen. Ich bin in Bewegung. Anlegeplätze, Bootshäuser, ein verfallenes Haus auf einem Hügel. Innen so schwarz wie ich.

Das Wetter hat sich gebessert, aber mein Kopf ist immer noch voller Nebel. Ich bremse ab und fahre die letzten Kilometer zum Fährhafen von Molde etwas ruhiger. Ich blinke beim Abbiegen und halte hinter den ganzen anderen Autos, die mit laufenden Motoren auf die Fähre warten. Auf der Heckablage des Wagens vor mir liegt ein blassgelber Teddybär, davor sitzt ein kleines Kind, fest angeschnallt in einem Kindersitz. Eine Frau hockt am Steuer, ihr Ellbogen hängt halb aus dem Fenster. Ihre braunen Haare wehen im Wind. Auf dem Beifahrersitz befindet sich auch jemand – ich vermute mal, es ist der Vater. Ich war so wütend auf Iben, als sie klein war. Ich hatte nicht das Gefühl, die Familienidylle zu haben, die alle anderen zu genießen schienen. Ich dachte, sie hätte mein Leben ruiniert. In Wirklichkeit habe ich das ganz allein geschafft.

Ich glaube nicht, dass Tor schon die Polizei gerufen hat. Jetzt, da ich ihn gebeten habe, mir zu vertrauen, wird er es versuchen. Er wird warten, bis ich anrufe. Vielleicht setzt er sich eine Frist. Er ist lieb und gibt sich viel Mühe mit mir. Will ich, dass ich mich irre? Will ich, dass er mir diesmal nicht vertraut, dass er die Polizei ruft, damit sie mich aufhält? Es gibt mehr als eine Antwort, mehr als eine Frage.

Wir beginnen, langsam an Bord zu fahren, über den Asphalt und die Metallrampe, in den dunklen Schlund der Fähre. Ein Mann zeigt mir einen freien Platz. Als die Fähre ablegt, wird mir bewusst, dass ich seit fast zwölf Jahren nicht mehr auf der anderen Seite des Fjords war. Ich bleibe im Auto. Bekomme es kaum mit, als ich mein Ticket bezahle, und vergesse, die Quittung mitzunehmen. Ich sitze da und starre auf das harte Metall, während das Boot mich hinüberträgt. Über eine Stunde Fahrt liegt noch vor mir, die kurvenreiche Straße über die Berge, bis ich wieder zu Hause bin.

Ich blinke rechts und bremse ab. Ich spüre eine Wärme in meinem Zwerchfell, als ich in die Straße einbiege und an den anderen Häusern mit ihren Schaukeln und Wäscheleinen vorbeifahre, die denen in meiner jetzigen Nachbarschaft nicht unähnlich sind, wenn auch ein wenig ländlicher. Größere Gärten und näher am Meer, weshalb man eine bessere Aussicht hat. Als ich den Hügel hinauffahre, landet der Rechnungsstapel endlich auf dem Boden. Es fühlt sich wie eine Erleichterung an.

Ich parke am Straßenrand. Nur um dieses Haus herum wächst das Gras hoch, und dem Auto, das davorsteht, fehlen die Reifen und die Windschutzscheibe. Im Hof liegt allerlei Gerümpel verstreut – ein Spaten ohne Stiel, eine schmutzige Plane, die aussieht wie ein altes Zelt. Ich lasse meine Lederhandtasche im Auto zurück, zusammen mit dem Rest meines Familienlebens, das bereits aus den Fugen geraten ist. Ich steige aus und gehe zur Haustür. Ich klopfe. Wer klopft, hat andere Absichten als jemand, der klingelt. So war es jedenfalls vor zwölf Jahren, und so ist es wohl auch jetzt.

Ein paar Hunde bellen und laufen drinnen herum. Carol schimpft mit ihnen, als sie zur Tür geht – ich höre ihre Stimme, laut und deutlich. Sie schaut durch den Spion. Öffnet drei Schlösser und streckt ihren Lockenkopf heraus – das Haar ist jetzt länger, an den Schläfen leicht grau. Sie schimpft mit dem großen Weimaraner, der sich aus ihrem Griff am Halsband zu befreien versucht. Der Hund knurrt und fletscht die Zähne. Carol strahlt, als sie mich sieht.

»Ich muss ihn sehen«, sage ich.

Sie lacht, laut und schrill.

»Nicht mal ein Hallo für eine alte Freundin. Ich sehe, du hast deine Unhöflichkeit nicht verloren«, kichert sie und rollt ihr amerikanisches »r«.

Wir gehen den schmalen Flur entlang, zwischen alten Familienfotos und den Hunden, die um uns herumlaufen. Die Babyfotos ihres Sohnes hängen seit Jahren an den Wänden, immer die gleichen. Ihr Mann ist tot, ihr Sohn muss längst erwachsen sein. An der hintersten Tür zückt Carol einen Schlüsselbund und schließt auf. Sie verscheucht die Hunde, während ich vor ihr hergehe. Der Raum ist voller Käfige. Es wird gesungen, gerannt, gegen die Gitterstäbe geschlagen. Ein Papagei fängt an, in seinem Käfig herumzuflattern und verschiedene Schimpfwörter zu krächzen.

»Na, na, Bella«, sagt Carol und geht auf den Papagei zu. Er beruhigt sich, als sie mit ihm spricht. Carol dreht sich zu mir um.

»Ich hätte ihn einmal fast verkauft – jemand hat mir vor ein paar Jahren ein gutes Angebot gemacht. Aber das konnte ich dir nicht antun. Ich habe immer geglaubt, dass du zurückkommst.«

Carol geht zur Tür zwischen den Käfigen. Sie zieht den Schlüsselbund wieder aus der Tasche ihrer weiten Hose, er klimpert zwischen ihren dicken Fingern mit den stumpfen Nägeln. Dann schließt sie die Tür auf.

»Ich lasse dich jetzt in Ruhe«, sagt sie, »aber du musst nachher noch ein Glas Wein mit mir trinken.«

Sie deutet mit einem Nicken auf die Tür und geht. Ich lege eine zitternde Hand auf die Klinke. Atme tief durch.

Er liegt auf dem Bett, und sein Körper bildet einen Bogen vom Kopfende bis zum Fußende. Der obere Teil ruht auf dem Nachttisch. Er hat gemerkt, dass ich im Zimmer bin, er sucht mich. Sein Körper bewegt sich gleitend, ein wellenförmiges Muster auf der braunen Haut, von der Schwanzspitze bis zum Kopf bildet es Wellen. Es ist wie ein Prisma in Dunkelbraun, Schwarz und Gelb. Ich setze mich neben ihn auf das Bett. Warte darauf, dass er sich an mich schmiegt. Dass er die Wärme meines Körpers sucht und mich umarmt, wie in alten Zeiten.

# Liv

*Samstag, 10. April 2004*

Als das Taxi vor dem Haus hält, ertönt laute Musik aus unserem Stockwerk. Sogar die taube alte Vermieterin musste sich von der Lautstärke gestört fühlen. In einem der Fenster im Erdgeschoss brannte Licht, also war sie wahrscheinlich wie immer wach. Sie hatte schon lange aufgehört, uns zur Ruhe zu ermahnen.

»Warten Sie hier«, sagte ich. »Ich hole schnell Geld.«

Bevor der Fahrer protestieren konnte, sprang ich aus dem Auto, eilte die Treppe hinunter und öffnete die Tür. Der Flur war voller Schuhe und Stimmen. Menschen standen vor der Badezimmertür und warteten darauf, an die Reihe zu kommen. Es würde eine Ewigkeit dauern, bis das Bad frei war. Wenn der Schlüssel nicht mehr drin war, hatte ich nicht vor, mich in die Schlange zu stellen, um es herauszufinden. Ich hörte Jubel und Gelächter aus dem Wohnzimmer. Schnell zog ich meine Stiefel aus und lief zu meinem Zimmer. Angst erfüllte mich, als ich die Klinke herunterdrückte und die Tür aufging. Ich trat ein.

Ich war mir sicher, dass ich Nero in sein Terrarium gesetzt hatte, bevor ich das Zimmer an diesem Tag abgeschlossen hatte. Jetzt war es leer. Er war nicht unter der Bettdecke, nicht unter dem Bett, nicht auf der Kommode. Er hing nicht an der Gardinenstange, war nicht auf die hohe Pflanze geklettert oder auf die Lampe. Er war nicht im Zimmer. Ich überprüfte, ob der Schlüssel in der Tür steckte, aber auch das war nicht der Fall.

Zitternd schob ich mich zwischen den Leuten hindurch, die draußen auf dem Flur standen. Ich folgte dem Gelächter und den Stimmen im Wohnzimmer, dem hohen Quietschen, das von dort drinnen kam. So ruhig ich konnte, ging ich an einem Mädchen vorbei, das sich mitten in den Flur gesetzt hatte, um zu telefonieren. Ich drängte mich an einer Gruppe von Leuten vorbei, die an der geöffneten Wohnzimmertür standen. Dann blieb ich stehen. Das Zimmer war voll. Auf dem Sofa saß eine Gruppe von Mädchen mit langen Haaren, kurzen Röcken und rosigen Wangen. Sie waren es, die quietschten, und sie machten keine Anstalten, damit aufzuhören. Sie kreischten abwechselnd, das Kreischen der einen wurde von dem der anderen abgelöst.

Auf dem Tisch, den sie alle anstarrten, saß Egil. Er hatte mir den Rücken zugekehrt. An seiner rechten Hand hing Nero. Die Schlange war sichtlich gestresst und zischte die Mädchen auf dem Sofa an. Ich meinte, die Wut in seinen Adern zu spüren. Egil schwankte, hielt den Arm ausgestreckt und holte ohne Vorwarnung aus, als wolle er die Schlange durch die Luft werfen. Die Mädchen kreischten wieder in höchsten Tönen, und es war erstaunlich, dass kein Glas zerbrach. Egil schwankte – er musste völlig betrunken sein. Wieder machte er eine ruckhafte Vorwärtsbewegung, diesmal in Richtung eines Mädchens, das in einem Sessel saß. Das Mädchen schrie auf und schüttete vor Schreck ein Bier über sich aus. Egil trat einen Schritt zurück, hielt einen Moment inne und atmete tief durch. Dann drehte er sich um und warf die Schlange. Nero flog durch die Luft und landete im Gesicht eines Mannes. Der Typ warf sich zur Seite, sodass Nero auf den Teppichboden fiel. Ich stürmte durch die Menge, griff nach der Schlange, die wütend zischte und nach mir schnappte. Ich konnte sie gerade noch am Hals packen und verhindern, dass sie mich in die Schulter biss.

»Was zum Teufel machst du da, Egil?«

Egil schaute mich an, immer noch lachend.

»Wenn du das noch einmal machst, trete ich dir in die Eier«, sagte ich.

Nero fauchte und versuchte, mich ins Gesicht zu beißen, aber ich hielt ihn fest. Ich musste mit ihm in mein Zimmer gehen.

»Gib mir den Schlüssel, Egil.«

Egil wurde ernst und setzte sich auf die Tischkante. Erst jetzt sah ich, dass mehrere Aschenbecher auf dem Boden standen, im Teppich befanden sich Rußflecken. Egil war rot im Gesicht. Er schwankte, riss sich zusammen.

»Ich habe deinen Schlüssel nicht. Die Tür stand offen.«

»Du lügst.«

»Ich habe keinen Schlüssel«, murmelte Egil und verlor das Gleichgewicht. Er taumelte und landete auf dem Boden. Ich drehte mich um und ging zurück in den Flur. Die Leute scharten sich um mich.

Da hörte ich eine Stimme. Ich hörte sie durch die laute Musik hindurch, obwohl ich gestresst davon war, Nero festhalten zu müssen, um nicht gebissen zu werden. Trotz der wütenden Worte, die ich aus dem Zischen der Schlange heraushörte. Diese Stimme hätte ich überall wiedererkannt. Sie kam aus Ingvars Zimmer. Ich folgte ihr mit großen Schritten, und jeder,

der sich mir in den Weg stellte, wich zur Seite. Sie kam von dort drinnen. Er redete mit Ingvar. Ich blieb in der Tür stehen. Seine eisblauen Augen trafen die meinen, und es war, als würde zerbrochenes Glas durch meine Adern fließen.

Verschwitzte Haare in der Stirn, das Gesicht voller Pickel, die er ständig ausdrückte. Beim Anblick seines steifen Lächelns wurde mir immer schlecht, weil es so viele Erinnerungen in mir weckte.

»Lange nicht gesehen«, sagte Patrick.

Sein Geruch musste mich nicht erreichen, ich wusste, wie er roch. Ich sah Ingvar an, der sofort den Blick senkte.

»Ich habe dir vertraut«, flüsterte ich.

# Roe

*Kristiansund*
*Montag, 21. August 2017*

Es ist schon spät am Abend, als ich die Polizeistation verlasse. Meine Aktentasche trage ich eng am Körper und gehe mit langen Schritten den Hügel hinauf. Der Weg nach Hause ist kurz, der Sommerabend hell, aber in mir brennt eine dunkle Flamme. Ich behindere bewusst und absichtlich die Ermittlungen. Ich weiß, dass ich es tue. Leise wie ein Dieb schleiche ich herum.

Zum Glück ist es still im Treppenhaus, als ich das Haus betrete. Ich begegne meinen Nachbarn nur ungern, ich mag es nicht, dass sie mein Gesicht sehen und mich erkennen, dass sie mich grüßen. An einem der ersten Tage nach meinem Einzug klingelte es an der Tür. Es war eine Nachbarin, die gehört hatte, dass jemand neu eingezogen war, und sich vorstellen wollte. Sie war etwa fünfzig Jahre alt und trug ein leichtes Kleid, das im Brustbereich etwas ausgebeult war. Als ich ihr sagte, dass ich Polizeibeamter sei, begann sie mir von ihrem Neffen zu erzählen, der Opfer eines Internetbetrügers geworden sei und viel Geld verloren habe, und dass die Polizei das Verfahren eingestellt habe. So verhalten sich die Leute, wenn sie mich zum ersten Mal treffen – sie sehen eine Möglichkeit, aus dem Inneren des Systems Hilfe zu bekommen. In dem Moment, in dem sie von meinem Beruf erfahren, werden sie zu Geiern. Ich murmelte etwas von Ressourcen und behauptete, ich sei gerade beim Abendessen und müsse wieder rein. Seitdem schaue ich weg und gehe schneller, wenn ich ihr begegne.

Einmal hatte ich den idiotischen Traum, eine neue Familie in Kristiansund aufzubauen, neu anzufangen. Ein wirklich idiotischer Traum. Jede Frau, die auch nur einen Hauch von sozialer Intelligenz besitzt, kann sehen, dass mit mir etwas nicht stimmt. Und wenn nicht, dann schrecke ich sie früher oder später sowieso ab.

In der Wohnung ist es dunkel. Die Fenster sind ebenerdig, und ich mag es nicht, wenn Fremde hineinschauen können, deshalb lasse ich die Vorhänge immer geschlossen. Ich ziehe meine Jacke aus und hänge sie auf. Nur eine Jacke hängt am Haken, nur ein Paar Schuhe. Es wird immer leichter, ich zu sein, und zugleich immer schwerer. Ich stecke meine Füße in die Pantoffeln und versuche mir vorzustellen, dass ich jetzt eine Pause habe – dass der Stress des Tages von meinem Körper abfallen kann. Doch ich kann mich nicht daran erinnern, wie es ist, sich nicht die ganze Zeit angespannt zu fühlen.

Ich gehe ins Wohnzimmer, das einfach eingerichtet ist mit einem Fernseher, einem Couchtisch und einem alten Sofa, das ich für hundert Kronen gebraucht gekauft habe und das so riecht, als wäre jemand darin gestorben. Ich räume schmutzige Tassen und Teller weg und wische den Tisch mit einem Lappen ab, bevor ich aus der Küche eine Rolle Frischhaltefolie hole. Dann beginne ich, die Folie in langen Streifen um die Tischplatte zu wickeln. Bald ist der ganze Tisch damit bedeckt. Danach gehe ich zurück in die Küche und hole mir ein Pils aus dem Kühlschrank.

Vor mir auf dem Tisch liegen zwei Beutel mit Zip-Verschluss. Im einen befinden sich ein türkisfarbener Glitzerstift und ein Notizblock. Im anderen liegt ein Stück Karton, das ich aus dem Einband eines Fotoalbums ausgeschnitten habe. Aus dem Fotoalbum habe ich bereits alles, was ich brauche – die Fotos der Fingerabdrücke befinden sich in einer separaten Plastikmappe, zusammen mit einigen anderen Dokumenten. Niemand auf dem Revier weiß von diesem Projekt, und ich werde dort auch niemandem davon erzählen. Was Mariam Lind betrifft, so habe ich die Grenzen des normalen Arbeitsethos längst überschritten.

Ich öffne meine Aktentasche und nehme die Tüte mit den Utensilien heraus, die ich mir vom Labor geliehen habe. Der Kriminaltechniker hat sich am Wochenende quasi geweigert, Feierabend zu machen. Er stand bis spät in die Nacht im Labor und erledigte irgendwelche Aufgaben, weshalb ich bis heute warten musste, um mir zu holen, was ich brauchte. Das Fingerabdruckset für den Einsatz am Tatort, mit einem Kaninchenhaarpinsel und schwarzem und weißem Pulver. Außerdem habe ich mir eine Lupe und eine anständige Taschenlampe ausgeliehen. Ich nehme einen kräftigen Schluck Bier, bevor ich mir die Plastikhandschuhe anziehe. Dann lege ich die Ausrüstung auf den Tisch. Den Stift hat sie gut zwischen Daumen und Zeigefinger gehalten, also fange ich damit an.

Ich nehme den Pinsel und entscheide mich für das weiße Pulver. Dann beuge ich mich über die Tischplatte, tauche den Pinsel in das Gefäß und schüttle den überschüssigen Puder vorsichtig ab. Das weiße Pulver hat einen leichten Schimmer, wie weißer Sand. Ich halte die Lupe über den Stift und pinsle vorsichtig das Pulver darauf, dann drehe ich den Pinsel und streiche weiter. Ich wiederhole den Vorgang, bis ich die ersten Rillen zu erkennen glaube. An der Spitze des Stiftes zeichnet sich ein Fingerabdruck ab. Es könnte meiner sein. Vorsichtig bewege ich den Pinsel und trage mehrere dünne Schichten auf. Ich höre fast Mariam Linds zitternde Stimme, als ich sie fragte, wohin sie gegangen sei, nachdem Iben verschwunden war. Auch die Stimme des Teufels kann zittern. Ich weiß, was ich finden werde – ich will nur sicher sein. Ich trage mehrere Schichten Puder auf den Fingerabdruck auf und sehe, wie er immer deutlicher wird. Dann nehme ich einen Plastikstreifen und schneide vorsichtig ein Stück davon ab. Mit der Klebeseite des Streifens reibe ich in gleichmäßigen Strichen über den Fingerabdruck, bevor ich ihn abhebe und auf die Farbplatte drücke.

Ein kleiner Fingerabdruck bleibt zurück. Er sieht aus wie die Mitte eines Fingers. Mag sein, dass er zu klein ist, um für die Identifizierung auszureichen, aber er könnte helfen, wenn ich noch mehr auf dem Notizblock finde. Ich lege den Pinsel und das weiße Pulver beiseite. Nun nehme ich das Notizbuch, die Schachtel mit dem schwarzen Pulver und den anderen Pinsel. Als ich die Dose öffne, rieselt das Pulver über meine Finger. Wie das weiße Pulver ist es feiner als Asche und verbreitet sich schnell im Raum. Ich tauche den Pinsel hinein und wiederhole den mühsamen Prozess, indem ich das Papier bestreiche. Das Papier ist von hoher Qualität – man kann darauf viel leichter Fingerabdrücke gewinnen als auf billigem Notizpapier. Ich finde viele Fingerabdrücke, und einige davon werden meine sein, aber ich habe viel Zeit. Das schwarze Pulver ist mit bloßem Auge viel leichter zu erkennen.

Ich hole die Fotos der Fingerabdrücke aus dem Fotoalbum, betrachte die neuen Abdrücke unter der Lupe im Licht der Taschenlampe und vergleiche sie. Ich trinke einen Schluck Bier. Es sind nur Teile von Abdrücken. Meine Methode ist indiskutabel. Aber jetzt ist auch der letzte Zweifel verschwunden. Die Abdrücke sind identisch. Sie ist es.

Als ich mich wieder gefangen habe, stehe ich auf und gehe hinaus in den Flur. Ich denke an Iben, das hübsche Mädchen mit den blonden Haaren, wie sie aussah, als sie aus dem Einkaufszentrum gerannt kam. Ich öffne die Schlafzimmertür und schalte das Deckenlicht an. Es ist ein dunkler, unangenehmer Ort. Die Jalousien sind immer zugezogen, ich weiß kaum, wie die Aussicht von hier ist. Ich kann hier nicht mehr schlafen, die Dunkelheit belastet mich zu sehr, und ich kann kein Licht hereinlassen, aus Angst, jemand könnte die Fotos sehen, die meine Wand bedecken. Hunderte von Fotos, die ich in den letzten Monaten gesammelt habe, pflastern die Wand vom Boden bis zur Decke. Alte und neue Bilder, junge Leute, die trinken und feiern, tanzen und rauchen. Ihre Augen sind rot vom Blitzlicht, als sie in die Kamera schauen. Ein junges Mädchen mit dunklen Haaren hält eine Schlange und lächelt den Fotografen an. Auf den neuen Fotos ist sie älter. Ihre Haare sind hell – und kürzer. Auf dem Zeitungsausschnitt von *Tidens Krav* lächelt sie in ihrer ordentlich gebügelten Bluse, mit Perlenohrringen in den Ohren. Sie sieht aus wie jemand anderes. Auf den übrigen Fotos schaut sie weg. Sie sind aus der Ferne aufgenommen, von einem Gebüsch oder von einer Hausecke aus. Sie spricht am Telefon oder fährt mit hoher Geschwindigkeit irgendwohin. Die Fotos habe ich mit meinem Handy gemacht und ausgedruckt. Die Zeiten haben sich geändert. Auch dieser Raum zeugt davon.

An einem Vormittag im Juli hatte ich Gelegenheit, mit Iben

zu sprechen. Ich war viele Male in ihrer Nachbarschaft herumgefahren, um zu sehen, ob ich jemanden von der Familie Lind finden würde. Schließlich kam sie allein. Ich ließ das Fenster herunter und fragte sie, ob sie die Tochter von Mariam Lind sei. Erzählte ihr, ich sei ein Bekannter ihrer Mutter. Danach habe ich sie nicht mehr gesehen. Erst am Freitag, als ich im Einkaufszentrum Storkaia ein Hemd kaufen wollte, bevor ich zu dieser verdammten Geburtstagsfeier musste.

Etwas bebt in mir – wie immer, wenn ich hier bin. Es ist, als würde ich direkt in ein schwarzes Loch in der Zeit starren. Ich öffne die Tür zum Kleiderschrank. Da liegt das Messer an seinem Platz in der Krawattenschublade. Seit den Neunzigern habe ich keine Krawatte mehr besessen, also ist in der Schublade nichts außer dem Messer. Ich hole es heraus und teste die Klinge an meinem Nagel. Sie ist frisch geschliffen und maximal scharf.

Ich lege das Messer zurück in die Schublade und schließe die Schranktür. Ich starre in den Spiegel, der vorn am Schrank angebracht ist, reiße die Augen so weit wie möglich auf, damit ich mich selbst sehen kann – wie verrückt ich bin. Roe, der Rasende. Dann öffne ich den anderen Schrank.

»Hallo, Iben«, sage ich.

Iben antwortet nicht. Sie bewegt sich keinen Zentimeter. Aber sie starrt mich stumm an.

# Reptilienmemoiren

Die ersten kleinen Windungen auf dem Boden meines neuen Zuhauses waren eifrig. Ich merkte schnell, dass ich mich irgendwo »drinnen« befand, und begann nach einem Ausweg zu suchen. Ich kroch an den Wänden entlang und unter den Möbeln hindurch, erkundete die Luft nach dem Geschmack von Regen und Blättern. Aber ich fand nur totes Holz und Staub, von Menschenhand geschaffene Materialien. Das einzige Lebewesen in diesem Raum, außer mir und der warmen Frau, war eine Pflanze, und selbst die war gefangen.

Ich hatte gerade begriffen, dass ich in ein etwas größeres Gefängnis gebracht worden war, als sie sich über mich warf. Sie hob mich hoch, drehte ihren Körper von der Vertikalen in die Horizontale und legte sich flach neben mich, sodass alle Teile ihres Körpers auf gleicher Höhe mit meinem waren. Wenn sie so lag, wirkte sie gleich viel kleiner. Mir wurde klar, dass die Größe dieser Tiere nur eine Tarnung war. Sie schützten sich, indem sie versuchten, viel größer zu erscheinen, als sie in Wirklichkeit waren.

Mit ihren Affenhänden krallte sie sich überall an mir fest, wollte mich an ihren Körper drücken. Wollte, dass wir uns aneinanderschmiegten, als wären wir Tiere von der gleichen Art. Ich versuchte, sie zu beißen, aber ihre nackten Affenhände hielten meinen Kopf fest. Selbst Zischen erschreckte sie nicht.

Schließlich ließ sie von mir ab und konzentrierte sich auf sich selbst. Zum ersten Mal sah ich, wie ein Tier seine eigenen Fortpflanzungsorgane berührte. Ich lag da und beobachtete, wie sie ihre langen Gliedmaßen bewegte, wie anmutig ihre Hände über ihren Körper glitten. Ich versuchte mir vorzustellen, wie es sein musste, einen solchen Körper zu haben. Einen, der zwischen der Horizontalen und der Vertikalen wählen konnte, der sich in einer Art Winkel beugte und den Kopf an die Arme legte, die Arme an die Beine. Und der Hände hatte, die alle möglichen Dinge tun konnten. Sich selbst berühren. Ich gebe zu, dass ich beim ersten Mal fasziniert war, aber das würde sich bald legen. Bald würde ich diese Frau genauso hassen, wie ich die erste gehasst hatte.

In der Nacht lag sie dicht neben mir unter der Decke, so dicht, dass ich mit der Zunge ihren süßlich salzigen Schweiß schmecken konnte. Sie berührte zu ihrem Vergnügen ihre eigenen Fortpflanzungsorgane, etwas, das ich bislang nur bei ihr gesehen hatte. Die Düfte, die von ihr ausgingen, wurden stärker, ich nahm ihren Schweiß und ihren Geschmack wahr. Ich lag in der Dunkelheit und spürte, wie sich eine Spannung zwischen meinen Zähnen aufbaute, wie ich hungrig wurde.

Sie brauchte mich. Sie schien mit anderen Menschen nicht klarzukommen – deshalb machte sie wohl Dinge mit mir und nicht mit ihnen. Wenn mir jemand all das geben konnte, wonach ich hungerte und mich sehnte, dann war sie es. Sie war meine einzige Hoffnung. Deshalb lag ich immer noch da, und deshalb begann ich, nachts leise kleine Gebete zu flüstern.

# Zweiter Teil

# Liv

Das Kaninchen kauerte auf dem Bett. Das dicke, hilflose Wesen nutzte all seine Sinne, um herauszufinden, ob das Zimmer sicher war. Seine langen Ohren bewegten sich auf der Suche nach Geräuschen. Die Nase zuckte auf und ab. Glänzende schwarze Augen starrten mich vorwurfsvoll an. Ich bückte mich und tätschelte seinen Kopf. Das Kaninchen zuckte bei meiner Berührung zusammen, atmete schneller.

Nero kam von hinten über mein Bein gekrochen. Er bewegte sich schnell, denn er hatte Witterung aufgenommen. Das Kaninchen war zu fett und zu schwer, um zu entkommen. Nero umkreiste das Tier mit Leichtigkeit, hakte sich an seinem Nacken fest und zwang es nieder. Dann begann er es langsam zu verschlingen.

Als ich zum Höhepunkt kam, mischte sich die Lust mit einer Übelkeit, die meinen Mund mit einem säuerlichen Geschmack erfüllte. Ich zog mir die Decke über den Kopf, um den Anblick und das ungute Gefühl auszublenden, das mit jedem Stück Beute, das er vor meinen Augen verschlang, stärker wurde. Und um den Klang von Neros geflüstertem Dank zu dämpfen – aber vergeblich.

Draußen vor dem Fenster war das ständige Rauschen der vorbeifahrenden Autos zu hören, und aus dem Restaurant im Erdgeschoss drang der Geruch von Essen. Ich setzte meine Füße auf den Boden der Kammer, in der gerade genug Platz für mein Bett und eine Küchenzeile mit Kochplatte und Mikrowelle war. Meine Kleider lagen in einem Haufen auf dem Fußboden, meine Lernbücher stapelten sich neben der Tür. Das Zimmer war zu teuer für mich – viel zu teuer –, aber es war das Beste, was ich kurzfristig mieten konnte, ohne drei Monate Kaution zahlen zu müssen. Nach dem, was passiert war, hatte ich das Nötigste zusammengepackt und war gleich am nächsten Morgen hierher geflohen. Jetzt hielt ich es hier nicht mehr aus, aber ich konnte nirgendwo anders hin, außer zur Uni. Heute war Dienstag. Seit der Nacht, in der Ingvar mich verraten hatte, wollte ich weder mit ihm noch mit Egil reden. Und außer den beiden gab es keine anderen Menschen in meinem Leben.

Nero war immer noch damit beschäftigt, seine Beute zu verschlingen. Es war längst kein Spiel mehr. Wenn er nicht bekam, was er wollte, konnte mich sein Gewisper die ganze Nacht wachhalten. Es nagte an mir, bis mein Körper die Kontrolle übernahm und sich in einen willenlosen Diener verwandelte, der in der Tierhandlung Schlange stand, um seine unersättlichen Bedürfnisse zu befriedigen. Er war riesig geworden, seit wir ihn geholt hatten. Ich hatte im Internet gelesen, dass ausgewachsene Tigerpythons große Beutetiere wie Lämmer oder Ferkel brauchten. Wo sollte ich ein Lamm herkriegen?

Ich konnte hier nicht bleiben. Ich musste raus aus dieser Konservendose von einem Zimmer, ich musste hier raus, egal wohin. Ich zog meine Jeans und meinen Kapuzenpulli an und beschloss, jetzt rauszugehen, irgendwohin, einfach loszulaufen.

Draußen wehte mir der Wind die Kapuze vom Kopf. Ich ging hinunter zum Kai und blieb dort stehen, schaute auf das dunkle Wasser, das weit unten schäumte, auf die Boote, die im Wind schaukelten. Ich zog mein Handy aus der Tasche. Ein Dutzend Anrufe in Abwesenheit, die meisten von Ingvar und Egil, ein paar von einer unbekannten Nummer und der Rest von der Frau, die sich meine Mutter nannte. Sie, die es für richtig hielt, mich um Verzeihung zu bitten, während sie ihrem Sohn in die Augen sah und seine Version der Ereignisse akzeptierte. Die mich anrufen und mir all diese Erinnerungen aufzwingen konnte. Sie machten mich krank, sie alle. Ich überlegte, ob ich das Telefon fallen lassen und zusehen sollte, wie es im dunklen Wasser verschwand, aber ich überlegte es mir anders und steckte es wieder in meine Tasche.

Erneut wehte der Wind mir die Kapuze vom Kopf und ließ meine Haare in alle Richtungen wirbeln. Ich schob sie wieder hoch und drehte mich um, sodass ich mit dem Rücken zum Wind stand. Ich ging am Wasser entlang, bis ich am Ende des Kais angekommen war. Mein Blick wanderte in Richtung Ampelkreuzung und zum Einkaufszentrum Kremmergaarden. Ich könnte ins Einkaufszentrum oder in die Bibliothek gehen, aber ich wollte niemandem begegnen. Ich lief ohnehin schon zu viel im Ort herum. Ålesund war keine Stadt, in der man lange ziellos herumlaufen konnte. Denn dann wurde man als Teil des Stadtbildes wahrgenommen, als Kuriosität. Trotzdem musste ich herumlaufen, denn die Alternative war, in einem Raum mit meiner eigenen Dunkelheit eingesperrt zu sein. Also wandte ich mich nach rechts und folgte dem Kai weiter. Ich dachte, ich könnte zum Busbahnhof laufen, sehen, ob es dort einen Bus gab, in den ich einsteigen könnte, um wegzufahren. Neu anzufangen, ganz woanders. Aber seltsamerweise fühlte sich das nicht wie eine Option an. Es war, als glaubte ich nicht daran, dass es möglich war. Dieser Körper, der mich von innen auffraß, würde mich begleiten, wohin ich auch ging.

Stattdessen überquerte ich die Hellebroa-Brücke, bog rechts in die Apotekergata ein, ging an den alten Gebäuden und an zwei Hotels vorbei, bis ich wieder auf Wasser stieß. Durch eine Unterführung gelangte ich in die Straße mit den alten Holzhäusern, die noch aus der Zeit vor dem Stadtbrand stammen. Ich setzte meine rastlose Wanderung fort, vorbei an der alten Mole und noch weiter. Ich wollte einfach nur laufen, bis ich nicht mehr konnte. Dann sah ich ein Plakat an der Wand der alten Fabrik. »Abschlussausstellung – Kunsthochschule Ålesund«. Die Vernissage war in zwei Tagen.

Ich blieb stehen. Ich starrte das Bild auf dem Plakat an. Ein dunkelhaariges Mädchen mit einem speziellen Blick, einer Düsternis in den Augen. Sie hatte mich gut getroffen.

# Ronja

*Kristiansund*
*Dienstag, 22. August 2017*

»Hör auf, dich so aufzutakeln, Ronja. Du gehst nicht auf ein Date.«

Birte lacht mich aus, während sie rechts blinkt und von der Hauptstraße abbiegt. Birte lacht oft über mich und gibt dabei kleine Grunzlaute von sich. Ich klappe die Sonnenblende hoch und spüre, wie meine Wangen heiß werden, als ich die letzte Haarsträhne mit einer Klammer fixiere.

»Ich takle mich nicht auf. Mich nervt es nur, wenn lose Haarsträhnen herumfliegen.«

Birte gibt wieder dieses grunzende Lachen von sich. »Aber es steht dir. Das weißt du doch.«

Birte lässt die roten Haarsträhnen in ihr sommersprossiges Gesicht fallen, ohne sich etwas dabei zu denken. Birte, die immer mit durchgestrecktem Rücken dasteht und die Ellbogen in die Seiten stemmt, um sich größer zu machen, obwohl ich nicht glaube, dass sie das bewusst tut. Es ist eine Gewohnheit, eine unbewusste Abwehrhaltung.

»Ich möchte dich herausfordern, Ronja«, sagt sie. »Du warst während der bisherigen Befragungen sehr ruhig und hast nur zugehört. Es ist eine sinnvolle Taktik, dass die eine von uns spricht, während die andere zuhört und sich Notizen macht, aber du brauchst Übung. Deshalb denke ich, dass du heute mal die Befragung übernehmen solltest.«

Ich habe schon viel Übung. An der Polizeihochschule haben wir die verschiedensten Methoden gelernt, um eine effektive Vernehmung zu gewährleisten. Wir waren ein gutes Team, wenn wir zusammen übten. Dabei haben wir unsere besten schauspielerischen Fähigkeiten eingesetzt und viel gelacht. Doch diese Vernehmungen waren ein Spiel. Bei einem echten Fall dagegen gibt es keine vorgegebenen Antworten oder Tutoren oder Noten, und es geht um das Leben eines echten Menschen. Nicht, dass ich während meiner Ausbildung keine Vernehmungen geführt hätte – das habe ich. Aber oft beschließe ich, mich zurückzuziehen. Das passiert automatisch.

»Ich weiß«, sage ich. »Aber du bist so gut darin. Du stellst immer gleich die richtigen Fragen. Ich merke erst, was ich hätte fragen sollen, wenn ich es von dir höre. Es wäre doch schade, wenn wir etwas Wichtiges übersehen würden.«

Birte wirft einen Blick in den Rückspiegel und biegt auf den Parkplatz der örtlichen psychiatrischen Poliklinik ein.

»Du hast alle Lehrbücher gelesen, Ronja, du weißt, was zu tun ist. Stell offene Fragen, wenn möglich, und lass sie reden. Unterbrich nicht. Der Typ hier ist sicher herausfordernd, aber er hat darum gebeten, dass eine Pflegerin anwesend ist, wir haben also Unterstützung. Ich glaube, du wirst das gut machen.«

Birte findet einen Parkplatz und fährt mühelos in die Lücke. Sie dreht den Schlüssel im Zündschloss.

»Wir machen das so: Du redest, ich halte den Mund. Wenn ich das Gefühl habe, dass du das Gespräch in eine falsche Richtung lenkst – was ich stark bezweifle –, gehe ich dazwischen. Okay?«

Birte ist … Ich mag sie einfach. Sie benutzt nicht die Art von Ausdrücken, die manche Männer benutzen – »braves Mädchen«, als ob Bravsein etwas Negatives wäre. Im Gegensatz zu einigen anderen kommentiert sie nicht aus heiterem Himmel die Tatsache, dass alle mich am Freitag mit August tanzen gesehen haben. Bei Birte habe ich es selbst angesprochen, und es war wirklich schön, jemanden zum Reden zu haben. Zu wissen, dass sie später im Pausenraum nicht alles herausposaunen würde. Birte ist cool. In ihrer Freizeit spielt sie in einer Laienspielgruppe. Sie hat versucht, mich zum Mitmachen zu überreden, aber ich bin nicht gut in solchen Sachen, im Schauspielern. Birte dagegen ist fantastisch. Wenn ich sie auf der Bühne sehe, ist es, als würde ich einen anderen Menschen sehen. Sie kann die Leute zum Lachen und zum Weinen bringen.

Ich stelle uns am Empfang vor und sage, dass wir mit Robert Kirkeby sprechen wollen.

»Wir haben einen Termin vereinbart«, sage ich und spüre Birtes Blick in meinem Nacken.

Ein paar Minuten später kommt eine Frau mit kurzen grauen Haaren auf uns zu. Sie gibt uns einen festen Händedruck und stellt sich als die Psychiatriepflegerin vor, die auf Wunsch von Kirkeby bei unserem Gespräch dabei sein wird. Sie führt uns in einen Besprechungsraum mit einem langen Tisch und Stühlen. Die Leuchtstofflampe an der Decke wirft ein kühles Licht in den weißen Raum. Die Schwester bleibt stehen, als Birte und ich uns setzen.

»Robert hat mich gebeten, Sie vorab über seine Diagnose

zu informieren«, sagt sie. »Bei ihm wurde eine paranoide Psychose diagnostiziert. Er kämpft mit der Wahnvorstellung, dass die Menschen sich gegen ihn verschworen haben, und ihm fällt es oft schwer, sich verständlich auszudrücken, weil er die Realität mit seinen Wahnvorstellungen verwechselt. In letzter Zeit hat er in der Zeitung viel über den geplanten Bau des neuen Regionalkrankenhauses in Hjelset gelesen und was das für die Klinik hier in Kristiansand bedeutet. Er hat sich seine eigene Version ausgedacht, die er präsentiert, wenn wir versuchen, mit ihm über etwas anderes zu sprechen. Man sollte immer im Kopf behalten, dass er weder lügt noch irgendwelche Menschen sieht, die nicht real sind, aber die Kommunikation mit ihm kann trotzdem herausfordernd sein. Er kann auch aggressiv wirken, aber soweit wir wissen, war er noch nie gewalttätig.«

Während sie spricht, beginnt mein Herz zu rasen. Ich erinnere mich an eine Prüfung an der Polizeihochschule, bei der ich mit einem aggressiven Mann zu tun hatte, der mich mit allen möglichen schrecklichen Schimpfwörtern belegte und drohte, mich umzubringen. Ich versuche, mich daran zu erinnern, wie sich das anfühlte, um mich mental vorzubereiten.

»Am Tag von Ibens Verschwinden war er wahrscheinlich in Nordlandet«, sagt die Pflegerin. »Er wohnt in der Gegend und hatte erst später am Tag einen Termin hier bei uns. Er gilt als gesund genug, um allein zu leben und als Tagespatient in die Klinik zu kommen. Wir wissen, dass er oft in der Innenstadt unterwegs ist, wenn er nicht hier ist.«

Paranoide Menschen vertragen es nicht gut, wenn man ihnen widerspricht. Das hat mir mein Betreuer einmal gesagt.

Der beste Betreuer, den ich je hatte. Mit viel Erfahrung und viel Freude am Unterrichten.

»Ist er damit einverstanden, dass das Gespräch aufgezeichnet wird?«

Die Pflegerin nickt. »Wir haben ihm erklärt, dass das notwendig ist, um seine Angaben bei den Ermittlungen nutzen zu können. Er hat Angst, selbst verdächtigt zu werden, aber es scheint ihn zu beruhigen, dass er nur als Zeuge befragt wird.« Sie streicht sich die grauen Haarsträhnen aus der Stirn.

»Danke«, sage ich.

Während die Pflegerin Robert Kirkeby holt, sehe ich Birte an. Ihr Blick wirkt amüsiert, und sie scheint zu merken, dass ich nervös bin.

»Du schaffst das, Ronja. Du machst das toll.«

Sie hebt die Hand, um mich abzuklatschen, was mir peinlich ist, aber ich mache mit. Dann geht die Tür auf, und ein junger Mann in meinem Alter betritt den Raum. Er hat dunkle, etwas zu lange Haare und sieht erschöpft aus. Seine Schultern sind gebeugt. Er hat den Blick gesenkt und schaut uns nicht an. Die Schwester setzt sich neben ihn.

»Das sind Ronja Solskinn und Birte Lie«, sagt sie. »Wie wir besprochen haben, möchten sie dir ein paar Fragen stellen. Ist das in Ordnung?«

Robert Kirkeby wirft einen kurzen Blick auf Birte und mich, dann schaut er wieder auf den Tisch und nickt. Er flüstert etwas, und seine Stimme ist so leise, dass keiner von uns ihn versteht.

»Was war das, Robert?«, fragt die Pflegerin.

Er flüstert weiter. Ich erkenne ein paar Worte und frage mich, ob er »Tom Cruise« gesagt hat, aber ich bin mir nicht sicher. Er wirkt sehr verwirrt und ängstlich, und ich kann mir kaum vorstellen, dass er unter anderen Umständen bedrohlich ist, aber seine Stimmung kann natürlich schwanken.

Ich räuspere mich. »Hallo, Robert«, sage ich. »Mein Name ist Ronja. Ich wollte Ihnen nur sagen, dass dieses Gespräch aufgezeichnet wird. Sie werden als Zeuge im Vermisstenfall Iben Lind befragt. Könnten Sie noch einmal sagen, was Sie uns am Telefon erzählt haben?«

Er schaut mich an, sein Blick ist plötzlich total fokussiert.

»Was kriegen Sie dafür? Was kriegen Sie? Tor Linds Tochter ist Big Business. Ob ihr das kapiert oder nicht, der Stadtrat hat das alles organisiert, gegen das Krankenhaus Kristiansund und die Stadt. Alle verrotten im Grab, bevor der Krankenwagen kommt, und der Stadtrat ist schuld!« Seine Stimme wird plötzlich schrill, als wäre er den Tränen nahe. Sein Blick ist voller Wut und Schmerz.

Ich atme tief durch und bemühe mich, das Zittern in meiner Stimme zu unterdrücken. »Können Sie uns sagen, was Sie über Tor Linds Tochter wissen? Haben Sie sie gesehen?«

»Ein kleines blondes Mädchen. In allen Zeitungen und im Fernsehen zeigen sie Fotos von dem vermissten Mädchen, aber niemand kümmert sich um den Mann, mit dem sie gesprochen hat, da sind keine Fotos von ihm, oh nein, gar keine.« Sein Atem kommt in kurzen, keuchenden Stößen, er hebt die schmalen Schultern bis zu den Ohren. »Kleines blondes Mädchen in den Zeitungen, aber kein großer Mann, niemand schreibt über ihn, alle Zeitungen schauen weg, niemand kümmert sich um den Stadtrat, der die Mauern um uns herum einreißen will. Sie schleudern dir die Wahrheit ins Gesicht, aber du weigerst dich, es zu sehen, du wendest dich ab. Was ist mit den ganzen Toten, was ist mit ihnen? Tom Cruise, den bezahlen sie. Tom Cruise kriegt das Geld, er hängt am Berghang, und wir anderen müssen zusehen, wie die Mauern um uns herum eingerissen werden. Wir müssen das Krankenhaus loswerden, und wir wollen Tom Cruise.« Er räuspert sich und spuckt einen riesigen Schleimklumpen auf den Tisch vor sich. Dann schlägt er mit beiden Fäusten auf die Spucke, sodass das Aufnahmegerät hochhüpft.

»Sie haben einen Mann erwähnt«, sage ich. »Mit dem Iben Lind gesprochen hat. Haben Sie gesehen, wie sie mit diesem Mann gesprochen hat?«

Mit einer plötzlichen Bewegung dreht er den Kopf und schaut mich an.

»Genau das habe ich gesagt! Ihr hört nicht zu. Der Mann hat mit ihr geredet, und dann war sie weg. Niemand kümmert sich. Die Zeitungen bringen nur Bilder von einem süßen kleinen Mädchen, und niemand kümmert sich darum. Es ist dasselbe wie mit …«

»Wo haben Sie diesen Mann gesehen?« Ich weiß, ich sollte den Zeugen nicht unterbrechen, aber bei Robert muss ich intervenieren, damit er nicht ständig abschweift. Es klappt – er hält inne.

»Hört mir zu! Tor Lind war daran beteiligt, der Stadtrat und das Krankenhaus, er war daran beteiligt und jetzt seine Tochter, süßes Mädchen. Niemand wird einen Mann mit einem kräftigen Kinn und einem grauen Hemd verhaften, wenn es um Tor Lind geht, Tor Lind und seine Tochter. Der Mann kann weiter Mädchen töten, er kann sie unter sich legen, er kann sie töten, er ist böse, böse. Seine Nase wie ein großer Haken, wie eine Hexe. In der Storgata, in Storkaia. Graues Hemd, in der

Hand eine Tasche von Cubus. Ich hätte ihn auf der Stelle töten sollen.«

»Wie nah waren Sie dran?«, frage ich. »Waren Sie nah genug, um zu hören, was sie gesagt haben?«

Er schüttelt heftig den Kopf. »Sie haben leise gesprochen und geplant, wie sie uns alle ausrotten werden. Es ist wie mit all den Toten, die nicht mehr sprechen können. Ich weiß, dass sie uns hören, dass sie uns zu sich herabziehen wollen. Sie ist weggegangen. Er war wütend, er wollte etwas von ihr, aber sie ist weggegangen.«

Mein Herz klopft schneller. Könnte das etwas bedeuten?

»Wo ist Iben hin?«

»Die Straße hinauf, sie ist in Richtung Langveien gegangen. Der Mann hat sie beobachtet. Wahrscheinlich hat er geplant, wie er das Geld zu Tom Cruise bringen kann, wir brauchen nicht zu glauben, dass wir sie ändern können, sie hassen uns, sie wollen unsere Stadt zerstören, sie rufen uns alle zur Erde.« Wieder schlugen seine Fäuste krachend auf die Tischplatte. »Ihr denkt, das ist einer von den Verrückten, natürlich denkt ihr das, ihr denkt nie, dass die Mächtigen schuld sind, aber die Mächtigen sind immer schuld. Er hat dieses schöne kleine Mädchen umgebracht, und ihr hängt mit drin, ihr hängt mit drin.« Er wirft sich nach vorne und stützt seinen Kopf in die Hände. Dann beginnt er laut zu schluchzen, das Gesicht in den Handflächen vergraben.

»Ich glaube, das reicht fürs Erste«, sagt die Schwester und nimmt Robert Kirkebys Hand. »Meinst du nicht auch, Robert? Dass wir es dabei belassen sollten?«

Robert nickt und steht auf. Seine Wangen sind nass von Tränen, aber er scheint ruhiger zu atmen, und sein Blick ist klarer.

»Ich weiß, wer es ist«, sagt er leise. »Du kannst es mir nicht austreiben, so sehr du es auch willst. Ihr müsst mich zuerst töten.«

Dann lässt er sich aus dem Zimmer führen.

»Wie ist es deiner Meinung nach gelaufen?«

Birte steigt auf der Fahrerseite ein.

Zitternd nehme ich eine Schachtel Hustenbonbons aus der Tasche und stecke mir zwei in den Mund. Ich kaue, um in Bewegung zu bleiben. »Das war echt nicht einfach.«

»Du hast es wirklich gut gemacht. Dafür, dass du erst so kurz dabei bist, machst du das super. Ich meine es ernst.«

*Dafür, dass du erst so kurz dabei bist.* Musste sie das so formulieren?

»Er hat uns die Schuld gegeben.«

Birte schnaubt, als sie den Wagen startet. »Er denkt doch auch, Tom Cruise hätte etwas damit zu tun, obwohl ich mir ziemlich sicher bin, dass der anderweitig beschäftigt war.«

»Meinst du, wir können etwas von dem verwenden, was er gesagt hat? Die Beschreibung des Mannes, die er uns gegeben hat – können wir die für irgendetwas verwenden?«

»Das wird schwierig. Wir müssen es dokumentieren, aber der Typ ist ja …« Birte pfeift und macht eine Handbewegung neben ihrem Kopf, die ich unpassend finde. Alles an dem Kerl ist traurig. Dass jemand so gequält durch die Stadt läuft und Angst vor allem und jedem hat, ob es Politiker sind oder ganz normale Leute.

»Wir haben eine Beschreibung«, sage ich. »Vielleicht hat noch jemand anderes diesen Mann gesehen?«

Birte nickt. »Auf jeden Fall sollten wir den Medien einen

Hinweis geben und den Mann bitten, sich zu melden«, sagt sie. »Aber die Entscheidung liegt natürlich bei Shahid.«

Sie fährt in Richtung Gomalandet, um mit dem nächsten Zeugen auf unserer Liste zu reden. Es ist ein Mann, der glaubt, Iben am Samstagmorgen dort draußen gesehen zu haben – was ich für sehr unwahrscheinlich halte.

»Er könnte recht haben, was die Sache mit dem Krankenhaus angeht«, sage ich. »Die Leute waren wütend auf den Stadtrat, weil sie das Krankenhaus geopfert haben. Könnte jemand so wütend gewesen sein, dass er sich an Tor Lind rächen wollte?«

Wieder zuckt Birte mit den Schultern. »Lind hat schon früher Drohbriefe erhalten, allerdings ging es in keinem um Iben. Aber wer weiß? Menschen machen verrückte Sachen.«

»Mir tut die Familie so leid«, sage ich. »In den letzten Tagen war es anscheinend nicht möglich, mit Mariam Lind zu sprechen, nur mit ihrem Mann. Sie muss so niedergeschlagen sein, dass sie sich einsperrt und es nicht einmal fertigbringt, an der Suche nach ihrer eigenen Tochter teilzunehmen. Ich frage mich, was jemanden dazu bringt, ein kleines Mädchen zu entführen – wie kann jemand glauben, dass er das Recht dazu hat?«

Birte hält an einer roten Ampel und runzelt die Stirn.

»Es ist nicht meine Aufgabe, die Gefühle hinter den Handlungen der Menschen zu verstehen«, sagt sie. »Ich will nur den Dreckskerl fangen.«

Das ist falsch, denke ich. Denn um den Dreckskerl zu fangen, muss man verstehen, warum er so gehandelt hat, wie er gehandelt hat. Wie soll man herausfinden, wer es war, wenn man die Handlungen nicht mit den Gefühlen dahinter in Verbindung bringen kann?

»Ich zittere immer noch«, meine ich und lache. »Du hättest es viel besser gemacht als ich.«

»Ach, hör auf«, sagt Birte. »Du warst toll! Übrigens, wenn du meinst, dass du noch mehr Input brauchst, kannst du dir jederzeit Aufzeichnungen früherer Vernehmungen ansehen. Das kann wirklich hilfreich sein. Roe Olsvik ist ein gutes Vorbild. Wie wäre es, wenn du dir ein paar Aufnahmen von Vernehmungen ansiehst, die er geleitet hat?«

»Roe wirkt so ... Ich glaube, er trägt eine Menge mit sich rum.« Ich weiß nicht, warum ich das sage.

»Na ja, er ist sehr kompetent. Und seine Arbeit scheint ihm wichtig zu sein. Wie diese Einzelgänger aus den Krimiserien im Fernsehen. Warte nur ab – bestimmt führt er nebenbei noch irgendwelche verdeckten Ermittlungen durch.« Birte zwinkert mir zu.

Ich erschaudere. »Und wer von uns ist die Polizistin mit dem strengen Blick, die immer alles richtig macht?«

»So eine kenne ich nicht«, meint Birte grinsend.

Mir fällt ein, dass ich auch hätte fragen können, wer die junge Polizistin ist, die mit einem älteren Kollegen ins Bett geht. Das wäre natürlich ich gewesen. Aber er ist kein alter Mann – und schon gar nicht mein Chef. Und überhaupt war ich mit keinem meiner Kollegen im Bett. Ich habe nur ein bisschen Speichel ausgetauscht. Verdammt noch mal.

»Roes kleine Rede in der gestrigen Morgenbesprechung – es war schwer mit anzusehen. Ich verstehe einfach nicht, wie ein Polizist mit so viel Erfahrung ...«

»Stimmt, Ronja – aber auch die Besten von uns machen Fehler. Du kannst dir natürlich auch meine Vernehmungen anhören, wenn du meinst, dass ich so gut bin.« Birte biegt nach links ab. »Kommst du heute Abend mit auf ein Bierchen? Premieren-feier.«

Ich bin schon ein paar Mal mit Birte und ihren Freunden ausgegangen, sie sind immer so voller Energie und Selbstver-trauen. Sie leben in der Bar des Grand Hotels ihre Schauspiel-träume aus, lachen zu laut über die Witze der anderen und ma-chen eine Szene, indem sie theatralisch und herablassend gähnen, wenn ich sage, dass es Zeit ist, nach Hause zu gehen. Ich mag sie – das ist es nicht. Sie sind einfach zu cool für mich, oder vielleicht passe ich einfach nicht zu ihnen. Eines der bes-ten Dinge an der Polizeihochschule war das Zusammengehö-rigkeitsgefühl, die Tatsache, dass wir alle zur Polizei wollten, und deshalb war es irgendwie in Ordnung, wenn man sich um nichts anderes kümmerte. Wir sprachen die gleiche Sprache. Das fehlt mir.

»Ich muss noch trainieren«, sage ich. »Und danach muss ich ausschlafen. Morgen will ich so lange wie möglich arbeiten.«

Birte lacht mich wieder aus, während sie schwungvoll in einer Lücke zwischen zwei Autos einparkt.

»Workaholic«, sagt sie.

# Liv

*Ålesund*
*Donnerstag, 10. Juni 2004*

Ich nahm mir ein Glas Sekt vom Tisch mit den Begrüßungs-
drinks und blickte in den Saal des alten Fabrikgebäudes mit
seinen Säulen und weiß gestrichenen Wänden. Es gab kaum
Rückzugsmöglichkeiten. Einige Dutzend Menschen liefen bereits mit Preislisten in der Hand umher und studierten die
Kunstwerke. Eine Videoinstallation, bestehend aus einer zer-
rissenen Landkarte, die auf einem Tisch ausgebreitet war. Eine
Skulptur aus Europaletten, eine Collage aus Schreibschrift-
heften und Notenseiten. Am anderen Ende des Raumes konnte
ich die Umrisse meines eigenen Gesichts erkennen. Ich robbte
mich an der Wand entlang, bis ich es erreichte.

Sie hatte mich mit nackten Schultern gemalt, mein Haar war
nass und leicht zerzaust. Lange, weiche Striche, mit Sorgfalt gesetzt. Ich war mir nicht sicher, warum ich das dachte, ich
glaubte ganz einfach, dass die Person, die dieses Bild gemalt
hatte, etwas Gutes tun wollte. Jetzt, wo ich mir das Bild noch
einmal ansah, merkte ich, dass nicht alles auf dem Bild mir ähnelte. Die Form des Gesichts war nicht ganz richtig, die Lippen
waren etwas zu groß, die Nase zu schmal. Das Bild wirkte wie
eine leicht verschwommene Erinnerung. Aber sie hatte mich

gut getroffen, in Anbetracht der Tatsache, dass sie mich nur wenige Minuten gesehen hatte.

Das Stärkste waren die Augen. Die Augen der Frau auf dem Bild waren so dunkel, dass sie wie tiefe Löcher oder schwarze Steine aussahen. Sie schienen aus etwas Scharfem gefertigt zu sein, doch zugleich war Leben in ihnen, etwas, das auf seiner eigenen Existenz bestand. Der Blick der Frau erschreckte mich. Es war kein realistischer Blick – dazu war er zu brutal. Dennoch kannte ich ihn so gut, dass es wehtat.

In diesem Moment hörte ich jemanden Anitas Namen sagen. Ich drehte mich um und sah sie hereinkommen, lächelnd, in einem weiten blassblauen Sommerkleid, dessen Saum bis knapp unter die Knie reichte. Ihr blondes Haar war hochgesteckt, und in ihren Ohren steckten riesige Creolen. Sie wurde von allen Seiten umarmt und erhielt einen Strauß aus gelben, roten und weißen Blumen, die sich leuchtend von ihrem blauen Kleid abhoben. Neben ihr stand ein Mann in Ingvars Alter, aber mit einem viel kürzeren und gepflegteren dunklen Bart. Er schien dieselben Leute zu kennen wie sie.

Sofort bereute ich, hergekommen zu sein. Ich fühlte mich unwohl, fehl am Platz, gefangen am Ende des Raumes, und wusste nicht, wie ich hier herauskommen sollte, ohne dass sie mich sah. Ich wandte mich wieder dem Bild zu. Plötzlich fand ich, dass das gemalte Mädchen naiv aussah, fast kindlich, und dass es etwas Abstoßendes an sich hatte. Etwas Schmutziges.

»Liv!«

Anita kam mit großen Schritten auf mich zu und schlang mir die Arme um den Hals. Ihre blonden Locken schlossen sich um mich, ihr Blumenstrauß knisterte in meinem Rücken.

»Wie schön, dich zu sehen!«

»Eigentlich muss ich gleich wieder los«, murmelte ich und bereute es sofort, als ich sah, wie sich ihr Gesicht veränderte. »Schönes Bild.«

»Ich bringe dich raus«, sagte sie. »Mama, kannst du die mal halten?«

Sie reichte den Blumenstrauß einer älteren blonden Frau, die ihr verblüffend ähnlich sah. Wir gingen hinaus in den kühlen Abendwind und setzten uns auf ein paar Stufen.

»Ich habe versucht, dich anzurufen«, sagte sie. »Egil hat mir deine Nummer gegeben. Er sagt, dass du ausgezogen bist und dass es Probleme zwischen euch gab. Er wollte mir nicht sagen, worum es ging.«

»Lange Geschichte«, sagte ich und sah auf meine Hände.

»Ich wollte dir vor der Ausstellung von dem Bild erzählen, aber ich konnte dich nicht erreichen. Ich hoffe, es war in Ordnung. Findest du es unverschämt? Schließlich kenne ich dich nicht mal richtig.«

Ich schüttelte den Kopf. »Es gefällt mir. Ich finde es ziemlich beeindruckend, dass du es gemalt hast, obwohl du mich kaum gesehen hast.«

»Genau genommen war ich schon ziemlich unverschämt. Ich wollte dich fragen, ob du Modell sitzen willst, aber ich konnte dich nicht erreichen. Also habe ich mir ein Foto von Egil ausgeliehen.«

Anita raffte ihr Kleid um die Oberschenkel. Dabei fiel mir auf, dass ihr Bauch seit unserem letzten Treffen runder geworden war.

Ich lachte. »Ja, das ist wirklich verdammt unverschämt.«

»Ich kann nicht so lange wegbleiben«, sagte sie, »aber ich meine es ernst, es war wirklich schön, dass du gekommen bist.«

Sie schob sich eine Haarsträhne hinters Ohr.

»Hör zu, Birk fährt nächste Woche zur See, er arbeitet vier Wochen am Stück und hat dann immer vier Wochen frei.«

»Birk?«

Sie winkte ab. »Wenn er weg ist, habe ich das Haus für mich allein. Hast du Lust, für ein weiteres Bild Modell zu stehen? Vielleicht wird es diesmal besser?«

Ich dachte an das Bild in der Galerie, an die dunklen Augen, den Blick, der so scharf wirkte. Hatte sie etwas Rot hineingemischt und auch etwas Weiß? Wie hatte sie es geschafft, dass die Augen gleichzeitig lebendig und tot aussahen?

»Wenn ich mich traue«, sagte ich.

# Mariam

Ich steche den Spaten in den Sand, gerade als das Wasser sich zurückzieht, und fülle ihn mit nassem Sand, den ich in einen gelben Eimer werfe. Die Wellen umspielen meine Beine. Es ist weder heiß noch kalt. Ich klopfe den Sand fest, damit er so hart wie möglich wird. Dann drehe ich den Eimer um und kröne mit dem Inhalt die hohe Sandburg, die schon dasteht. Iben kniet sich hin und buddelt eifrig einen Graben. Sie trägt ihren weißen Sonnenhut, konzentriert sich auf ihre Arbeit und gräbt, obwohl das Wasser immer wieder zurückkommt und alles mitreißt, was sie gebaut hat. Sie hält inne. Greift mit ihrer drallen Hand in den Sand und packt einen Stein.

»Schau, Mama!«

Sie gibt mir den Stein. Er ist weiß und fühlt sich glatt an.

»Der ist aber schön«, sage ich. »Den müssen wir obendrauf legen.«

Ich gebe ihr den Stein zurück. Sie nimmt ihn und streckt sich, um ihn oben auf die Sandburg zu legen. Sie ist vier Jahre alt. Voller Energie. Ich bin erschöpft – sehr, sehr erschöpft –, aber gleichzeitig so glücklich darüber, sie zu haben, gerade jetzt.

Ein schneidendes Geräusch dringt herein, und die Welt um mich herum verändert ihre Farbe. Durch einen Schleier aus Meer und blondem Haar blicke ich auf eine Wand mit Blumentapete. Ich setze mich im Bett auf, und die Wirklichkeit holt mich ein. Sie ist verschwunden. Jemand hat sie mir weggenommen. Draußen höre ich, wie Carol versucht, den krächzenden Papagei zu beruhigen. »Halt die Klappe! Verdammter Papagei«, schreit der Papagei mit einer dunklen Stimme, von der ich annehme, dass sie einmal Carols verstorbenem Mann gehört hat.

Mein Kopf fühlt sich schwer an, nachdem ich gestern Abend mit Carol Wein getrunken habe. Ich drehe mich um und sehe Nero daliegen, der seinen langen Körper ausstreckt. Er ist jetzt so dick wie mein Oberschenkel und so lang und schwer, dass ich ihn mehrmals anheben muss, wenn ich ihn bewegen will. Sein Schwanz hängt außer Sichtweite nach unten. Als ich ihm über den Rücken streichle, durchläuft mich ein Schauer. Ich hätte nie gedacht, dass ich mich noch mehr mit ihm verbunden fühlen könnte. Aber jetzt ist die Verbindung so stark, dass es mir Angst macht. Ich schmiege mich an seinen Bauch, spüre die Kraft seiner Muskeln und habe das Gefühl, innerlich zu explodieren.

Carol wohnt in einem Haus mit vielen Zimmern. Die Türen reihen sich aneinander wie in einem Studentenwohnheim. Sie macht erfolgreiche Geschäfte mit verschiedenen Tieren, die legal oder illegal ins Land gebracht werden. Schlangen, Echsen, Kampfhunde. Als ich an einem Raum vorbeigehe, in dem sie gerade Futter in ein Aquarium wirft, winkt sie mir zu. Sie trägt lange schwarze Handschuhe und hat ihre Haare zu einem großen Knoten zusammengebunden. Ich gehe ins Badezimmer. Der Duschvorhang ist beiseitegezogen und die Badewanne mit

Wasser gefüllt. Darin schwimmen ein Dutzend Meeresschild-kröten, die ihre Köpfe aus dem Wasser strecken, mich beob-achten und nach Luft schnappen.

Gestern hat sie mir erzählt, dass sie von mehreren Leuten gefragt worden ist, ob sie die Pinguine habe, die angeblich vor einiger Zeit aus dem Aquarium in Ålesund gestohlen worden waren. Carol lachte ihr übliches schrilles Lachen, als sie mir davon erzählte. Ich finde eine Tube Zahnpasta im Schrank über dem Waschbecken und schaue in den Spiegel. Ich sehe zehn Jahre älter aus als noch vor ein paar Tagen.

Aus dem Radio dröhnt zuckersüße Popmusik in die Küche. Carol steht an einem der beiden überfüllten Herde und wiegt sich im Takt der Musik, während sie Milch in einem Topf er-hitzt. Mit den Händen – kurze Finger, stumpfe Nägel – berührt sie ihr Gesicht. Sie trägt immer noch kein Make-up, hat sich nicht schick gemacht, und ihre Brüste hängen locker unter einem grauen Schlabberpulli. Trotzdem sieht sie mit ihren krausen Locken attraktiv aus. Als sie jung war, trug sie immer helle Farben und war stark geschminkt. Carol Halloway, eine norwegisch-amerikanische Schauspielerin, die in den Achtziger-jahren in einigen B-Movies mitgespielt hat, bevor sie mit einem Norweger ein Kind bekam und nach Norwegen zog. Sie zeigte mir Fotos von sich, wie sie damals aussah, mit dem Baby auf dem Arm und einem übertrieben geschminkten Gesicht, den Kopf voller Träume, als Schauspielerin groß herauszukommen. Als diese Träume zerplatzten und durch neue berufliche Akti-vitäten ersetzt wurden, verschwand auch ihr Bedürfnis, sich herauszuputzen. Heute scheint sie mit dem Alter und den zu-sätzlichen Kilos zufrieden zu sein.

»Du siehst gut aus, Carol.«

Sie schnaubt. »Das ist das Lächerlichste, was ich je gehört habe.«

Sie gießt heißen Kaffee in zwei Tassen, dann gibt sie heiße Milch aus einem Kännchen dazu. Ich habe mich immer darüber gewundert, dass es in diesem Raum zwei Öfen gibt. Der hintere ist älter und vielleicht noch nie benutzt worden. Carol liebt altes Zeug. An den Wänden hängen alte Küchenutensilien und Porzellan mit Rosenmuster. Wie in einem Miniaturmuseum.

Ich hebe die Kaffeetasse hoch, die sie mir gegeben hat – auf der Vorderseite steht »Mamma«, die Buchstaben sind mit Blumen verziert. Die Musik wird von der üblichen Melodie unterbrochen, die den Beginn der Nachrichten ankündigt. Iben ist immer noch das Hauptthema. Ein Zeuge will gesehen haben, wie sie mit einem Mann sprach, bevor sie verschwand. Die Polizei bittet den Mann, sich zu melden.

Der Gedanke lässt mich kalt. Ein Mann. Sie sagen nicht, wie er aussieht, alt oder jung, groß oder klein. Ein Mann, und Iben ist immer noch nicht aufgetaucht. Dann wechselt der Nachrichtensprecher das Thema. Keine Fahndung nach Ibens Mutter, Mariam Lind. Ich weiß nicht, ob es daran liegt, dass sie wissen, wo ich gerade bin, oder daran, dass Tor beschlossen hat, nichts zu sagen. Und wenn, wie lange wird es dauern, bis sie es selbst herausfinden?

»Ich muss ihn mitnehmen, Carol.«

Jetzt habe ich Tränen in den Augen. Es ist nicht das erste Mal, dass ich in diesem Haus weine, aber ich bin jedes Mal überrascht, wenn ich es tue. Es ist, als würde irgendwas in Carols Haus dazu führen, dass alle Dämme brechen.

Carol drückt sich an mich und legt einen Arm um meine Schultern. »Na, na.«

Mehr sagt sie nicht, ich rede. Die Worte kommen in kurzen Stößen, als würde irgendetwas sie blockieren. Ich versuche, die Eindrücke der letzten Tage in Worte zu fassen, ihnen Namen zu geben. Carol streicht mir über den Rücken, während ich spreche, mit großen Bewegungen ihrer flachen Hand. Meine Tränen beflecken ihren grauen Pullover. Sie riecht nach Zigarettenrauch und nach etwas anderem, Süßem.

»Das Schlimmste, Carol«, sage ich, »ist, dass ich wirklich geglaubt habe, dass ich sie nicht liebe. Ich dachte, es wäre nur ein Spiel. Dass ich nur so tue.«

»*Love ist not a constant, dear*«, sagt Carol. »Man hat nicht nur ein einziges Gefühl. Wusstest du das nicht?«

»*I am a pendulum*«, sage ich.

Ich bin ein Pendel, das zwischen Liebe und Zerstörung hin- und herschwingt. Ich baue auf und reiße nieder. Ich beschütze und bewahre, nur um im nächsten Moment alles zu zerstören. Wer mich ansieht, der sieht mich so, wie ich bin: eine liebende, fürsorgliche Ehefrau und Mutter, die ihren Mann und ihr Kind liebt. Das ist kein Spiel – ich bin diese Frau ebenso, wie ich die andere bin. Diejenige, die am liebsten alles in die Luft gesprengt hätte, die ihre Familie für immer zerstört sehen wollte. Die Person, die man sieht, wenn man mich anschaut, ist auch das Gegenteil von dem, was ich bin. Was real ist, ist zugleich ein Spiel. Ein Widerspruch in sich, aber nicht unmöglich.

»Kann ich etwas für dich tun?«, fragt Carol. »Wenn ja, dann sag es mir.«

Sie bläst eine weitere Rauchwolke an die Decke.

»Ich muss Nero mitnehmen. Ich brauche ihn, wenn ich das durchstehen will.«

»Ich glaube, ich habe dir erzählt, dass ich ein Angebot für ihn bekommen habe. Sie wollten aus seiner Haut eine Jacke oder so etwas machen. Sie haben mir einen guten Preis geboten, aber das hätte ich dir nie antun können.«

»Es bedeutet mir so viel, Carol. Natürlich werde ich ihn zurückkaufen. Sag mir den Preis.«

Carol wedelt mit der Hand, in der sie ihre Zigarette hält. »Ich mache dir einen sehr guten Preis, *dear*. Einen sehr guten – und das nächste Mal warte nicht so lange, bis du wiederkommst.«

# Liv

Ich hatte das Warten schon fast aufgegeben, als sie endlich zur Tür hereinkam. Sie lächelte mit den leicht schiefen Vorderzähnen, ihre blonden Locken sahen verwegen aus, ihr Gesicht war ungeschminkt. Sie trug ein weißes, mit Farbe besprenkeltes Top. Es lag eng um ihre Taille und umschloss ihren Bauch auf eine Weise, die keinen Zweifel daran ließ, dass sie schwanger war.

»Ich bin so froh, dass du gekommen bist«, sagte sie. »Ich bin gerade dabei, einem Bild den letzten Schliff zu geben – willst du mit hochkommen?«

Ihr Oberteil war so kurz, dass die Tätowierung auf ihrem Rücken zum Vorschein kam, als sie sich umdrehte. Ich folgte ihr eine Wendeltreppe hinauf in den ersten Stock, in einen Raum, der als Atelier eingerichtet war. Neben dem einzigen Fenster stand eine Staffelei, auf einem Tisch lagen Farbtuben und Pinsel. An den Wänden hingen Leinwände mit allen möglichen Motiven. Bilder von Wäldern und Tieren, manche zeigten sie selbst, auf manchen waren andere Menschen zu sehen. Ich beugte mich vor und betrachtete das Bild eines Mannes mit kurzem, schwarzem Bart, schwarzen Haaren und schwarzen Augenbrauen. Er hatte die Ärmel seines Hemdes hochgekrempelt und die Hände in die Hüften gestemmt. Seine behaarten Arme wirkten kräftig, muskulös. Das war der Mann, mit dem ich sie in der Ausstellung gesehen hatte.

»Birk hasst es, für mich Modell zu stehen«, meinte sie lachend. »Das ist eines der wenigen Male, wo ich ihn dazu überreden konnte.«

In seinem Blick lag etwas Hartes, als würde er eine Seite von sich verbergen, die man wahrscheinlich nicht kennenlernen wollte. Ich fragte mich, ob das Bild etwas über ihre Beziehung verriet.

»Du bist wirklich gut«, sagte ich.

Sie schüttelte den Kopf. »Er sieht auf dem Bild älter aus, als er ist. Das hat ihm nicht gefallen. Er dachte, ich hätte eine Mischung aus ihm und meinem Vater gemalt.« Sie lachte wieder, mit einer gewissen Verletztheit.

Ich wandte mich dem nächsten Bild zu, einem Selbstporträt, das sie halb bekleidet und mit einem lüsternen Blick zeigte.

»Es ist wunderschön«, sagte ich und streckte eine Hand aus, um die gemalte Version von ihr am Schlüsselbein zu berühren. Meine Wangen wurden heiß, und ich zog die Hand zurück.

Auch Anita errötete und wandte sich dem Bild zu, an dem sie gerade arbeitete. Eine Frau, mit einem Arm ans Kreuz genagelt, den Blick aufs Meer gerichtet. Der Himmel hinter ihr war dunkel, die Wolken schienen vom Regen schwer zu sein, und ein starker Wind blies ihr die Haare ins Gesicht.

»Das ist heftig«, sagte ich.

Anita lächelte. »Ich habe mich von Geschichten über Frauen inspirieren lassen, die auf ihre Männer warteten, damals, als sie alle zur See gefahren sind. Die Frauen wussten nicht, ob sie jemals zurückkehren würden.«

Mit ihrem Pinsel mischte sie zwei Farbtöne auf ihrer Palette und trug frische Farbe auf den Hals der Frau auf. Anita wirkte in dieser Umgebung älter. Nicht nur wegen des Babybauchs, sondern auch wegen des Hauses, das sie umgab. Ein altes Haus, dessen Wände, Decken und Böden dunkel lackiert waren. Ich fragte mich, welche Anita eher ihrem wahren Ich entsprach – das junge Mädchen, das ich im Bad der Wohngemeinschaft getroffen hatte, oder die erwachsene Frau vor der Staffelei. Mir gefielen beide Versionen.

Das Tageslicht aus dem Dachfenster über mir verlieh dem Raum einen mystischen Schimmer. Während Anita malte, ging ich an den Wänden und Tischen entlang und betrachtete die Dinge, die dort lagen. Papierstapel und Skizzen, Schachteln mit Kohlestiften, Farbtuben und Dosen.

»Was ist das?«, fragte ich und hob einen Gegenstand aus kompaktem Glas hoch, der aus zwei übereinanderliegenden Kugeln bestand, wie ein Schneemann. Er war viel schwerer, als er aussah, und glitzerte im Licht.

»Das ist ein Glasläufer«, sagte sie. »Damit reibt man Pigmente, um Farbe herzustellen. Ich benutze ihn fast nie, weil ich die Ölfarbe in Tuben kaufe, aber er ist ein guter Briefbeschwerer.«

Ich legte ihn wieder hin und setzte mich in einen Sessel in der Ecke, von wo aus ich Anita beobachtete, die mit dem Bild, an dem sie arbeitete, eins zu werden schien. Es tat gut, in ihrer Gesellschaft zu sein. Es hatte etwas Unkompliziertes, das mir gefiel. Sollten wir Freundinnen werden, wollte ich, dass es genauso unkompliziert blieb. Aber gleichzeitig nagte etwas an mir, etwas Unklares.

Da lachte sie und legte die Hände auf ihren Bauch.

»Das Baby strampelt«, sagte sie. »Ich spüre sie erst seit ein paar Tagen. Es kitzelt.«

»Es ist ein Mädchen?«

»Sie wird Aurora heißen.«

»Wie schön«, sagte ich. »Ich liebe Nordlichter.«

Sie schaute auf ihren Bauch und streichelte ihn ein paar Mal.

»Wie lange seid ihr schon zusammen?«, fragte ich und deutete auf den Mann, den sie auf dem Gemälde festgehalten hatte.

Sie zeigte auf einen Stapel Kartons in der Ecke.

»Ich bin Anfang des Monats hier eingezogen.«

»Als wir uns das letzte Mal gesehen haben, dachte ich, du wärst Egils neueste Eroberung«, sagte ich.

Sie lachte, und wieder hörte ich diese Verletztheit in ihrem Lachen. Sie trat einen Schritt vom Bild zurück, streckte die Hand aus und machte einen winzigen weißen Pinselstrich an der Kehle der Frau, bevor sie den Pinsel wieder zurückzog.

»So.«

Wir standen einen Moment da und betrachteten die Frau auf dem Bild, deren Gesicht halb abgewandt war, sodass man nicht erkennen konnte, welche Gefühle sie verbarg. Vielleicht verrieten die stürmischen Wolken etwas darüber, was in ihr vorging, aber es war nicht eindeutig.

»Jetzt bist du dran«, sagte Anita. »Willst du dich ausziehen?«

Meine Wangen brannten. »Ach, du meintest nackt?«

»Wenn das okay ist?«

Ich drehte ihr den Rücken zu und begann mich auszuziehen. Sie hatte mich schon einmal nackt gesehen, aber das war etwas anderes gewesen. Jetzt ging es darum, dass sie mich ansah. Ich legte meine Kleider auf den Boden und setzte mich in den Sessel in der Ecke.

»Ist das in Ordnung?«

Sie nickte, und jetzt sah ich, dass auch ihre Wangen rot waren. Sie nahm einen Pinsel in die Hand und drehte die Staffelei so, dass sie beim Malen in meine Richtung schauen konnte.

»Sag mir, wenn dir kalt wird.«

Es wurde still im Raum, nur das leise Geräusch von Anitas vorsichtigen Pinselstrichen war zu hören. Ich fragte mich, was mit dem Bild geschehen würde, wer es sehen würde. Ich war es nicht gewohnt, dass jemand meinen Körper auf diese Weise betrachtete, aber während sie malte, gewöhnte ich mich daran.

»Jetzt bin ich schon ein bisschen neugierig«, sagte ich. »Hattest du was mit Egil?«

Sie zuckte mit den Schultern. »Ich mache einiges.«

»Ich auch«, sagte ich, »aber das beantwortet nicht meine Frage.«

»Das muss seltsam klingen, ich weiß schon«, sagte sie.

Ihr Lächeln verschwand. Einige Sekunden vergingen, in denen sie einfach still malte. Das Licht, das durch das Deckenfenster hereinfiel, ließ ihr Haar weiß schimmern.

»Es ist okay«, sagte sie schließlich und deutete auf Birks Bild. »Ein Arrangement, das funktioniert. Er ist immer wochenlang weg, und ich bin solange hier und mache die Arbeit, die mir Spaß macht.«

Sie sah mich an und schien mich mit etwas auf der Leinwand zu vergleichen.

»Als ich erfuhr, dass ich schwanger war, war es für eine Abtreibung zu spät. Wir haben beschlossen, es um des Kindes willen mit einer Beziehung zu versuchen. Also bin ich bei Birk eingezogen.«

Sie atmete ein und stieß einen langen Seufzer aus.

»Ich glaube nicht, dass du das getan hättest«, sagte sie. »Du wirkst so frei. Ich hatte das Gefühl, keine Wahl zu haben. Allein mit einem Baby – da wäre nicht viel Zeit für die Kunst geblieben.«

Ihre Stimme brach. Instinktiv sprang ich vom Stuhl auf, ging auf sie zu und umarmte sie. Ihre Haare flossen wie lauwarmes Wasser über mein Gesicht. Es war, als würde ich mich selbst umarmen.

»Nicht weinen«, flüsterte ich und leckte ihr mit der Zungenspitze die salzigen Tränen von der Wange. Sie kicherte. Ich streichelte ihr leicht feuchtes Haar, berührte mit den Fingerspitzen ihren Hals.

Es fühlte sich viel intimer an als sonst. Es war etwas ganz anderes als der harte, willenlose Zeitvertreib, den ich bisher probiert hatte – und das meist in betrunkenem Zustand. Das hier war ehrlicher, mit mehr Erröten und Kichern und gewissermaßen offenem Visier. Ich zitterte, als ich mit meinen Händen über ihren Körper strich, das Glühen ihrer Haut fühlte und merkte, dass sie nach Karamell schmeckte.

Ich hatte meinen Kopf unter der Decke und den Mund in Anitas feuchten Schamlippen vergraben. Sie krümmte sich und stieß ein leises Stöhnen aus, und plötzlich schien es, als würde jemand antworten. Ein ähnliches Geräusch von einer anderen Stelle des Raumes. Das Geräusch schien nicht zu verstummen, sondern an Lautstärke und Intensität zuzunehmen. Ich fragte mich, ob mit meinen Ohren etwas nicht stimmte. Erst später, als ich meinen Kopf neben ihren auf das Kissen legte, sah ich, woher das Geräusch kam. In der Ecke, halb von einem Kleiderschrank verborgen, stand ein Korb. Darin lag ein schwarzer Zwergpudel mit einem bunten Wurf Welpen.

»Sind sie nicht süß?« Anita lachte, stand auf, wickelte sich in eine Decke und ging zu dem Korb. Sie hob einen der kleinen Welpen auf und brachte ihn zu mir. Er landete auf meiner Brust und krabbelte sofort auf der Decke herum. Die kleinen Ohren mit dem lockigen Fell wackelten an seinem kleinen Kopf, der schwarz und braun gefleckt war.

»Darling ist irgendwie entwischt und hatte ein Date mit dem King-Charles-Spaniel des Nachbarn. Wenn du jemanden kennst, der sich um einen kleinen Mischling kümmern möchte, lass es mich wissen.«

Einen Moment lang hielt ich den Atem an. Ich spürte, wie sich mein Puls beschleunigte, als ich das winzige, gelockte Wesen betrachtete. Reflexartig öffnete ich den Mund. Ich wollte nichts sagen, aber es war, als hätten meine Lippen und Stimmbänder einen eigenen Willen.

Ich schluckte. »Zufällig hat meine Großmutter gerade ihren Hund verloren. Ich glaube, sie hätte total gern einen neuen.«

Ich vergrub mein Gesicht im Fell des Hundes und versuchte, die dummen Worte wegzuwischen.

»Das ist ja perfekt!«, rief Anita. »Sie kann meinen Lieblingswelpen kriegen.«

# Mariam

Nero zischt, als ich ihn in den großen Koffer stecke, den ich von Carol gekauft und mit einer Ahle durchlöchert habe, damit er atmen kann. Sein geöffneter Kiefer ist größer als mein Gesicht, ein weißlich rosa Gaumen mit zwei Reihen kleiner, durchsichtiger Zähne. Sie sind fast unsichtbar, aber sie sind da. Wären die Zähne nicht, hätte sein Maul den Eindruck eines rosafarbenen Tunnels ins Paradies erwecken können. Ein lächerlicher Gedanke.

Ich schließe den Deckel und ziehe den Reißverschluss des Koffers zu. Seit meiner Rückkehr hat er nicht mehr mit mir gesprochen. Vielleicht kann es diesmal anders werden – eine Freundschaft, die auf Gegenseitigkeit beruht.

Ich lasse den Motor an und fahre in Richtung Stadtzentrum. Es ist ein heller Tag, die Straßen sind leer. Ich schalte einen Gang höher und sehe die kleinen Häuser vorbeifliegen. Auf der Autobahn, die zwischen kleinen Felsen entlangführt, wird die Nostalgie richtig spürbar. Wie oft bin ich schon auf dieser Straße gefahren, durch diesen Tunnel, vorbei am Sunnmøre-Museum, wo Boote auf dem Fjord dümpeln, durch den nächsten Tunnel, bis ich bald die ersten Anzeichen der Innenstadt von Ålesund vor mir sehe. Es ist, als würde mein Körper leichter, als würde ich auf etwas Aufregendes zusteuern. Ich will Musik hören und schalte das Radio ein, aber es kommen gerade die Nachrichten. Es geht um das Verschwinden und die Suche der Polizei in Kristiansund. Ich schalte das Radio wieder aus. Ich will nicht daran erinnert werden, dass sie weg ist.

Ich fahre ein paar Mal durch die Innenstadt, um mich umzusehen. Das Rathaus wurde umgestaltet, aus McDonald's ist Hennes & Mauritz geworden. Aber der Ausgangspunkt ist immer noch derselbe: die Gebäude, die Straßen. Es kommt mir vor wie eine Zeitreise in die Vergangenheit. Fast erwarte ich, im Rückspiegel ein zwölf Jahre jüngeres Mädchen zu sehen und daneben, wenn ich mich umdrehe, meine beiden Freunde auf dem Rücksitz. Ich fahre weiter, vorbei am alten Kino und den Løvenvoldveien hinunter, biege an der Ampel links ab, von der ich das Gefühl habe, dass sie nie richtig funktioniert hat – die Ampel muss an dieser Stelle zwölf Jahre lang gelb geblinkt haben. An der nächsten Kreuzung biege ich rechts ab und fahre am alten Busbahnhof vorbei, wo wir so viele Abende rauchend auf einer harten Holzbank verbracht haben, mit Blick auf Asphalt und Fjord, Asphalt und Fjord, alles, was Ålesund ausmacht.

Die Nostalgie verschwindet und wird durch das alte Gefühl der Langeweile ersetzt, das ich so oft hatte, als ich hier lebte. Auf der anderen Seite der Hellebroa, wo aus etlichen Kreisverkehren Ampelkreuzungen geworden sind, biege ich links in Richtung Steinvågen ab. Ich fahre über die Brücke nach Skarbøvika, vorbei an kleinen Booten und dem alten Gymnasium, an Reihen- und Einfamilienhäusern, zurück in vertrautes Gebiet. Ich weiß genau, wo ich parken muss.

Ich ziehe den goldglänzenden Schlüssel aus meiner Jackentasche, den Schlüssel aus Ibens Schmuckkästchen, und reibe ihn zwischen den Fingern. Der Schlüssel zu meinem Zimmer. Das bedeutet irgendwas. Mir ist nicht klar, wie es kommt, dass Iben ihn plötzlich hatte, aber dieser Schlüssel beweist, dass das Verschwinden etwas mit mir zu tun haben muss. Es ist nicht einfach ein Schlüssel – es ist eine Botschaft.

Als Erstes muss ich mir mein Zimmer ansehen. Ich hätte nie gedacht, dass ich eines Tages hierher zurückkommen würde – dieser Ort gehört zu meinen schlimmsten Albträumen. Trotzdem musste ich hierher.

Ich öffne die hintere Autotür. Schiebe mich neben den Koffer und öffne den Reißverschluss. Die Schlange kriecht über den Rand und wölbt sich über meinen Schoß. Sie bewegt sich zum Fenster, in Richtung Haus.

»Erinnerst du dich?«, flüstere ich.

Er sagt nichts, aber die Antwort ist zweifellos Ja. Er züngelt, und auch seine Zunge ist länger geworden. Dann durchbricht ein Flüstern die Stille, wie ein leichter Windhauch im Ohr. Das reicht mir, um zu wissen, dass sich nichts geändert hat. Er ist unglücklich in meiner Gesellschaft, weil er all die Jahre gefangen gehalten und jetzt in diesen Koffer gesteckt wurde. Es ist ihm egal, ob er unser gemeinsames Zuhause noch einmal sieht oder nicht. Ich schlucke.

»Ich muss dich wieder einsperren, nur noch ganz kurz«, flüstere ich. »Dafür kriegst du später eine Belohnung, versprochen.«

Mit Mühe schaffe ich es, seinen Körper wieder in den Koffer zu zwingen und den Reißverschluss zuzuziehen.

Leichter Nieselregen fällt mir auf die Haare, als ich aus dem

Auto steige. Ich denke daran, dass Regen am Hochzeitstag Glück bringen soll und dass es bei meiner Hochzeit nicht geregnet hat. An diesem Tag, einem der wenigen wirklich heißen Tage des Sommers, war keine einzige Wolke am Himmel gewesen, und ich begann bei der kleinsten Bewegung zu schwitzen. Ich weiß noch, wie es war, als ich mein eng anliegendes Kleid anzog und der Schweiß auf meiner Haut klebte. Wie ich mich im Spiegel betrachtete und dachte, das bin ich nicht, ich sehe aus wie ein weißes Tier auf dem Weg zum Schlachthof. Mit der Zeit wurde ich besser darin, Mariam zu sein. Jetzt ist sie es, die sich fremd fühlt.

Dem Namen auf dem Briefkasten entnehme ich, dass im Erdgeschoss immer noch dieselbe Vermieterin wohnt. Offensichtlich ist sie noch nicht im Altersheim gelandet. Sie ist zäh, diese Frau. Ich gehe die Treppe hinunter zum Kellereingang. Das Licht brennt, und ich höre schwere Musik von drinnen. Ich schleiche zum Küchenfenster, das einen Spalt offen steht, und spähe hinein. Ein Mann steht über den Küchentisch gebeugt, er trägt Boxershorts und ein schwarzes T-Shirt. Sein Bart ist kürzer als früher, aber sein Haar ist länger und heller, er sieht fast aus wie Jesus. Es dauert eine Weile, bis er mich bemerkt, aber dann springt er auf und kommt so nah ans Fenster, dass ich ihn sehen kann. Er wirkt älter. Ich stehe da, blicke ihn an und warte. Dann schaltet er.

»Mensch, Liv, verdammt«, sagt er.

Als ich lache, denke ich, dass meine Stimme tatsächlich so klingt, als würde sie Liv gehören. Mir wird bewusst, dass ich früher so war – verspielt. Diesen Teil von mir habe ich völlig verloren. In den letzten Jahren ging es in meinem Leben so oft darum, alles richtig zu machen. Mein Kind verantwortungsbewusst zu erziehen, dafür zu sorgen, dass es gesunde Mahlzeiten bekommt, dass das Haus saubere Fenster hat. Die Normalität aufrechterhalten. Für Liv war diese seriöse Normalität etwas, das woanders stattfand – nie dort, wo sie war.

Ingvar verschwindet in der Wohnung und taucht kurz darauf an der Haustür wieder auf. Er hält sie mir auf, jetzt in Slayer-T-Shirt und Jogginghose. Seinem Blick entnehme ich, dass er mein Aussehen fürchterlich spießig findet, aber er lächelt und umarmt mich. Ich gehe hinter ihm her durch den langen Flur ins Wohnzimmer. Die Musik läuft noch, aber leiser. Ingvar dreht sich eine Zigarette.

»Ich dachte, du wärst längst tot«, sagt er.

Er steckt sich die Zigarette zwischen die Lippen und reicht mir das Päckchen mit dem Tabak. Eine Rollie, denke ich – haben wir die Selbstgedrehten nicht immer so genannt?

»Ich habe aufgehört.«

Er schüttelt den Kopf. Er zündet seine Rollie an und steht auf, um die Terrassentür zu öffnen und Luft und Sonnenlicht in die Wohnung zu lassen. Ich schaue mich im Zimmer um. Der Teppichboden wurde durch Linoleum ersetzt. Ein größerer Fernseher, Lautsprecher und neue Gardinen, neue Regale, aber die rote Kommode in der Ecke steht noch immer da. An den Wänden hängen Ingvars Poster, neben dem Sofa steht seine Gitarre.

»Wie geht es dir?«, fragt Ingvar.

»Ich habe mich verändert.«

»Ja, das ist mir aufgefallen.«

»Ich habe einen Mann und ein Kind.«

Er zieht die Augenbrauen hoch.

»Liv, das ist toll! Wenigstens einer von uns hat es also zu etwas gebracht.«

»Egil?«, frage ich.

»Im Gefängnis. Er hat im Suff einen Typen niedergestochen.«

Ingvar zupft sich Tabakkrümel aus dem Mund und reibt die Finger über dem Aschenbecher. Egil war früher der Ambitionierteste von uns allen – zumindest am Anfang, als ich hierhergezogen bin. Ich betrachte meine Hände. Saubere, zartrosa lackierte Fingernägel, ein Ehering. Wie lächerlich das alles in diesem Raum wirkt.

»Du?«, frage ich.

Er zuckt mit den Schultern. »Wie immer.«

»Machst du immer noch Musik?«

»Ja, natürlich. Aber die Band hat sich aufgelöst. Seit etwa zehn Jahren habe ich einen Job, ich fahre einen Lieferwagen.«

»Ich muss mit dir reden, Ingvar.«

Er schaut auf den Tisch. Wahrscheinlich denkt er, ich will über die Nacht damals reden. Und das will ich auch – aber nicht aus den Gründen, die er sich vorstellt.

»Du schaust keine Nachrichten, oder?«

Wieder zuckt er mit den Schultern. »Da kommt doch sowieso immer nur Scheiße.«

»Ich habe eine Menge zu erzählen. Ich weiß gar nicht, wo ich anfangen soll.«

Ingvar lehnt sich zurück. Legt die Füße auf den Tisch und beginnt, eine weitere Rollie zu fabrizieren.

»Dann leg mal los.«

# Liv

*Ålesund*
*Mittwoch, 6. Oktober 2004*

Ich saß im Lesesaal und versuchte, etwas über Wirbelfrakturen zu lesen, die am häufigsten bei Patienten mit Osteoporose auftreten. Als Illustration diente die Zeichnung einer Wirbelsäule, auf der die Bandscheiben blau eingezeichnet waren. Ich legte meine Finger auf das Bild. Richtete mich auf und dachte daran, wie wichtig die Wirbelsäule für unseren Körper ist. Sie ist das Zentrum der Bewegung und der inneren Kommunikation des Körpers. Mir fiel auf, dass das Schlangenskelett die Essenz des menschlichen Skeletts war. Abgesehen vom Kopf bestand das Schlangenskelett nur aus Wirbelsäule und Rippen, die sich ab der Taille nicht wesentlich vom menschlichen Skelett unterschieden. Da sie nicht über Gliedmaßen verfügte, hatte die Schlange gelernt, die Wirbelsäule zu nutzen und deren volle Leistungsfähigkeit zu entfalten. Ich versuchte mir vorzustellen, wie es wäre, die Gliedmaßen zu verlieren, die ich mit mir herumtrug. Nur noch eine Wirbelsäule und ein Reptiliengehirn zu sein und völlig problemlos über die Erde zu gleiten.

Mein Handy, das vor mir auf dem Tisch lag, piepte. Mehrere Köpfe im Lesesaal drehten sich zu mir um. Die Nachricht war von Anita. *Ich denke an dich!* Anita war inzwischen hochschwanger. Vor ein paar Tagen, am letzten Tag vor Birks Rückkehr, hatten wir nackt in ihrem Bett gelegen und gespürt, wie Aurora gegen unsere Finger trat. Es war ein so intensives Gefühl, jemanden zu sehen, der ein echtes Lebewesen in seinem Körper trug. Als ich Anita zum ersten Mal im Badezimmer der Wohngemeinschaft getroffen hatte, war das Baby in ihrem Bauch ein schneckenartiges Wesen, dessen Skelett nur aus einer Wirbelsäule bestand, und sie hatte nicht einmal gewusst, dass sie schwanger war. Mittlerweile hatte das kleine Mädchen Ohren und Finger und hätte eine Überlebenschance, sogar wenn sie zu früh auf die Welt käme. Jedes Mal, wenn Anita mich bat, ihren Bauch zu berühren, fühlte ich eine Abneigung, eine Angst, als ob das Ding in ihr herauskommen und mich fressen wollte.

*Ich denke an dich!* Ich hatte nicht an sie gedacht. Wenn ich sie nicht sehen konnte, verfiel ich in einen Zustand der Leere und der Schlangenfaszination. Nero füllte nun meine Tage aus, als wäre er mein Geliebter, jetzt, da meine Frau anderweitig beschäftigt war. Ich war mir nicht sicher, warum ich sie so sah – als meine Frau. Ich wusste nur, dass es mir gut ging, wenn ich bei ihr war, wenn ich nicht allein sein musste. Wenn ich meinen Kopf an ihre Brust legen und ihr Herz schlagen hören konnte. Aber gleichzeitig hatte ihr wachsender Bauch etwas Beängstigendes, diese Stabilität, mit der sie sich umgab, ihre Sorge um das Baby, wie sie ständig darüber nachdachte, was sie aß. Sie wurde einfach immer erwachsener.

Irgendwie beruhigte es mich zu wissen, dass sie Birk hatte. Ich musste keine Angst haben, dass sie mehr wollte als das, was wir zusammen hatten. Und ich brauchte nicht zu befürchten, dass sie herausfinden würde, was ich getan hatte – dass ich zugesehen hatte, wie ihr gelockter Lieblingswelpe in Neros Rachen versank wie in Treibsand. Anita fragte mich ständig, wie der Welpe und meine Großmutter miteinander auskämen, und ich musste lügen, immer und immer wieder. Ich tippte schnell *Ich denke auch an dich*, schickte die Nachricht ab und stellte das Telefon auf lautlos.

Ich hatte mich gerade wieder den Wirbelfrakturen zugewandt, als ich eine Hand auf meiner Schulter spürte. Ich zuckte zusammen, blickte auf und sah Egils leicht sonnenverbranntes Gesicht. Er trug ein weißes Hemd, sein Haar war gepflegt und zurückgekämmt.

»Oh Gott«, flüsterte ich und sank tiefer auf den Stuhl.

Egil ging zur Tür und gab mir ein Zeichen, ihm zu folgen. Ich packte schnell meine Sachen zusammen und folgte ihm.

»Was machst du denn hier?«, fragte ich, als wir im Flur standen.

Egil schob die Hände in die Hosentaschen und zuckte mit den Achseln. »Es ist ja nicht so, als ob man dich anders erreichen könnte. Ich habe vorhin Anita getroffen – sie ist ja rund wie eine Kugel!« Er lachte kurz auf. »Da dachte ich, es wird verdammt noch mal Zeit, dass du aufhörst, dich vor mir zu verstecken.«

Wir fanden einen freien Platz im Foyer. Egil setzte sich und stützte den linken Fuß auf sein rechtes Knie.

»Anita sagt, ihr zwei habt was am Laufen«, sagte er.

»Und?«

Er blickte an die Decke. »Mir ist das egal. Ich wollte dich nur wissen lassen, dass sie das gesagt hat.«

»Bist du deshalb hergekommen?«

Er seufzte. Um uns herum verschmolzen die Stimmen der anderen Studenten zu einem Summen im Hintergrund.

»Ich finde nur, du solltest uns nicht komplett ausschließen, wegen dem Vorfall damals.«

Ich beugte mich vor. »Mit ›dem Vorfall damals‹ meinst du wohl, dass du meinen Schlüssel gestohlen und dich in mein Zimmer geschlichen hast, nur um eine ganze Partygesellschaft zu erschrecken?«

»Das Letzte tut mir leid«, sagte er, »aber das Erste ist nicht wahr. Ich habe dir die Wahrheit gesagt – die Tür war schon offen.«

Ich kämpfte gegen den Drang an, etwas durch die Gegend zu werfen oder aufzustehen und zu gehen. Ich krallte meine Finger in die Kante des Sofas.

»Ingvar geht es echt nicht gut, seit du weg bist.«

»Was hat das mit mir zu tun?«

Egil schüttelte den Kopf. »Er wollte dir nichts Böses. Er ist nur ein großer Trottel.«

»Schlimm genug.«

»Okay, aber ich hoffe, wir treffen uns trotzdem ab und zu?«

»Mal sehen«, sagte ich und ließ meinen Kopf zurück auf das Sofa sinken. Ich merkte, dass ich das vermisst hatte. Den Alltag in unserer WG, einfach zusammen abzuhängen.

»Wie war dein Sommer?«, fragte ich.

»Todlangweilig. Um nicht zu sagen total schrecklich. Der nächste Sommer wird besser. Ich mache einen Roadtrip durch die USA. Hollywood, Las Vegas, Memphis, Chicago, New York.«

Ich lachte. »Ich hatte ganz vergessen, was für ein Klischee du bist, Egil. Heißt das, dein Papa hat den Geldhahn wieder aufgedreht?«

Er sah mich mit seinen blauen Augen an.

»Tut mir leid«, sagte ich. »Alte Gewohnheit.«

»Nun, die Antwort lautet Nein«, sagte er, »aber das macht nichts. Ich habe eine viel bessere Idee. Wie bei Al Capone.«

Ich lachte. »Du meinst, du hast einen Plan?«

Er sah sich um. Dann stand er auf und kam zu dem Sofa herüber, auf dem ich saß.

»Ich werde meinen Vater ausrauben«, flüsterte er. »Ich werde es tun.«

»Im Ernst?«

Er grinste breit. »Ich habe in meinem ganzen Leben noch nie etwas so ernst gemeint. Davon träume ich seit meiner Kindheit. Der Mistkerl hat keine Ahnung, wie sehr er alles bereuen wird, was er je getan hat. Bist du dabei?«

Ich sah ihn an.

»Ach, komm schon! Komm schon, das wird dir so viel Geld einbringen. *I was a poor nigga, now I'm a rich nigga.* Verstehst du? Das wird total irre.«

»Das *ist* total irre, Egil.«

»Warum bist du nicht mehr so cool wie früher?«

»Bist du *deshalb* hier?«

Er seufzte. »Ingvar wäre eigentlich dabei, aber ich will ihn da raushalten. Der Typ ist ehrlich gesagt die ganze Zeit bekifft. Er hat auch angefangen zu trinken, und das macht mir am meisten Sorgen. Ich habe Angst, ihn allein zu lassen, wenn er getrunken hat, wegen seiner Epilepsie. David sagt, es wäre nicht schlau, ihn mit einzubeziehen, und da stimme ich ihm zu.«

»Also hast du angefangen, mit David Lorentzen abzuhängen?«

»Ja, warum nicht?«

»Das heißt, du hast schon jemanden, der dir helfen kann, deinen Vater auszurauben – du willst nur so viele Leute wie möglich mit in deine Gefängniszelle ziehen.«

»Mit in den Spaß, meinst du. Komm schon.«

Ich schüttelte den Kopf. »Halt mich da auch raus.«

# Reptilienmemoiren

Wenn ich über ihren schlafenden Körper gleite, erinnert mich das daran, wie ich als unwissendes Kind den Rücken meiner Mutter erforschte. Ich konnte sie überqueren, und die Welt gehörte mir. Ich schob mich von den Füßen über ihren Bauch nach oben. Ihr Körper war salzig von winzigen Schweißtropfen. Beutetiere ohne Fell sind die besten. Der Kontakt zwischen Zunge und Körper ist intensiver, die Wärme stärker. Trotzdem konnte ich sie nicht zu meiner Beute machen. Sie war zu groß, ich zu klein. So sehr ich meinen armseligen Körper auch streckte, ich kam kaum an ihre Schenkel heran.

Der Schlaf machte ihr Gesicht starr, wie im Tod. Ihr Atem und ihre Wärme waren die einzigen Zeichen, dass sie noch lebte. Ich kroch zu ihrem Ohr, legte mich dicht neben sie und berührte mit der Zunge ihr zartes Ohrläppchen. Es schmeckte bitter, nach Ohrenschmalz. Ich zog meine Zunge zurück, verharrte eine Weile ganz still, bevor ich meinen Mund öffnete. Ich begann zu flüstern, ganz leise.

Die Worte, die ich flüsterte, gehörten zu den wenigen, die ich beherrschte, Worte, die ich von den vielen Menschen gelernt hatte, mit denen ich in Kontakt gekommen war. Ich flüsterte »Essen« und »Jagd«. Ich flüsterte ein drittes Wort: »Beute«. Die Worte waren gut, aber der Ton war leiser, als es meine eigenen Ohren wahrnehmen konnten. Trotzdem wusste ich, dass ich Geräusche machte, denn ihr Ohr zitterte, wenn sie zuhörte. Ihr Gesicht zeigte winzige Zuckungen. Sie keuchte, ihre Haut war von einer Gänsehaut überzogen.

Tagsüber wartete ich. Zuerst wurde sie unruhiger, weil sie nicht gut geschlafen hatte. Dann wandte sie sich von den anderen Menschen ab und kam mir immer näher. Sie schloss uns in dem winzigen Zimmer ein und ging ihren einsamen Beschäftigungen nach. Sie öffnete ihr Maul wie zu einem verzweifelten Zischen, einsam, ohne Feind oder Freund.

Nach einigen Tagen begann die nächste Phase. Sie begann, nachts aufzuwachen und mich anzusehen. Sie erwiderte mein Flüstern. Da wusste ich, dass es nicht mehr lange dauern würde. Bald würde ich mich um ein saftiges, pelziges Tier wickeln können. Tiere, die entweder zu klein waren, um wegzulaufen, oder die der Mensch gezähmt hatte. Keine Beute, die schwer zu fangen war, aber diese Wesen pulsierten in meiner Umklammerung und gaben mir den wunderbaren Geschmack von frischem Fleisch und Blut.

»Instinkt« war ein Wort, das ich von den Menschen gelernt hatte. Sie benutzten es für alles, was andere Tiere taten, als hätten nur Menschen ein Bewusstsein oder als handelten nur andere Tiere instinktiv. Aber meine Handlungen ihr gegenüber waren bewusst und überlegt, während ihre daraus resultierenden Handlungen nichts anderes waren als Instinkt.

# Liv

*Ålesund*
*Samstag, 5. Februar 2005*

Ich vergrub mein Gesicht in Anitas weichem Bauch. Nach der Geburt war er wieder fast ganz flach geworden. Sie kicherte und drehte sich. Ihre Brüste wölbten sich unter dem BH, den sie nicht ausziehen wollte – sie sagte, ihre Brüste täten weh und seien schwer. Jetzt kam ich ihnen zu nahe, und sie zog sich zurück, stand auf und zog ihren Morgenmantel an. Dann warf sie einen Blick ins Babybett, wo Aurora zu einem kleinen Weinanfall angesetzt hatte.

Sie hatte die ganze Nacht geschrien, der Klang ihres Weinens vibrierte noch in meinen Trommelfellen. Anita war dagegen offenbar immun geworden. Zumindest schien sie es gut zu ertragen, während sie hin und her lief und das winzige Geschöpf in ihren Armen tröstete. Vielleicht musste eine Mutter genau so sein, völlig von ihrem Kind absorbiert. Schließlich war ich mit dem schwarzen Zwergpudel um den Block gegangen, dankbar für ein wenig Ruhe. Ich war durch den Schnee gestapft und hatte mir vorgestellt, wie die Hündin herumlief und nach ihren Welpen schnupperte, obwohl ich davon ausging, dass sie sie längst vergessen hatte. Seit jenem Tag im letzten Sommer, an dem ich den Welpen mit nach Hause genommen hatte, brachte ich es nicht fertig, Nero lebende Beute zu geben. Es war unverzeihlich, was ich getan hatte. Anita durfte es nie erfahren.

Jetzt kam sie auf mich zu, das halb schlafende Baby mit dem dunklen Haarschopf im Arm. In diesem Moment wirkte das kleine Mädchen friedlich. In der Nacht war sie rot vor Aufregung gewesen, ein kleines Monster, das mit offenem Mund geschrien hatte. Mir kam in den Sinn, dass es keine Garantie dafür gibt, dass man sein Kind liebt, egal wie sehr man es sich wünscht.

»Merkst du einen Unterschied?«, fragte ich.

Anita lächelte verwundert. »Was für einen Unterschied?«

»Bei dir. Seit du Mutter geworden bist.«

Sie legte Aurora mit dem Bauch nach unten auf die Matratze.

»Keine Ahnung. Ich habe nicht darüber nachgedacht, aber das kann schon sein. Nicht unbedingt seit dem Tag von Auroras Geburt, ich glaube eher, es hat sich allmählich etwas verändert.«

»Was denn?«

»Ich glaube, ich habe meine Prioritäten verändert. Früher ging es immer nur um mich, mich, mich. Jetzt geht es nur noch um Aurora.«

Aurora fuchtelte mit Armen und Beinen, als wollte sie herausfinden, wie man sich vorwärtsbewegte.

»Das klingt schön«, sagte ich.

»Das ständige Besessensein von Anita fehlt mir jedenfalls nicht«, meinte sie und lachte. »Ich fühle mich irgendwie – weiser.«

Ich dachte an meine eigene Mutter oder an die Frau, die diesen Titel für sich beanspruchte. Ich fragte mich, was falsch gelaufen war, warum sie nie eine solche Wandlung durchgemacht hatte.

»Jetzt muss ich mir nur noch überlegen, was ich mit Birk mache«, sagte Anita. Ihr Gesicht verfinsterte sich. »Wenn ich stark genug bin.«

»Aber ist das nicht ein Arrangement, das trotzdem irgendwie funktioniert?«

Sie zuckte mit den Schultern. »Es *war* ein Arrangement, das funktioniert hat. Oder besser gesagt, ich habe mir eingeredet, dass es funktioniert. Aber jetzt weiß ich, was ich tue. Es ist Prostitution und Selbstzerstörung.«

Ich schaute mich um, betrachtete das schicke Schlafzimmer mit dem dunkel lackierten Holz und den Fenstern in der Dachschräge. Anita hatte gesagt, das Holz sei alt und mit der Zeit schwer zu pflegen, aber schön. Das waren Sätze, die Erwachsene sagten. Birk hatte das Haus geerbt und lebte hier schon als dritte Generation seiner Familie, nachdem seine Mutter an Alzheimer erkrankt und in ein Pflegeheim gekommen war. War das ein Bordell und ich eine Kundin, nur ein weiteres Arrangement, das funktionierte?

»Es gibt etwas, das du nicht weißt«, sagte sie, und ihr Gesicht wurde blass. »Ich muss es jemandem sagen, sonst kann ich nicht …«

Aurora hob ihr Köpfchen und stieß ein Grunzen aus. Anita streckte sich automatisch und änderte ihre Position ein wenig, obwohl es wahrscheinlich gar nicht so schlimm war, wie sie dalag.

»Versprichst du mir, dass du mich nicht verurteilst?«

»Warum sollte ich das tun?«

Ich sah sie an.

Sie verschränkte die Hände hinter dem Rücken, öffnete ihren BH und zog ihn aus, bevor sie ihn auf das Kissen legte. Ihre Brüste waren geschwollen und schwer von Milch, große Brustwarzen und feine Adern unter der blassen Haut. Es war die linke Brust, die er getroffen hatte. Ein blaugrüner Bluterguss bedeckte die äußere Seite der Brust fast vollständig.

»Die anderen blauen Flecken sind nach ein paar Tagen verschwunden«, sagte sie, »aber hier hat er mich wirklich getroffen. Du hättest sehen sollen, wie es aussah, als es ganz frisch war.«

Ich streckte die Hand aus und berührte mit den Fingerspitzen den blauen Fleck. Ihre Brust vibrierte von ihrem Herzschlag.

»Er ist so eifersüchtig«, sagte sie. »Er wirft mir alle möglichen schlimmen Dinge vor. Er sagt, er könne nicht sicher sein, dass Aurora von ihm sei, obwohl man sie nur anzusehen braucht, um zu wissen, dass er der Vater ist. Außerdem ist er eifersüchtig auf meine Bilder. Er sagt, ich wäre glücklicher, wenn ich aufhören würde zu malen, und dass ich eine bessere Mutter für Aurora wäre. Dass ich mich nicht gut genug um sie kümmere, weil ich in meinem eigenen Kopf bin. Er hat mir schon mehrmals angedroht, alle meine Paletten und Pinsel zu verbrennen – er versteht nicht, dass ich ohne meine Bilder nicht existiere. In ihnen steckt mehr von mir als in diesem Körper. Die Staffelei ist mein Herz, meine Paletten sind meine Lungen – so ist das für mich.«

»Du wirst ihn also verlassen?«

»Ja, ich werde ihn verlassen.«

Sie schluckte, senkte den Kopf. Schüttelte ein paar Mal ihr blondes Haar.

»Scheiße«, sagte sie. »Es ist das erste Mal, dass ich es laut ausspreche. Was soll ich nur tun?«

Ich betrachtete Anitas gesenkten Kopf und dachte daran, wie ich am selben Tag Nero und meine wichtigsten Sachen genommen hatte und einfach aus der WG ausgezogen war. Wie leicht es mir gefallen war, die Türen hinter mir zu schließen. Vielleicht war das nicht bei jedem so. Auch nicht, wenn man nur ein paar Monate mit jemandem zusammengelebt hatte.

»Ich habe solche Angst«, sagte sie, »Angst, zu bleiben, und Angst, zu gehen. Vor allem habe ich Angst davor, was er tun könnte. Es gibt eine Stimme in mir, die sagt, dass es nur einmal passiert ist und dass er es nie wieder tun wird – aber ich will nicht auf diese Stimme hören. Ich muss hier raus. Mir eine Wohnung suchen, irgendwo, wo ich mich verstecken kann.«

Anita stützte den Kopf in die Hände und begann laut zu schluchzen.

»Ach, du«, sagte ich und fühlte mich unbehaglich. »Du musst doch Verwandte haben, bei denen du erst einmal bleiben kannst?«

»Ich habe ein Zimmer bei meiner Mutter, aber ich weiß nicht, wie lange ich dort sein kann. Ich weiß nicht, ob ich dir das schon erzählt habe, aber Birks Mutter ist eine von Mamas besten Freundinnen, und wir haben uns schon so oft getrennt und sind wieder zusammengekommen. Mama war überglücklich, als sie hörte, dass wir zusammenziehen. Sie ist überzeugt, dass er der richtige Mann für mich ist.«

»Ich bin mir sicher, sie wird ihre Meinung bald ändern, wenn du ihr erzählst, was er getan hat«, sagte ich und fühlte mich seltsam kalt. Ich hatte gesprochen wie jemand, der sich mit Müttern und Töchtern auskennt.

Anita wischte sich die Tränen ab und schüttelte den Kopf.

»Ich habe solche Angst«, wiederholte sie. »Ich weiß nicht, ob ich mich traue.«

In diesem Moment begann Aurora zu weinen, ein durchdringendes Heulen. Anita hob sie an ihre wunde Brust und steckte ihre Brustwarze in den Mund des Babys. Bald darauf gab Aurora zufriedene Laute von sich, wie eine surrende Maschine. Ich fragte mich, ob ich jemals Milch von einer Brust getrunken hatte. Es war schwer vorstellbar.

# Mariam

Ich stecke den alten goldenen Schlüssel ins Schloss. Ich versuche, ihn zu drehen, aber es ist nicht wie im Märchen, wo sich eine lange verschlossene Tür endlich öffnet. Die Tür war die ganze Zeit offen. Nur ich habe sie immer abgeschlossen.

»Egil hat dein Zimmer übernommen, nachdem du weg warst«, sagt Ingvar. »Er war im Gefängnis, hat für ein paar Jahre mit jemandem zusammengewohnt und ist dann wieder im Gefängnis gelandet. Also war ich hauptsächlich hier, aber ich habe das Zimmer nicht gebraucht. Er wird es auch in der nächsten Zeit nicht brauchen, also kannst du es genauso gut nutzen.« Er hält einen Moment inne. »Während du nach deiner Tochter suchst.«

Die Luft im Zimmer ist stickig, und ein neuer, ungewohnter Geruch hat sich breitgemacht, aber es ist mein Zimmer. Der Teppich ist zwar weg, die Wände sind hellgrau gestrichen, und das Bett wurde durch ein neues ersetzt. Die Pflanze, die in der Ecke stand, ist verschwunden, stattdessen stehen dort eine alte Nintendo-Konsole und ein Pappkarton. Das Wichtigste ist geblieben – das Fenster mit Blick auf den Garten und den Pflaumenbaum. Auf dem Boden liegen ein Handtuch, Boxershorts und ein Paar Nike-Turnschuhe. Ich denke, dass etwas fehlt, was dieses Zimmer wirklich zu Egils Zimmer machen würde, bis ich mich umdrehe und das Poster an der Wand neben der Tür sehe. Hochglanz, Silikon und mit langen braunen Beinen. Ich drehe mich zu Ingvar um und halte ihm den goldenen Schlüssel hin.

»Hast du den gesehen, seit er verschwunden ist?«

Ingvar starrt den Schlüssel an und runzelt die Stirn. »Nein, ich habe ihn nicht mehr gesehen, seit du hier gewohnt hast.«

»Dieser Schlüssel – zu diesem Zimmer – lag in Ibens Schmuckschatulle.«

»Machst du Witze?«

»Erinnerst du dich an die Nacht, als er verschwunden ist?«

Er blickt zu Boden und tritt mit dem Fuß gegen die Türschwelle. Er ist noch nie ein guter Kämpfer gewesen. Seine Feigheit hat dazu geführt, dass er meinen Bruder an diesem Abend hierher eingeladen hatte, als wären sie gute Freunde.

»Jemand, der in dieser Nacht hier war, hat meinen Schlüssel genommen und ihn all die Jahre aufbewahrt. Wer auch immer es war, hat dafür gesorgt, dass er in der Schmuckschatulle meiner Tochter gelandet ist. Er wollte mir damit eine Nachricht übermitteln. Und das ist kein Witz.«

»Wer könnte das sein?«

»So wie ich das sehe, gibt es zwei Leute, die meinen Schlüssel in dieser Nacht genommen haben könnten: Egil oder Patrick. Beide hatten einen Grund, in mein Zimmer zu wollen. Egil, weil er die Schlange holen wollte, und Patrick, weil er Patrick ist. Wahrscheinlich wollte er in meinen Sachen herumschnüffeln oder so.« Ich stelle mir vor, wie Patrick ein Kleidungsstück von mir aufhebt und daran riecht. »Ich kann mir

nicht vorstellen, dass außer den beiden noch jemand hier rein-
wollte. Oder doch?«

Ingvar schüttelt verlegen den Kopf.

»Wenn es Egil war, weiß er vielleicht, wer mir diese Nachricht geschickt hat. Und deshalb muss ich mit ihm reden. Wenn
es Patrick war ...« Ich schlucke. »Na ja, dann war es Patrick.«

»Patrick kann es nicht gewesen sein. Wusste er überhaupt,
was das für ein Schlüssel war?«

Ich denke an den Tag zurück, an dem ich Patrick in der Stadt
begegnet bin. Als er sich vorbeugte, um den Schlüssel mit der
Fingerspitze zu berühren. *Bist du ein Schlüsselkind geworden,
Sara?*

»Wenigstens wusste er, dass es meiner war. Er hat gesehen,
wie ich ihn getragen habe. Und dann war es nicht schwer zu
erraten, dass er zu meiner Tür passt.«

»Du hast Angst, dass es Patrick ist, nicht wahr?«, fragt Ingvar. »Denk daran, dass in dieser Nacht viele Leute hier waren.
Es hätte jeder sein können.«

Ich schüttle den Kopf. »Nicht jeder hat dafür gesorgt, dass
mein Schlüssel in der Schmuckschatulle meiner Tochter gelandet ist, ungefähr zur gleichen Zeit, als sie verschwunden ist. Es
muss jemand sein, der mich kennt. Jemand, der etwas von mir
will.«

Ingvar schüttelt den Kopf, seine langen Haare tanzen.

»Ich kann es mir nicht vorstellen«, sagt er. »Patrick war immer so ... jämmerlich. Glaubst du wirklich, dass er nach Kristiansund gefahren ist, um ein Kind zu entführen?«

Ich starre ihn an. Ich verspüre das starke Bedürfnis, ihm endlich den Schlag zu versetzen, der seit jener Nacht in mir schlum-
mert. Stattdessen schlage ich gegen die Wand hinter mir.

»Du verteidigst ihn«, sage ich. »Ihr seid immer noch Freunde.«

»Nein, nein, sind wir nicht. Ich sehe ihn ständig im Smutten, aber ich spreche nie mit ihm.«

»Das hast du damals auch gesagt.«

Er schaut zu Boden und sieht aus wie ein kleiner Junge. »Diesmal stimmt es«, murmelt er.

Wir stehen eine Weile schweigend da. Ingvar kratzt sich am Bart und schaut hinter sich, als suche er einen Ausweg.

»Habt ihr was von meinen alten Sachen aufgehoben?«

Er räuspert sich. »Sieh mal in der Abstellkammer nach – vielleicht ist da was drin?«

Er deutet mit einem Kopfnicken zu einer kleinen Tür in der Wand. Ich öffne sie und knipse das Licht an. In der Abstellkammer stehen viele alte Sachen der Vermieterin. Eine große Truhe, ein gusseisernes Flaschenregal, eine Kiste mit allerlei Gerümpel. Auf einem Karton mit der Aufschrift »Bücher« liegt ein schwarzer Müllsack. Ich öffne den Sack, greife hinein und ziehe einen Pullover heraus, der mir bekannt vorkommt. Dann ziehe ich den Sack auf den Boden und drehe ihn um. Bücher, CDs und verschiedene Toilettenartikel fallen heraus. Ein Kleid, das ich früher ständig getragen habe, ein Parfüm, an das ich mich nicht einmal erinnern kann. Normalerweise reise ich nicht in der Zeit zurück – ich reise nur vorwärts. Es kommt mir falsch vor, zurückzuschauen. Man erkennt sich nicht wieder.

Ich gehe zum Fenster und blicke hinaus auf den Rasen und den Pflaumenbaum. Für einen Moment habe ich das Gefühl, als wäre ich immer noch hier, als wäre ich Liv, die nach draußen schaut – aber nur für einen Moment. Dann sehe ich Iben, wie sie an einem Seil, das am Baum befestigt ist, hin und her schwingt. Ich schließe die Augen, setze mich aufs Bett und atme tief durch.

»Geht es dir gut?« Ingvars Stimme ist leise.

»Lass mich in Ruhe.«

Er schließt die Tür hinter sich, und ich höre, wie sich seine Schritte im Flur entfernen. Ich lege mich aufs Bett und schaue zu den weißen Deckenplatten hinauf. Als Iben sechs Jahre alt war, hat sie einmal ein Tier auf die Tapete in ihrem Zimmer gemalt, irgendetwas zwischen einem Dinosaurier und einer Katze. Als ich die Zeichnung sah, dachte ich zuerst, der lange, dünne Hals des Tieres sei eine Schlange, und mein Herz setzte einen Schlag aus. Ich war wütend auf sie, weil sie es gemalt hatte, sperrte sie in ihr Zimmer und drohte ihr, sie dürfe erst wieder herauskommen, wenn sie die letzte Spur des Bildes von der Wand gewaschen habe. Sie schaffte es nicht, so sehr sie auch schrubbte, und genau das war mein Ziel – ihr klarzumachen, was sie getan hatte. Ich war so hart zu ihr.

Auf dem Nachttisch liegen Pornohefte, Kondome und eine Scheibe grünes Brot. Jetzt weiß ich, woher der Geruch kommt. Ich setze mich wieder auf und muss mich fast übergeben, als ich die Brotscheibe auf eines der Hefte schiebe und vor mir her in den Flur trage. Ingvars Musik setzt wieder ein und sticht mir in die Gehörgänge. Meine Ohren sind empfindlich geworden. Ich habe keine Ahnung, um welche Band es sich handelt, ich bin nicht mehr auf dem Laufenden.

In der Küche ist der Mülleimer so voll, dass ich die Tüte herausziehen muss, um Platz für das verschimmelte Brot zu schaffen. Das Pornoheft werfe ich gleich hinterher. Es sieht beinahe antik aus, vielleicht denkt Egil mit Nostalgie daran zurück, aber das ist mir egal. Ich verknote die Griffe der Mülltüte und trage sie hinaus, fühle mich wie eine verdammte Mutter, eine Mutter, die vielleicht nie die Gelegenheit haben wird, die WG ihrer Tochter aufzuräumen. Könnte Patrick sie umgebracht haben? Hätte ich sofort hinfahren sollen? Ich ziehe meine Schuhe an und gehe zur Mülltonne hinaus. Sie ist so voll, dass ich die Tüte hineinpressen muss, bevor ich den Deckel mit Mühe wieder schließen kann.

Wo ich schon draußen bin, gehe ich zum Auto und hole meine Koffer. Mir kommt es so vor, als würde ich hören, wie sehr Nero es hasst, in diesem dunklen Raum herumbugsiert zu werden. Ich ziehe die Koffer hinter mir her. Auf der Treppe bleibe ich stehen und beginne, den Koffer mit Nero darin nach unten zu tragen – er ist so schwer, dass ich unter seinem Gewicht fast zusammenbreche. Ich kann ihn nicht so lange mit mir herumschleppen. Also bugsiere ich ihn in mein Zimmer und stelle ihn ordentlich neben das Fenster, bevor ich den anderen Koffer hole.

Nero versucht, mich am Arm zu packen, als ich den Koffer öffne. Ich zucke zurück und flüstere ihm zu, dass es mir leidtut. Er verschwindet beleidigt unter dem Bett. Ich lasse ihn dort und beruhige mich ein paar Minuten, während ich im Schrank nach sauberer Bettwäsche suche. Dort ist alles zu einem Knäuel zusammengeknüllt: Kleidung, Handtücher, Packungen mit Paracetamol und noch mehr Zeitschriften, eine ungeöffnete Bierflasche. Schließlich finde ich ein Laken, einen Bettbezug und einen Kissenbezug und fange an, das Bett zu beziehen. Ich habe dieses Leben verlassen – ich bin eine andere geworden. Jede Zelle meines Körpers hat sich verändert, seit ich das letzte Mal hier war. Ein Teil von mir vermisst diese frühere Version. Ein anderer Teil weiß, dass er nie mehr zurückwill.

Als ich fertig bin, lege ich mich auf den Boden und schaue unter das Bett. Nero liegt zusammengerollt hinter dem Nachttisch. Ich versuche, ihn herauszuziehen, aber er liegt nur da und reißt drohend das Maul auf. Hinter ihm liegt etwas. Es sieht aus wie ein Foto. Ich greife danach, aber er schnappt nach mir. Gerade noch rechtzeitig kann ich meine Hand wegziehen.

Als ich ins Wohnzimmer komme, sitzt Ingvar mit geschlossenen Augen da und hört Musik. Mit den Fingern spielt er Luftgitarre. Ich setze mich neben ihn auf das Sofa, tippe ihm auf die Schulter und reiche ihm das Foto, das ich gefunden habe. Es ist hier im Wohnzimmer aufgenommen worden. Ingvar, Egil und ich sitzen auf dem Teppichboden. Im Hintergrund ist die untere Hälfte des Fernsehers zu sehen, die Anrichte wird vom Rot der Lavalampe beleuchtet.

»Das ist lange her«, sagt er. »Aus der guten alten Zeit.«

»Ich habe das Foto unter dem Bett gefunden, aber mehr war da nicht. Weißt du, wo meine restlichen Fotos sind?«

Ingvar zuckt mit den Achseln. »Vielleicht hat Egil sie mit ins Gefängnis genommen oder so?«

Das klingt unwahrscheinlich.

»Du hast also keine mehr?«

Ein seltsamer Ausdruck huscht über Ingvars Gesicht, so als würde es sich zusammenziehen. Er schließt die Augen und lehnt den Kopf gegen die Wand.

»Nein«, sagt er. »Nichts.«

Er lügt mich an. Ich verstehe nicht, warum.

»Kann ich mir mal dein Handy leihen?«, frage ich.

# Liv

Ich stecke mir die Finger fest in die Ohren, um Neros hartnäckiges Zischen zu unterdrücken. Ich habe die Augen geschlossen, um nicht sehen zu müssen, wie er sich vor mir auf dem Bett zusammenrollte. Die ganze Nacht konnte ich wegen seines wütenden Fauchens nicht schlafen. Ich musste ihm etwas zu essen geben, etwas, das er fressen würde. Ratten interessierten ihn nicht mehr, und alle toten Tiere betrachtete er mit Verachtung. In dieser Woche hatte er mehrmals versucht, mich zu beißen – einmal besprühte ich ihn mit Listerine, um ihn auf Abstand zu halten. Ich hatte das Gefühl, ihn jeden Tag im Stich zu lassen. Doch ich konnte den Gedanken an ein weiteres Kätzchen, einen weiteren Welpen wie den von Anita, einfach nicht ertragen. Er wusste, was das bedeutete. Dass ich angefangen hatte, andere über ihn zu stellen.

Irgendwo in der Nähe vibrierte mein Handy. Ich fand es unter einem Stapel Kleider auf meinem Stuhl. Es war so eng und chaotisch in dieser Wohnung – das sagte ich jedes Mal zu Anita, wenn sie mich bat, ihr meine Wohnung zu zeigen. Jetzt war ihre Nummer auf dem Display zu sehen.

»Wo bist du?«, fragte sie. »Kann ich vorbeikommen?«

Ich blickte auf Nero hinunter, der sein Maul öffnete und mir seinen zartrosa Gaumen zeigte. Es erinnerte mich an etwas, das ich nicht recht fassen konnte.

»Ich bin beschäftigt.«

»Es ist so schlimm«, schniefte sie, ihre Stimme klang zittrig. »Ein absoluter Notfall. Ich habe es getan. Ich habe Birk verlassen.«

Ich holte tief Luft. Starrte auf die rosa Färbung von Neros geöffnetem Maul.

»Meine Mutter will mir nicht helfen«, schluchzte sie. »Ich sitze im Auto. Meine Mutter denkt, dass Birk und mich etwas Wertvolles verbindet, das ich nicht wegwerfen darf. Sie will mir nicht zuhören. Sie wirft mir vor, dass ich lüge, dass ich nur an mich denke. Sie sagt, Aurora braucht ihren Vater.«

Sie stieß einen heiseren Schrei aus. Im Hintergrund meldete sich Aurora und heulte los. Es klang, als würde Anita das Baby auf den Arm nehmen und hin und her wiegen.

»Ich weiß nicht, was ich jetzt machen soll«, sagte Anita weinend. »Können wir ein paar Tage bei dir bleiben, bis ich etwas anderes gefunden habe?«

Ich öffnete den Mund, um zu sagen, dass es hier so eng ist, dass Chaos herrscht – die üblichen Argumente. Zuerst malte ich mir aus, wie es wäre, Anita und Aurora hier zu haben, mit der Schlange irgendwo auf diesen wenigen Quadratmetern. Das war unmöglich. Aber dann stellte ich mir vor, wie Anita im Auto saß, das Baby im Arm, die Wangen mit Wimperntusche verschmiert. Wenn sie keinen Unterschlupf fand, blieb ihr nichts anderes übrig, als zu Birk zurückzukehren. Und was würde der mit ihr machen?

»Gib mir eine Stunde«, sagte ich.

Vorsichtig trug ich die Tasche mit Nero die Treppe hinunter zu meiner früheren Wohngemeinschaft – ich hörte, wie er wütende Befehle aus der Tasche zischte. Ich hatte ihn verraten. Natürlich wollte er raus, er wollte frei sein, jagen können, im Einklang mit der Natur leben. In seinen Augen sollte es nichts geben, was ihn davon abhielt, ins Gras zu kriechen und sich auf den Weg in den Wald zu machen, selbst wenn er in ein oder zwei Tagen erfroren wäre. Momentan war die Luft nur tagsüber mild – noch konnte er über Nacht erfrieren.

Die Tür stand offen, ich ging in den Flur und zog meine Schuhe aus. In der Wohnung war es still, keine Musik, was wohl bedeutete, dass Ingvar nicht zu Hause war. Aber ich konnte Egils Stimme aus dem Wohnzimmer hören. Es klang, als würde er telefonieren.

»Das hätte ich schon längst tun sollen«, sagte er. »Ich war mir noch nie so sicher bei einer Sache.«

Seine Stimme klang inbrünstig. Ich steckte den Kopf durch die Tür und klopfte leicht gegen den Rahmen.

»Ich muss gehen«, sagte Egil. »Ich rufe dich später an. Wir ziehen das jetzt durch!«

»Was ziehen wir durch?«, fragte ich, nachdem er aufgelegt hatte.

»Den Überfall. Diesen Samstag. In nur drei Tagen!« Er klopfte mit der Hand auf sein Handy. »Mein Vater hat an dem Tag ein wichtiges Essen mit einem Klienten in der Stadt. Er hat mir vor Jahren, als ich noch bei ihm wohnte, Zugang zu seinem Kalender gegeben, damit wir planen konnten, wann wir uns sehen.« Er lachte. »Das sagt viel über meinen Vater aus. Wie auch immer. Ich weiß, wo er normalerweise sein Auto parkt, also müssen wir nur warten und ihn überfallen.«

Egil tat so, als würde er mit der Faust auf sein Handy schlagen. »Bam! Ein Schlag von hinten. Wenn er bewusstlos ist, klauen wir die Hausschlüssel. Ich weiß, wo der Safe ist, und ich habe David den Code gegeben. Total einfach. Du kannst immer noch dabei sein, wenn du willst.«

Ich schüttelte den Kopf. »Ich habe immer noch nicht vor, ins Gefängnis zu gehen.«

Sein Blick kreuzte meinen, und er grinste mich verschmitzt an. »Aber das Beste habe ich dir noch gar nicht erzählt. Am Samstag findet das erste Fußballspiel im neuen Color-Line-Stadion statt. Die Stadt wird voller Menschen in Fußballtrikots sein, also können wir uns perfekt unsichtbar machen, indem wir uns so anziehen, als würden wir zum Spiel gehen. Ich bin sicher, das wird das perfekte Verbrechen.«

»Wer wird ihm auf den Kopf schlagen?«

Er grinste. »Ich werde es tun – mit Vergnügen.«

»Wenn er dich sieht, wird er wissen, wer ihn ausgeraubt hat.«

»Natürlich tragen wir Masken, und es wird schnell gehen – er wird keine Chance haben, mich zu erkennen.«

Wieder schlug er mit der Handfläche auf sein Handy. Er wirkte übereifrig, fast manisch.

»Und du glaubst, du kriegst das hin? Deinen eigenen Vater k. o. schlagen? Ich meine, dafür brauchst du wirklich Nerven.«

»Was willst du eigentlich?« Er runzelte die Stirn.

Ich stellte die Tasche auf den Boden und zog den Reißverschluss auf. Nero lag da und züngelte mit beiden Zungenspitzen.

»Du kannst ihn haben«, sagte ich.

Egil starrte die Schlange an, die Irritation von vorhin schien wie weggewischt.

»Meinst du das ernst?«

»Unter einer Bedingung. Du darfst niemandem erzählen, dass ich ihn vorher hatte. Du musst sagen, dass du ihn erst jetzt bekommen hast.«

Er lachte. »Aber ich habe doch allen davon erzählt ...«

»Denk dir was aus. Und sprich auch mit Ingvar. Ich hatte noch nie eine Schlange. Verstanden?«

Er nickte. »Wenn es dir so wichtig ist.«

»Und erzähl vor allem Anita nichts davon.«

»Anita? Aber sie war doch die ganze Zeit bei uns, als du hier gewohnt hast – ich habe damals ständig von der Schlange gesprochen.«

»Na ja, ich habe Anita gesagt, dass du die ganze Zeit gelogen hast. Und sie hat mir geglaubt. Aber jetzt könntest du dir endlich einen Python zum Spielen gekauft haben.«

Egil setzte sich auf das Ledersofa. Ich beugte mich vor und streichelte Nero über den schuppigen Kopf.

Im Stillen sagte ich ihm, dass es so am besten sei. Unsere Beziehung war ein schwarzes Loch, das mich verzehrte. Es war an der Zeit, etwas Abstand zwischen uns zu bringen, bevor es mich ganz verschlang.

»Jetzt mach, was du willst«, sagte ich zu Egil.

Dann stand ich auf und ging in den Flur. Ich wollte so schnell wie möglich aus diesem Haus verschwinden, um diesen Lebensabschnitt hinter mir zu lassen. Auch *diesen* Abschnitt, denn bisher war jede Minute meines Lebens nur ein Abschnitt gewesen. Vielleicht würde mein Leben diesmal wirklich beginnen.

»Gute Reise!«, rief ich auf dem Weg nach draußen.

# Mariam

*Ålesund*
*Dienstag, 22. August 2017*

Ich setze mich auf das Bett, die Beine angezogen. Unruhig lausche ich dem Klingeln am anderen Ende der Leitung. Egil ist der Anlass, warum ich hier bin. Er muss etwas wissen. Entweder hat er den Schlüssel selbst genommen und ist dafür verantwortlich, wo er danach gelandet ist, oder er weiß, wer ihn genommen haben könnte. Er kannte damals alle, die netten Kerle und die Schurken.

»Gefängnis Ålesund«, sagt eine kalte Männerstimme.

»Ich möchte mit einem Ihrer Häftlinge sprechen, Egil Brynseth. Er ist ein alter Jugendfreund von mir.«

»Telefongespräche und Besuche müssen im Voraus vereinbart werden.«

»Wie weit im Voraus? Ich bin nur für ein paar Tage in Ålesund – nur zu Besuch.«

»Das kommt darauf an. Ich kläre das ab – rufen Sie in einer Stunde noch einmal an.«

Ich gebe ihm meine Daten und lege auf. Meine Finger zittern, als ich Tors Nummer eintippe. Wenn alles wie immer wäre, wäre er bei der Arbeit, aber ich erwarte nicht, dass alles wie immer ist. Wenn alles wie immer wäre, wäre Iben in der

Schule. Tor antwortet mit belegter Stimme. Es klingt, als sei er gerade erst aufgewacht. Normalerweise hält er nicht mitten am Tag ein Nickerchen.

»Stimmt etwas nicht?«, frage ich.

Ein paar lange Sekunden vergehen, bis er antwortet.

»Du fragst mich, ob etwas nicht stimmt?« Seine Stimme bricht.

Ich schlucke. »Ich weiß nicht, was ich sagen soll.«

»Sag, dass du nach Hause kommst.«

Ich stelle mir vor, wie er im Bett liegt, vollständig angezogen und mit roten Augen. Irgendetwas stimmt nicht mit diesem Bild. Tor ist nicht so. Tor ist stark. Seit ich ihn kenne, setzt er seine Sensibilität als eine Kraft ein, mit der man rechnen muss. Er baut sichere Umgebungen, erschafft, stärkt und verändert.

»Ich kann nicht.«

Er legt auf. Ich sitze da und beobachte, wie Nero versucht, unter der Kommode Platz für seinen großen Körper zu finden. In Gedanken zähle ich bis hundert. Dann wähle ich noch einmal Tors Nummer. Es klingelt lange.

»Ja?«, meldet er sich schließlich.

»Ich glaube, Iben ist in Ålesund.«

»Wenn du Informationen hast, musst du sie der Polizei geben. Du bist keine Detektivin. Du spielst mit dem Leben meines Kindes.«

»Sie ist nicht dein Kind, Tor«, sage ich und bereue es im nächsten Moment.

»Natürlich ist sie mein Kind. Ich kann nachts nicht schlafen, ich bin krankgeschrieben. Heute haben sie mir Beruhigungstabletten gegeben, aber das Einzige, was mir helfen würde, ist, Iben zu finden.«

»Das ist auch das Einzige, was mir helfen würde«, sage ich und merke sofort, dass das nicht ganz stimmt. Es hat mir geholfen, hierherzukommen. Es hilft, dass Nero hier liegt, quer über meinem Bauch. Es ist ein Versuch, zu fliehen, zurück in eine andere Zeit, in der die Tragödie noch nicht stattgefunden hat. »Ich wünschte so sehr, ich könnte jetzt nach Hause fahren – ich werde nach Hause kommen, wenn ich bereit bin. Aber es gibt Leute, mit denen ich reden muss, Leute, die vielleicht nicht mit der Polizei reden wollen. Ich weiß, dass ich das Richtige tue.«

»Du weißt gar nichts!«

Ich betrachte Neros reglose Gestalt. Er ist viel größer, als ich ihn kannte, aber er ist derselbe. Ich frage mich, wie ich das Tor erklären soll. Seine Welt ist so anders als meine. Für ihn ist es einfacher. Gesetze und Regeln müssen befolgt, Sitten und Gebräuche respektiert werden – für ihn gibt es keine Alternative. Überall sind die Augen auf ihn gerichtet und bewerten alles, was er tut. So ist das als Politiker – alles, was er tut, ist im öffentlichen Interesse. Wenn er der Polizei meinetwegen Informationen vorenthält, könnte dies das Ende seiner Karriere bedeuten. Trotzdem muss ich ihn darum bitten, ohne dass er den Grund kennt. Würde ich ihm den Grund sagen, wäre unsere Ehe am Ende.

»Ich werde heute die Polizei anrufen«, sagt Tor. »Ich werde ihnen sagen, dass du weggefahren bist und dass du Informationen hast, die sie zu Iben führen könnten. Sie werden dich finden.«

»Kannst du nicht noch einen Tag warten? Glaub mir. Ich würde dich nicht darum bitten, wenn es nicht wirklich wichtig wäre.«

Er schweigt. Entweder ist er schockiert über mein Verhalten, oder er denkt nach.

»Wenn sie fragen, sag einfach, ich bin bei meiner Familie«, sage ich. »Verbrenn den Zettel, den ich hinterlassen habe. Sag ihnen, dass du nie die Absicht hattest, sie in die Irre zu führen, dass du es nur nicht für wichtig gehalten hast, ihnen zu sagen, dass ich weggefahren bin. Schieb es auf die momentane Lage, in der wir beide uns befinden. Und wenn sie nicht fragen, sag nichts. Warte einfach noch einen Tag.«

»Wenn Iben noch lebt«, sagt Tor, »kann ein Tag über Leben und Tod entscheiden.«

»Genau deshalb musst du warten«, sage ich. »Das ist nichts, was die Polizei machen kann. Das muss ich selbst erledigen.« Bei diesen Worten bildet sich ein Knoten in meinem Magen, direkt unter der warmen Stelle, an der Nero ruht.

»Gibt es etwas, das du mir nicht gesagt hast, Mariam? Ist er es – Ibens leiblicher Vater? Weißt du, wer er ist?«

»Es tut mir leid«, sage ich. »Es gibt Dinge über mich, die du einfach nicht wissen willst. Gibst du mir noch einen Tag?«

Er seufzt. »Ich muss darüber nachdenken.«

Als er auflegt, lege ich mich flach auf das Bett und starre an die Deckenplatten, die ich in den Jahren, in denen ich hier gelebt habe, so oft studiert habe. Ich verstehe, dass Tor verzweifelt ist, und ich würde es auch verstehen, wenn er sofort die Polizei ruft. Es quält mich, dass er das alleine durchstehen muss. Aber ich kann jetzt nicht zurück. Ich muss Iben finden.

# Liv

Anita fuhr mit der Hand über einen der größten blauen Flecken an ihrem Oberschenkel. Sie hatte ihr T-Shirt anbehalten, sie wollte mir nicht zeigen, wie schlimm es wirklich war. Aurora lag auf einem Daunenbett auf dem Boden, zugedeckt mit einer rosafarbenen Babydecke. Sie hatte die Nacht durchgeschlafen, vielleicht war sie erschöpft von dem, was sie gestern erlebt hatte.

»Meine Mutter wollte Aurora nicht einmal sehen«, sagte Anita. Sie wischte sich eine Träne weg, die auf ihrem Bein gelandet war. »Sie war schon vorher schwer zu überzeugen, aber jetzt … Das kann ich ihr nie verzeihen.«

Ich legte meine Arme um sie. Streichelte sanft ihren Rücken.

»Du bist zäh«, sagte ich. »Ich bin stolz auf dich.«

Ein Geräusch ertönte, und Anita zuckte zusammen. Ich ließ sie los und zog mich zurück. Es war ihr Handy, das auf dem Nachttisch vibrierte. Sie nahm ab und las die Nachricht.

»Es ist Birk. Schon wieder.«

Sie warf das Handy quer durchs Zimmer, und es landete in dem Kleiderstapel, den ich in der Ecke zusammengerafft hatte.

»Ich muss dir etwas gestehen«, sagte sie. »Ich habe kein Geld

für eine eigene Wohnung. Und ich weiß nicht, wie ich es auf-
treiben soll. Meine Mutter wird mir nichts geben.«

»Und dein Vater?«

Sie schüttelte den Kopf. »Er wird nur sagen, dass ich mein
Studium an der Wirtschaftshochschule nie hätte abbrechen
dürfen, um Künstlerin zu werden. Ich muss mir einen Job suchen. Etwas, womit ich schnell Geld verdienen kann.«

»Dann bleib erst einmal hier«, sagte ich. »Bis du eine bessere
Lösung gefunden hast.«

In diesem Moment hörten wir ein lautes Krachen – es kam
vom Fenster. Noch ein Krachen und dann noch eins. Jetzt
konnten wir sehen, dass jemand Steine warf. Anita stand auf
und ging hinüber, um nachzusehen.

»Nein, Anita!«, rief ich, aber es war zu spät. Sie wich zurück.

»Er hat mich gesehen«, sagte sie. »Wie hat er mich gefunden?«

»Es muss das Auto gewesen sein.«

»Ich hätte nicht gedacht, dass er mich sucht«, sagte sie. »Er
ist noch verrückter, als ich dachte.«

»Wahrscheinlich ist er herumgelaufen und hat jedes Fenster,
in dem Licht brennt, mit Steinen beworfen.«

»Und was machen wir jetzt?«

Die Türglocke läutete. Anita schrie auf, rollte sich im Bett
zusammen und zog die Decke über sich.

»Hoffentlich lässt ihn unten keiner rein«, sagte ich und verfluchte meine eigenen Worte. Natürlich würde ihn jemand
reinlassen.

Wir saßen reglos da und warteten einige Sekunden. Schließlich hörten wir das Echo von Schritten, die die Treppe herauf-
kamen. Jemand griff nach dem Türgriff und versuchte, ihn zu

drehen. Dann ertönte eine fluchende Stimme, gefolgt von einem lauten Hämmern gegen die Tür.

»Sollen wir die Polizei rufen?«, flüsterte ich.

»Nein! Nein, bitte nicht.«

»Warum nicht? Wenn ich es nicht mache, machen es die Nachbarn.«

Anita lief zum Kleiderstapel und wühlte darin herum, bis sie ihr Telefon fand. »Ich rufe Egil an.«

Jetzt wachte auch Aurora auf. Das verzweifelte Schreien des Babys begleitete das Hämmern an der Tür. Anita nahm sie auf den Arm und wiegte sie, während sie das Telefon zwischen Wange und Schulter klemmte. Dann meldete sich jemand, und sie begann zu reden, ihre Stimme wurde aber vom Weinen des Babys und von den Schreien vor der Tür übertönt. Ich hielt den Atem an.

»Ich gehe nicht, bevor ich mit dir gesprochen habe, Anita!«, rief Birk durch die Tür. »Ich setze mich auf die Treppe und bleibe hier sitzen, bis du rauskommst.«

Anita legte auf. Ich sah sie an, wie sie dastand, nur mit ihrem T-Shirt bekleidet und mit ihrem Baby auf dem Arm. Wie ruhig sie wirkte, trotz der Situation, in der sie sich befand – fast so, als wäre sie bereit zu kämpfen.

»Er meinte, ein gewisser David könne vielleicht helfen«, sagte sie. »Egil ruft ihn an.«

Als ich Davids Stimme draußen im Flur hörte, waren kaum fünf Minuten vergangen. Er musste direkt aus seiner Wohnung hierhergelaufen sein. Es klopfte mehrmals heftig an der Tür.

»Aufmachen«, sagte David.

Ich ging hin und öffnete. David kam rückwärts ins Zimmer

und zog Birk mit sich, dessen Arme er im Polizeigriff hielt. Er drückte ihn gegen die Tür und verdrehte den Arm noch mehr, bis Birk vor Schmerz aufschrie. David drückte Birks Kopf gegen die Tür und beugte sich vor.

»Du hast Anita zum letzten Mal angefasst, verstanden?«

Birk nickte, so gut er das in dieser Haltung konnte.

»Jetzt geh nach Hause und benimm dich, damit wir uns nie wieder sehen müssen. Ich werde am Fenster stehen, um zu sehen, ob du weg bist.«

Er öffnete die Tür, schob Birk in den Flur und schlug die Tür hinter ihm zu.

Ich hatte es geschafft, mich anzuziehen, aber Anita war mit Aurora beschäftigt gewesen und trug nach wie vor nur einen Slip und ein T-Shirt. Sie saß auf dem Bett und schaukelte das Baby, das endlich aufgehört hatte zu schreien. Sie schien Davids Blick nicht zu bemerken, der zwischen ihr und mir hin- und herwanderte. Dann ging David zum Fenster. Ich folgte ihm und sah, wie Birk aus dem Gebäude und zu einem Auto ging. Er schien große Schmerzen zu haben und hielt sich den Arm.

Als wir uns wieder umdrehten, hatte Anita die Decke über sich gezogen.

»Danke«, sagte sie, »das ging ja schnell.«

David nickte. »Ich nehme an, es ist sein Kind?« Dann drehte er sich wieder zu mir um. Seine dunklen Augen fixierten mich. »Wie auch immer«, sagte er und lächelte. »Ich mache das für Geld, nicht aus Dankbarkeit. Das weißt du doch, oder?«

Anita wurde blass.

»Weil ich davon ausgehe, dass ihr es euch leisten könnt«, sagte er. »Sonst hättet ihr den Schlägertypen nicht bestellt.«

Er sah mich wieder an, mit einem Funkeln in den Augen,

und mir wurde klar, dass er sich das wahrscheinlich nur spontan ausdachte. War das eine Art, mich für sich zu gewinnen? Sein bohrender Blick forderte mich zu einem Starr-Wettbewerb heraus. Ich war immer noch gut darin, aber er war ein echter Herausforderer.

»Wie viel?«, fragte Anita. Ihre Stimme zitterte.

David blickte zur Decke. Er streckte die Zungenspitze zwischen den schmalen Lippen hervor.

»Ich habe eine Idee«, sagte er. »Am Samstag habe ich einen kleinen Job zu erledigen. Wenn mir eine von euch dabei hilft, können wir die Sache abhaken. Ja – und ich lege sogar noch ein paar tausend Kronen drauf.«

David grinste mich herausfordernd an. Jetzt war es an ihm, mich zu demütigen, schien dieses Grinsen zu sagen. Jetzt wollte er, dass ich für ihn arbeitete. Ich biss mir auf die Lippe. Ich versuchte, eine andere Lösung zu finden, aber mir fiel nichts ein.

»Ich mache es.«

Diesmal klang Anitas Stimme fest. Sie hatte schon einmal gezeigt, dass sie entschlossen handeln konnte, und jetzt schien sie es durchziehen zu wollen.

»Anita …«, begann ich.

»Ich mache es«, unterbrach sie mich. »Versuch nicht, mich umzustimmen.«

Aurora fing wieder an zu schreien. Von ihrem lauten Kreischen begann mein Trommelfell zu schmerzen.

David lachte kurz und trocken auf. »Ich mag dich jetzt schon, Anita.«

# Ronja

*Kristiansund*
*Dienstag, 22. August 2017*

Ich habe Schaumstoffstöpsel in den Ohren, die das Brummen der Maschine ausblenden. Stattdessen höre ich meinen eigenen Herzschlag, spüre die Vibrationen, wenn meine Füße das Laufband berühren, den Schweiß, der mir über das Gesicht rinnt und vom Kinn tropft. Ich muss laufen, ohne anzuhalten, mich mehr anstrengen. Meine Muskeln schaffen das, meine Muskeln schaffen das.

Ich will mich aufs Laufen konzentrieren – ich weigere mich, jetzt an die Arbeit zu denken. Ich will die Taucher ausblenden, die viel zu langsam ins Wasser hinabgesenkt werden, wobei sie eigentlich hineingeschleudert und blitzschnell bis auf den Grund hinuntergeschickt werden sollten. Die Hubschrauber, die sich viel zu viel Zeit lassen – sie sollten durch die Luft rasen wie in einem Actionfilm. Der Boden brennt uns unter den Füßen, wir müssen suchen, aber ich muss auch rennen, sonst werde ich verrückt. Ich muss rennen und meinem Kopf eine Pause gönnen, damit er bereit ist, sein Bestes zu geben.

So sind die Ermittlungen – wie ein Laufband, auf dem wir rennen, ohne etwas zu erreichen. Egal wie schnell wir rennen, wir stehen doch still – und vielleicht finden wir sie nicht mehr lebend, das kleine blonde Mädchen, das auf dem Foto mit seiner Mutter lacht, zwei glückliche Menschen in zueinander passenden Pullovern. Wenn sie noch lebt, muss sie irgendwo gefangen sein, geknebelt und gefesselt, vielleicht verhungert. Daran darf ich nicht denken. Ich muss an meinen eigenen Herzschlag denken, an das Wummern des Laufbandes, an den Geruch meines Schweißes, und mich darauf konzentrieren, die Intensität beizubehalten.

Ich verfolge, wie viele Kilometer ich gelaufen bin, die Steigung und die Geschwindigkeit. Das Gerät zeichnet auch meinen Puls auf, damit ich weiß, wie viel mein Körper aushält, und mich noch weiter anstrengen kann. Erinnerungen an die Stunden, die ich mit Birte im Auto verbracht habe, unterwegs von Ort zu Ort, an die Menschen, die wir getroffen haben, an den durchzechten Freitag, an die enge Umarmung zwischen August und mir auf der Tanzfläche. Wie ich später nach Hause taumelte, um nüchtern zu werden, weil ein kleines Mädchen verschwunden war.

Ich nehme mein Handtuch und wische mir beim Laufen das Gesicht ab. Bevor ich aufs Laufband steige, nehme ich immer meine Kontaktlinsen heraus, damit ich die anderen im Raum nicht sehen muss. Ich kann nicht mehr. Ich ertrage keine Reize mehr, keine Farben, kein Licht, keine Stimmen – ich will nur noch meinen Herzschlag spüren. Normalerweise hilft das Laufen, aber heute kann nicht einmal das Laufen meine Gedanken in Schach halten. In meinem Kopf entsteht das Bild eines kleinen Mädchens, das verletzt auf einem Steinboden liegt und weint, weil wir es noch nicht gefunden haben. Morgen werden wir weitersuchen, und ich, der Neuling, werde noch mehr Befragungen durchführen – was, wenn ich die ganze Untersuchung ruiniere? Denn ich brauche Übung. Ich, die ich am Freitag noch nicht an dem Fall arbeiten konnte, weil ich betrunken war und mit meinem Kollegen rumgemacht hatte.

Ich drücke den Knopf, um das Laufband anzuhalten, und wische mir noch einmal übers Gesicht. Es hilft nicht. Heute hilft nicht einmal Laufen. Ich muss etwas tun, irgendetwas.

# Mariam

*Ålesund*
*Dienstag, 22. August 2017*

»Mariam Lind«, sage ich. »Ich soll zurückrufen. Es geht um Egil Brynseth, den ich so schnell wie möglich besuchen muss.«

»Er sagt, er kennt Sie«, sagt der Beamte. »Sie sind alte Freunde?«

Ich räuspere mich. »Ja, das stimmt. Seit unserer Kindheit.«

»Ihre Akte ist sauber«, sagt er. »Normalerweise dauert es eine Weile, bis man einen Gefangenen besuchen kann, aber wenn Sie nur diese Woche in Ålesund sind, können wir eine Ausnahme machen. Sie können am Donnerstag um 10.30 Uhr kommen.«

»Geht es nicht früher? Oder kann ich mit ihm sprechen?«

»Das ist das letzte Angebot«, sagt er.

Ingvar blickt auf, als ich das Wohnzimmer betrete. Er sitzt auf dem Sofa, hat seine E-Gitarre auf dem Schoß und ein Plektrum im Mund. Seit ich ihn kenne, macht er leidenschaftlich gern Musik. Nicht ehrgeizig, nicht weil er davon träumt, ein Rockstar zu werden – zumindest glaube ich das nicht. Es ist eher etwas, ohne das er nicht leben kann, so wichtig wie Schlafen und Essen. Ich hatte nie so etwas. Es stimmt, ich habe eine Firma aus dem Nichts aufgebaut, ich habe wer weiß wie viel Zeit investiert. Es war etwas, das ich tun wollte und getan habe, aber es war keine Leidenschaft. Ich hätte es ohne Weiteres aufgeben können, ohne jemals bedauernd zurückzublicken. Ich hätte beinahe vergessen, zu überprüfen, ob mein Stellvertreter das neue Projekt unter Kontrolle hat – ich habe dieses Kästchen in meinem Kopf einfach geschlossen, als Iben verschwand. Wie viele Kästchen kann ich noch schließen?

»Ich kann Egil erst am Donnerstag besuchen«, sage ich und lasse mich neben ihm auf dem Sofa nieder.

»Das ist schnell. Ich darf ihn gar nicht besuchen«, sagt Ingvar. »Sie sind davon überzeugt, dass ich Freunde ›in der Szene‹ habe.« Er setzt mit den Fingern Anführungszeichen.

»Und, stimmt das nicht?«

»Es ist Jahre her, dass ich solche Leute getroffen habe.«

Ich nicke. »Wenn du nicht arbeitest oder hier rumhängst, was machst du dann? Mit wem verbringst du deine Zeit?«

Ingvar greift nach seinem Tabakpäckchen. »Ich bin oft im Smutten und hänge dort mit ein paar Freunden ab.«

»Aber keiner von denen, mit denen du früher rumgehangen hast?«

Er schüttelt den Kopf und zieht ein frisches Zigarettenpapier heraus. »Oder doch. Vielleicht.«

Ich seufze.

»Und was willst du jetzt machen?«, fragt er, zündet sich eine Rollie an und wischt die Glut weg, die auf seine Jeans fällt.

»Wie gesagt, es gibt zwei Leute, die den Schlüssel genommen haben könnten – Egil oder Patrick. Es dauert zu lange, bis ich Egil erreiche. Also muss ich Patrick erreichen. Wenn er es war …« Ich stocke.

»Das glaube ich nicht«, sagt Ingvar, »ich kann es mir einfach nicht vorstellen.«

Ich blicke auf mein Handy. Meine Hände zittern schon bei dem Gedanken, eine Webseite zu öffnen und zu suchen. Irgendetwas hält mich auf. Ich reiche Ingvar das Handy.

»Hast du seine Nummer? Oder bist du mit ihm über die sozialen Medien vernetzt oder so? Kannst du versuchen, ihn zu erreichen?«

»Aber ich habe dir doch gesagt, dass ich nicht …«

»Kannst du ihn finden?«

Während er anfängt, auf dem Bildschirm herumzutippen, beobachte ich ihn. Er ist älter geworden, hat Falten auf der Stirn und neue Vertiefungen in bestimmten Bereichen seines Gesichts, wie Senken. Er hatte schon immer etwas Apathisches an sich, was sich mit den Jahren noch verstärkt zu haben scheint. Dann stößt er offenbar unbewusst eine Art Stöhnen aus.

»Was ist los?«, frage ich, und er richtet sich auf.

»Nichts. Er ist auf ein paar Musikseiten, auf denen ich unterwegs bin. Ich schicke ihm eine Nachricht.«

»Was ist mit einer Telefonnummer?«

»Ich finde keine. Vielleicht steht er nicht mehr im Telefonbuch, oder er hat eine Geheimnummer.«

Ich nicke. »Schick eine Nachricht an jedes Profil, das du findest – sag ihm, dass du mit ihm sprechen musst. Sag ihm nicht, worum es geht, nur dass es wichtig ist.«

Wenn Patrick Iben etwas angetan hat, wird er wissen, dass die Nachricht von mir kommt. Vielleicht will er genau das – dass ich zurückkomme? Warum sonst sollte er für eine strategisch gut platzierte Nachricht in Ibens Zimmer sorgen? Etwas, das nur ich verstehen kann.

Ich nehme den Schlüssel und lasse ihn an der Kette vor mir baumeln. Ich folge ihm mit den Augen, während er sich immer wieder um sich selbst dreht. Ich spreize meine Finger im Inneren der Kette, bis sie sich zu einer Art Herz öffnet. Als dieser Schlüssel das erste Mal verschwand, verschwand auch ich aus dieser Wohnung. Ich fühlte mich hier nicht mehr sicher. Jetzt bin ich wieder da, drehe mich im Kreis, werde zur Schlange, die sich selbst in den Schwanz beißt. Ich muss all das noch einmal durchleben, wovor ich mein ganzes Leben lang wegzulaufen versucht habe.

»Wenn er nicht antwortet«, sage ich, »muss ich sie morgen besuchen.«

Für einen Moment scheint er sich zu fragen, wen ich meine, aber dann hat er verstanden. Ich sage nie »meine Mutter«.

# Ronja

August schaut mich verwundert an, als ich ihm im Flur entgegenkomme.

»Arbeitest du um diese Uhrzeit?«

Ich schüttle den Kopf. »Eigentlich nicht. Ich muss nur noch etwas im Büro erledigen.«

Er nickt. Dann blickt er sich in dem ansonsten menschenleeren Flur um und folgt mir, als ich die wenigen Schritte zu meinem Büro gehe. Er bleibt in der Tür stehen, während ich eintrete. Ich setze mich auf den Schreibtischstuhl und schaue ihn an, in der Hoffnung, dass er jetzt kein Gespräch führen will. Er lächelt und nickt in Richtung des riesigen Puzzles, das an der Wand über meinem Schreibtisch hängt. Es zeigt die Rakotzbrücke in Deutschland.

»Das sind ganz schön viele Teile«, sagt er und lächelte mich weiter an.

Meine Mutter und ich haben ein halbes Jahr gebraucht, um das Puzzle zu legen. Wir rollten es immer wieder auf einer Tischdecke zusammen, damit wir später weitermachen konnten. Es wurde unser gemeinsames Projekt. Andere Kollegen, die das Puzzle sahen, lachten darüber. Sie finden es nerdig, ein

Puzzle an die Wand zu hängen. Keiner versteht, was es für mich bedeutet.

»Das ist eine Teufelsbrücke«, sage ich. »Eine optische Täuschung. Findest du nicht, dass sie aussieht wie ein perfekter Kreis aus Stein?«

Er lacht. »Ja, sehr cool. Ist das der Eingang zur Hölle?«

»Oder der Ausgang«, sage ich. »Kommt drauf an, auf welcher Seite du stehst.«

»Eine Frage der Perspektive«, sagt er. »Interessant.« Er nickt in Richtung des Puzzles. »Es erinnert mich an die Unendliche Brücke in Aarhus. Allerdings ist diese Brücke keine Illusion, sondern ein echter Kreis – man kann darauf ewig herumgehen. Das ist ja irgendwie auch eine Art Hölle.«

»Warum hast du eigentlich Dänemark verlassen?«, frage ich.

»Weil ich mich im Kreis gedreht habe«, erklärt er. »Keine Entwicklungsmöglichkeiten, weder in der Arbeit noch in der Beziehung, in der ich war. Ich wollte etwas Neues versuchen. Und außerdem habe ich hier oben Familie.«

Er steht da und wippt vor und zurück.

»Hör mal …«, beginnt er, und sein Adamsapfel hüpft an seinem schmalen, schlecht rasierten Hals auf und ab.

Ich schüttle den Kopf. »Du brauchst nichts zu sagen. Lass es einfach.«

Er steckt die Hände in die Hosentaschen, vielleicht überlegt er, ob er doch noch etwas sagen soll, aber er behält es für sich. Wenn er den Kopf so hält, sieht er irgendwie gut aus, so wie die Jungs im Gymnasium gut aussahen. Es ist eine Frage der Perspektive – wie bei einem Puzzlespiel.

Nachdem er gegangen ist, starte ich meinen Computer und öffne das Programm, in dem alle Kriminalfälle gespeichert sind. Ich suche den richtigen Fall und finde die ersten Vernehmungen. Ich klicke auf Roe Olsviks Befragung von Mariam Lind, nur wenige Stunden nach Ibens Verschwinden. Ich höre ein Räuspern und das Rascheln von Papier, als die Audiodatei beginnt.

»Mal sehen«, sagt Roe und macht eine Pause. »Man hat mich über Ihre bisherigen Aussagen informiert, aber ich habe noch ein paar weitere Fragen.«

# Liv

Anita hatte eine schwarze Jeans, ein schwarzes T-Shirt und einen orange-blauen Kapuzenpulli mit Fußballlogo und einem Reißverschluss auf der Vorderseite angezogen. Ihre blonden Haare hatte sie im Nacken zu einem Knoten gebunden, die Kapuze über den Kopf gezogen und einen passenden Schal um den Hals.

»Wie sehe ich aus?«

Ich lachte. »Wie ein Fußballfan.«

Sie betrachtete sich im Flurspiegel.

»Etwas Lippenstift würde sich ganz gut machen«, sagte sie. »Und vielleicht Ohrringe.«

»Nur, wenn du die Aufmerksamkeit auf dich lenken willst.«

Sie nahm ihren Nasenring ab und legte ihn auf den Küchentisch.

»Ich bleibe nicht lange«, sagte sie. »Die Milchflaschen sind im Kühlschrank – wärm sie in der Mikrowelle auf Körpertemperatur. Windeln und Feuchttücher sind in der Wickeltasche. Wenn du aus irgendeinem Grund irgendwohin musst, nimm einfach mein Auto.«

»Ich gehe nirgendwo hin.«

»Nur für den Fall ... Du weißt schon.«

Erst nachts war ihr in den Sinn gekommen, dass sie erwischt werden könnte. Stundenlang hatte sie weinend im Dunkeln gesessen. Ich versuchte, sie davon zu überzeugen, dass sie sich aus der ganzen Sache rausziehen sollte, doch vergeblich. Sie stellte sich alle möglichen schrecklichen Dinge vor, die passieren könnten, wenn sie jetzt aussteigen würde.

Es klingelte an der Tür, und vom Fenster aus konnte ich sehen, dass es Egil war, der unten stand und mit seinem Schal winkte. In der anderen Hand hielt er eine Einkaufstüte vom Supermarkt Rema 1000. Anita zog ihre Schuhe an. Sie hielt kurz inne, als wolle sie mir etwas sagen, schüttelte dann aber nur den Kopf.

»Bis bald«, sagte sie. Und dann war sie weg.

Aurora lag schlafend auf dem Boden und war still. Mit etwas Glück würde sie schlafen, bis Anita zurückkam. Ich hatte noch nie mit Babys zu tun gehabt und keine Ahnung, ob ich es schaffen würde, sie sauber zu bekommen, wenn ihre Windel voll war, oder ob ich es hinkriegen würde, ihr eine neue Windel anzuziehen. Ich blickte auf den winzigen Menschen hinunter, der leise schnarchte. Ihre Nase war so klein, ihre Lippen kräuselten sich im Schlaf. Sie sah aus wie ihre Mutter. Eine absurde Miniaturversion von ihr, fast erschreckend, aber nicht nur das. Es kam mir so vor, als hätte sie auch Ähnlichkeiten mit mir. Sie hätte genauso gut mein Kind sein können. Ich hatte mir das nie vorstellen können, nie darüber nachgedacht. Und doch dachte ich in diesem Moment, dass ich eines Tages die Mutter von jemandem sein könnte. Warum auch nicht?

Draußen hörte ich eine Gruppe von Männern, die einen Fangesang anstimmten, wahrscheinlich waren sie unterwegs von der Kneipe zum Spiel. Bei dem Gedanken an all das, was Anita da draußen riskierte, wurde mir schwindelig. Ich hoffte nur, dass alles so glattlaufen würde, wie Egil sich sicher zu sein schien.

In diesem Moment hörte ich ein durchdringendes Heulen. Aurora schrie, ihr Gesicht war fast blutrot. Ich drückte sie an meine Brust, so wie Anita es getan hatte, und versuchte, das kleine Wesen in den Schlaf zu wiegen. Sie war warm und schwer in meinen Armen und weinte wie besessen nach ihrer Mutter. Ich schaukelte sie, so gut es ging, während ich mich in Bewegung setzte, wobei ich darauf achtete, nicht das fallen zu lassen, was Anita mir anvertraut hatte.

Ich öffnete den Kühlschrank und nahm eine der kleinen Flaschen mit Anitas Muttermilch heraus. Dann stellte ich sie in die Mikrowelle, um sie zu erwärmen, während ich versuchte, das Baby zu beruhigen, das die stärksten Stimmbänder der Welt zu haben schien. Ich nahm die Milchflasche aus der Mikrowelle, aber sie war viel zu heiß – die Flasche verbrannte meine Finger. Am Ende ließ ich sie ins Spülbecken fallen. Aurora schrie. Ich musste es mit einer anderen Flasche versuchen.

Diesmal klappte es besser. Ich stemmte Aurora auf meine Hüfte und träufelte lauwarme Milch auf mein Handgelenk, so wie ich es bei Anita gesehen hatte. Dann setzte ich mich auf das Bett und versuchte, den Sauger der Flasche an den Mund des Babys zu führen. Aurora schrie und zappelte, ihr Weinen wurde immer lauter.

»Was ist denn los, meine Kleine?«, sagte ich und schaukelte sie. Vielleicht war es der fehlende Geruch ihrer Mutter oder die Flasche, die Anitas warme Brustwarzen nicht ersetzen konnte. Ich versuchte es noch einmal, aber Aurora wehrte sich mit

Händen und Füßen. Ihr Kreischen bohrte sich schmerzhaft in mein Trommelfell. Ich probierte, ihr die Flasche in den Mund zu schieben und sie zu beruhigen, aber nichts half. Schließlich saß ich da und schaukelte das kleine Geschöpf halbherzig, während ich immer wieder »sch, sch« sagte. Dann klingelte das Telefon.

Auf dem Display stand Ingvars Nummer. Zuerst wollte ich es klingeln lassen, bis es aufhörte. Doch dann änderte ich meine Meinung. Auroras Weinen erfüllte mich mit Aggressionen, die ich an jemandem auslassen wollte – an wem auch immer. Ich packte das Handy.

»Was willst du?«, rief ich über das Schreien des Babys hinweg.

Am anderen Ende der Leitung hörte ich Musik von *Dopethrone*, Ingvars Lieblingsalbum.

»Hallo?«, sagte ich. »Bist du da?«

Aurora wimmerte weiter. Die Musik war immer noch da, aber Ingvar war still.

# Ronja

»August! August!«

Ich stehe auf dem Flur und rufe in Richtung von Augusts Büro. Ich habe nicht gehört, ob er gegangen ist – ich war viel zu sehr damit beschäftigt, die Vernehmungen anzuhören. Aber jetzt brodelt es in mir, und wenn August nicht da ist, weiß ich nicht, was ich tun soll. »August!« Ich will gerade durch den Flur laufen, als er in der Tür erscheint. Er lächelt überrascht und stemmt eine Hand in die Hüfte.

»Was ist denn los?«

Er flirtet, und ich bin schuld. Könnte ich doch nur den Kuss zurücknehmen, alles rückgängig machen.

»Kann ich dir etwas zeigen?«

Er kommt ins Büro. Setzt sich auf einen Stuhl neben mich, vor den Computerbildschirm. Er hat ein angenehmes Aftershave aufgelegt, dasselbe wie am Freitag. Das sind die Dinge, die mich in Versuchung führen. Düfte, die sich jeder einfach aufsprühen kann.

»Birte hat mir den Tipp gegeben, dass ich mir zur Inspiration ein paar Aufzeichnungen von Roes Vernehmungen anschaue und anhöre. Gute Fragen, Körpersprache, Stimme – solche Sachen. Also habe ich mir einige von Roes Vernehmungen angesehen.« Ich klicke auf eine Vernehmung, bei der Roe mit einem Mann spricht, der wegen einer Vergewaltigungsserie in Untersuchungshaft war.

»Das war ein schrecklicher Fall, erinnerst du dich? Vier Mädchen zwischen zwölf und vierzehn Jahren – ich war bei der Festnahme total wütend und wusste gar nicht, was ich mit mir anfangen sollte. Achte mal auf Roes Körpersprache. Er sitzt vornübergebeugt, seine Arme sind nicht verschränkt, seine Stimme und seine Haltung sind ruhig, oder?«

August beugt sich vor, setzt die Kopfhörer auf und hört einige Minuten zu. Dann nimmt er die Kopfhörer wieder ab.

»Worauf willst du hinaus?«

Ich spule vor bis zu dem Punkt, an dem sich die Vernehmung dem Ende nähert.

»Der Verdächtige durfte lange frei sprechen, und Roe hat ihm gute, offene Fragen gestellt. Dann kommt der entscheidende Teil der Vernehmung, in dem Roe Gegenargumente vorbringt. Alles läuft genau nach Vorschrift. Hör dir diesen Teil an. Klingt es so, als würde er den Verdächtigen unter Druck setzen? Oder wirkt er neutral und lässt den Verdächtigen eigene Aussagen machen?«

August setzt die Kopfhörer wieder auf und hört konzentriert zu, bevor er sie wieder abnimmt.

»Letzteres. Er hat gute Arbeit geleistet.«

Ich schließe die Datei und suche im System nach dem nächsten Fall, den ich August zeigen möchte.

»Das ist das Interview, das Roe am Freitag mit Mariam Lind geführt hat. Es gibt nur eine Tonaufnahme. Könntest du sie dir anhören?«

»Ich habe mir die Aufnahme schon angehört. Es war schrecklich. Roe ist richtig ausfallend geworden, und Mariam Lind ist in eine Verteidigungshaltung gegangen.«

Ich nicke. »Könntest du dir die Datei noch einmal anhören?«

August tut, worum ich ihn bitte. Er hört geduldig zu, während ich kaum ruhig sitzen kann. Ich verfluche meinen Körper dafür, dass er so voller widersprüchlicher Gefühle ist. August ist in Ordnung, aber nicht gerade mein Traummann. Trotzdem zittert mein Körper. Wenn er plötzlich die Initiative ergreifen würde, wüsste ich nicht, ob ich ihn zurückweisen würde. Es ist so kompliziert.

August nimmt die Kopfhörer ab. Er schaut mich abwartend an. Offenbar will er erst dann etwas sagen, wenn ich ihm erklärt habe, warum er sich die Aufnahme noch einmal anhören sollte. Er verhält sich wie ein echter Ermittler, der abwartet und nachfragt, der immer zuhört und sich Details notiert, bevor er Schlüsse zieht. Das beste Rezept, um nicht in die Bestätigungsfalle zu tappen. Ich atme tief durch.

»In allen Vernehmungen, die Roe geführt hat, hält er sich streng an die Regeln. Er lässt die Befragten frei sprechen, stellt offene Fragen und fordert sie mehrmals auf, genau nachzudenken und den Vorfall detailliert zu beschreiben. Er wiederholt die Formulierungen der Befragten, setzt Techniken zur Gedächtnisstimulation ein, stellt gute Fragen, die die Sinne und Emotionen ansprechen, hört aktiv zu und wartet, bis der Befragte mit seiner Schilderung fertig ist, bevor er Widersprüche aufzeigt. Eine völlig korrekte Vorgehensweise. Aber bei der letzten Vernehmung mit Mariam Lind verhält er sich anders. Er stellt zu viele Fragen auf einmal, sodass die Befragte sich nicht äußern kann. Er unterbricht sie und übt Druck auf sie aus. Ist es nicht merkwürdig, dass er sie fragt, ob Iben im Kofferraum ihres Autos gelegen habe? Oder dass er sie indirekt als schlechte Mutter bezeichnet?«

August nickt. »Und du meinst, es liegt nicht nur daran, dass er sich aufregt, weil die Sache so ernst ist?«

»Er hat schon an anderen schweren Fällen gearbeitet und mit den schlimmsten Verbrechern gesprochen. Und das alles, ohne laut zu werden oder sich in irgendeiner Weise unprofessionell zu verhalten.«

August setzt die Kopfhörer wieder auf und spielt die Vernehmung noch einmal von Anfang an ab. Konzentriert lauscht er der Stimme auf dem Band. Als er zu Ende zugehört hat, legt er die Hände auf sein Knie, als wolle er sich abstützen.

»Vielleicht hatte er das Gefühl, dass in der ersten Vernehmung schon die wichtigsten Angaben erfragt worden sind, aber das ist noch lange kein Grund, einen schlechten Job zu machen.«

»Er glaubt, dass Mariam Iben etwas angetan hat«, sage ich. »Das muss der Grund sein. Er ist überzeugt, dass sie schuldig ist, und kann deshalb nicht neutral bleiben. Ist das nicht merkwürdig? Mit seiner jahrelangen Erfahrung muss er viele schreckliche Fälle und viel Leid miterlebt haben. Es kann nicht das erste Mal sein, dass er davon überzeugt ist, dass jemand eine schreckliche Tat verschuldet hat. Er weiß, dass jeder das Recht hat, angehört zu werden, egal, was für eine Tat er auch begangen haben mag.«

August schüttelt den Kopf. »Ich verstehe auch nicht, warum er so überzeugt sein sollte. Es gibt im Moment keine zwingenden Beweise gegen Mariam Lind.«

Ich schaue auf den Computerbildschirm und versuche, mich

an Roes freundliche Haltung bei der Vernehmung des Serien-
vergewaltigers zu erinnern. Dann probiere ich, sie mit der Vernehmung von Iben Linds Mutter in Einklang zu bringen, bei
der seine Stimme vor Wut zu kochen scheint.

»Und da ist noch etwas«, sage ich und greife nach meinem
Handy. »Am Freitag habe ich Roe in der Bar eine Nachricht
geschrieben und sie ihm gezeigt, weil es so laut war. Seine Antwort habe ich noch gespeichert.« Ich zeige August die Nachricht.

*Es ist immer in Ordnung, wütend zu sein. Nicht gegenüber den
Schurken, nicht bei Verhaftungen oder Vernehmungen, aber
sonst immer.*

»Wie konnte er nur so was schreiben und dann am selben
Abend eine so unsachliche Vernehmung durchführen, bei der
er fast vor Wut geschäumt hat?«

August runzelt die Stirn. »Du hast recht.«

»Ist es nicht seltsam? Mir kommt es fast so vor, als würde ihn
diese Sache in irgendeiner Weise persönlich betreffen.«

# Roe

»Roe, hast du kurz Zeit?«

Sverres bärtiges Gesicht tauchte in der Tür meines Büros auf. Heute war offensichtlich kein Tag, an dem sich die Einwohner von Ålesund ausruhen konnten. Nach mehreren Befragungen wegen eines Einbruchs in Kipervika hatte ich gedacht, ich hätte jetzt Zeit, bei einer Tasse Kaffee und einem Fußballspiel im Hintergrund etwas Papierkram zu erledigen. Es war das erste Spiel im neuen Color-Line-Stadion, aber Sverres Gesichtsausdruck war zu entnehmen, dass ich die Hoffnung, das Spiel zu sehen, abschreiben konnte. Schon wieder war irgendwas passiert.

»Siehst du nicht, dass ich gerade die Aussicht genieße?«, sagte ich und deutete auf den grauen Betonklotz gegenüber, in dem sich der Supermarkt Rema 1000 befand. Wenn man sich die Mühe machte, nach oben zu schauen, und versuchte, den ganzen Asphalt zu ignorieren, hatte man tatsächlich eine recht schöne Aussicht – zumindest ein paar Berge in der Ferne –, aber meine Bemerkung war eindeutig sarkastisch gemeint.

»Es hat einen Überfall gegeben«, sagte Sverre. »Wir brauchen dich.«

Ich sprang von meinem Stuhl auf und folgte Sverre durch die Gänge. Er hielt seine Schlüsselkarte an den Türöffner, führte mich in den Verbindungsgang und schloss die Tür hinter uns, während ich meine Karte an die nächste Tür hielt.

»In der Fußgängerzone wurde ein Mann mit einer Kopfverletzung gefunden, der auf dem Boden lag. Als ein Passant zu ihm kam, stand er auf, wirkte aber verwirrt und konnte sich nicht erinnern, was passiert war. Der Mann wurde mit einem Rettungswagen ins Krankenhaus gebracht. Bisher konnte er nicht identifiziert werden – seine Brieftasche ist verschwunden. Der Passant hat zwei Personen gesehen, die vom Tatort weggerannt sind. Sie trugen Jeans und Fankleidung des Ålesund FC, blaue Kapuzenpullis und orange Schals.«

Wir stiegen in den Aufzug.

»So läuft heute die halbe Stadt rum«, sagte ich und drückte auf den Knopf. »Ich hoffe nur, dass sie nicht wirklich zum Spiel gehen.«

Sverre nickte. »Der eine hatte eine Rema-1000-Tüte in der Hand. Hoffentlich behält er sie noch eine Weile.«

Wir fuhren in die Tiefgarage hinab, ich ging zur Fahrerseite des Wagens. Das Funkgerät knackte, als ich den Motor startete. Am anderen Ende räusperte sich jemand.

»Parkgata. Wir haben einen Verdächtigen festgenommen. Dabei haben wir eine Waffe und Diebesgut in einer Rema-1000-Tasche sichergestellt. Wir wissen nicht, wo sich der andere Verdächtige aufhält. Laut Zeugenaussagen könnte es sich um eine Frau handeln.«

Ich greife nach dem Funkgerät. »Wartet auf mich, ich möchte mit ihm sprechen, bevor ihr ihn mitnehmt.«

Es rauschte in der Leitung. »Viel Glück.«

Ich schaltete das Blaulicht ein, als wir uns in den Verkehrsstrom zum Stadion einfädelten. Die Autos wichen auf die Bürgersteige und in die Seitenstraßen aus, um uns vorbeizulassen. Die meisten Leute trugen Kapuzenpullover oder Fleecejacken mit dem Logo des Ålesund FC, und viele hatten dazu passende Schals. Es wäre aussichtslos, darunter die richtige Person zu finden.

Als ich die Løvenvoldgata hinauffuhr, schaltete ich das Blaulicht aus, aber das brachte nichts. Die Kollegen, die schon vor Ort waren, hatten das Blaulicht eingeschaltet, obwohl ihr Wagen stillstand. Es blinkte dramatisch, als hätte es einen schweren Unfall gegeben und nicht nur ein paar Jugendliche, die einen Mann verprügelt hatten. Eine kleine Gruppe von Schaulustigen stand auf der anderen Straßenseite und sah zu, wie ein Kollege einen Jugendlichen festhielt und mit ihm diskutierte. Der Junge wirkte verzweifelt. Er schrie und fluchte und versuchte, sich zu befreien. Dabei fiel er hin und wurde eher hochgezerrt, als dass man ihm aufgeholfen hätte. Das musste schon eine ganze Weile so gegangen sein. Ich atmete tief durch und stieg aus dem Auto.

»Guten Tag«, sagte ich so freundlich wie möglich. Der Polizeibeamte drehte sich zu mir um, aber ich ignorierte ihn. Stattdessen schaute ich den Jungen an, suchte seinen Blick und lächelte. »Ich glaube, wir kennen uns noch nicht.« Ich griff hinter seinen Rücken und drückte eine seiner mit Handschellen gefesselten Hände. »Hauptkommissar Roe Olsvik. Ich würde mich gerne mit dir unterhalten, sobald wir im Auto sind.«

»Fahr zur Hölle«, sagte der Junge und spuckte aus.

Der Kollege packte den Jungen fester, aber ich hob eine Hand, um ihm zu signalisieren, dass er das lassen sollte.

»Mag sein, dass ich in die Hölle komme, aber hoffentlich erst in ein paar Jahren. Und was ist mit dir?«

Der Junge senkte den Blick und trat kindisch mit seinen weißen Turnschuhen um sich. Sie sahen modisch aus, aber ich wusste schon lange nicht mehr, was gerade in war.

»Ich muss nur eine Kleinigkeit erledigen, bevor wir zum Auto gehen«, sagte ich. »Ich muss deine Taschen durchsuchen und dich abtasten, um mich zu vergewissern, dass du keine weiteren Waffen bei dir hast. Ich muss schließlich sichergehen, dass unser Fahrer keine Kugel in den Hinterkopf bekommt.«

Der Junge schüttelte den Kopf. »Ich habe nichts.«

Ich hob die Hände. »Und ich glaube dir – aber ich muss es trotzdem tun. Denn wenn sich herausstellt, dass ich mich irre und du eine Waffe hast, nützt es dir nichts, dass ich dir geglaubt habe. So. Es dauert keine Minute.«

Ich strich über sein Fußballtrikot, tastete seine Hosentaschen und seine Beine ab. Dann stellte ich mich neben ihn und nahm sanft seinen Arm, als wären wir ein altes Ehepaar. Er wand sich unbehaglich.

»Ich weiß, ich weiß. Aber lass dir eines gesagt sein: Wenn du mit mir kooperierst, endest du genau am selben Ort, wie wenn du dich widersetzt. Der einzige Unterschied ist, dass es für uns alle viel einfacher wird, wenn du kooperierst.«

Der Polizeibeamte packte den Jungen auf der anderen Seite, und wir brachten ihn zum Auto. Ich bat ihn, sich beim Einsteigen nicht den Kopf zu stoßen. Der Junge saß ruhig da, während wir die Handschellen vor dem Körper anlegten und ihn anschnallten. Dann ging ich zur anderen Tür und setzte mich neben ihn.

»Gut gemacht«, sagte ich. »Jetzt wirst du zur Polizeistation gebracht, wo sie dich untersuchen und dir ein paar Fragen stellen werden. Ich schlage vor, dass du kooperierst. Vielleicht wirst du eines Tages merken, dass es das Beste war, was dir passieren konnte – dass du heute verhaftet wurdest. Ich hoffe es.«

Der Junge starrte geradeaus auf die Windschutzscheibe.

»Ich überlasse es meinen Kollegen, dich nach den Einzelheiten zu fragen. Ich brauche nur deine Hilfe, um die Person zu finden, mit der du zusammengearbeitet hast. Kannst du mir dabei helfen?«

Der Junge schien nachzudenken, das Für und Wider abzuwägen. Er wusste, dass er nicht aussagen musste. Das Einzige, worauf ich hoffen konnte, war, dass ein paar meiner Worte ihn erreichten und er sein Leben ändern und etwas Richtiges tun wollte. Er holte tief Luft. Atmete langsam aus.

»Ich kenne sie nicht«, sagte er. »Ich bin ihr heute zum ersten Mal begegnet. Sie wollte mir ihren Namen nicht verraten.«

Ich nickte. »In Ordnung. Das solltest du später meinen Kollegen sagen. Was ich jetzt wissen muss, ist, wohin diese Frau gegangen sein könnte. Kannst du mir das sagen?«

Der Junge konnte kaum älter als zwanzig sein. Ich fragte mich, wo seine Eltern waren und ob sie wussten, was er trieb. Manche Eltern ließen ihre Kinder an einer viel zu langen Leine. Wobei ich zu diesem Thema eigentlich nichts sagen konnte – ich war nämlich auch nicht besser gewesen. Nur gut, dass meine Tochter nie in der Szene gelandet war, zu der dieser Junge wahrscheinlich gehörte.

»Sie hat die Schlüssel«, stieß er hervor.

»Welche Schlüssel?«

Er ballte die Hände zu Fäusten. »Der Plan war, dass ich mich stelle, wenn die Sache schiefgeht. Ich sollte ihm die Brieftasche und das Handy klauen, sie wollte ihm die Schlüssel abnehmen und zu einem Auto bringen. Dann wollten sie zum Haus fahren und den Safe ausräumen.«

Ich nahm seine Hand und drückte sie kräftig. »Hast du die Adresse?«

Er nickte und schrieb die Anschrift auf den Notizblock, den ich ihm reichte.

»Du hast das Richtige getan«, sagte ich. »Danke für das nette Gespräch.«

Plötzlich fing sein Blick an, ängstlich zu flackern.

»Hab keine Angst«, sagte ich. »Es ist nicht so schlimm, wie es aussieht.«

»Ich bin so blöd«, sagte er. »Ich dachte, ich wäre ein ganz anderer Mensch, ein harter Kerl oder so. Wie geht es ihm?«

»Er ist im Krankenhaus.«

Ich drehte mich um und wollte aussteigen, aber der Junge räusperte sich.

»Danke«, murmelte er.

Ich drehte mich noch einmal um und lächelte ihn an.

Sobald ich die Tür hinter mir geschlossen hatte, lief ich zum nächsten Beamten. »Das ist ein verdeckter Einbruch. Wir müssen zum Haus des Mannes.«

Der Beamte gab den anderen die Nachricht weiter und eilte zu einem Auto. Sverre wartete in unserem Wagen.

»Alles deutet darauf hin, dass der Mann im Krankenhaus Halvor Brynseth ist, der Hauptaktionär von Brynseth Shipping«, sagte er.

»Ich weiß. Wir müssen los.«

Ich nannte Sverre die Adresse, und er gab sie ins Navi ein.

»Klokkersundet«, sagte er und zeigte mir ein Luftbild von

einem Haus, das so groß war wie drei normale Einfamilienhäuser.

Ich griff nach dem Polizeifunkgerät. »Wagen 2 folgt mir. Wagen 3 bringt den Beschuldigten nach Hause und kommt dann nach.«

Die beiden Wagen bestätigten den Empfang des Funkspruchs. Ich bat Sverre, die Adresse über Funk durchzugeben, und gab Gas, als wir die Rådstugata hinunter zur Autobahn fuhren. Wieder mussten wir uns an aufgeregten Fußballfans vorbeischlängeln, die unterwegs zum ausverkauften Spiel im Color-Line-Stadion waren. Man konnte sogar die Sonne durch die Wolkendecke lugen sehen. Ich schickte den Fußballern gute Gedanken, bevor ich das Spiel wieder verdrängte und an den Autos vorbeifuhr, die auf dem Seitenstreifen anhielten, um uns vorbeizulassen. Mit ein wenig Glück hatten sie keinen großen Vorsprung – aber das konnte man ja nicht wissen.

Die Fahrt dauerte nicht lang. Bald bog ich in Borgund ab, fuhr an der Straße zum Sunnmøre-Museum vorbei und weiter in Richtung Klokkersundet. Als wir uns näherten, schaltete ich das Martinshorn aus. Schließlich fuhren wir auf einen großen, leeren Parkplatz, der von einem riesigen Grundstück umgeben war. Die Fenster waren dunkel. Sverre war schon aus dem Auto gesprungen, ehe ich die Zündung ausgeschaltet hatte und das nächste Auto neben uns anhielt. Wir rannten die Stufen zur Haustür hinauf, wo Sverre schon den Finger auf die Klingel presste.

»Wir gehen rein«, sagte ich. »Los.«

Sverre zog sich ein Paar Handschuhe an und griff nach der Klinke. Die Tür ließ sich problemlos öffnen. Wir gingen hinein und teilten uns auf, um das Haus zu durchsuchen. Ich ging mit

Sverre nach rechts, wo wir eine Küche in der Größe einer kleinen Wohnung, ein Wohnzimmer, zwei Bäder und vier riesige Schlafzimmer vorfanden. Während wir den ersten Stock durchsuchten, kam über Funk die Nachricht, dass der dritte Wagen unterwegs sei. Das war auch gut so, denn das Haus war viel zu groß, um sich allein einen Überblick zu verschaffen. Als wir die Treppe wieder hinuntergingen, meldete sich eine Stimme per Funk.

»Büro im ersten Stock, Westflügel«, sagte einer der Beamten. »Hier ist ein offener Tresor. Der Inhalt ist verschwunden.«

# Liv

*Ålesund*
*Samstag, 16. April 2005*

Ich hatte Aurora zu viel angezogen, oder sie hatte Hunger, oder sie war sauer, weil sie in ihrem Autositz angeschnallt wurde. Bei ihrem Gebrüll platzte mir fast der Schädel. Am Kreisverkehr nahm ich einem anderen Auto die Vorfahrt, bog scharf ab und stieß beinahe mit einem betrunkenen Fußballfan zusammen, der sich viel zu viel Zeit ließ, um den Zebrastreifen zu überqueren. Aurora schrie – es schien, als brauche sie gar keine Luft zu holen, wie um alles in der Welt konnte sie so schreien, ohne einzuatmen?

»Halt die Klappe!«, brüllte ich. »Halt die Klappe, ich versuche nachzudenken!«

Aber Auroras Stimme schien immer lauter zu werden, je weiter ich in Richtung Skarbøvika fuhr, wo es weniger Autos gab, wo ich Gas geben konnte und den Widerstand in den Kurven spürte. Ich fuhr an den Wohnhäusern vorbei, immer weiter, immer weiter. Was hinter mir lag, existierte nicht, und was vor mir war, auch nicht. Es gab nur das unaufhörliche Schreien auf dem Rücksitz, das Baby, das nicht einmal Luft holen wollte, und den Gedanken, dass Ingvar wahrscheinlich gerade einen epileptischen Anfall hatte, während er ganz allein war.

Ich hielt auf dem Parkplatz vor dem Haus. Aurora war mit allen möglichen Gurten angeschnallt, die sich unglaublich schwer öffnen und schließen ließen. Ich legte mir das weinende Baby über die Schulter und rannte los. Eilig lief ich die Steinstufen hinunter – es musste einen Trick geben, wie man sie beruhigen konnte, aber ich hatte keine Zeit, nicht jetzt. Ich musste herausfinden, was hier los war.

Die Eingangstür stand offen. Drinnen war die Luft stickig. Musik dröhnte durch die Wohnung und vermischte sich mit Auroras Gebrüll. Es lief immer noch dieselbe CD.

»Ingvar? Ingvar?«

Die Musik war zu laut, ebenso wie Auroras Schreie – ich konnte nicht klar denken. Ich wiegte sie hin und her und redete ihr beruhigend zu. Dann eilte ich ins Wohnzimmer, wo die Musik aus der Stereoanlage dröhnte, und schaltete sie aus. Aurora schluckte kurz vor Schreck, bevor sie wieder heftig zu schreien begann. Ich legte sie auf den Sessel und lief zu Ingvars Zimmer, dessen Tür einen Spalt offen stand.

Er lag mit geschlossenen Augen auf dem Bett und hielt sein Handy in der Hand. Auf dem Nachttisch neben ihm standen ein Glas mit einer Flüssigkeit, die nach Whisky aussah, und ein Aschenbecher mit einem Joint, den ich schon von Weitem roch. Ich konnte nicht sehen, ob er atmete oder nicht. Nur, dass er sich nicht bewegte, reglos dalag. Ich rannte zu ihm, packte ihn am Arm und schüttelte ihn, aber er rührte sich erst, als ich meine Hand über seine Nase und seinen Mund hielt, um zu prüfen, ob er atmete. Da öffnete er die Augen, und ein Lächeln huschte über sein hageres Gesicht.

»Was soll das?«, fragte ich.

Ingvar setzte sich auf, lachte kurz und hob die Hände.

»Hör zu, bevor du durchdrehst …«

»Was meinst du damit, bevor ich durchdrehe?« Ich erhob mich von der Bettkante, wo ich wie eine besorgte Krankenschwester gesessen hatte.

»Es war Egils Idee. Ich habe so oft versucht, dich anzurufen, aber du gehst ja nie ran. Egil dachte, wenn du wüsstest, dass er bei dem Raubüberfall ist, würdest du eher rangehen. Weil du Angst hättest, ich könnte einen epileptischen Anfall haben. Er schlug vor, ich solle dich anrufen und nichts sagen, damit du vorbeikommst. Damit wir reden können.«

»Und das soll witzig sein?«, sagte ich. »Dass ich herfahre, weil ich denke, du stirbst?«

»Sorry, ich …«

»Nein«, sagte ich. »Sorry reicht nicht. Ich habe keine Zeit für diesen Mist.«

»Ich wollte nur …«

Ich schlug seine Zimmertür hinter mir zu.

»Super gemacht!«, brüllte ich durch die Tür. »Du hast ganz toll bewiesen, dass du jemand bist, dem man vertrauen kann!«

Ich lauschte durch die Tür, obwohl ich wusste, dass ich keine Antwort bekommen würde. Dazu war er viel zu feige. Er würde in seinem Zimmer bleiben, bis ich weg war.

Ich trat gegen den Wäscheständer, der umkippte und klirrend auf dem Boden aufschlug. Dann blieb ich stehen.

Es war viel zu still. Ich hörte meine eigenen Gedanken, mein Herz, das in meiner Brust schlug. Ich hörte das Geräusch meiner Füße, die ihre ersten zaghaften Schritte in Richtung Wohnzimmertür machten. Hatte sie endlich beschlossen einzuschlafen? Eine Mischung aus Erleichterung und Unbehagen durchströmte mich. Langsam ging ich die letzten Meter zur Tür. Ich hielt einen Moment inne, bevor ich über die Schwelle trat. Dann blieb ich stehen und versuchte zu begreifen, was ich da sah.

# Reptilienmemoiren

Ich lag versteckt unter dem großen Möbelstück, auf dem die Leute zu sitzen pflegten. Ich legte meinen Kopf auf meinen Bauch und schlief. Nach Wochen des Hungers war ich schwach und hoffnungslos, denn mir kam es so vor, als hätte ich meine Macht über die warme Frau verloren. Auch die Männer gaben mir nichts. Sie wollten mich aufheben und herumtragen, aber sie gaben mir nichts zu essen. Ich konnte mich nur verstecken.

Was mich aufweckte, waren nicht die üblichen Vibrationen, mit denen diese männlichen Menschen gerne die Räume füllten. Irgendwie hatte ich mich daran gewöhnt – oder ich war so müde, dass der Schlaf siegte. Diesmal weckte mich ein Geruch. Ich schmeckte die Luft von dort, wo ich lag, und mein Geschmacksorgan schien von innen heraus zu leuchten.

Ein süßer Geruch, der mich an den Duft der warmen Frau erinnerte, aber noch reiner, noch feiner. Ein Duft, der alle meine Träume in sich zu tragen schien.

Ich kroch vorwärts, züngelte und war entzückt über den wunderbaren Duft. Er kam vom Sessel. Von meiner Position aus konnte ich nichts sehen, ich musste mich umdrehen und auf den Sessel klettern, um etwas zu sehen. Es war ein winziger Mensch, ganz neu. Nie zuvor hatte ich ein solches Geschöpf gesehen, so wehrlos und doch so menschlich. Es glühte vor Hitze, schien von etwas bewegt zu werden. Eine gewaltige, unsichtbare Kraft strömte aus seinem winzigen Mund, ein Geräusch, das den Sessel um uns herum vibrieren ließ.

Ich spürte, wie sich meine Zähne zusammenzogen. Für den Bruchteil einer Sekunde behielt ich die Kontrolle über mich, um das Vergnügen, eine so fantastische Beute gefunden zu haben, in vollen Zügen zu genießen, bevor ich mich darauf stürzte. Ich schlug meine Zähne in den dünnen Hals und spürte, wie der süße, blutige Saft meine Kehle hinunterlief.

# Ronja

Es ist sechs Uhr morgens, und ich bin schon im Büro. Keiner der anderen Vernehmungsbeamten ist da. Ich bin zwar so müde, dass ich gleich in Ohnmacht fallen könnte, aber auch wild entschlossen. Auf dem Schreibtisch neben dem Computer steht ein doppelter Milchkaffee, daneben liegen eine Tüte Gebäck vom Kiosk und ein spiralgebundener Notizblock. Darauf habe ich notiert, wie Robert Kirkeby den Mann beschrieben hat, mit dem er Iben am Freitag vor dem Einkaufszentrum Storkaia hat reden sehen. Ein großer Mann. Breites Kinn, graues Hemd. Seine Nase wie ein großer Haken, eine Hexe. In der Hand hielt er eine Tragetasche vom Bekleidungsgeschäft Cubus. Diese letzte Bemerkung habe ich mehrmals unterstrichen.

Dass es mir nicht schon früher eingefallen ist, sondern erst heute Morgen, als ich wach lag und an Robert Kirkeby dachte und daran, wie schade es war, dass er nicht logisch zusammenhängend erzählen konnte, was er gesehen hatte. Wie sehr ich mir wünschte, wir hätten außer ihm noch einen Zeugen oder einen anderen Beweis. Etwas, das seine Aussage untermauern würde, das aus ihm mehr machen würde als jemanden, dem man einen Vogel zeigt. Ich wünschte es mir so sehr für ihn, der vielleicht noch nie in seinem Leben erfahren hat, was es heißt, von entscheidender Bedeutung zu sein. In diesem Moment erinnerte ich mich an etwas, das er gesagt hatte. Die Tragetasche von Cubus. In der Gegend, in der der Mann gesehen wurde, gibt es keine Cubus-Filiale, außer im Einkaufszentrum Storkaia.

Roe Olsvik hat sich die Aufnahmen schon angesehen, aber er hat sich auf die Aufenthaltsorte von Mariam und Iben konzentriert. Nach dem großen Mann mit dem breiten Kiefer, der Hakennase und dem grauen Hemd hat er nicht gesucht. Wenn ich mir das gesamte Überwachungsmaterial rund um den Cubus-Laden ansehe, müsste es möglich sein, irgendwelche Kandidaten zu finden.

Ich trinke den Kaffee und esse ein Brötchen, wobei ich eine gewisse Freude an der Kombination von fünfmal hartem Training pro Woche und dem Verzehr von leckerem, ungesundem Gebäck verspüre. Ich bin keineswegs so »brav«, wie alle denken.

Das Filmmaterial zeigt viele Kunden, die bei Cubus ein- und ausgehen. Ich habe noch keinen Mann gesehen, auf den die Beschreibung passt. Entweder sind sie zu jung, oder es sind Frauen, oder sie tragen einen Pullover, eine Jacke oder ein Hemd in der falschen Farbe, oder sie haben keine Tasche in der Hand, wenn sie den Laden verlassen.

Ich fröstele vor Müdigkeit. Es hat etwas Betäubendes, diesen Strom von Menschen an der Kamera vorbeiziehen zu sehen. Vielleicht wäre es gut gewesen, noch ein bisschen zu schlafen. So früh sollte ich nicht bei der Arbeit sein. Ich könnte mich aufs Sofa im Pausenraum legen, so wie Roe, als er die ganze Nacht hier verbracht hat.

Roe. Irgendwas ist mit ihm. Er ist immer so mürrisch – und wenn man mit ihm redet, hat man den Eindruck, als würde er sich ständig über etwas ärgern. So kann er am Anfang seiner Polizeilaufbahn nicht gewesen sein. Wahrscheinlich steht er immer noch unter dem Eindruck der … Tragödie. Die Gerüchte haben sich natürlich schnell verbreitet, als er hier anfing. Er soll danach lange krank gewesen sein. Kein Wunder. Kann man nach so etwas jemals wieder gesund werden?

Die Müdigkeit übermannt mich, und mein Kopf kippt nach vorne. Der Menschenstrom wird zu einem Farbklecks auf dem Bildschirm. Es wäre so schön, die Augen zu schließen, zu verschwinden. Ich träume von der Zeit, als meine Mutter und ich zusammensaßen und puzzelten, vertieft in unsere Tätigkeit. Ihre Finger bewegten sich so leicht, wenn sie das Meer von Puzzleteilen durchsuchte. Nein, ich kann jetzt nicht schlafen. Ich muss gut hinschauen. Denn was, wenn ich den Mörder verpasse? Ich zwinge meinen Kopf aus dem beginnenden Schlummer, lehne mich vor und drücke auf »Pause«.

Das Bild friert in dem Moment ein, als sich ein einzelner Mann an der Kamera vorbeischiebt. Er ist breitschultrig, älter, sein Haar ist grau gesprenkelt. Er hat ein breites Kinn, eine Hakennase und hält eine Tüte von Cubus in der rechten Hand. Der Rest meines Kaffees ist kalt geworden, aber ich kippe ihn trotzdem hinunter. Als ich die Tasse zurück auf den Tisch stelle, zittert meine Hand.

# Liv

Ich stand über ein Blumenbeet gebeugt hinter einem Rosen-
busch der Vermieterin, mit einer kleinen Gartenschaufel in der
Hand. Wenn sie jetzt aus dem Fenster schaute, würde sie hoffentlich denken, ich hätte mich endlich dazu entschlossen, Gar-
tenarbeit zu machen. Mit der Schaufel grub ich immer tiefer
und nahm die Hände zu Hilfe. Die Erde landete unter den Fingernägeln und machte meine Haut glitschig und braun.

Neben mir im Gras lag Aurora, das Baby mit der feuchten
Haut und den großen Augen, hübsch eingewickelt in ihre rosa
Babydecke. Nero war wütend geworden, als ich mich ihm näherte, um sie aus seiner Umklammerung zu befreien. Er hatte
mich attackiert und in den Arm gebissen, was eine tiefe Wunde
hinterließ. Erst als ich die Lavalampe vom Fernsehtisch nahm
und ihn damit auf den Rücken schlug, ließ er locker.

Ich legte die Schaufel beiseite, steckte die Arme in das Loch
und zog mit den Fingern noch mehr Erde hoch, die sich tief
unter meine Fingernägel grub. Von Zeit zu Zeit starrte ich auf
das Bündel, das neben mir lag. Immer wieder stellte ich mir die
Szene vor – wie ich in den Raum gekommen war und gesehen
hatte, dass es schon zu spät war, dass er die kleine Aurora ge-

tötet und erstickt hatte und dass alles meine Schuld war. Ich buddelte immer mehr Erde hoch, bis ein großer Haufen entstand. Mir fiel auf, dass der Erdhaufen nicht ganz verschwinden würde, wenn ich den kleinen Körper vergrub. Ich würde ihn nicht wegzaubern, sondern die Erde wurde durch einen Körper ersetzt. Ich tauschte einen Körper gegen Erde ein. Der Gedanke ergab keinen Sinn, aber er nagte an mir, machte mich nervös und ängstlich. Denn Erde war kein Ersatz – Erde konnte man nicht in einen Kinderwagen legen oder auf der Brust schlafen lassen. Erde war kalt und hart. Ob sie mit Leichenspürhunden kommen und sie finden würden? Leiche – was für ein schreckliches Wort. Es klang so kalt wie Stein.

Ich hatte es geschafft, sie wegzubringen, bevor Ingvar herauskam und sah, was passiert war. Wenn ich nur meine Spuren verbergen könnte, in der Erde, im Gras, dann würde niemand wissen, wo sie war. Ich könnte entkommen. Ich hob eine schmutzige Hand vor mein Gesicht und versuchte, die Tränen wegzuwischen. Die Erde war feindselig und fürsorglich zugleich – ein verachteter Freund. Ich wünschte, ich könnte mich selbst in diesem Garten begraben, damit mich niemand je wiederfand.

Die Leiche eines winzigen Babys am helllichten Tag begraben ... Aber ich hatte keine Wahl. Ich musste hier weg. Ich musste den Körper begraben, die Leiche, den Tod, und dann musste ich gehen. Neu anfangen. Ich war schon einmal jemand anderes geworden – jetzt konnte ich es wieder werden. Etwas ganz Neues. Frisch und sauber, jemand, der sich nur für das Gute interessierte. Ob ich so jemand werden konnte? Ich krallte meine Finger in die Erdwände, zog sie nach oben und kratzte zwei Haufen über den Rand. Es kam mir so vor, als würde das

Graben nie enden. Das Loch war immer noch so klein, und jedes Mal, wenn ich etwas herausnahm, schien mehr Erde hineinzufließen. Das war wohl meine Strafe – bis in alle Ewigkeit in der Erde zu graben. Weiter unten war der Boden härter, klumpig und voller Steine. Mit der Schaufel kratzte ich an den Wänden und lockerte die verklumpte Erdschicht. Meine Finger waren kalt und feucht. Meine Schultern schmerzten, meine Hände waren müde, aber ich musste weitermachen. Mich durch den Schmerz hindurchgraben.

Schließlich konnte ich meinen ganzen Unterarm in das Loch stecken, meinen Arm in der Erde baden. Jetzt musste ich nur noch den Gedanken ertragen, ein kleines Baby in dieses Loch zu legen und zuzudecken. Ich musste zulassen, dass sich die Erde darum schloss und alles verbarg, was ans Tageslicht gedrungen war, die Flammen und die Kakerlaken in meiner Seele. Meine Tränen vermischten sich mit der Erde. Ich konnte nicht mehr, aber ich hatte keine Wahl. Ich griff nach dem rosa Bündel, das inzwischen so steif und kalt geworden war, dass es sich nicht mehr wie ein Baby anfühlte. Die rosa Decke bekam schon bald Flecken von der Erde an meinen Händen. Ich bückte mich und begann, sie langsam herabzusenken.

»Liv?«

Ich blickte auf. Ein paar Meter entfernt stand eine Gestalt in einem orange-blauen Fanpullover. Die Kapuze hatte sie sich über den Kopf gezogen. Sie schaute auf die Schaufel, die Erdhaufen, das Loch und die schmutzige Babydecke in meinen Händen.

»Liv …?«

Das Baby landete mit einem dumpfen Aufprall im Loch. Ich warf mich nach vorne und schob mit Händen und Oberkörper den größten Erdhaufen über den Rand, sodass er auf die Leiche hinunterfiel.

»Nein!«, schrie Anita.

Sie rannte auf mich zu, packte mich am Arm und zog mich weg, während sie anfing, mit den Fingern in der Erde zu wühlen.

»Tu das nicht, Anita«, sagte ich. »So willst du sie nicht sehen.«

»Geh weg!«

Plötzlich hatte sie eine Kraft, die ich noch nie an ihr bemerkt hatte. Sie stieß mich nach hinten, und ich landete mit dem Rücken auf dem Boden. Alle Luft war aus mir gewichen. Neben mir hörte ich, wie Anita ein hohes, qualvolles Stöhnen ausstieß. Sie wiegte Aurora in ihren Armen, als wäre sie in Trance.

»Du darfst nicht hier sein!«, rief ich. »Du musst zu dir nach Hause gehen. Du bist nie hier gewesen, du kennst mich nicht. Du musst Aurora hierlassen. Aurora ist tot, du musst sie wieder hier reinlegen, und du musst den Pullover vergraben.«

Anita wiegte das Baby weiter. Ich ging zu ihr und versuchte, ihr Haar zu berühren, aber sie schien nicht zu reagieren. Ich versuchte, ihre Arme zu öffnen, aber sie schienen am Körper des Babys zu kleben.

»Du musst sie loslassen, Anita.«

Anita drehte sich zu mir um. Ihr Gesicht war wutverzerrt.

»Lass mein Baby in Ruhe«, zischte sie.

Dann stand sie auf und ging davon, die Arme um den toten Körper geschlungen. Es war das letzte Mal, dass ich sie sah.

# Roe

Wir versammelten uns im Besprechungsraum, um uns bei dem Fall auf den aktuellen Stand zu bringen. Ich hätte eigentlich schon längst Feierabend haben sollen, aber bei einem Fall wie diesem konnte ich, wenn nötig, bis spät in die Nacht arbeiten. Der kleine Besprechungsraum war schon bald überfüllt, also wollte ich mich kurzfassen.

»Fang du an, Sverre«, sagte ich. »Ich habe Teile deiner Vernehmung mitbekommen. Kannst du darüber berichten?«

Sverre nickte. »Höchstwahrscheinlich enthält er uns Informationen vor. Der Junge behauptet steif und fest, den Namen des Mädchens nicht zu kennen, mit dem er den Überfall begangen hat, aber er hat uns eine Beschreibung gegeben. Er hat uns auch den Namen eines Auftraggebers genannt, aber der scheint nicht zu stimmen. Entweder hat der Mann ihm einen falschen Namen gegeben, oder der Junge lügt. Auch die Namen der anderen Beteiligten will er nicht nennen – vielleicht hat er Angst vor den Konsequenzen. Wir werden ihn heute Abend noch einmal befragen.«

Genau das hatte ich befürchtet. »Hat er irgendwelche Kontakte zur kriminellen Szene?«, fragte ich.

»Er behauptet, keinerlei Kontakte zu zwielichtigen Personen zu haben, und sagt, es sei ein einmaliger Vorfall gewesen. Außerdem stand er unter Alkoholeinfluss, als wir ihn festnahmen, und er wurde positiv auf Haschisch und Marihuana getestet. Es gibt eine Verbindung zu David Lorentzen und seinem Umfeld. Wir versuchen ja schon seit einiger Zeit, Lorentzen wegen Drogenhandels dranzukriegen.«

Ich behielt Lorentzen schon seit einer ganzen Weile im Auge. Sein Netzwerk war groß und unüberschaubar, in seinem Umfeld gab es etliche Kriminelle, aber wir hatten ihm selbst bislang nichts nachweisen können.

»Lorentzen hat ein wasserdichtes Alibi. Er war beim Fußballspiel, das bestätigen die Überwachungsbilder.«

»Das heißt aber nicht, dass er nichts damit zu tun hat«, sagte ich. »Wir können davon ausgehen, dass Lorentzen die Drecksarbeit nicht selbst macht.«

Anwohner des Hauses, in das eingebrochen worden war, hatten eine große Gruppe von Leuten beobachtet, die sich kurz vor dem Einbruch in der Nähe aufgehalten hatten – einige von ihnen trugen Fußballtrikots, und alle hatten Kapuzenpullover angehabt. Die Gruppe verließ den Tatort kurz vor dem Eintreffen der Polizei. Ein Nachbar erklärte, er habe sie in einem grauen Auto wegfahren sehen, könne aber nichts über die Marke oder das Modell sagen. Die Suche nach einem grauen Auto mit Personen in Fußballtrikots war wie die Suche nach der berühmten Stecknadel im Heuhaufen. Es schien aussichtslos. Ich beendete die Besprechung mit dem Hinweis, dass wir am nächsten Tag an dieser Stelle fortfahren würden.

»Die Spurensicherung könnte wichtig sein«, sagte ich. »Wir müssen auch ein Phantombild von der Frau anfertigen lassen, die an dem Überfall beteiligt war. Wenn wir sie finden, können wir vielleicht herausbekommen, wer hinter der ganzen Sache steckt.«

Nach der Besprechung ging ich zurück in mein Büro. Es war schon spät am Nachmittag, aber ich musste noch ein paar Stichworte für den Bericht notieren, bevor ich mich in den Feierabend verabschiedete.

Ich öffnete eine Schublade und nahm mein Handy heraus. Mehr als zwanzig Anrufe in Abwesenheit. Der erste um drei Uhr nachmittags, der letzte vor über einer Stunde. Der Name auf dem Display: Lütte. Ich betrachtete das Foto an der Wand über meinem Schreibtisch. Sie hatte mir eine Nachricht hinterlassen. Ich rief die Mailbox an.

»Sie haben eine neue Nachricht.«

Ihre Stimme war leise und tränenerstickt.

»Papa, du musst mich sofort zurückrufen. Bitte.«

Das war die ganze Nachricht. Ich wählte ihre Nummer.

»Hier ist der Anrufbeantworter von …«

Ich legte auf und versuchte es noch einmal.

»Hier ist der Anrufbeantworter von …«

Ich stand auf und wählte noch einmal ihre Nummer, während ich das Büro verließ und den Flur hinunter zur Treppe lief.

»Hier ist der Anrufbeantworter von …«

Ich nahm zwei Stufen auf einmal und rannte so schnell wie möglich zum Ausgang, um zu meinem Auto zu kommen.

»Hier ist der Anrufbeantworter von …«

»Hier ist der Anrufbeantworter von …«

# Reptilienmemoiren

Als der Deckel aufging, sah ich ihr Gesicht. Etwas Nasses tropfte heraus – salzige Tropfen aus ihren Augen. So etwas passierte, wenn Menschen traurig waren. Ihre Gefühle schienen dem Körper Salz und Wasser zu entziehen. Ich hatte nie verstanden, warum. Wir befanden uns in einem fremden Raum. Dunkel bis auf ein paar Lichtstreifen. Ich züngelte auf der Suche nach Bedrohungen, aber ich spürte keine. Der Raum roch wie jedes menschliche Heim, das ich kannte. Ein weicher Teppich lag auf dem Boden. Das Zimmer war etwa so groß wie das der warmen Frau, mit einem Bett und einem kleinen Tisch.

Im nächsten Augenblick kam ein neuer Geruch auf. Ich erkannte ihn.

»Das war das Zimmer meines Sohnes«, sagte die kalte Frau. »Aber jetzt gehört es Nero.«

»Danke, dass du ihn nimmst«, sagte die warme Frau. Dann war sie weg. Ihr Duft und ihre Wärme verließen den Raum.

Die kalte Frau brachte eine Schüssel mit Wasser und einen kalten Kadaver, den sie wie eine Beleidigung auf den Teppich legte. Ich weigerte mich, ihn zu essen – ich ließ ihn verrotten. Auch den nächsten Kadaver rührte ich nicht an. Ich war hungrig, aber ich wartete auf etwas Besseres. Die warme Frau hatte mir die fantastische Beute weggenommen, sie hatte mich sogar geschlagen, um sie zu bekommen – und ich hungerte immer noch. Noch nie hatte ich mich dem Tod so nahe gefühlt.

Schließlich blieb mir nichts anderes übrig. Während die Sonne auf- und unterging, auf- und unterging, und die Jahreszeiten in diesem Land in einem ewigen Kreislauf von kalt zu heiß und wieder zurück wechselten, lernte ich, mich selbst genug zu hassen, um die kalten Kadaver zu schlucken, die man mir gab. Während ich aß, stellte ich mir den Tag vor, an dem ich groß genug sein würde, um diese bösartigen menschlichen Tiere zu töten. Die kalte und die warme Frau würden zuerst dran glauben müssen. Ich würde dafür sorgen, dass sie litten.

# Roe

Ich beschleunigte, als ich auf dem Weg zum Haus meiner Lütten in Hessa durch Skarbøvika kam. Wahrscheinlich reagierte ich über. Vielleicht war es gar nicht so schlimm, wie ich es mir vorgestellt hatte, als ich ihre Stimme auf dem Anrufbeantworter gehört hatte. Vielleicht war es nur dieser rückgratlose Typ, vielleicht hatte er sie verlassen. Trotzdem wurde ich den Gedanken nicht los, dass sie Ingrid angerufen hätte, wenn es so gewesen wäre – und nicht mich. Die Lütte und ich hatten so wenig Kontakt. Wir hatten seit meinem letzten Besuch bei ihr, zwei Wochen nach der Geburt, nicht mehr miteinander gesprochen. Das war lange her.

Ich versuchte noch einmal, sie anzurufen. Als wieder nur die Mailbox ranging, drückte ich noch mehr aufs Gas. Sie würde mich auslachen oder wütend werden, wenn ich jetzt nach einem einzigen Anruf vor ihrer Tür stand – wenn sie merkte, dass ich ihretwegen in den Katastrophenmodus geschaltet hatte. *Da tauchst du also auf*, würde sie sagen, *wenn du glaubst, dass ich einen Polizisten brauche.* Gleichzeitig musste ich an ihre Stimme am Telefon denken. Sie hatte aufgeregt und ängstlich geklungen, wie ein kleines Kind. Es hatte sich angehört, als wäre etwas in ihr zerbrochen, als ich nicht ranging. Warum hatte sie mich angerufen? Vielleicht steckte sie in Schwierigkeiten – vielleicht ging es wirklich um etwas, das ihr Polizistenpapa klären musste.

Wir hatten viele schöne Erinnerungen an die Zeit hier auf Hessa, als Ingrid und ich noch ein Paar waren und die Lütte noch klein gewesen war. Die Wanderungen zum Sukkertoppen am Sonntagmorgen, hinterher das Schwimmen im Wasser unterhalb des Berges, die Feste am Nationalfeiertag, wenn unsere Tochter im Blasorchester der Schule Flöte spielte. Das alljährliche Johannisfeuer. Ich hatte ein Foto von der Lütten vor dem lodernden Feuer, als sie acht Jahre alt war. In der Hand hielt sie einen Stock, an dessen Ende eine Wurst befestigt war. Im Hintergrund ragte das riesige Flammenmeer über ihr auf, umgeben von Wasser und Booten auf allen Seiten. Das kleine Mädchen lächelte zufrieden und zeigte auf die Flammen, die an dem Turm aus Industriepaletten züngelten. Es war ein beeindruckendes Foto.

Nach dem Kreisverkehr überholte ich, um gleich wieder hinter einem anderen Auto zu landen. Ich vermisste es, einfach Blaulicht und Martinshorn einschalten und den ganzen Verkehr überholen zu können, aber schon bald sah ich die Abzweigung zum Sukkertoppveien, wo sie wohnte. Ich bog ab und wurde langsamer, mein Puls hämmerte in meinen Ohren. Hatte ich mir nicht eben noch gesagt, dass wahrscheinlich nichts Schlimmes passiert war? Dass sie sauer auf mich sein würde, wenn sie mich so auftauchen sah? Dass sie mit dem Baby auf der Hüfte dastehen und sagen würde: *Was willst du denn?* Und ich würde antworten: *Du hast angerufen und bist nicht rangegangen, als ich dich zurückgerufen habe.* Und sie würde eine

Augenbraue hochziehen und sagen: *Entspann dich, Paps, ich habe stattdessen Mama erreicht.* Aber warum hatte ich dann solche Angst?

Gerade als ich mich wieder ein wenig beruhigt hatte, sah ich das Haus meiner Lütten. Es war ein idyllisches altes Holzhaus, rot gestrichen, mit einem großen Garten davor. Hinter dem Haus stieg eine graue Rauchwolke auf. Zuerst fragte ich mich, ob im Garten gegrillt wurde – aber war diese Rauchwolke nicht zu groß, um von einem Grill zu stammen? Und aus dem Garten schien sie auch nicht zu kommen. Als ich näher kam, sah ich, dass der Rauch aus dem Haus selbst aufstieg und das Dach von der Rückseite her einhüllte.

Mein Puls beschleunigte sich plötzlich um das Vierfache. Es gelang mir, das Auto auf dem Grünstreifen zu parken und mich zitternd aus dem Sicherheitsgurt zu befreien. Ich rief die Lütte noch einmal an, als ich aus dem Auto stieg, bereit, mich wieder zu beruhigen, entspann dich, entspann dich, es ist nur ein Zufall.

»Hier ist der Anrufbeantworter von …«

Kein Grund zur Sorge – wahrscheinlich war es nur ein kleines Feuer im Garten, das aus dem Haus zu kommen schien.

»Hier ist der Anrufbeantworter von …«

Mit großen Schritten ging ich auf den Rauch zu. Ich lief das letzte Stück bis zur Haustür und öffnete sie. Eine dicke, heiße Wolke quoll heraus. Sie füllte meine Nasenlöcher, meine Augen und meinen Mund und hüllte mich ein wie eine tiefe Finsternis. Ich hörte das Knistern der Flammen im Inneren. Ich wollte hineinlaufen und nach ihr suchen, aber es war zu heiß, zu stickig. Ich rief nach meiner Lütten, so laut ich konnte, aber außer dem Knistern war es still im Haus.

Während ich ums Haus lief, rief ich die Feuerwehr. Ich versuchte, die Terrassentür zu öffnen, doch sie war verschlossen. Aus dem Küchenfenster züngelten Flammen an der Wand hoch. Mit bebender Stimme nannte ich die Adresse und versuchte, mir die Flammen und den Rauch einzuprägen. Bei einem Brand war es für die späteren Ermittlungen entscheidend, so früh wie möglich Fotos zu machen. Ich hatte keine Kamera dabei und musste mich auf mein Gedächtnis verlassen. Es war nicht einmal sicher, ob sie überhaupt zu Hause war. Vielleicht hatte sie das Handy zu Hause liegen lassen, als sie mit dem Baby spazieren ging, um es zum Schlafen zu bringen. Ich hörte schon die Martinshörner und rannte ums Haus, um das Feuer von allen Seiten zu betrachten – es könnte wichtig sein. Die Lütte würde sagen, dass es typisch für mich sei, wie ein Polizist zu denken, ohne zu wissen, ob sie womöglich in einem Feuer gefangen war, ob sie … Ich rief sie wieder an.

»Hier ist der Anrufbeantworter von …«

Die Martinshörner näherten sich, ich sah die riesigen Feuerwehrautos, die auf der schmalen Straße kaum Platz fanden. Die Flammen hatten schon auf das Dach übergegriffen, schlugen aus dem Schornstein. Das ganze Haus stand in Flammen. Ich hatte den Geschmack von Rauch im Mund und in der Nase.

»Hier ist der Anrufbeantworter von …«

Die Feuerwehrleute stürmten auf das Haus zu. Sie legten Schläuche und Leitern bereit. Die Flammen leckten über Dach und Wände, wie eine Zunge, die sich in Richtung Himmel streckte. Die Hitze. Mein Gesicht brannte, obwohl ich mich zurückgezogen hatte und nun einige Meter entfernt stand.

Wenig später kamen die Polizeiwagen. In der Straße war nicht genug Platz für weitere Fahrzeuge, also mussten sie weiter unten parken. Neugierige Nachbarn kamen aus ihren Häusern. Polizisten rannten herbei. Sverre war der Erste, der mich erreichte.

»Du bist hier, Roe? Ich dachte, du wärst nach Hause gefahren.«

Ich wählte noch einmal die Nummer meiner Lütten und blickte zu den Flammen hoch, während der Anrufbeantworter erneut ansprang.

»Hier ist der Anrufbeantworter von …«

»Ich hoffe nur, dass niemand drin ist«, sagte Sverre. »Es ist anscheinend zu heiß für die Feuerwehrleute.«

Das Haus glühte. Eine brennende Hitze ging von ihm aus, als käme sie von der Lütten selbst. Es glühte wie die schöne Energie in ihr, alles, was sie so gut machte. So oft hatte ich gedacht, dass diese Flamme, dieses Etwas in ihr, niemals erlöschen würde. Ich hatte Angst, dass die Flamme zu stark war, dass sie ihre Trägerin irgendwann verzehren würde. Nie hätte ich gedacht, dass eine Flamme von außen, dass eine solche Hitze …

Mein Gehirn schmolz, alle Gedanken verdampften. Es lag an der Flamme. Der Flamme, die sich wie eine Schlange in den Himmel emporbewegte, ein glühender, heißblütiger Drache. Nichts war dunkler als diese Flamme, die gerade in mich eingedrungen war und sich tief in mein Gehirn gebrannt hatte.

»Anita«, sagte ich. »Meine Tochter. Das ist ihr Haus.«

# Mariam

Ich wache auf, weil ein Gewicht auf meine Brust drückt. Nero hat seinen Kopf an mein Ohr gelehnt und ist ganz still. Ich betrachte die Schuppen auf seinem Gesicht, die Vertiefungen in seinen Wangen, wo er die Wärme der Umgebung aufnimmt, und die steinernen Augen, die immer offen sind und nie verraten, ob er schläft oder wach ist. Seine Tarnung ist wahrscheinlich nützlich für die wild lebenden Tigerpythons, die zwischen Steinen und Blättern jagen. Vor dem Hintergrund des ausgeblichenen blauen Bettzeugs war er nur noch besser zu sehen.

Als ich das nächste Mal aufwache, liegt er neben mir. Er reckt seinen langen Körper. Ich strecke einen Arm aus und streiche ihm vorsichtig über den Rücken, spüre die winzigen Schuppen an meinen Fingern. Er ist inzwischen viel größer als ich. Vorsichtig berühre ich sein Gesicht, er dreht sich um und züngelt.

»Ich weiß, wo ich hinmuss«, flüstere ich. »Ich muss zu dem einzigen Menschen, von dem ich mir vorstellen kann, dass er so etwas tun will. Ich habe solche Angst.«

Ich versuche, tief durchzuatmen, will die Übelkeit nicht spüren, die bei dem Gedanken an das aufsteigt, was ich tun muss.

Ich war so sicher gewesen, dass ich es nie wieder tun würde. Aber ich habe keine andere Wahl.

In der Küche wäscht Ingvar ab. Aus der Stereoanlage dröhnt Musik. Ich klopfe leicht mit einem Fingerknöchel an den Türrahmen, und er schaut auf.

»Da ist Kaffee in der Kanne.« Er deutet mit dem Kopf auf die blaue Kanne, die auf dem Tresen steht. Ich hole eine Tasse aus dem Schrank.

»Bleibst du heute zu Hause?«

»Ich muss noch ein paar Sachen ausliefern, aber heute Nachmittag bin ich wieder da. Ich lasse die Tür offen, du kannst kommen und gehen, wie du willst.« Er hält inne. »Wenn du Hilfe brauchst bei … irgendetwas, helfe ich dir gerne, wenn ich zurückkomme. Sag einfach Bescheid.«

Ich bekomme eine Gänsehaut. Wenn ich an die Nacht denke, in der Patrick hier war, wie Ingvar mit ihm geredet hat, als wäre nichts gewesen. Ganz zu schweigen von dem Tag vor dem Überfall, als er mich anrief und so tat, als hätte er einen Anfall. Ingvar kann man nicht trauen. Ich bin nur hier, weil dieses Haus, diese Wohnung irgendetwas bedeutet.

»Ich brauche keine Hilfe«, sage ich.

Ich steige ins Auto, schließe die Augen und stelle mir vor, dass Asche wie Schnee vom Himmel fällt. Vielleicht ist heute das Ende der Welt, damit das alles nicht passieren muss, damit ich diese Reise nicht machen muss. Ein Knoten bildet sich in meinem Magen, tief in mir, aber ich lasse den Motor an. Ich fahre die lange Straße ins Landesinnere, zurück in die Stadt. Heute könnte die Welt untergehen. Blut könnte auf den Straßen fließen, ein Meteor in die Erde einschlagen. Laut der nordischen

Mythologie wird am Ende der Welt die Midgardschlange an Land kommen und über Felder und Wiesen kriechen. Ich male mir aus, wie sie mit ihrem mächtigen Körper Häuser, Höfe und öffentliche Gebäude niederreißen wird. Am Ende der Welt wird es keine Rolle spielen, ob ich Iben gefunden habe oder nicht, oder was mit ihr geschehen ist. Wir werden alle leiden.

Auf dem Weg zur Autobahn beschleunige ich. Mittags ist die beste Zeit, um hier entlangzufahren. Ich komme am Fußballstadion vorbei, das gerade erbaut worden war, als ich diesen Ort verließ. Ich fahre weiter durch Moa, wo ich die Abzweigung nach Sula nehme. Seit jener Nacht habe ich ihn nicht mehr gesehen. Ich spüre noch immer die Angst in meinem Körper bei dem Gedanken, seinem eisblauen Blick zu begegnen.

Ich halte auf dem Seitenstreifen und atme tief durch. Mein Herz hämmert in der Brust. Ich schließe die Augen und stelle mir vor, wie die Midgardschlange über die Straße gleitet und alle Autos zur Seite fegt. Sie könnte immer noch kommen, es ist noch Zeit. Ich schicke diesen Wunsch ins Universum, aber als ich die Augen öffne, ist die Straße noch intakt, die Autos fahren ungestört weiter.

Das Haus liegt auf einem Hügel, nicht weit von dem Steg, an dem die kleine Passagierfähre aus Ålesund anlegt. Mir ist mulmig, als ich parke, ich bereue, dass ich nicht gefrühstückt habe. Ich steige aus und schaue zum Haus hinauf. Dann gehe ich zur Haustür. Das Schild mit dem Namen Scheie ist von der Klingel verschwunden – man hat eine ganz neue Gegensprechanlage installiert. Ich zähle nach, um das richtige Stockwerk zu finden, und presse den Finger lange auf den Klingelknopf, auch wenn die Reue schon jetzt in meinem Inneren brennt.

# Roe

*Ålesund*
*Samstag, 16. April 2005*

Draußen vor dem Fenster war der Abend in ein blitzendes Blau getaucht – Blitze, Blitze, Blitze in der Nacht. Von irgendwo in der Ferne summten Stimmen, man hörte das Rauschen von Funkgeräten. Ich saß auf einem Hocker in einem fremden Wohnzimmer, das ein Nachbar der Polizei zur Verfügung gestellt hatte. Sie hatten mich hierhergebracht, als sie erfahren hatten, dass ich ein Verwandter war. Sie legten mir eine Decke um die Schultern, als stünde ich unter Schock wie irgendein x-beliebiger Betroffener, aber ich wehrte mich nicht. Mir war tatsächlich kalt. Kalt im Körper und heiß im Gesicht, als wäre die Hitze noch in meinem Kopf, in meinen Augen, in meinem Gehirn.

Als ich beim letzten Mal aus dem Fenster gesehen hatte, stand das Haus leer und schwarz da wie die verbrannte Leiche einer Spinne. Das Wasser, das die Feuerwehrleute immer wieder über das Haus gossen, hatte sich in feuchten, grauen Rauch verwandelt. Sie hatte mich angerufen. Eineinhalb Stunden, bevor ich zum Haus kam. Ich hatte die Verzweiflung in ihrer Stimme gehört. Vielleicht war das ein Hinweis darauf, dass sie nicht zu Hause gewesen war, denn dann hätte sie sicher die

Feuerwehr angerufen und nicht mich. Vielleicht war sie aber auch ganz woanders verzweifelt – vielleicht hatte sich das, was sie so schrecklich gefunden hatte, schon in Luft aufgelöst, eine Kleinigkeit, über die wir lachen konnten, wenn ich sie das nächste Mal sah. Vielleicht war sie gar nicht zu Hause gewesen. Vielleicht war es wie bei den Leuten, die eigentlich bei einem Unfall dabei gewesen wären, aber durch Zufall ganz woanders waren. Die mit dem Bus versehentlich in die falsche Richtung gefahren waren, die im Stau gestanden oder etwas vergessen hatten und gerade noch rechtzeitig umgekehrt waren. So etwas passierte ständig und war alles andere als ungewöhnlich.

Trotzdem war es natürlich eine Tragödie. Das Haus war bis auf die Grundmauern niedergebrannt, all ihr Hab und Gut war weg. All die Bilder, die Anita im Laufe der Jahre gemalt hatte und die nun ihr geschwärztes und verkohltes Atelier füllten. Die Wände voller Zeichnungen und Gemälde – sie war so begabt. Natürlich nicht genug, um von ihrer Kunst leben zu können, aber begabt war sie. Jetzt war alles verbrannt – alles. Eine Tragödie – aber solange sie noch lebte, konnte sie neue Bilder malen.

Als Anita ihr Marketingstudium abbrach, für das ich viel Geld bezahlt hatte, damit sie Künstlerin werden konnte, war ich wütend gewesen. Sie hatte immer noch nicht begriffen, was für eine dumme Idee es war, ohne ein festes Einkommen durchs Leben zu gehen. So gut sie auch malen konnte, sie hätte das auch neben einer anderen Tätigkeit machen können, die für ein regelmäßiges Einkommen sorgte. Ingrid dagegen unterstützte sie natürlich. Als ich sie das letzte Mal sah, sprach sie voller Wärme darüber, wie talentiert unsere Tochter sei und wie schön es sei, dass Anita Birk gefunden habe, denn so könne sie ihren Traum von einem Loftatelier verwirklichen. Am Ende war ich der Ungerechte, der Vater, der das Feuer in seiner Tochter ersticken wollte.

Sie war nicht zu bändigen, unsere Tochter. Vielleicht hätte ich mehr Verständnis aufbringen sollen, aber ich hatte solche Angst, dass sie ihr Leben wegwerfen würde.

Die Tür ging auf. Sverre trat mit langsamen Schritten näher. Sein Blick war zu Boden gerichtet.

»Wie geht es dir?«

Er kam auf mich zu, vorsichtig, als hätte er Angst, mit mir zu sprechen. Dabei sah er aus wie ein kleines Kind. Es war irritierend, verdammt irritierend. Ich war doch schließlich nicht aus Zucker.

»Frag mich nicht, wie es mir geht«, hörte ich mich bellen, meine Stimme klang fremd. »Sag mir, was hier los ist.«

Sverre räusperte sich und setzte sich auf die Sofakante. Er sah aus, als wäre er gekommen, um sein Mitgefühl auszudrücken.

»Anita geht nicht ans Telefon«, sagte ich. »Ich lande immer nur auf ihrer Mailbox. Vielleicht ist sie irgendwohin gegangen, vielleicht hat sie sich besser gefühlt und ist spazieren gegangen. Oder?«

Sverre begegnete meinem Blick und war auf einmal ganz ruhig. Er beugte sich näher zu mir.

»Ihr habt die Suche doch nicht etwa aufgegeben, weil ihr glaubt, dass sie da drin sind, oder?«

»Roe.«

»Nein«, sagte ich. »Verschwende deine Zeit nicht damit, hier rumzusitzen und mit mir zu reden. Geh lieber raus und finde meine Tochter und mein Enkelkind.« Entschieden streckte ich einen Arm aus, um ihm zu zeigen, was ich davon hielt, dass er nicht die ganze verdammte Truppe auf die Suche schickte. »Ich will kein Wort mehr von dir hören. Kein Wort mehr, bis du sie gefunden hast.«

»Roe, hör zu.« Sverre packte meinen Arm und sah mir in die Augen. »Wir haben Überreste gefunden.«

»Überreste?«

Mein Gesicht brannte, als wäre es glühend heiß. Ich wollte mich losreißen, wollte nichts hören, aber Sverre hielt mich fest, sein Griff war stark.

»Wir haben verkohlte, menschliche Überreste im Haus gefunden. Sie scheinen von einer erwachsenen Frau zu stammen. Sie hat ihre Arme um ein Baby gelegt.«

Fragmente. Überreste. Eine rußgeschwärzte Spinnenleiche, die Beine gen Himmel gestreckt. Solche Überreste hatte ich schon mal gesehen. Verbrannte und geschwärzte Körper mit freiliegenden Zähnen und Augenhöhlen oder Skelette in einem verkohlten Raum. Ich wusste nur zu gut, wie verbranntes Menschenfleisch roch. Allein beim Gedanken daran wurde mir übel.

»Ihr irrt euch.«

Sverre schüttelte den Kopf. »Nein, Roe. Wir irren uns nicht.«

# Mariam

Sie steht in der Tür, als ich die Treppe hochkomme. Die langen Fingernägel sind rot lackiert, und sie trägt ein Kleid mit blauem Blumenmuster. Die Haut an den Beinen trägt Anzeichen des Alterns. Ein unnatürlich brauner Teint und kurze, wasserstoffblonde Haare – all das macht die Sache nicht besser. Als sie jünger war, war sie naturblond, wie ich.

»Lass dich ansehen«, sagt sie und fasst mich an den Schultern. »Ich habe dich in den Nachrichten gesehen. Du siehst jetzt wirklich aus wie eine erwachsene Frau. Und ich dachte schon, du würdest nie anfangen, dich zu schminken.«

Ich winde mich aus ihrem Griff wie ein Teenager.

»Willst du deine Mutter nicht einmal umarmen?«

Ich kann ihr Duty-free-Parfüm schon von Weitem riechen.

»Ich bleibe nicht lange«, sage ich.

Sie lässt mich in die Wohnung. Im Flur stehen in Schönschrift die Worte »Home is where the heart is« an der Wand. Das ist neu – als ich hier wohnte, waren die meisten Wände kahl. Es gab höchstens einen Spiegel und das eine oder andere Poster. Die Worte sind eine Lüge. Es gibt kein Herz in diesem Haus.

»Ich muss mit Patrick sprechen«, sage ich.

Sie lächelt auf eine Art, die mir nicht gefällt.

»Ich habe Patrick schon lange nicht mehr gesehen«, sagt sie. »Er ist ausgezogen vor ... zwei Jahren, denke ich. Er wollte nicht mal mehr Weihnachten mit seiner Mutter feiern.«

»Das kann ich verstehen«, sage ich. »Wo wohnt er denn jetzt?«

Sie streicht sich mit ihren langen Fingernägeln eine Haarsträhne zurück. »Ich glaube, ich habe seine Adresse.«

Sie winkt mich weiter herein. Ich ziehe meine Schuhe aus und betrete das Wohnzimmer, das in Cremetönen dekoriert und eingerichtet ist. Nur die Ecken sind noch zu erkennen, in meiner Erinnerung sind es scharfe Kanten. Ich setze mich aufs Sofa, während sie in einer Schublade mit Papieren kramt.

»Du hast ihn nicht mehr besucht, seit er ausgezogen ist?«, frage ich.

»Ich war einmal da, als er gerade eingezogen war. Er will nichts mehr mit mir zu tun haben und sagt, ich hätte sein Leben ruiniert.«

»Lebt er isoliert? Oder hat er Freunde?«

Sie kommt mit einem kleinen Adressbuch, das sie vor mir auf den Glastisch legt. »Was weiß ich«, sagt sie. »Ihr habt eure Mutter verleugnet, alle beide. Ich kann nur annehmen, dass ihr gut ohne mich zurechtkommt.«

Ich seufze. »Wir sind lange ohne dich ausgekommen.«

Ich schlage Patricks Namen im Adressbuch nach und reiße die ganze Seite heraus. Sie will protestieren, überlegt es sich dann aber anders und greift zum Telefon.

»Ich rufe ihn an«, sagt sie. »Das ist wohl das Einfachste.«

Ich warte, während sie den Hörer ans Ohr hält. Mir fällt auf, dass sie sich in ihrem Leben wahrscheinlich mehr um ihre Fingernägel gekümmert hat als um ihre Kinder. Sie schüttelt den Kopf.

»Er nimmt nicht ab. Willst du seine Nummer?«

Nachdem ich die Ziffern neben die Adresse geschrieben habe, stehe ich auf, gehe hinüber und öffne die Tür zu meinem und Patricks Zimmer. Ich habe erwartet, es in dem Zustand vorzufinden, in dem ich es verlassen habe, aber das Zimmer wurde inzwischen in ein Büro mit einem Desktop-Computer, einem weißen Schrank und einem Schlafsofa verwandelt. In der Ecke, wo früher mein Bett stand, in dem ich nachts steif und starr lag, weil ich ständig fürchtete, Patrick könnte aufwachen und etwas von mir wollen, steht jetzt ein Wäscheständer mit weißen Laken.

An der Wand über dem Bett hing früher ein Poster. Eine grüne Schlange, die sich um einen Ast wand. Der Kopf der Schlange war mir zugewandt, und wir hatten fast so etwas wie Blickkontakt. Das Poster war meine abendliche Gesellschaft. Ich konnte im Bett liegen, die Schlange ansehen und so tun, als würden wir uns unterhalten. Wenn Patrick nachts etwas von mir wollte, war es die Schlange, die mir half. Ich konnte sie anschauen und sehen, dass sie lächelte. Als wollte sie mir sagen, dass der Schmerz vorübergehen würde, genau wie die schlimmen Träume. Dass sie über mich wachte. Wenn ich wollte, könnten die Schlange und ich zusammen weglaufen. Die Schlange raus aus dem Poster und ich raus aus meinem Körper. Und dann könnten wir spielen.

An der Wand, an der das Schlangenposter hing, prangt jetzt das Bild einer Lilie. Sie hat alle Spuren beseitigt.

War es nur seine Schuld? Er war ein einsamer, hormongesteuerter Teenager, und die Frau, die uns helfen sollte, erwachsen zu werden, war woanders gewesen. Doch wenn er es ist, der Iben entführt hat, weiß ich nicht, was ich tue. Dann wird auch sie zerstört sein.

Ich schließe die Tür und gehe hinaus auf den Flur.

»Wo warst du letzten Freitag?«, frage ich, während ich meine Schuhe wieder anziehe.

»Als sie verschwunden ist? Glaubst du etwa, ich …«

»Beantworte einfach die Frage.«

Sie schaut an die Decke. »Ich habe einen Job auf der Sulesundfähre, im Café. Ich war den ganzen Tag dort. Ich war so traurig, als ich erfahren habe, dass du deine Tochter verloren hast. Ich hoffe, sie finden sie, Sara.«

»Ich heiße Mariam«, murmle ich und gehe zur Tür.

»Sieht so aus.«

Sie macht einen zaghaften Schritt auf mich zu, bleibt aber stehen. Sie merkt, dass ich sie nicht in meiner Nähe haben will. Ich nehme ihr nicht ab, dass sie nicht wusste, was in diesem Haus vor sich ging. Sie hat einfach nicht hinsehen wollen.

»Hier war ein Mann«, sagt sie, als ich mich an ihr vorbeidränge. »Im Frühjahr. Ich habe es auch der Polizei erzählt. Ein älterer Mann, den ich noch nie gesehen hatte. Er hat nach dir gefragt und mir ein Foto gezeigt. Als ich seine Fragen nicht beantworten wollte, ist er wütend geworden. Ich hatte Angst, da habe ich ihm die Tür vor der Nase zugeknallt«.

Ich bleibe an der Eingangstür stehen. »Ein älterer Mann?«

»Breitschultrig, graue Haare, mittleren Alters.«

Ich bedanke mich für die Information und spüre, dass ich es in dieser Wohnung keine Minute länger aushalte.

# Roe

Ich umarmte Ingrid zum ersten Mal seit fast zehn Jahren. Es war eine lange Umarmung, die mich daran erinnerte, dass es in unserer Ehe tatsächlich Zeiten gegeben hatte, in denen wir füreinander ein sicherer Hafen waren. Mein Hemd wurde nass von ihren Tränen, doch ich war noch nicht in der Lage, zu weinen. Es war, als hätte das Feuer meine Tränenkanäle ausgetrocknet. Ein Glühen hinter meinen Augen, trocken wie die Wüste.

Im nächsten Moment schlug Ingrid mit der Faust gegen meine Brust.

»Sie hat dich angerufen«, schluchzte sie. »Sie hat dich angerufen, und du hast nicht abgehoben.«

Meine Knie versagten plötzlich ihren Dienst. Sie knickten unter mir ein wie bei einer Stoffpuppe. Birk, der direkt hinter Ingrid stand, packte mich am Arm und versuchte, mich wieder hochzuziehen.

»Lass mich los, verdammt«, sagte ich.

Ich griff nach der Armlehne des Sofas, zog mich hoch und setzte mich. Ich musste meine Knie mit den Händen anheben, um meine Beine in Position zu bringen.

Ingrids Gesicht hatte den gleichen blassen Gesichtsausdruck

wie damals, als Anita fünf Jahre alt war und im Krankenhaus lag, nur die Züge waren härter. Ihr Mann war natürlich im Auto sitzen geblieben – der Feigling hielt sich immer im Hintergrund, wenn etwas Schlimmes passierte. So war er auch damals schon gewesen, als das Umzugsunternehmen Ingrids Möbel aus der gemeinsamen Wohnung getragen hatte. Jedes Mal, wenn ich mich mit Ingrid treffen musste, wenn es etwas zu bereden gab, was mit Anita zu tun hatte, saß er im Auto oder war in einem anderen Zimmer oder gar nicht da. Was er von Anita hielt, erfuhr ich nur von meiner Tochter oder meiner Ex-Frau. Er schien Ingrid nie zu unterstützen oder ihr Halt zu geben. Er war nur ein Schatten. Das war der Mann, für den sie mich verlassen hatte. Zwischen Ingrid und mir musste es damals wirklich schlimm gewesen sein, weitaus schlimmer, als ich mir vorgestellt hatte, solange wir noch ein Paar gewesen waren.

»Ich muss da raus«, sagte Birk und deutete auf den Flur. »Die wollen mit mir reden.«

Er ging. Ingrid barg ihr Gesicht in den Händen und weinte.

»Ich verstehe es nicht«, schluchzte sie. »Ich verstehe es einfach nicht.«

Wenn es einen Satz gab, den ich oft zu hören bekam, wenn ich mit Angehörigen von Selbstmördern, Kriminellen oder Gewaltopfern sprach, dann war es dieser: Ich verstehe das nicht. Die Menschen konnten die Tragödie einfach nicht mit dem Bild in Einklang bringen, das sie von ihrem gesunden und lebendigen Familienmitglied hatten. Bisher hatte ich nur theoretisch verstanden, was das bedeutete. Als meine Eltern starben, hatte ich es ansatzweise gespürt, aber nicht so wie jetzt. Denn jetzt konnte ich es wirklich nicht verstehen. Ich hatte eine lebhafte Vorstellung davon, wie eine weibliche Leiche in einem abgebrannten Haus aussah, aber ich konnte meine Tochter einfach nicht in dieses Szenario einordnen. Ganz zu schweigen von Aurora. Das Baby war zusammen mit seiner Mutter in dem Haus verbrannt. Ich verstand nicht, wie das passieren konnte.

»Sie klang so verzweifelt am Telefon«, sagte ich. »Schon als ich ihre Stimme hörte, wusste ich, dass irgendwas nicht stimmte. Das ergibt alles keinen Sinn. Wenn es das Feuer gewesen wäre, hätte sie die Feuerwehr gerufen und wäre rausgekommen.«

»Warum hat sie dich angerufen?«, fragte Ingrid. »Warum nicht mich? Das verstehe ich nicht.«

Ich holte tief Luft und versuchte, mir nicht vorzustellen, wie es war, giftigen schwarzen Rauch einzuatmen.

»Gab es jemanden, der ihr etwas antun wollte?«, fragte ich. »Kennst du jemanden, der das getan haben könnte?«

Ingrid sah mich mit offenem Mund an. »Du glaubst also, dass es Mord war?« Wieder schluchzte sie verzweifelt. »Nein, Roe. Ich kann nicht mit dir reden. Du bist so verdammt …«

Sofort erinnerte ich mich an eine der letzten großen Streitigkeiten in unserer Ehe. *Du hast ein größeres Herz für Drogensüchtige und Autodiebe als für mich und deine Tochter*, hatte sie gesagt. *Du würdest uns viel mehr Aufmerksamkeit schenken, wenn wir tot wären und du als Erster am Tatort wärst.* Dann hatte sie eine Vase vom Tisch gewischt, die über den Parkettboden gerollt und neben der Tür gelandet war. Überall war Wasser, und wir hatten den Streit unterbrechen müssen, um es aufzuwischen.

»Du wirst doch wohl nicht diesen Fall untersuchen«, sagte Ingrid jetzt. »Deine Kollegen haben mich noch gar nicht befragt.«

»Das werden sie noch tun«, sagte ich. »Das muss nicht heißen, dass es Mord war, aber zumindest wird man sich diese Frage stellen müssen. Verstehst du?«

»Aber *du* glaubst, es war Mord?«

Ich schüttelte den Kopf. »Ich glaube gar nichts. Ich frage dich nur: Gibt es etwas, das ich wissen sollte?«

Ingrid wischte sich mit dem Ärmel ihres Pullovers übers Gesicht.

»Anita ist vor ein paar Tagen mit dem Baby auf dem Arm zu mir gekommen. Sie wollte sich von Birk trennen. Und sie hat gesagt, sie sei verliebt, es gebe jemand Neues. Sie erhob alle möglichen schlimmen Vorwürfe gegen Birk. Ich habe sie inständig gebeten, es sich noch einmal zu überlegen. Sie und Birk hatten so eine gute Beziehung, sie war alles für ihn.«

Es tat mir weh zu hören, dass die Lütte eine solche Antwort von ihrer Mutter bekommen hatte. Ich hätte unserer Tochter geraten, ihn sofort zu verlassen. Birk war die Socken an ihren Füßen nicht wert. Ich glaubte keine Sekunde lang, dass er sie unterstützte, indem er sie als alleinerziehende Mutter mit Kunstatelier in seinem Haus wohnen ließ. Er wollte sie finanziell von sich abhängig machen.

»Hat sie dir den Namen gesagt?«, fragte ich. »Von dem Neuen?«

Ingrid schüttelte den Kopf. Ich schaute aus dem Fenster, hinunter zum Ufer, wo wir immer schwimmen gegangen waren, als Anita noch klein war.

»Wusste Birk von ihrem neuen Freund?«, fragte ich.

Ingrid schaute mich einen Moment an. Sie brauchte ein paar Sekunden, um zu verstehen, was ich sie fragte. Ihr Gesichtsausdruck wechselte von traurig und verwirrt zu wütend.

»Weißt du was, Roe? Jetzt gehst du zu weit.«

# Mariam

Ich biege auf den Parkplatz vor einem weißen Plattenbau mit grünen Balkonen ein, der an ein Land irgendwo im Ostblock erinnert. Mit beiden Händen klammere ich mich ans Lenkrad und versuche, den Mut aufzubringen, auszusteigen. Ich hatte gehofft, dass er noch bei unserer Mutter wohnte, aber natürlich hatte ich schon befürchtet, wieder ins Ungewisse springen zu müssen. Ich lege die Stirn aufs Lenkrad und atme tief durch, um die Erinnerungen zu verdrängen, die mich überwältigen. Das war der Grund, warum ich von allem wegwollte. Um ihn nie wieder sehen zu müssen.

Angeblich muss ich in den Hauseingang ganz links. Meine Beine sind schwer, als ich die Treppe zum ersten Stock hinaufsteige. An der Türklingel steht kein Name. Es kommt mir so vor, als würden sich überall Menschen verstecken, wohin ich auch gehe. Ein Schauer überläuft mich. Ich schlucke und drücke den Klingelknopf, der mit einem tiefen Summen antwortet. Sofort ziehe ich die Hand zurück. Ich will mich umdrehen und die Treppe hinuntergehen, aber ich zwinge meine Füße, sich nicht zu bewegen. Ist die Tatsache, dass ich stehen bleibe, ein ausreichendes Zeichen für die Liebe, die ich für meine Tochter empfinde?

Ich höre Schritte in der Wohnung, was bedeutet, dass er zu Hause ist, obwohl es mitten am Tag ist und er eigentlich bei der Arbeit sein müsste – wenn er überhaupt eine hat. Ich versuche, mich mental darauf vorzubereiten, aber jede Erinnerung an sein Gesicht löst Übelkeit in mir aus. Ich richte mich auf, hebe den Kopf, will mich groß machen, damit er versteht, dass ich nicht mehr seine kleine Schwester bin. Da öffnet sich die Tür. Eine Frau schaut mich an. Sie muss über fünfzig sein und lächelt erwartungsvoll – wahrscheinlich ist sie die Art Mensch, die gerne mit Vertretern spricht und mit jedem anderen, der an die Tür klopft.

»Ich suche Patrick Scheie.«

Aus dem Inneren der Wohnung höre ich Geräusche, die von mehreren Personen oder einem Fernseher kommen. Die Frau schaut mich erstaunt an.

»Ich weiß leider nicht, wer das ist. Vielleicht haben Sie sich in der Adresse geirrt?«

»Mir wurde gesagt, dass er hier wohnt.«

Sie überlegt eine Weile.

»Ich wohne erst seit fünf Monaten hier«, sagt sie dann. »Vielleicht war es der Mann, der vor mir hier gewohnt hat. Ich weiß nicht, wie der hieß.«

Sie redet mit mir, als wäre ich ein verlorenes kleines Mädchen. Erstaunlicherweise fühlt es sich gut an.

»Was hatten Sie gesagt, wie soll er heißen?«

Sie hat ein Lächeln, bei dem ich Lust bekomme, bei ihr einzuziehen. Aber dieses Gefühl hat mich schon einmal getäuscht. Ich schüttle den Kopf.

»Egal, ich finde ihn schon.«

# Roe

Sverre behielt seine Jacke an. Er folgte mir ins Wohnzimmer und setzte sich auf die Chaiselongue. Ich hatte keinen Kaffee gemacht. Seit dem Brand hatte ich mich von Knäckebrot und kalten Getränken ernährt. Alles, was heiß war, wie Herdplatten und Kaffeemaschinen, bereitete mir Unbehagen. Lassen Sie sich Zeit, hatte mein Arzt gesagt und mir ein Beruhigungsmittel verschrieben, das ich aber nicht nehmen wollte. Ich wollte nur zwei Wochen krankgeschrieben werden, um wieder auf die Beine zu kommen – im wahrsten Sinne des Wortes. Damit sich meine Beine nicht mehr wie Wackelpudding anfühlten, mein Gehirn nicht mehr schmolz und ich wieder arbeiten konnte. Das Einzige, was half, war, dass Birk in Untersuchungshaft saß. Ingrid war wütend, weil sie glaubte, ich hätte ihn belastet, aber er brauchte mich nicht, um verdächtig zu wirken – das hatte er ganz allein geschafft.

»Bist du sicher, dass du dazu bereit bist, Roe?« Sverre saß vornübergebeugt, die Hände zwischen den Knien gefaltet. Er sah besorgt aus. »Der Chef meinte, dass es in Ordnung ist, solange du verstehst, was es bedeutet. Verstehst du das, Roe?«

Ich hatte darauf bestanden, genauso wie ich darauf bestanden hatte, sie zu sehen. Alle hatten mir davon abgeraten, meine Lütte noch mal zu sehen, aber ich hatte darauf bestanden. Jetzt bereute ich es. Das Bild ihres Todes legte sich wie ein schwarzer Film über die lebendige Erinnerung an sie. Aber ich musste es tun, ich musste es wissen. Ich konnte nicht so tun, als wäre sie nicht tot, mit all den konkreten Details, die damit verbunden waren.

»Ich werde dir alles erzählen, auch das, was wir nicht öffentlich gemacht haben, wenn du glaubst, dass du es wirklich wissen willst. Aber dir muss klar sein, dass die übliche Schweigepflicht gilt und du nicht an dem Fall arbeiten darfst.«

Ich nickte.

Sverre holte tief Luft.

»Das Feuer ist in einer Bratpfanne mit Olivenöl ausgebrochen. Auf den ersten Blick sieht es aus, als wäre es eine Unachtsamkeit, wie sie häufig vorkommt, wenn betrunkene Jugendliche oder ältere Menschen beim Kochen einschlafen. Die Herdplatte, auf der die Pfanne stand, war auf die höchste Stufe gedreht. Es ist schwer zu sagen, ob Anita selbst oder jemand anderes den Herd angeschaltet hat.«

»Und die Todesursache?«

»Anita wurde auf dem Fußboden vor der Küchentür gefunden. Bei der Obduktion wurden Rußspuren im Rachen, in der Luftröhre und in der Lunge gefunden, außerdem erhöhte Kohlenmonoxidwerte im Blut, und auch etwas Zyanid. Das deutet darauf hin, dass sie an einer Rauchvergiftung durch das Feuer gestorben ist. Bei der Obduktion wurde aber auch festgestellt, dass jemand Anita mit einem schweren, stumpfen Gegenstand auf den Hinterkopf geschlagen hatte.«

Ich betrachtete meine Hände. Sie hatten plötzlich angefangen zu zittern. Ich legte sie auf meine Knie und hoffte, dass Sverre es nicht bemerkte.

»Jemand hatte ihr also mit einem schweren Gegenstand auf den Kopf geschlagen«, sagte ich. »Dann können wir mit ziemlicher Sicherheit sagen, dass nicht Anita das Feuer gelegt hat.«

»Das Ganze sieht nach einem typischen Versuch aus, ein Verbrechen zu vertuschen, aber wir haben nur sehr wenige Indizien.«

»Was ist mit Aurora?«

Er seufzte. »Das ist schwer zu sagen. Aber wir sind uns ziemlich sicher, dass sie schon tot war, als das Feuer ausbrach. Sie hatte keinen Ruß in den unteren Atemwegen und kein Kohlenmonoxid im Blut. Ansonsten ist die Todesursache unklar, aber ihr Körper scheint Quetschungen erlitten zu haben. Das deutlichste Anzeichen dafür sind mehrere gebrochene Rippen. Die Haut ist zu stark beschädigt, um auf die Ursache der Verletzungen schließen zu können, aber der Oberkörper wurde durch eine äußere Kraft extrem zusammengedrückt. Tod durch Ersticken erscheint am wahrscheinlichsten, zumindest gibt es keine Anzeichen, die auf eine andere Todesursache hindeuten. Sie scheint keine Kopfverletzungen erlitten zu haben, wie sie bei Anitas Leiche festgestellt wurden.«

»Ich verstehe das nicht«, stieß ich unwillkürlich hervor.

»Wir müssen noch etwas anderes besprechen«, sagte Sverre. »Wir müssen Birk freilassen. Wir haben nicht genug gegen ihn in der Hand.«

Ich stand auf. Lief auf und ab.

»Willst du damit sagen, dass Anita und Aurora tot sind und er frei herumläuft und die Versicherungssumme für das Haus einstreicht?«

»Du weißt, wie das ist, Roe. Die Tür war nicht abgeschlossen – theoretisch hätte jeder da reingehen können. Ob das Feuer vorsätzlich gelegt wurde, ist unklar. Die beiden Toten haben unterschiedliche Todesursachen und völlig verschiedene Verletzungen. Eine unserer Haupthypothesen ist, dass wir nach zwei Mördern suchen müssen.«

»Habt ihr Birks Geschichte geprüft? Dass er mit dem Hund spazieren war und zufällig sein Handy zu Hause vergessen hat? Das stinkt.«

Sverre nickte. »Ich bin ganz deiner Meinung, Roe, aber das beweist gar nichts. Und vergiss nicht, selbst wenn jemand gesehen hätte, wie er kurz vor dem Brand das Haus verlassen hat, wäre das noch kein Beweis, dass er einen Mord begangen hat. Das sind alles nur Indizienbeweise. Das halbe Haus ist abgebrannt – wir haben nur sehr wenig Material. Natürlich werden wir weiter ermitteln, aber wir haben keine zwingenden Beweise.«

»Dann habt ihr nicht gründlich genug gesucht!«

Dunkle Flecken tanzten vor meinen Augen. Ich spürte, wie meine Beine wieder weich wurden, dann sank ich zu Boden. Sverre kam herüber und packte mich am Arm. Ich stieß ihn weg, schleppte mich zum Sofa und hievte mich wieder hoch.

»Einen Prozess, der mit einem Freispruch für Birk endet, können wir dir und Ingrid sowieso nicht zumuten, das dürfte dir klar sein«, sagte Sverre. »Und ich glaube, du weißt auch, dass er kein starkes Motiv hat. Was Anita angeht, vielleicht – aber warum sollte er seiner eigenen Tochter etwas antun wollen? Allerdings glaube ich nicht, dass es dir guttut, wenn du noch tiefer in den Fall einsteigst. Hast du jemanden, mit dem du reden kannst?«

# Mariam

In einem Schuhgeschäft in Moa darf ich mir ein Telefon aus-
leihen. Ich gehe ein Stück weg, damit mich das Mädchen an der
Kasse nicht hört, und wähle Patricks Nummer – die Nummer,
die mir die Frau gegeben hat, die sich meine Mutter nennt. Sie
hat seit Monaten nicht mehr mit ihrem Sohn gesprochen, hat
nicht versucht, ihn zu erreichen, sondern nur gelegentlich diese
Nummer gewählt, die er aber offenbar nicht nutzt. Mit anderen
Worten, ihr ist es egal wie eh und je. Für sie könnte er vom Erdboden verschwunden, ertrunken oder ermordet sein. Sie würde
es nie erfahren. Ich lasse es klingeln, bis die Mailbox anspringt,
dann gehe ich auf »Wahlwiederholung«. Ich lasse es noch einmal klingeln. Ich will keine Nachricht hinterlassen, es fällt mir
zu schwer, meine Stimme dafür herzugeben. Ich werde Ingvar
fragen müssen.

Auf einmal kommt es mir so vor, als würde mich jemand beobachten, aber ich schiebe den Gedanken beiseite. Ich gehe
zwischen den Regalen mit Turnschuhen und High Heels hindurch und denke nach. Was ist, wenn nicht Patrick oder Egil
den Schlüssel genommen haben, sondern jemand anderes von
all den Leuten, die auf der Party waren? Ich habe keine Ahnung,

wie viele Leute an diesem Abend da waren – im Prinzip könnte es jeder gewesen sein. Ein versteckter Feind oder jemand, den ich für einen Freund hielt. Aber dann erinnere ich mich, und mir kommt ein Gedanke, der mir noch nie zuvor gekommen ist: Am selben Tag war Anita ins Bad gekommen, als ich unter der Dusche stand. Ich kannte sie damals noch nicht, aber wer weiß, ob sie nicht den Schlüssel genommen hat? Könnte Egil sie gebeten haben, ihn zu holen, damit er später meine Zimmertür öffnen konnte? Wenn ja, dann muss sie ihn danach lange versteckt gehalten haben. Der Gedanke, von ihr betrogen worden zu sein, jagt mir einen Schauer über den Rücken, aber es passt nicht zusammen. Anita ist tot. Sie kann nicht den Schlüssel in Ibens Schmuckschatulle gelegt haben.

Aus den Augenwinkeln glaube ich zu erkennen, dass jemand vor dem Laden steht und hineinspäht. Ich drehe mich zu der Gestalt um und bin für einen Moment davon überzeugt, dass ich verfolgt werde, doch der Mann hat sich bereits entfernt. So wenig braucht es, um mich aus der Ruhe zu bringen. Ich muss zurück in die Wohnung. Ingvar soll die Nummer anrufen, mal sehen, ob Patrick dann abhebt.

Ich gebe der Frau an der Kasse das Telefon zurück. Während ich durch das Einkaufszentrum in Richtung Ausgang laufe, läuft mir wieder ein Schauer über den Rücken. Das Gefühl, verfolgt zu werden, scheint sich zu bestätigen. Da steht ein dunkelhaariger Mann mit schwarzem Bart, die Ärmel seines grauen Hemdes hochgekrempelt, sodass man seine behaarten Arme sieht. Er ist korpulent, die Unterarme, die aus seinem Hemd ragen, sind groß und wulstig. Seit vielen Jahren habe ich diesen Mann nicht mehr gesehen, zweimal nur im Vorübergehen, aber ich weiß, wer er ist. Ich habe ihn auf einem gemalten Porträt gesehen, so wie er mich auf einem Porträt gesehen hat. Ich denke daran, mich umzudrehen, wegzugehen und zu hoffen, dass er mir nicht folgt, aber hier unter all diesen Menschen kann er mir nichts tun. Außerdem möchte ich mit ihm reden.

Ich bleibe stehen und nicke leicht mit dem Kopf, nur einmal. Ich sehe, wie er auf mich zukommt, die Hände zu Fäusten geballt. Er bleibt genau in dem Moment stehen, als ich denke, dass er versuchen wird, direkt durch mich hindurchzugehen.

Er ist groß und kräftig, der dunkle Bart hat graue Flecken. Er könnte der Mann sein, der die Frau besucht hat, die sich meine Mutter nennt. Auf der Suche nach mir.

»Du bist Birk«, sage ich. »Der Lebensgefährte von Anita Krogsveen.«

Birk atmet schwer.

»Ich bin Mariam«, fahre ich fort. »Und niemand kann länger starren als ich.«

# Roe

Ich stand am Grab und zitterte. Aurora und Anita, die beiden strahlendsten Menschen, die ich je gekannt hatte, Seite an Seite. Schon zur Hälfte von den Flammen verzehrt, und nun würde die Erde den Rest übernehmen. Sverre stand neben mir und hielt meinen Arm fest, damit ich nicht zusammenbrach. Mein Körper hatte keine Kraft mehr. Auf der anderen Seite des Grabes standen Ingrid und ihr Mann, ein nutzloser Schatten wie immer. Sie stützte sich auf ihren sogenannten Schwiegersohn. Den Mann, der in Untersuchungshaft gewesen war wegen des Verbrechens, das uns alle hier vereint hatte. Ingrid hatte die ganze Zeit zu ihm gehalten.

Ich hatte keine einzige Träne vergossen. Meine Augenhöhlen waren wie verbranntes Papier, tiefe Wunden hinter den Augäpfeln. Ich versuchte, in dem Blumenmeer vor uns etwas Gutes zu sehen, Trost darin zu finden, dass so viele Menschen zeigen wollten, wie sehr sie die verstorbene Mutter und das Baby vermissten. Dass sie sich um uns sorgten, dass sie Anita nahegestanden hatten, aber es war sinnlos. Alles, was ich sah, waren Anitas nackte, verkohlte Augenhöhlen, die Zähne, die freilagen, weil ihre Lippen verbrannt waren. In ihrer Ansprache in der Kirche hatte Ingrid gesagt, dass wir Anita so in Erinnerung behalten sollten, wie sie gewesen war. Dass wir dafür sorgen müssten, dass ihr Leben über ihren Tod siege. Das übliche Gerede. Leere Worte. Als ich an der Reihe war, zu sprechen, weigerten sich meine Beine, sich zu bewegen, und ich blieb sitzen. Ich schüttelte nur den Kopf und drückte den Zettel mit den geplanten Worten tief in meine Anzugtasche – Worte, die ich nicht aussprechen konnte. Zum Glück blieb auch Birk stumm.

Nachdem der Pfarrer Erde auf die beiden weißen Särge geschüttet und die Gemeinde sich durch ein Trauerlied geschluchzt hatte, traten zwei kleine Mädchen von Ingrids Seite der Familie vor. Sie legten jeweils eine einzelne Rose zu den anderen Blumen. Mir wurde klar, dass es jetzt niemanden mehr gab, der nach mir kommen würde. Die Blutlinie war unterbrochen, und wer auch immer der Täter gewesen war, ob Birk oder jemand anderes, hatte auch mir ein Ende bereitet. War das ein egoistischer Gedanke?

Die Trauernden setzten sich in Bewegung, standen Schlange, um Ingrid und Birk zu umarmen, ihnen die Hand zu schütteln und ihnen tief in die Augen zu sehen. Ich wollte mich davonstehlen, aber bald drängten sich dieselben Menschen um mich, drückten meine Hand und sprachen von Anita. Viele von ihnen hatte ich seit über zehn Jahren nicht mehr gesehen, Freunde und Verwandte von Ingrid, die auf mich zugingen und so taten, als würden sie sich für mich interessieren. Fragen über Fragen wurden mir gestellt. War es eine harte Zeit? Hältst du durch? Ich nickte zu allem und wich zurück, wollte fliehen. Mein Herz klopfte, ich sah Punkte vor den Augen, mir wurde schwindelig. Meine Brust zog sich zusammen, die Luft fühlte sich an wie dicker Lehm, und ich musste mich beim Erstbesten abstützen, um nicht hinzufallen. Das war Birk. Er öffnete den Mund, um etwas zu sagen, aber ich drehte mich weg, machte ein paar Schritte über das Gras und fiel wie ein Betrunkener zu Boden.

Im nächsten Moment standen Sverre und Ingrid über mir. Sie packten jeweils einen Arm, zogen mich hoch und führten mich weg von den anderen Menschen.

»Was ist passiert?«, fragte Sverre.

Ich öffnete den Mund, um etwas zu sagen. Ich wollte sagen, dass ich nicht wusste, wie ich das alles ertragen sollte, dass ich allein war, aber ich brachte kein Wort über die Lippen.

»Ich glaube, du solltest nach Hause gehen«, sagte Ingrid.

In ihrer Stimme lag Besorgnis, aber auch ein gewisser Vorwurf. Sie hatte sich einen besseren Vater für ihre Tochter gewünscht. Das hatte sie viele, viele Jahre gedacht – das wusste ich genau, – und jetzt … Jetzt war ich daran schuld, dass sie keine Tochter mehr hatte.

»Warum sagst du das nicht zu Birk?«

»Weil Birk nicht umgekippt ist, Roe.«

»Komm«, sagte Sverre und führte mich zum Auto.

# Ronja

*Kristiansund*
*Mittwoch, 23. August 2017*

Wieder muss ich dasitzen und den Geruch von Augusts After-shave wahrnehmen, während er sich die Überwachungsvideos aus dem Einkaufszentrum Storkaia ansieht. Nicht nur von der Cubus-Filiale, aus der Roe Olsvik tritt. Er sieht genauso aus, wie Robert Kirkeby ihn beschrieben hat – graues Hemd, markantes Kinn, breite Schultern und eine Tragetasche in der Hand. Roe bleibt auch vor dem Supermarkt stehen, wirft einen Blick hinein, als würde er etwas beobachten, und geht kurz darauf durch denselben Ausgang hinaus, durch den auch Iben gleich gehen wird.

Ich stehe auf und gehe zu dem Puzzle an der Wand. Jedes Mal, wenn ich die Brücke betrachte, die sich im Wasser spiegelt, spüre ich eine Art Verlangen. Vielleicht ist es der Teufel, der mich in Versuchung führt, mich zu sich hinzieht. Oder es ist umgekehrt – dass wir drinnen sind und nach draußen schauen. Vielleicht ist es auch ganz anders – dass beide Seiten gleich gut sind. Die Brücke erzählt so viel über uns Menschen. Wie wir uns täuschen lassen, Spiegelbilder im Wasser sehen und glauben, das Ding selbst zu sehen. Wie wir auf einen winzigen Ausschnitt der Welt starren und glauben, das ganze Bild zu sehen.

»Scheiße«, sagt August auf Dänisch. »Deshalb hat er sich bei diesem Fall so komisch verhalten. Er ist selbst darin verwickelt.«

Wie sieht die Rakotzbrücke wohl von der anderen Seite aus? Vielleicht ist dort Schatten, sodass man die Spiegelung im Wasser nicht so gut sieht. Vielleicht ist das Wasser trüb, oder es schwimmen lauter Fische darin herum.

»Wir müssen mit Roe reden«, sage ich. »Es muss doch eine Erklärung geben, meinst du nicht?«

»Eine Erklärung? Er hat uns die ganze Zeit etwas verheimlicht! Ich denke, wir müssen gegen ihn als Verdächtigen ermitteln und auch in Betracht ziehen, ihn in Gewahrsam zu nehmen. Wenn wir ihn einfach so zu dem befragen, was wir herausgefunden haben, ist er vorgewarnt. Er kann sich darauf vorbereiten. Stattdessen sollten wir die Ermittlungen fortsetzen, bis wir genug haben, um ihn zu überrumpeln.«

Nicht die Tatsache, dass Roe Olsvik uns etwas verheimlicht hat, ist interessant, sondern das »Warum«. Dieses »Warum« könnte so groß und selbst für Roe so enorm sein, dass er uns nichts davon gesagt hat. Aber wie dem auch sei, wir als Fußvolk haben das nicht zu entscheiden. Dafür haben wir unsere Chefs.

»Wir müssen mit Shahid reden«, sage ich.

# Roe

Die Synapsen in meinem Gehirn brannten. Ein Feuer, das sich seinen Weg durch meine Nervenbahnen und meine Wirbelsäule bahnte und sich ausbreitete, bis ich von innen heraus glühte. Es war die Sonne draußen vor dem Fenster, die mich so brennen ließ. Ich fühlte mich, als würde ich spontan in Flammen aufgehen. Auf dem Schreibtisch vor mir lagen Akten, die schon zwei Wochen alt waren. Fälle, die einfach liegen geblieben waren und die ich wieder aufgreifen musste, aber ich konnte es nicht. Es war sinnlos, sich zu konzentrieren, während mein Körper von den Flammen meiner Lütten verzehrt wurde. Das Feuer wanderte über Wände und Dachziegel bis in mein Gehirn. Die Leiche der Lütten wie ein Stück Kohle. So vieles passte nicht zusammen – ihre Stimme am Telefon, dieses Feuer in der Bratpfanne mitten am Tag, das Baby, das anscheinend von einer gewaltigen Kraft zerquetscht worden war. Was hatte das zu bedeuten?

Ich musste aufstehen. Irgendwo hingehen, meinen Kopf mit etwas füllen. Ich ging zur Tür. Atmete tief ein. Die Luft war nicht schwer, nicht heute. Ich öffnete die Tür und ging den Gang entlang.

»Roe! Ich habe gehört, dass du wieder da bist.« Sverre kam auf mich zu, ein halbes Lächeln unter dem Bart. »Wie geht es dir?«

Ich räusperte mich. »Ach, schon besser. Zeit, wieder an die Arbeit zu gehen, bevor der ganze Laden zusammenbricht.«

Sverre gab mir eine halbe Umarmung, die ich nicht erwiderte. Offenbar hatte er inzwischen angefangen, Leute zu umarmen. Die Beziehung zwischen uns hatte sich für immer verändert.

»Ich habe an dich gedacht«, sagte er.

Verlegen blickte ich zu Boden. »Ich wollte mir gerade eine Tasse Kaffee holen.«

Warum war ich nicht da gewesen, als sie mich brauchte? Ich Sturkopf hatte mein Handy im Büro liegen lassen, statt es bei mir zu tragen, wie es jeder andere Erwachsene tun würde. Ich hatte mich nur auf meine Arbeit konzentrieren und alles andere beiseiteschieben wollen. Nun würde ich nie erfahren, warum sie angerufen hatte. Für den Rest meines Lebens würde ich ihre tränenerstickte Stimme hören, so wie sie am Telefon geklungen hatte. Wissend, dass sie vielleicht noch am Leben wäre, wenn ich nur abgenommen hätte, als sie anrief.

Ingrid rief mich in diesen Tagen oft an und erinnerte mich genau daran. *Wie konntest du dein Telefon im Büro liegen lassen, Roe? Nicht zu glauben, dass du nicht rangegangen bist, als sie dich das letzte Mal angerufen hat!* Und dann, ein wenig besorgter: *Wie hältst du das aus, ganz allein, hast du jemanden, mit dem du reden kannst?*

Die Unterhaltungen verstummten, als ich den Pausenraum betrat. Sie grüßten mich mit einer seltsamen Ehrfurcht. Ich ging zur Kaffeemaschine und spürte ihre Blicke in meinem Rücken. Es war, als könnte ich ihre Gedanken hören: *Es ist nicht mehr so einfach, mit Roe zu reden, man weiß nicht, was man sa-*

*gen soll. Es ist irgendwie respektlos, vor ihm zu lachen.* Als hätte ich mich in eine verdammte Porzellanfigur verwandelt. Hatte ich nicht schon viel mehr Krisen überstanden als sie alle? Jetzt kommt schon. Redet!

Sie sahen mich an, starrten und starrten. Plötzlich vermisste ich es, allein in einem Raum eingesperrt zu sein und die Wand anzustieren, als wartete ich darauf, dass sie in Flammen aufging. Verbringen Sie Zeit mit denen, die Ihnen am nächsten stehen, hatte der Arzt gesagt. Nehmen Sie sich Zeit. Die Zeit heilt alle Wunden. Er verschrieb mir Medikamente, aber ich hatte nicht vor, irgendwas von dem Mist zu nehmen. *Zeit mit denen, die Ihnen am nächsten stehen.* In den letzten zwei Wochen war mein engster Freund eine weiße Wand in meiner Wohnung gewesen – ich hatte Zeit gehabt, jeden Kratzer und jeden Riss in der Farbe dieser Wand zu studieren.

Ich trank Kaffee, bis ich husten musste. Ich wollte gehen, aber ich wusste nicht wohin. Anita, das Baby, es musste eine Spur geben, der sie noch nicht nachgegangen waren, es musste eine Antwort geben. Hatten sie nach diesem neuen Freund gesucht? Ich musste sie fragen. Wenn ich sie fragte, würden sie antworten. Aber gleichzeitig wusste ich nicht, ob ich dazu in der Lage sein würde. Womöglich würde ich explodieren.

»Jungs.« Sverre stand mit hochrotem Gesicht in der Tür. »Es ist etwas passiert. Wir brauchen euch sofort.«

Ich ließ meine Tasse in die Spüle fallen. Mit schnellen Schritten folgte ich Sverre und drängte mich an ein paar anderen vorbei.

»Sag mir, was los ist.«

»Bist du jetzt schon bereit für einen weiteren Todesfall, Roe?«

»Sag mir einfach, was passiert ist.«

»Wir fahren zur Løvenvoldgata. Zu David Lorentzens Wohnung. Seine Mutter hat angerufen. Ihr Sohn wollte sie besuchen, aber er ist nicht gekommen. Also ist sie zu seiner Wohnung gefahren und hat sich mit dem Zweitschlüssel Zutritt verschafft. Drinnen lag eine Leiche, ein Mann.«

Die Gruppe hinter uns fing an, aufgeregt zu murmeln. Eine Leiche. Sie wollten wissen, um wen es sich bei dem Toten handelte. Ob es Mord war. Sverre wusste es nicht. Ich setzte mich auf den Fahrersitz, stellte den Rückspiegel ein und gab Gas. Fuhr rückwärts und wendete. In meinen Adern pochte das Blut.

»Bist du dir sicher, Roe?«

Heftiges Pochen. Das Blut hinter meinen Augen, in meinem Hals.

»Habt ihr David Lorentzen in den letzten Wochen nicht beschatten lassen? Was ist passiert?«

»Der Fall hatte nicht mehr oberste Priorität.«

Meine Kenntnis der Kreise, in denen sich David Lorentzen bewegte, könnte in diesem Fall nützlich sein. Es war eine Gelegenheit, auf andere Gedanken zu kommen und etwas Sinnvolles beizutragen. Ich bog in die Løvenvoldgata ein und bremste abrupt hinter dem Streifenwagen, der bereits dort stand. Mein Sicherheitsgurt ließ sich nicht auf Anhieb öffnen – ich steckte kurz fest. Dann stürzte ich aus dem Auto in Richtung Haus. Ich rannte die Treppe zum ersten Stock hinauf. In meinem Kopf rettete ich diesmal meine Lütte, machte es jetzt wieder gut. Vor der Tür hielt ein Polizist Wache. Ich streifte die Plastiküberzieher über meine Schuhe, zog schwer atmend den Overall und die Kapuze an. Der Beamte trat zur Seite, damit ich eintreten konnte. Man hatte ein Stativ aufgestellt, um einen

Fußabdruck im Flur zu fotografieren. Es roch genau so wie vor ein paar Jahren, als Ingrid und ich, bevor wir Anita bekamen, im Urlaub waren und zu einer kaputten Tiefkühltruhe nach Hause kamen. Wasser auf dem Boden und Blut, der Gestank von verwesendem Fleisch. Ich griff nach dem Arm des Mannes, der dastand und fotografierte.

»Die Leiche«, sagte ich.

Er zuckte zusammen. Ich sah mich selbst im Flurspiegel hinter ihm, wie ein riesiger Bär. Ich ließ ihn los und trat einen Schritt zurück. Ich befand mich im Krisenmodus, dabei ging es hier weder um Anita noch um Aurora, sondern um jemand ganz anderen.

»Er liegt da drin.«

Mein Atem ging schwer. Ich lief im Zickzack zwischen den Flecken und anderen möglichen Beweisen auf dem Boden hindurch und versuchte zu atmen – durch die Nase ein und durch den Mund aus, wie der Arzt gesagt hatte, oder in eine Plastiktüte. Hinter der Tür folgte ich dem Gestank und sah den Körper eines erwachsenen Mannes, der in seinen eigenen Verwesungssäften schwamm. Die Haut an Gesicht und Körper war grünlich verfärbt und geschwollen. Der Mund stand offen und schien voller Larven zu sein. Ich atmete ein. Noch einmal, aber die Luft war ein faulig riechender Lehm, der meinen Mund füllte. Ich keuchte. Heißer, stinkender Lehm, der in meiner Brust brannte. Ich versuchte wieder einzuatmen, aber alles, was ich fühlte, war ein harter Klumpen in meiner Brust, der brannte. Ich bekam nicht genug Luft. Ich öffnete den Mund so weit wie möglich, aber es kam keine Luft, nur schwerer, harter Lehm. Dann wurde alles dunkel.

# Ronja

Shahid deutet auf zwei schlichte Holzstühle in seinem engen Büro. Viel Luxus gibt es auch für die Chefs in dieser Branche nicht. Über dem Schreibtisch hängt ein Foto seiner Frau und seiner Tochter im Teenageralter. Es muss schwer für ihn sein. Er wirkt immer so professionell und distanziert zu seinen Fällen, aber ich kann mir vorstellen, dass er seine Familie in den letzten Tagen besonders fest umarmt hat – wenn er die Möglichkeit hatte, zu ihnen nach Hause zu fahren.

Der Chef sagt nichts, er wartet nur darauf, dass einer von uns das Wort ergreift. Die Autorität in seiner Haltung wirkt so natürlich, so leicht. Schließlich bin ich es, die das peinliche Schweigen bricht. Ich beginne in einem unzusammenhängenden Wortschwall zu sprechen, erzähle von dem Zeugen, der einen Mann mit einer Cubus-Tasche gesehen hat, und von den Überwachungsbildern aus Storkaia. Shahid schaut mich mit offensichtlicher Skepsis an – ich sehe es sofort –, aber es ist zu spät, um aufzuhören, um alles zurückzunehmen.

Ich schaue August an und fühle mich wie ein Kind, als er mir aufmunternd zunickt. Ich rede ununterbrochen, ohne auch nur einmal Luft zu holen, spüre, wie meine Wangen heiß und meine

Hände feucht werden. Durch die Autorität des Chefs fühle ich mich wie eine Schülerin, die ihrer Lehrerin etwas erklären will. Und die Worte klingen nicht überzeugend – sie klingen unbeholfen und verwirrend, zusammenhanglos. Ich fange an, beim Sprechen alles zu analysieren, und verliere den Argumentationsfaden, aber ich habe bereits begonnen, ihm zu erzählen, was ich herausgefunden habe. Widerwillig quetsche ich den Rest der Erklärung aus mir heraus und atme tief durch.

Erst jetzt höre ich, wie eine Fliege summend gegen die Fensterscheibe stößt. Shahid lehnt sich in seinem Stuhl zurück und verschränkt die Hände hinter dem Kopf. Er nimmt sich einen Moment Zeit, um über das Gesagte nachzudenken, nimmt jedes Wort ernst. Das ist etwas, was ich bei mir selbst noch nicht erkenne – die Ernsthaftigkeit, die offenbar mit etwa dreißig Jahren einsetzt. Das macht einen wirklich erwachsen.

»Bestimmt war das nur ein Missverständnis«, sagt Shahid. »Ich denke, die Tatsache, dass Roe im Einkaufszentrum war, hätte im Bericht erwähnt werden sollen, aber das ist wahrscheinlich nur ein Versehen. Er hielt es wohl nicht für wichtig.«

Ich bin erleichtert. Der Chef stimmt mit mir überein – oder besser gesagt mit dem, was ich zuerst dachte, bevor ich mich von August vom Gegenteil überzeugen ließ. Es kann ja ganz einfach ein Irrtum sein, genau wie Shahid sagt. Was wissen wir schon?

»Er hat uns nicht nur verschwiegen, dass er auf dem Filmmaterial ist«, sagt August. »Er wurde auch gesehen, wie er mit Iben gesprochen hat, bevor sie verschwand.«

Shahid runzelt die Stirn. »Aber wir sind uns doch einig, dass dieser Augenzeuge nicht hundertprozentig zuverlässig ist?«

Er starrt uns abwechselnd an. Ich nicke.

»Habt ihr Roe dazu befragt?«, will er wissen. »Ich bin sicher, es gibt eine Erklärung.«

»Wir sind zuerst zu dir gekommen«, sagt August. »Weil irgendwas nicht stimmt. Es gibt mehrere Punkte, die verwirrend sind. Wir haben den Eindruck, dass Roe irgendwie in den Fall verwickelt ist. Dass er mehr weiß als wir und uns hinters Licht führt.«

»Das ist eine ernste Anschuldigung.«

»Wir bitten nur um die Genehmigung, der Sache nachgehen zu dürfen«, sagt August.

»Nun, ich fürchte, die werde ich euch nicht gewähren. Das Verschwinden von Iben Lind ist viel zu ernst, als dass wir unsere Zeit mit Nebensächlichkeiten verschwenden könnten. Wie gesagt, ich bin davon überzeugt, dass es eine Erklärung gibt. Wenn ihr möchtet, kann ich Roe anrufen und ihn fragen. Er ist heute krank, aber ich bin sicher, er hat nichts gegen einen kurzen Anruf.«

»Aber dann ist er vorgewarnt!« Die Worte rutschen mir heraus.

Shahid schaut mich erstaunt an. »Roe ist kein Krimineller. Er ist ein Kollege. Ich rufe ihn an, und wir können die Sache klären.«

Mein Gesicht wird heiß. Ich schaue August an und komme mir dumm vor. Ich weiß nicht, warum ich so tun muss, als wäre ich mit ihm einer Meinung, wenn ich es in Wirklichkeit nicht bin.

August schaut Shahid an und nickt. »Kein Problem«, sagt er. »Ich kann ihn anrufen.«

Der Chef schaut von August zu mir. Ich unterdrücke ein Seufzen und nicke.

»Gut. Dann können wir das jetzt hinter uns lassen, oder?«

Wieder nicken August und ich wie zwei disziplinierte Schüler.

»Übrigens«, sagt Shahid, als wir gerade gehen wollen. »Als Roe sich krankgemeldet hat, hat er auch noch etwas anderes gesagt. Er vermutet, dass Mariam Lind nicht zu Hause ist, wie ihr Mann behauptet. Könntet ihr das überprüfen, so diskret wie möglich?«

Als wir wieder hinter der geschlossenen Tür meines Büros sind, schaue ich August an. Irgendwie bin ich erleichtert. Es scheint das Richtige zu sein, Roe zu kontaktieren und ihn zu einer Erklärung zu drängen. Natürlich muss es sich um ein Missverständnis handeln.

»Vielleicht sollten wir zu ihm gehen, anstatt ihn anzurufen«, sage ich. »Ich komme gerne mit.«

August stemmt eine Hand in die Hüfte und lächelt. »Ich habe weder das eine noch das andere vor – ich wollte nur verhindern, dass der Chef ihn anruft. Wir müssen einen Plan entwerfen.«

# Mariam

Es ist noch früh am Tag, das Café ist nur spärlich von Müttern mit Kinderwagen und vereinzelten einsamen Gestalten bevölkert. Birk setzt sich an einen der Tische im hinteren Teil des Lokals, während ich zur Theke gehe. Er will nichts – zumindest nichts außer einer Antwort. Als ich meine Tasse auf den Tisch stelle und ihm gegenüber Platz nehme, zischt er die Fragen zwischen zusammengebissenen Zähnen hervor.

»Was ist an dem Tag passiert?«, fragt er. »Was hast du mit ihnen gemacht?«

Mir schnürt sich der Hals zu. Obwohl ich es gewohnt bin zu lügen, obwohl ich in den letzten zwölf Jahren nichts anderes getan habe, fällt es mir hier schwer. Manche Lügen sind schwerer als andere.

»Anita und ich waren zusammen«, sage ich. »Sie wollte dich meinetwegen verlassen. Aber mehr habe ich nicht getan. Ich habe sie an dem Tag nicht gesehen und weiß nicht, was passiert ist.« Ich schlucke und greife nach meiner Tasse. »Ich war schon weg. Ich wusste, dass die Beziehung zwischen ihr und mir nicht funktionieren würde, und ich hatte schon genug Probleme.«

»Was ist mit Aurora passiert?« Sein dunkler Bart verleiht ihm das Aussehen eines schlecht gelaunten Höhlenmenschen.

Ich verstecke meine Hände unter dem Tisch, um zu verbergen, dass ich zittere. Zwölf Jahre lang habe ich geübt, falls mir jemand diese Fragen stellt. Ich nehme mir die Zeit, langsam den Kopf zu schütteln.

»Es tut mir so leid«, sage ich. »Ich wünschte, ich wüsste es. Ich wusste nicht einmal, dass eine von ihnen tot ist, bis ich das Foto vom Haus in der Zeitung gesehen habe.« Ich stottere etwas und räuspere mich. »Um ehrlich zu sein, dachte ich, du wärst es gewesen. Schließlich wurdest du verhaftet. Ich habe den Fall verfolgt.«

Die Polizei dachte, er sei es gewesen. Es war so offensichtlich, dass jemand versucht hatte, ein Verbrechen zu vertuschen, und es ist immer der Freund oder der Ehemann, nicht wahr? Nach allem, was ich gelesen habe, wurde er aus Mangel an Beweisen freigelassen. Was, wenn er irgendwie herausgefunden hatte, wer ich war, mich gesucht hatte? Ob er überzeugt gewesen war, dass ich hinter den Ereignissen von damals steckte, und sich an mir rächen wollte? Wollte er mir mein Kind wegnehmen, so wie ich ihm Aurora weggenommen hatte? Es klang verrückt, aber Menschen haben schon verrücktere Dinge getan. Ich habe noch verrücktere Sachen gemacht.

»Wann hast du das mit mir herausgefunden, Birk?«

Er schaut wieder auf. »Ich habe dein Foto überall gesehen. In den Zeitungen, im Fernsehen, neben deiner Tochter. Ich sah das Foto und dachte, dass du mir so verdammt bekannt vorkommst. Es hat lange gedauert, bis ich darauf gekommen bin, dass ich dich von Anitas Bildern wiedererkenne. Aus der Spätphase unserer Beziehung. Da ist mir klar geworden, dass du Aurora getötet haben musst und dass du jetzt auch deine Tochter getötet hast. Ich habe das alles schon der Polizei erzählt. Ich kenne jemanden bei der Polizei in Kristiansund und habe ihn sofort angerufen. Ich habe mich gewundert, dass sie dich nicht festgenommen haben. Stattdessen tauchst du hier auf.«

Ich schüttle den Kopf. »Ich habe ihr nichts getan. Ich bin überzeugt, dass Iben noch lebt. Ich werde sie finden.«

Überzeugt. Das muss ich sein.

Er seufzt. »Nach dem Brand war ich so wütend, dass sie jede Menge Zeit damit verschwendet haben, mich zu verhaften, anstatt herauszufinden, was wirklich passiert ist. Dass sie nicht den verdammten Liebhaber gesucht haben, von dem ich so sicher war, dass sie ihn hatte, und der an allem schuld war. Wie sich herausstellte, war dieser Liebhaber eine Frau.«

»Du hattest also ein Motiv, mein Kind zu entführen«, sagte ich. »Weil du geglaubt hast, dass ich deins getötet habe.« Meine Stimme bricht.

Er sieht mich an, in seinen Augen liegt eine tiefe Dunkelheit.

»Ich weiß, was du mit Anita gemacht hast«, sage ich. »Ich habe die Prellungen gesehen.«

Er blinzelt ein bisschen zu lang, und mir ist bewusst, dass er auf der Hut ist. Nicht nur ich habe etwas zu verbergen.

»Ich war auf See, als deine Tochter verschwunden ist«, sagt er. »Ich bin Freitagabend nach Hause gekommen.«

Ich nehme einen großen Schluck aus meiner Kaffeetasse. Ich denke an Iben, als sie so alt war wie Aurora zum Zeitpunkt ihres Todes. Wie ich sie die ganze Zeit im Arm hielt, sie in den Schlaf wiegte und an mich drückte. Ich dachte, wenn sie nur einen Tag älter würde als Aurora, dann wäre alles in Ordnung.

Ein lächerlicher Gedanke. Die Tragödie lag mir bereits im Blut, in meiner und Ibens DNA.

»Es ist seltsam«, sagt Birk, »dass sie meinem Hinweis nicht nachgegangen sind. Haben sie dich wirklich nicht dazu befragt?«

# Roe

*Ålesund*
*Dienstag, 1. Dezember 2009*

Weiße Flocken vor dem Fenster, der erste Schnee des Winters. Ich saß auf dem Sofa, kramte nach der Pillenflasche und dem Becher Wasser, schluckte zwei Effexor. Ich sollte sie nicht nehmen. Sie raubten mir die Fähigkeit, zu denken, machten mich träge. Durch sie vergaß ich Dinge, konnte weniger klar denken. Aber wenn ich die Pillen nicht nahm, konnte ich an diesem Tag nichts essen, kein Wasser trinken, keine Luft atmen. Nur vorübergehend, hatte der Arzt gesagt, lassen Sie sich Zeit, verbringen Sie sie mit denen, die Ihnen am nächsten stehen. Meine nächste weiße Wand. Ich kannte jedes Nagelloch, jede Unebenheit in der Farbstruktur. Um mich herum wucherte der Staub in den Winkeln und Ritzen. Die einst grünen Pflanzen waren längst zu Leichen geworden, die Blätter hingen über den Rand der Übertöpfe. *Lassen Sie sich Zeit* – vier Jahre lang.

Der erste Schnee. Bald würde Weihnachten sein, und auch dieses Jahr würde ich hier allein sitzen und versuchen, mich daran zu erinnern, dass es in ein paar Stunden möglich sein würde, den Fernseher wieder einzuschalten. Meine Lütte war tot. Aurora war tot. Es fühlte sich falsch an, dass die Tabletten mich davor bewahrten, es noch intensiver zu fühlen. Ich konnte nur dasitzen und mir sagen: Meine Lütte ist tot, Aurora ist tot, ich bin tot. Ich fühlte nichts. Ich sollte diese Tabletten nicht nehmen. Ich musste bei klarem Verstand sein, bereit herauszufinden, was mit der Lütten passiert war. Der Täter musste Spuren hinterlassen haben. Wenn es Birk war, musste es eindeutige Beweise geben. Sie hatten nicht gründlich genug gesucht, und mit der Zeit würde es immer schwieriger werden, solche Beweise zu finden. Vielleicht würden sie sogar ganz verschwinden. *Lassen Sie sich Zeit.*

Ich ging zum Kühlschrank, in dem sich nichts befand außer einem verschimmelten Stück Käse, einem Päckchen Butter und einem Munkholm-Bier. Ich seufzte und warf den Käse in den Müll. Ein Tag nach dem anderen, hatte der Arzt gesagt. Schreiben Sie sich eine Liste, was Sie heute tun werden. Heute wollte ich in den Laden gehen und etwas zu essen kaufen. Ein richtiges Essen kochen. Als Ingrid und ich noch zusammenwohnten, habe ich oft gekocht. Das wollte ich heute auch tun. Den Herd benutzen und feststellen, dass es gar kein Problem war.

Meine Winterjacke hing ganz hinten im Schrank zwischen meinem Anzug und einem Sakko, das ich nie getragen hatte. Aus einem Impuls heraus griff ich in die Tasche der Anzugjacke und zog das Programm von Anitas und Auroras Beerdigung heraus. Ingrid hatte dort gestanden, mit einem Zettel in der Hand, und gesagt: *Wir haben ein Kind und ein Enkelkind verloren, aber wir werden versuchen, uns an die schönen gemeinsamen Zeiten zu erinnern.* Ingrid – immer so positiv. Ich griff in die andere Tasche meines Anzugs, aber der Zettel mit der Rede, die ich nie gehalten hatte, war weg.

Ich zog Jacke, Mütze und Handschuhe an und ging hinaus in den Schnee. In letzter Zeit hatte ich oft daran gedacht, dass es möglich sein könnte, darüber hinwegzukommen. Mit der Gewissheit zu leben, dass es ein großes schwarzes Loch in der Welt gab, eines in Form des abgebrannten Hauses. Immerhin hatte ich es vorher geschafft, ohne die Lütte zu leben – ich hatte nicht viel Kontakt zu ihr gehabt, seit sie erwachsen war. Ich hatte sie nur einmal nach der Geburt besucht, Aurora kannte ich eigentlich überhaupt nicht. Es waren die Pillen, die aus mir sprachen, wenn ich so dachte – dass es möglich war, eine Tochter und ein Enkelkind zu verlieren und trotzdem weiterzuleben – aber ich konnte nicht Polizist sein und Pillen schlucken. *Nehmen Sie sich Zeit.* Drei Nachmittage in der Woche im Archiv, alte Fälle sortieren, um meinen Job nicht zu verlieren. In der Hoffnung, dass mich dort niemand sah und mit mir reden wollte. In der Hoffnung, dass mir niemand in die Augen schaute. Meistens gingen sie mir sowieso aus dem Weg. Nimm dir so viel Zeit, wie du brauchst, hatte der Chef gesagt. Ein Zombie von einem ehemaligen Polizisten, der durch den Schnee lief.

Im Lebensmittelladen um die Ecke kannte mich niemand, obwohl ich schon immer hier einkaufte. Immer wieder neue, junge Gesichter unter den Angestellten – wahrscheinlich kein Ort, an dem man lange arbeiten wollte. Ich stand vor den Regalen und versuchte mich zu erinnern, was ich früher für meine Bratensoße verwendet hatte – war es nur Mehl, Butter und Salz, oder war da noch etwas anderes? Es kam mir so vor, als wären meine Erinnerungen an das Kochen in einer Pappschachtel tief unten in einem Lagerraum meines Gehirns verstaut. Ich erinnerte mich, dass ich Brühe brauchte. An der Kasse nahm ich mir zwei Tafeln Schokolade und betrachtete das Band, während die Produkte gescannt wurden. Ich blickte in mein Portemonnaie, holte meine Karte heraus und bezahlte. Der Junge an der

Kasse legte mir die Waren in eine Tüte. Ich bedankte mich, ohne aufzusehen.

»Guten Tag«, sagte eine Stimme, eine Gestalt an der Tür. Ich ging davon aus, dass der Gruß jemand anderem galt. Ich machte mich auf den Weg und nahm meine Tasche mit. Plötzlich spürte ich eine Hand auf meiner Schulter. Es war ein junger Mann. Er hatte mittellange Haare und trug eine Lederjacke.

»Guten Tag«, sagte ich und wollte gehen.

»Erkennen Sie mich nicht?«

Ich schüttelte den Kopf und ging ungeduldig an ihm vorbei, hinaus auf die Straße.

»Sie sind doch Polizist, oder?«

Ich drehte mich um und sah den Jungen an.

»Sie haben mich einmal verhaftet, vor vielen Jahren. Ihr Gesicht werde ich nie vergessen.«

Ein schmales Gesicht, niedrige Stirn, die Augenbrauen trafen sich fast in der Mitte, aber nicht ganz. Er hatte kurze blonde Haare, als ich ihn verhaftete.

»Ich habe Sie wegen eines Raubüberfalls verhaftet«, sagte ich. »Es war Ihr Vater, nicht wahr – der Mann, den Sie überfallen haben?«

»Ich hatte gehofft, Sie eines Tages zu treffen. Es hat mir viel bedeutet, dass Sie damals so korrekt zu mir waren. Ich war es nicht gewohnt, dass jemand in Ihrem Alter so nett zu mir ist.«

»Danke«, sagte ich. »Haben Sie damals nicht mit David Lorentzen zusammengearbeitet?«

Er zündete sich eine Zigarette an, beantwortete die Frage aber nicht. »Ich habe gehört, dass ihn jemand umgebracht hat. Sie haben mich zur Vernehmung geholt, aber ich konnte ihnen nichts sagen. Wurde schon jemand geschnappt?«

»Ich weiß nichts darüber«, antwortete ich. »Ich bin krankgeschrieben.«

Er kam näher. »Ich hoffe, Sie nehmen mir die Bemerkung nicht übel, aber Ihre Pupillen sind riesig.«

Ich wandte den Blick zu Boden. »Das ist eine Nebenwirkung der Tabletten, die ich nehme.«

»Angstzustände?«

Ich nickte.

»Nur vorübergehend, oder?«

»Vorübergehend für vier Jahre.«

Er nahm einen langen Zug von seiner Zigarette und blies den Rauch seitlich aus dem Mund.

»Im Ernst«, sagte er. »Das ist lange genug. Es wird nur schwieriger aufzuhören, je länger man sie nimmt. Meine Mutter hat das Zeug jahrelang genommen.« Er streckte die Hand aus. »Sie wollten sich das letzte Mal vorstellen, aber ich war nicht sehr entgegenkommend. Geben Sie mir eine zweite Chance?«

Ich nahm seine Hand und gab ihm einen richtigen Händedruck. »Hallo, ich bin Roe Olsvik.«

»Egil Brynseth«, sagte er. »Schön, Sie kennenzulernen.«

# Ronja

*Kristiansund*
*Mittwoch, 23. August 2017*

Die Tür geht auf, und die Krankenschwester kommt herein, zusammen mit Robert Kirkeby. Wie beim letzten Mal hebt er nicht den Kopf, schaut uns nicht ins Gesicht, sondern schaut misstrauisch von einer Seite zur anderen. Sein Blick huscht auf eine Weise durch den Raum, die mir das Gefühl gibt, dass er nicht ganz glaubt, was er sieht. Er sitzt genau an derselben Stelle wie vorher und flüstert ein paar Worte.

»Hallo, Robert«, sage ich.

Robert schaut mich und August kurz erschrocken an.

»Sie waren uns eine große Hilfe, als wir das letzte Mal hier waren, aber jetzt brauchen wir wieder Ihre Hilfe. Ich habe ein paar Fotos, die ich Ihnen zeigen möchte, und ich frage mich, ob Sie mir sagen können, ob Sie eine der Personen darauf erkennen? Glauben Sie, dass Sie das können, Robert?«

Einige Sekunden vergehen. Robert schaut auf die Tischplatte und flüstert vor sich hin.

»Iben Lind, Iben Lind, Iben Lind«, sagt er.

Ich nicke. »Ja, das ist Iben Lind. Ich frage mich, ob einer dieser Männer der ist, den Sie zusammen mit dem Mädchen am Freitag gesehen haben?«

Ich lege die Bilder auf den Tisch. Sechs verschiedene Gesichter – ich schiebe sie so, dass sie direkt vor ihm liegen. Es fühlt sich falsch an, so etwas hinter dem Rücken von Roe und meinem Chef zu tun. Nach allem, was wir wissen, könnte Roe eine gute Erklärung dafür haben, warum er uns nie gesagt hat, dass er auf dem Überwachungsvideo von Storkaia zu sehen ist, aber August wollte zuerst mit dem Zeugen sprechen. Deshalb sind wir hier und können nur hoffen, dass etwas Nützliches dabei herauskommt.

»Iben Lind, Iben Lind, Iben Lind«, murmelt Robert Kirkeby. »Jeder glaubt ihnen, jeder glaubt ihnen, aber sie lügen dir ins Gesicht. Stehen da und reden mit kleinen Kindern – die Polizei steckt mit drin, die Polizei ist unterwandert, schaut euch bloß mal Tom Cruise an – woher hat der sein Geld? Ich sehe das nämlich.«

Die Schwester beugt sich vor.

»Die Polizei ist nur hier, weil sie deine Hilfe braucht, Robert. Erkennst du einen der Männer auf den Fotos?«

Robert beugt sich so weit vor, dass er fast mit dem Kopf gegen die Fotos auf dem Tisch stößt.

»Spricht mit Iben Lind«, sagt er. »Redet mit Iben Lind, streitet, redet mit ihr, und dann verschwindet sie.«

Ich halte den Atem an.

»Ja, Robert«, sagt die Schwester ruhig. »Ist einer von diesen Männern der, den du gesehen hast, wie er sich mit Iben Lind unterhalten hat?«

Roberts Oberkörper beginnt zu zittern, er schwankt mehrmals hin und her. Ein lautes Geräusch kommt aus seiner Kehle. Er röchelt ein paar Mal. Dann hält er inne, blickt nach unten und spuckt einen langen, zähen Klumpen aus, der auf dem

Tisch vor ihm landet. Er lehnt sich zurück, August und ich beugen uns gleichzeitig nach vorne. Das einzige Foto, das in Robert Kirkebys riesigem Spuckeklumpen badet, ist das von Roe Olsviks Gesicht.

»Das wird vor Gericht niemals standhalten«, sagt August, als wir wieder draußen sind.

Zwischen den grauen Wolken zeigt sich ein winziger Sonnenstrahl. Ich spüre, wie sich mein Magen zusammenzieht. Vor Gericht?

»Vielleicht sollten wir jetzt mit Roe reden«, sage ich leise.

August schaut mich erstaunt an. »Du willst jetzt mit ihm reden, wo der Zeuge ihn gerade identifiziert hat?«

Ein Ausdruck huscht über sein Gesicht, eine Autorität, weil er schon jahrelange Erfahrung hat, während ich eine bedauernswerte Anfängerin bin. Was weiß ich schon vom richtigen Vorgehen? Vielleicht bin ich nur vom Chef beeinflusst. Ein typisches braves Mädchen. Aber genau das soll man doch tun – auf den Chef hören.

»Wir müssen ein paar Telefonate führen«, sagt August, nachdem wir ins Auto gestiegen sind. »Mit Leuten in Ålesund, mit Leuten, die Roe kennen. Wir müssen herausfinden, was er mit dem Fall zu tun hat.«

Seine Verbindung zu diesem Fall. Genau das hätten wir auch Roe fragen können.

»Bist du dir sicher, dass wir nicht einfach zu ihm gehen und mit ihm reden sollten?«

August sieht beleidigt aus. Dann lächelt er.

»Ruf Birte an«, sagt er. »Mal sehen, was sie dazu sagt.«

# Roe

*Ålesund*
*Dienstag, 5. Juni 2012*

Um mich herum verging die Zeit wie im Flug. Sie raste mit einer Geschwindigkeit vorbei, die die Schallmauer durchbrach, während ich wie erstarrt dasaß. Ich starrte auf die Wand und sah, wie der Putz abblätterte, winzige weiße Flecken, die auf dem Laminatboden landeten. So hatte ich die Zeit verstreichen lassen – Stunden, Tage, Wochen, Monate, Jahre. Ich war wie eine Figur in einer Schneekugel, in der der Putz der Schnee war. Ich fragte mich, ob ein schlecht gelaunter Gott dort oben saß, das verfluchte Ding schüttelte und sich dabei kaputtlachte.

Es war zu voll in meinem Schädel. Jedes Mal, wenn ich versuchte zu schlafen, war mein Kopf voller Erinnerungen. Die Tabletten, die sie in Schach gehalten hatten, waren vor zwei Wochen die Toilette hinuntergespült worden. Bald würde ich fünfundfünfzig werden, und ich wollte meinen Geburtstag feiern, indem ich mich von all dem Mist befreite. Ich wusste, dass ich versuchen sollte, noch ein wenig zu schlafen, bevor Egil kam, aber ich schaffte es einfach nicht. Hinter meinen Augenlidern sah ich die verkohlten Überreste von Anita. Ich wusste, dass ich das Geschirr auf dem Küchentisch wegräumen musste, aber ich saß nur da und starrte vor mich hin. Bald würde Egil kommen. Jemand, der kommen und mich stützen konnte. Der sagen konnte: Tu dies und das, Roe, das ist gut für dich. Ja, genau. Genau das wollte ich. Einen Elternteil. Dabei war ich selbst Vater und Großv… Ich stützte meinen Kopf in die Hände.

Es war schön gewesen in letzter Zeit. Wir hatten uns ein paar Mal in einem Café getroffen, über unser Leben geredet, und alles wirkte plötzlich so einfach, wenn man sich das Leben dieses jungen Kerls ansah, der es geschafft hatte, sich selbst in den Griff zu bekommen. Beim letzten Mal hatte er angefangen, von seinem Vater zu erzählen. Er erzählte, dass sein Vater in seiner Kindheit immer betrunken gewesen war, wenn er nach Hause kam, genau wie seine Mutter. Nach außen drehte sich alles um Status und Geld, aber in den eigenen vier Wänden gab es nur Einsamkeit. Er erinnerte sich an das Gefühl, vergessen zu sein, daran, dass seine Mutter und sein Vater mit ihrem eigenen Leben beschäftigt gewesen waren. Er erinnerte sich daran, wie er sich versteckt hatte, um zu sehen, wie lange es dauern würde, bis ihn jemand finden würde. Als junger Mann war er in die gleiche Falle getappt: Er hatte immer mehr getrunken und sein Studium abgebrochen. Für jeden Tropfen, den er trank, gab er seinem Vater die Schuld. Bis sein Vater ihm auch noch das Geld wegnehmen wollte. Da habe er angefangen, seine Rache zu planen.

Als es endlich an der Tür klingelte, wurde mir klar, dass ich ihm nichts anzubieten hatte. Nicht mal eine Tasse Instantkaffee. Ich saß eine Weile da und überlegte, ob ich mir die Mühe machen sollte, die Tür zu öffnen, ob ich den Besuch auf ein anderes Datum und eine andere Uhrzeit verschieben sollte. Dann klingelte es wieder, und ich erinnerte mich daran, was Egil gesagt hatte, dass er es nicht gewohnt sei, dass jemand in meinem

Alter so nett zu ihm war. Dass es ihm viel bedeutet hatte. Ich stand auf und ging zur Tür.

Egil gab mir einen festen Händedruck und trat in den kleinen Flur.

»Es ist so cool, hierherzukommen«, sagte er.

Im ersten Moment hatte ich Angst. Er hatte Erwartungen, die sich in Luft auflösen würden, sobald er die Wohnung sah und merkte, dass von mir wirklich nichts mehr übrig war als ein armseliger Polizist, der lange krankgeschrieben war und nicht wieder auf die Beine kam. Aber als Egil das Wohnzimmer betrat, schien er auf nichts negativ zu reagieren. Er suchte sich einen Platz auf dem Sofa neben der zerknitterten Wolldecke, die ich dort in einem Haufen zurückgelassen hatte, und schien über das Chaos von Gläsern, Tassen und Tellern auf dem Tisch hinwegzusehen, als wäre das alles außerhalb seines Blickfeldes. Ich ließ mich auf das Sofa fallen und fühlte mich alt, als ich ihm sagte, dass ich ihm nichts anzubieten hätte. Weder Brezeln noch Plunder, das Gebäck, das Ingrid immer auf den Tisch gestellt hatte, wenn wir Besuch hatten, als wir noch ein Paar waren.

»Ich bin so froh, dass du endlich keine Tabletten mehr nimmst«, sagte er. »Das ist gut. Du kannst nichts verarbeiten, wenn du high bist.«

»Ich gebe zu, es hat mich viel gekostet«, sagte ich. »Aber ich fühle mich trotzdem besser ohne. Ich glaube, es ist besser, den Schmerz zu spüren, als ihn nicht zu spüren, wenn du verstehst, was ich meine.«

»Hast du dich in letzter Zeit mit Frauen getroffen?«, fragte er und sah an die Decke, was mich plötzlich daran erinnerte, wie jung er war.

»Das habe ich schon vor Jahren aufgegeben«, antwortete ich. »Als meine Frau einen schwächlichen Spinner kennenlernte, der ihr besser gefiel als ich.«

Ich dachte, das würde ihn zum Lachen bringen, aber er schüttelte nur leicht den Kopf.

»Ich verstehe nicht, was *das* damit zu tun hat. Was deine Frau getan hat, meine ich. Wenn du jemanden kennenlernen würdest, wäre das sicher gut für deine Laune.«

»Frauen machen nur Ärger.«

Er nickte. »Das stimmt. Wenn man das ›nur‹ weglässt. Sie machen nämlich auch jede Menge andere Dinge. Du solltest es mal mit Onlinedating versuchen.«

Es ist so typisch für junge Leute, gegenüber reifen Erwachsenen von »müssen« und »sollten« zu sprechen. Anita hatte das auch getan, als wir öfter miteinander zu tun gehabt hatten. Sie sagte auch immer, dass ich versuchen »sollte«, jemand Neues zu finden. So wie es ihre Mutter getan hatte.

»Und du?«, fragte ich. »Blüht die Liebe noch?«

Egil lachte künstlich, als hätte er sich auf diese Frage vorbereitet.

»Wir werden zusammenziehen.«

Er strahlte, als ich ihm gratulierte, wirkte schüchtern und verliebt und schaute wieder an die Decke. Sofort musste ich daran denken, wie ich mich in seinem Alter gefühlt hatte. Wie ich gedacht hatte, es gäbe einen anderen Menschen, der mich ganz machen könnte. Solche Träumereien hatte ich schon lange aufgegeben, aber ich erinnerte mich daran, wie gut es sich angefühlt hatte.

»Es geht dir also gut«, sagte ich.

»Ja, es geht mir wirklich gut.«

Er stand auf und ging zum Fenster. Draußen gab es nichts als Bäume und graue Straßen. Der Schnee blieb hier nie länger als ein paar Tage liegen.

»Ein guter Ort zum Leben«, sagte er. »Zentral. Ich hoffe, wir finden auch so einen Ort.«

Dann wandte er sich der einzigen dekorierten Wand des Zimmers zu, an der zwei Gemälde im Licht des Fensters hingen. Ich wünschte, die Sonne würde ab und zu auf ihr Gesicht scheinen. Er blieb stehen, trat näher an die Bilder heran.

»Das bist du«, sagte er und zeigte auf das Bild mit dem Titel »Der Polizist«. Sie hatte mich in meiner typischen Haltung auf die Leinwand gebannt, mit gesenktem Blick, tief konzentriert und mit gerunzelter Stirn. Das Licht fiel auf meinen Kopf und die graue Haut in meinem Gesicht. Es muss schwer gewesen sein, die Tochter eines Mannes zu sein, der nie von seinem Papierkram aufblickte.

Er sah sich das andere Bild genauer an. Die feinen Linien am Hals, das blonde Haar, das ihr halb in die Augen fiel. Anita konnte so gut Selbstporträts malen. Jedes Mal, wenn ich das Bild betrachtete, war es, als würde sie für einen Moment wieder lebendig. Ingrid hatte mir die beiden Bilder nach der Beerdigung geschenkt. Damit wir Anita so in Erinnerung behalten, wie sie war, sagte sie. Als ob es möglich wäre, meine Erinnerung an Anitas geschwärzte Haut durch eine Erinnerung zu ersetzen, in der sie atmet und rosige Wangen hat. So funktionierte es nicht. Beide Erinnerungen existierten – alle Erinnerungen existierten –, und doch war die Erinnerung an ihren Tod die stärkste.

»Und das Mädchen da?«, sagte Egil und zeigte auf das Foto.

»Das ist meine Tochter.«

Seit Anitas Tod trug ich jedes Mal, wenn ich das Haus verließ, ein kleines, scharfes Klappmesser in der Tasche. Es war wie ein Beschützer. Nachts träumte ich, dass ich das Messer dem Mörder an die Kehle setzte. Das Gesicht des Mörders mit Birks dunklem Bart leuchtete auf. Ich träumte, dass Anita tot und verkohlt auf einer Bahre lag, aber dann atmete sie auf, und die Farbe kehrte auf ihre Wangen zurück. Ich träumte, dass die Asche von ihrem Körper fiel und sie wieder ein lächelndes, warmes Kind war, zwölf Jahre alt, sechs, vier.

Er blickte mich an.

»Das ist deine Tochter?« Er sah blass aus. »Die gestorben ist?«

Seine Worte brannten in meinen Ohren, ich konnte kaum atmen. Ich begann über das nachzudenken, was die Ärzte mir immer wieder einredeten, dass ich mir die Zeit nehmen sollte, die ich brauchte. Wie viel Zeit? Wann begann die Zeit, alle Wunden zu heilen?

Egil betrachtete das Bild und runzelte die Stirn.

»Wolltest du etwas sagen?«, fragte ich.

»Nein«, sagte er schnell und schüttelte den Kopf. »Sie war echt schön.«

# Ronja

Wir sitzen zu dritt in Birtes Auto, auf dem Parkplatz vor der psychiatrischen Poliklinik. Birte ist sofort hergekommen, nachdem ich ihr erzählt hatte, was wir herausgefunden haben. Sie hat Stimmübungen gemacht und ist in den Schauspielmodus übergegangen. Jetzt tippt sie am Telefon, das an die Autolautsprecher angeschlossen ist, auf »Anruf«. August und ich sitzen auf dem Rücksitz, als der Freiton erklingt. Birte fühlt sich wohl, jetzt, da sie die volle Aufmerksamkeit hat. Sie schürzt die Lippen auf eine besondere Art und posiert, als wäre sie schon in der Rolle.

»Ja, hallo, hier ist Sverre Nakken.«

»Hallo«, zwitschert Birte. »Hier ist Birte Lie von der Polizei in Kristiansund.«

Birte war genau wie August der Meinung gewesen, wir sollten uns gegen unseren eigenen Chef stellen und weiter ermitteln. Sie gab uns sogar eine kleine Lektion in Schauspieltechnik.

»Ach, aus Kristiansund. Schrecklich, der Fall mit dem verschwundenen Mädchen. Kann ich Ihnen irgendwie helfen?«

Es war Birtes Vorschlag gewesen, zuerst Sverre Nakken anzurufen, allerdings ohne ihm den wahren Grund unseres Anrufs zu nennen. Er sollte sich nicht veranlasst fühlen, seinen ehemaligen Kollegen zu verteidigen oder Roe anzurufen, sobald unser Gespräch vorbei war. Sie und August hielten es im Moment für das Klügste, nicht preiszugeben, was wir wussten oder herauszufinden versuchten.

»Danke, das weiß ich zu schätzen«, sagte sie. »Aber es geht nicht um diesen Fall. Ich rufe an, weil mein neuer Kollege Roe Olsvik gerade sechzig geworden ist und wir uns gedacht haben, dass wir eine größere Feier für ihn organisieren sollten. Es sieht nämlich nicht so aus, als würde er selbst was planen.« Sie lacht, und auch der Mann am anderen Ende der Leitung lacht.

»Sind Sie sicher, dass er das will?«

Birte kichert. »Er hat keine andere Wahl. Wir müssen seinen Geburtstag feiern – so sehe ich das jedenfalls. Der Grund, warum ich anrufe, ist, dass wir seine Familie und ein paar alte Freunde einladen wollten, aber wir haben keine Kontaktdaten von irgendwelchen Bekannten, nur von seinen Kollegen.«

Einen Moment lang herrscht Stille. Der Mann räuspert sich. »Ich glaube nicht, dass ich noch jemanden einladen würde. Es reicht, wenn die Kollegen kommen.«

Birte sieht aus, als würde sie einen Seufzer unterdrücken. Sie presst die Lippen zusammen und zwingt sich zu einem Lächeln.

»Fällt Ihnen denn niemand ein, den er gerne dabeihätte?«

»Ich bin mir sicher, Sie kennen seine Vergangenheit und wissen, was mit seiner Tochter und seinem Enkelkind passiert ist und dass er jahrelang krankgeschrieben war. Ich glaube ehrlich gesagt nicht, dass er noch jemanden hat.«

»Seine Ex-Frau«, unterbricht Birte. »Könnte ich vielleicht ihre Nummer bekommen? Nur um mit ihr darüber zu reden, wie sie das einschätzt?«

Wieder Schweigen. »Na ja ... ich glaube, er wollte einfach alles hinter sich lassen, aber ... Sie könnten natürlich Ingrid anrufen und fragen.«

»Ingrid, genau.«

Birte notiert die Telefonnummer auf der Rückseite einer Quittung und bedankt sich bei Sverre für seine Zeit. Dann legt sie auf und wedelt mit der Quittung.

»Jetzt bist du dran, August.«

August setzt sich auf den Fahrersitz, nimmt sein Handy und wählt die Nummer auf dem Zettel, den Birte ihm hinhält. Seine schmale Hand zittert leicht. Es klingelt ein paar Mal, dann meldet sich eine Frau. Ihre Stimme klingt leise, fast schwach.

»Hallo«, sagt August in einem sanften Ton. »Spreche ich mit Ingrid Krogsveen? Ich rufe wegen eines Kollegen an, Roe Olsvik. Ist das Ihr Ex-Mann?«

»Ja, warum?«

»Wie gesagt, ich bin sein Kollege und mit ihm befreundet. Deshalb würde ich gerne eine Feier zu seinem sechzigsten Geburtstag organisieren, aber ich weiß nicht genau, wen von seinen Freunden und Verwandten ich einladen soll.«

»Ach, ist er wirklich schon so alt?«

Ihre Stimme klingt flach, fast gleichgültig.

»Es gibt niemanden, den Sie einladen könnten«, fährt sie fort. »Seine Eltern sind beide tot. Sein Vater ist vor ... vierzehn Jahren gestorben, glaube ich. Er soll sich zu Tode gesoffen haben. Seine Mutter hat er vor noch längerer Zeit verloren. Von seiner engsten Familie bin nur ich übrig geblieben.« Bei diesem letzten Satz wird ihre Stimme höher. »Und ich weiß nicht, ob ich dem gewachsen bin.«

»Ich verstehe. Das tut mir leid zu hören. Aber vielleicht können Sie mir einen Tipp geben, was ich in meiner Rede sagen könnte? Wie würden Sie Roe als Person beschreiben?«

»Also, ich weiß nicht, ob er so sehr an einer Beschreibung von mir interessiert wäre. Er war ein netter Mensch, als wir noch ein Paar waren. Er war nicht oft da, aber er war nett und freundlich. Erst in den letzten Jahren ist er so hart und düster geworden, nach dem, was mit Anita passiert ist. Aber, na ja, das können Sie natürlich nicht sagen.«

August lässt sich Zeit. »Wie meinen Sie das? Inwiefern war er früher anders?«

»Ach, er war offener und hat das Leben genossen. Er war nicht so zornig, wie er jetzt manchmal wirkt. Ich habe ihn seit dem Frühling nicht mehr gesehen, aber trotzdem. Es macht mir Angst, wie sehr sich seine Persönlichkeit verändert hat.«

»Mit mir redet er auch nicht viel«, sagt August. »Er frisst alles in sich hinein. Ich wünschte, ich könnte ihm mehr helfen.«

Augusts Stimme ist ruhig und gelassen. Er macht seine Sache gut. Niemand würde bezweifeln, dass er ein guter Freund von Roe ist.

»Das ist so typisch Roe«, sagt sie. »Er will stark sein, aber ich glaube, er hat größere Probleme, als die Leute um ihn herum ahnen ... Nein, jetzt drifte ich ab. Natürlich ist das kein Thema für eine Rede. Wenn Sie etwas über mich sagen wollen, dann sagen Sie, dass ich ihn immer für einen guten Menschen gehalten habe.«

Stille tritt ein. August trommelt leicht mit den Fingern auf das Lenkrad.

»Ich habe mir etwas überlegt«, sagt er. »Ihre Tochter hatte doch einen Partner, mit dem sie zusammenlebte, oder?«

»Birk?«

»Genau. Wie war noch mal sein Nachname?«

»Fladmark, aber ich würde ihn nicht einladen. Roe hat ihn nie gemocht, und er war lange davon überzeugt, dass Birk Anita getötet hat.«

Ich gebe den Namen in die Onlineauskunft ein, während Ingrid Krogsveen spricht. Ihre Stimme wird brüchig.

»Oh, das tut mir leid – dann werden wir ihn natürlich nicht kontaktieren«, sagt August. »Vielen Dank für Ihre Hilfe.«

»Danke für Ihren Anruf«, sagt Ingrid Krogsveen. »Wie gesagt, ich wäre gerne gekommen, aber ich glaube, ich bringe das nicht fertig. Tut mir leid.«

»Alles gut«, sagt August.

Als er auflegt, sitzen Birte und ich einen Moment fassungslos da.

»Mein Gott«, sagt Birte. »Das war echt gut, August. Du hast Talent.«

August versucht so zu tun, als wäre unser Lob keine große Sache, aber die Röte in seinem Nacken verrät ihn.

Jetzt bin ich dran. Meine Hände sind feucht, als ich auf dem Fahrersitz Platz nehme. Ich schaue auf das Telefon, dann in den Rückspiegel.

»Ich glaube nicht, dass ich das machen will«, murmle ich.

»Was hast du gesagt, Ronja?«, fragt Birte.

Meine Hand zittert.

»Ich glaube nicht, dass wir das tun sollten«, sage ich. »Wir haben eine Anweisung bekommen.«

Birte lacht ihr durchdringendes Lachen.

»Gib mir das Telefon«, sagt sie.

Ich reiche es ihr, und sie tippt die Nummer ein. Ich lege die Hände auf meine Oberschenkel, immer noch zitternd, während Birte mir das Telefon ans Ohr hält. Sie kichert fast unhörbar.

»Hallo?«, sagt der Mann am anderen Ende der Leitung. »Hallo, ist da jemand?«

»Hallo«, sage ich. »Ist da Birk Fladmark? Hier ist Ronja Solskinn von der Polizei Kristiansund.«

»Na endlich«, brummt er. »Ich dachte schon, Sie rufen nie an.«

# Roe

*Ålesund*
*Montag, 2. März 2015*

»Du hier?«

Sverre strahlte, als er mich auf dem Flur der Polizeistation in Ålesund erblickte, und ich spürte sofort, wie sich eine Wärme in meiner Brust ausbreitete, als wäre ich wieder dort, wo ich vor zehn Jahren gewesen war. Ich ergriff seine Hand und drückte sie fest.

»Bist du zurück oder …?«

Eine einfache Frage, als wäre ich nur eine Woche weg gewesen. Dennoch lag eine neue Unsicherheit in seinem Ton, eine Falte auf der Stirn, die wahrscheinlich von meiner Neigung herrührte, in diesen Räumen aufzutauchen und dann wieder zu verschwinden, bevor der Tag zu Ende war. Aber diesmal war es anders. Diesmal wollte ich bleiben.

»Ja«, sagte ich. »Ich bin wieder da.«

Die Büroräume waren die gleichen alten Verschläge, die vermutlich schon seit Urzeiten dort standen. Ich hatte ein neues Büro bekommen, doch der einzige Unterschied zum alten war das Stockwerk. Von nun an hatte ich einen Schreibtischjob bei der Kriminalpolizei. Meine Zeit im Außendienst war vorbei. Der Chef hatte gesagt, ich könne mich am ersten Tag ein bisschen einleben, und genau das hatte ich auch vor. Ich stellte ein paar Bücher ins leere Regal und nahm die ausgeschnittenen Zeitungscomics ab, die der Vorbesitzer des Büros auf der Pinnwand hinterlassen hatte. Eine Aushilfe hatte mich vertreten und lang genug hier gearbeitet, um fest angestellt zu werden. Das war alles, was ich wusste. Ich wusste nicht, wer gekündigt hatte, ob jemand im Urlaub war oder die Stadt verlassen hatte. Bevor das mit der Lütten passiert war, hatte ich alles über jeden in diesem Gebäude gewusst. Jetzt musste ich ganz von vorne anfangen.

Ich schob die Ärmel meines Pullovers hoch und machte mich an die mühsame Arbeit, alle Kabel in die entsprechenden Buchsen zu stecken. Wer auch immer den Computer erfunden hatte, hätte das Ganze etwas intuitiver gestalten können. Trotzdem war ich froh, dass niemand neben mir stand und mir helfen wollte. Dass ich mit niemandem reden musste. Für ein »Wir dachten, wir sehen dich nie wieder« oder Sverres »Warum hast du mich nie zurückgerufen?« würde genug Zeit bleiben. Denn jetzt würde alles gut werden. Ich war wieder da.

Als ich endlich alle Kabel angeschlossen und den Rechner hochgefahren hatte, lehnte ich mich seufzend in meinem Stuhl zurück. Ich war schweißgebadet vom Sonnenlicht, das hereinschien, und öffnete das Fenster einen Spalt. Erst vor Kurzem hatte ich damit angefangen, spazieren zu gehen. Vor dem Tod meiner Lütten war ich immer gejoggt und hatte Gewichte gestemmt. Doch nun hatte ich plötzlich ein Bedürfnis nach einfachen Spaziergängen, bei denen ich Möwengeschrei hören und das Meer riechen, an die Küste gehen und mir den Wind um die Nase wehen lassen konnte. Wahrscheinlich gab es nicht viele Menschen hier, die das nachvollziehen konnten, aber Egil verstand es. Das war das Tolle an ihm. Er schien alles zu verstehen.

Ich öffnete das Programm zur Archivierung alter und laufender Fälle – es war viele Jahre her, seit ich es das letzte Mal benutzt hatte. Ich musste mein altes Wissen auffrischen, all den toten Papierkram wieder zum Leben erwecken. Ich suchte nach dem letzten großen Fall, an dem ich beteiligt gewesen war und der auch zu meinem Zusammenbruch beigetragen hatte. David Lorentzen. Der Fall war noch immer nicht gelöst. Es gab zu wenige eindeutige Spuren. Oder besser gesagt, es gab zu viele Spuren. Ich öffnete die Ordner mit den Berichten über die rechtsmedizinische Untersuchung der Leiche, mit DNA-Spuren vom Tatort und Zeugenbefragungen. Fast die gesamte Drogenszene schien irgendwann einmal involviert gewesen zu sein. Dennoch wusste niemand, was in jener Nacht geschehen war. Die meisten gaben sich gegenseitig Alibis. Es schien hoffnungslos. Diese Menschen waren es gewohnt zu lügen. Man saß ihnen gegenüber und wusste, dass sie einen anlogen. Kaum einer war bereit, auch nur einen Fingerabdruck abzugeben, aus Angst, in Verdacht zu geraten. Was nützte schon ein Haufen DNA am Tatort, wenn niemand zur Kooperation bereit war?

Der Autopsiebericht kam zu dem Schluss, dass David Lorentzen bereits seit »fünf bis fünfzehn Tagen« tot gewesen sei. Der Leichnam wies Totenflecken auf, und es war Verwesungsflüssigkeit ausgetreten. Der geschätzte Todeszeitpunkt basierte auch auf dem Entwicklungsstadium der Larven, die beim Auffinden der Leiche vorhanden gewesen waren.

Bei der Durchsicht der Unterlagen stellte ich fest, dass der Tote zuletzt am Samstag, dem 16. April 2005, dem Tag des ersten Fußballspiels im neuen Color-Line-Stadion, gesehen worden war. Er war im Zusammenhang mit dem Überfall und dem Einbruch in das Haus von Halvor Brynseth zur Vernehmung auf die Polizeiwache in Ålesund gebracht worden. Es war nicht bekannt, ob er noch am selben Tag oder an einem der darauffolgenden Tage gestorben war, möglicherweise auch erst am Wochenende danach. Die Zeugen machten sehr unterschiedliche Aussagen – nur wenige wollten zugeben, überhaupt in Lorentzens Wohnung gewesen zu sein, andere behaupteten, ihn gesehen zu haben. Ich ging zurück zum Autopsiebericht, in dem der Gerichtsmediziner zu dem Schluss gekommen war, dass der Verstorbene in den letzten Stunden vor seinem Tod Alkohol konsumiert hatte. Wenig überraschend war sein Blut auch positiv auf mehrere Betäubungsmittel getestet worden.

Ich klickte mich durch weitere Dokumente und überflog die riesige Menge an Material. Interviews mit der Mutter des Toten, Karoline Lorentzen, die ihren Sohn tot im Bett gefunden hatte. Ich klickte weiter und fand ein Bild des Wohnzimmers seiner Wohnung, in dem Schnapsflaschen und Bierdosen und volle Aschenbecher verstreut waren. Es sah aus, als hätte er gerade eine Party gefeiert. Im Obduktionsbericht stellte ich fest, dass am Penis des Toten Spuren weiblicher DNA gefunden worden waren, was darauf hindeutete, dass er vor seinem Tod Geschlechtsverkehr gehabt hatte. An seinen Händen und Füßen befanden sich Spuren von Gaffatape, das jedoch entfernt worden war. Die Todesursache war Ersticken durch einen Gegenstand, der auf den Hals des Toten gedrückt worden war. Als Tatwaffe wurde die Lampe auf dem Nachttisch vermutet, die offenbar gründlich gereinigt worden war.

Mehrere von Lorentzens Freunden wurden des Mordes verdächtigt, aber niemand wurde verhaftet. Einer von ihnen gab seine Fingerabdrücke und eine DNA-Probe ab, die mit denen auf dem Haufen Gaffatape übereinstimmten, der im Mülleimer in der Küche gefunden worden war. Dass er nicht verhaftet wurde, war nachvollziehbar, denn das Klebeband trug die DNA-Spuren von mindestens sechs Männern und Frauen, neben Lorentzen. Dasselbe galt für die Flaschen, Dosen und Zigarettenstummel, die in der Wohnung gesichert worden waren.

Ich schloss alle Dokumente, dann öffnete ich die Datei mit dem Titel »Phantombild Tatort Raubüberfall«. Aufgrund der kurzen Zeitspanne zwischen den beiden Vorfällen und der räumlichen Nähe hatten sie einen Zusammenhang natürlich nicht ausgeschlossen. Das Phantombild zeigte eine Frau in den Zwanzigern, die einen Kapuzenpullover und einen Fußballschal trug.

»Ich dachte, du musst heute nicht arbeiten?«

Sverre lehnte am Türrahmen und sah mich an. Ich minimierte die Skizze und öffnete schnell ein anderes Dokument, bei dem es sich um ein Foto vom Tatort handelte, mit Lorentzens verwesender Leiche auf dem Bett.

»Mich hat nur ein Fall neugierig gemacht.«

Er trat näher. »Ist das David Lorentzen? War das nicht der Fall, bei dem du …«

Er unterbrach sich selbst, oder ich unterbrach ihn mit einem Blick.

»Ich dachte immer, eine Frau hätte ihn getötet«, sagte er.

»Warum glaubst du das?«

»Ich kann es nicht beweisen, aber er hat vor seinem Tod mit einer Frau geschlafen. Seine Hände und Füße waren mit Gaffatape gefesselt, und er wurde erwürgt. Das scheint das Werk einer Person zu sein, die wusste, dass sie nicht stark genug war, es mit eigenen Händen zu tun. Meinst du nicht auch?«

Ich zuckte mit den Schultern. »Oder es war ein Mann, der sichergehen wollte, dass es ihm gelingen würde, Lorentzen umzubringen, ohne dabei selbst verprügelt zu werden? Eine Art Erpressung vielleicht?«

»Das hat der Junge auch gedacht.«

»Da ist noch etwas«, sagte ich, hielt aber inne. »Nein, vergiss es.«

Sverre nickte. »Kommst du eigentlich mal raus, Roe? Triffst du dich auch mal mit irgendwelchen Frauen?«

Ich drehte mich zu Sverre um, der mir diesen Blick zuwarf, den mir in letzter Zeit jeder zuzuwerfen schien. »Du nicht auch noch! Das fragt man mich derzeit ständig.«

»Du solltest es mal mit Onlinedating versuchen.«

»Tut mir leid«, sagte ich. »Ich glaube, ich gehe jetzt nach Hause. Kurzer erster Tag.«

»Du Glückspilz.«

Sverre trat aus der Tür und verschwand. Ich wartete ein paar Sekunden, bevor ich das Phantombild wieder öffnete. Es war schlechter gezeichnet, als wenn sie es selbst gemacht hätte, aber die Augen waren unverwechselbar. Es war meine Lütte.

# Ronja

Es wird still im Auto, sobald ich das Telefonat mit Birk Fladmark beendet habe. Ich schaue zu Birte und zu August und senke dann den Blick. Räuspere mich.

»Mariam Lind kannte die Tochter von Roe«, sage ich.

»Der Lebensgefährte von Roes Tochter hat Roe einen Tipp gegeben, dem er nicht nachgegangen ist«, sagt August.

Birte schüttelt leicht den Kopf. »Warum hat er uns nichts von Birk Fladmarks Verdacht gegen Mariam erzählt?«

»Vielleicht war Roe deshalb so besessen von ihr«, sagt August. »Wegen dieses Verdachts.«

»Aber warum lügt er?«, sagt Birte. »Warum erzählt er uns nichts davon?«

Ich denke kurz nach. Warum sollte jemand wegen so etwas lügen? Das war die eigentliche Frage. Hätte er uns von dem Tipp erzählt, hätte er noch mehr Gründe gehabt, Mariam Lind genauer unter die Lupe zu nehmen. Und das wollte er ja – er hat von Anfang an davon gesprochen.

»Ich glaube, das kann nur Roe beantworten«, sage ich.

»Stimmt. Die Fragen, die er beantworten muss, häufen sich«, sagt Birte. »Ich glaube, wir müssen ihn vernehmen.«

»Ihn vernehmen?«

»Wenn Roe offen mit uns gesprochen hätte«, sagt Birte, »dann wäre klar gewesen, dass nicht nur Mariam Lind eine Verbindung zu beiden Fällen hat, sondern auch er selbst. Vielleicht wollte er die Aufmerksamkeit auf Mariam lenken, ohne selbst in die Schusslinie zu geraten.«

Ich schaue Birte an. »Glaubst du, dass Roe …?«

»Zumindest glaube ich, dass wir etwas tiefer graben müssen«, sagt sie. »Er hat uns angelogen, er hat eine Verbindung zu beiden Fällen, und wenn er glaubt, dass Mariam Lind seine Tochter und sein Enkelkind getötet hat, hat er dann nicht ein Motiv, das gleiche Verbrechen auch an ihr zu begehen?«

August räuspert sich. »Wir sollten keine voreiligen Schlüsse ziehen. Wie wäre es, wenn wir erst einmal das tun, worum Shahid uns gebeten hat – Tor Lind aufsuchen und ihn um eine Erklärung bitten, warum er uns nichts von Mariams Verschwinden erzählt hat?«

Ich nicke. »Lass uns fahren.«

Birte übernimmt den Platz auf der Fahrerseite, ich setze mich wie meistens auf den Beifahrersitz, und August fährt sein eigenes Auto. Er folgt uns dicht auf den Fersen, während Birte selbstbewusst lenkt, das Kinn erhoben und den Blick auf die Straße gerichtet.

»Es ist übrigens nichts passiert«, sage ich. »Zwischen August und mir.«

Birte lacht. »Das machst du, wie du willst, Ronja.«

»Ich mache gar nichts.«

Wir fahren landeinwärts, Richtung Nordlandet. Ich denke an Roe und daran, wie freundlich er manchmal zu mir ist, fast so, als würde er sich freuen, mich zu sehen. Vielleicht erinnere ich ihn an seine Tochter. Es fällt mir schwer, ihn mir als den Mörder vorzustellen, als den Birte ihn darzustellen beginnt. Andere Polizisten behaupten, dass er manchmal aggressiv und scharfzüngig sein kann, aber mir gegenüber war er nie so. Ich weiß, dass jeder zum Mörder werden kann, aber bei Roe sehe ich das einfach nicht.

An der Polizeihochschule habe ich zwei wichtige Dinge gelernt: Zum einen, dass man sich immer auf den schlimmstmöglichen Ausgang vorbereiten muss – das Worst-Case-Szenario –, um für schwierige Fälle gewappnet zu sein. Das andere ist, dass man nicht zu früh irgendwelche Schlüsse ziehen darf, sondern seine Sinne offenhalten muss. Man darf nicht voreingenommen sein. Man darf nicht davon ausgehen, dass das, was richtig aussieht, auch richtig ist. Es gibt immer mehrere Möglichkeiten.

»Kannst du mich am Gehweg absetzen?«, frage ich. »Statt bis zum Haus zu fahren?«

»Wieso?«

»Ich will nur die Strecke abgehen, die Iben angeblich gegangen ist. Vielleicht wäre es auch eine gute Idee, Tor Lind zu überraschen – da reden die Leute manchmal etwas freier.«

Birte bremst und hält neben dem Bürgersteig. Sie ruft August auf dem Handy an.

»August, bleib noch zehn Minuten stehen.«

Birte schaut mich an und lacht.

»Na, dann los.«

Ich springe aus dem Auto und nehme die Abkürzung, vorbei am Fundort des Comics, den Hang hinauf. Wahrscheinlich ist sie hier entlanggelaufen, bis sie jemand aufgehalten hat. Ein Teil des Weges ist nicht einsehbar, sodass ein Auto ein kleines Mädchen unbemerkt mitnehmen könnte. In Gedanken gehe ich durch, was ich Tor Lind fragen muss. *Wo ist eigentlich Ihre Frau? Warum haben Sie uns das nicht gesagt? Ich meine mich zu erinnern, dass Sie das letzte Mal, als wir hier waren, gesagt haben, sie würde oben schlafen und Sie wollten sie nicht wecken.* Ich stelle mir sein Gesicht vor, wie sein Blick umherschweift, während er nach einer Erklärung sucht. Plötzlich bleibe ich stehen. Ich mache ein paar lange, vorsichtige Schritte zurück, bevor ich mich umdrehe und zum Auto jogge. Birte kurbelt das Fenster herunter.

»Was ist los, meine Liebe?«

»Pssst«, flüstere ich. »Roe Olsvik. Er steht auf dem Parkplatz hinter einem Auto und spioniert mit einem Fernglas das Haus der Familie Lind aus.«

»Shahid hat gesagt, dass er heute krankgeschrieben ist«, sagt Birte automatisch. Dann verstummt sie.

»Was soll ich tun?«

Birte überlegt kurz, dann springt sie aus dem Auto. Sie geht zu August rüber und sagt etwas, das ich nicht hören kann. August fährt plötzlich los, während Birte den Weg zum Haus hinaufläuft. Ich renne ihr nach und bin plötzlich verwirrt. Es kommt mir vor, als wären wir wieder in der Grundschule, und ich bin das Mädchen ganz vorne im Klassenzimmer, das den Lehrer suchen will, der nicht gekommen ist, während alle anderen Kinder einfach nur freihaben wollen. Ich habe es gehasst, dieses Mädchen zu sein, aber ich bin es trotzdem noch. Genau in diesem Augenblick allerdings unterdrücke ich es mit allen Kräften.

Bald befinden wir uns in Roes Blickfeld, er müsste nur den

Kopf drehen. Aber er schaut weiter durch das Fernglas und beobachtet das Haus.

»Hallo, Roe«, sagt Birte. »Was machst du denn hier?«

Roe senkt das Fernglas. Er starrt abwechselnd das Haus,
Birte und mich an.

»Ich dachte, du bist krankgeschrieben«, fährt Birte fort.

»Mariam Lind ist nicht zu Hause«, sagt Roe. »Sie war seit
zwei Tagen nicht mehr hier.«

»Was machst du hier, Roe? Warum interessierst du dich so
für diese Familie, und warum hast du uns nicht gesagt, dass du
Mariam Lind von früher kennst?«

Auf einmal sieht Roe ängstlich aus.

»Wir wissen alles, Roe«, sagt Birte. »Wir wissen, dass du im
Einkaufszentrum Storkaia warst, dass du uns nicht gesagt hast,
dass du dort warst, und dass du mit Iben Lind gesprochen hast,
bevor sie verschwunden ist.«

Er scheint verschiedene Möglichkeiten abzuwägen. Umdrehen und durch den Garten der Familie Lind rennen oder uns
zur Seite stoßen, zwei Polizistinnen niederschlagen und fliehen. Ich versuche mir vorzustellen, wie er seinen untersetzten
Körper durch Gärten und über Zäune schleppt, aber er steht
nur da. Kurz darauf hält August neben mir.

»Ich glaube, du musst mit auf die Wache kommen, Roe«, sagt
Birte.

# Roe

*Ålesund*
*Montag, 2. März 2015*

Egil strahlte, als er die Tür öffnete und sah, dass ich es war. Er trug eine kleine Schürze, die mit Mehl bestäubt war.

»Es ist Roe!«, rief Egil in die Wohnung. »Wie schön, dich zu sehen, Roe. Ich wünschte, Leute, die jünger sind als du, kämen unangemeldet zu Besuch. Das passiert so gut wie nie.« Er streckte den Arm aus und winkte mich in den hellen Flur. Ich ging zwei Schritte hinein und blieb stehen.

»Ich muss mit dir reden«, sagte ich.

»Was ist los?«

In diesem Augenblick begann ich zu zittern. Meine Beine verloren ihre Kraft, sie gaben nach, feige Muskeln, feiges Skelett. Ich kniff die Augen zusammen – nicht jetzt, bitte, nicht jetzt –, aber es war so intensiv. Egil packte mich am Arm, führte mich ins Wohnzimmer und schaffte es, mich aufs Sofa zu setzen. Ich hielt die Augen geschlossen und hörte, wie er mit seiner Frau sprach. Hinter meinen Lidern sah ich die Rauchwolke, die aufstieg, als ich versuchte, die Tür zum Haus meiner Lütten zu öffnen. Wäre ich nur früher gekommen. Wäre ich doch nur ans Telefon gegangen, als sie anrief. Das Mindeste, was ich tun konnte, war herauszufinden, was mit ihr geschehen war, ihren

Fall zu lösen. Das Mindeste, was ich tun konnte – und selbst das schaffte ich nicht. Vier Jahre lang hatte ich ein lebendes Puzzleteil vor mir gehabt – hatte mit ihm gesprochen, hatte es genossen, von den guten Zeiten in seinem Leben zu hören, als wäre er ein Sohn und nicht nur ein Dreckskerl. Er hatte mich besucht. Er hatte vor dem Bild meiner Tochter gestanden und Bescheid gewusst, und er hatte kein Wort gesagt.

Jemand kam näher, beugte sich und stellte etwas auf den Tisch. Ich öffnete die Augen und sah, dass Egil mir ein Glas Wasser hingestellt hatte. Er setzte sich auf das Ecksofa und faltete die Hände.

»Worüber wolltest du reden?«

Ich war ein Feigling. Ich konnte nicht einmal einem Verbrecher gegenübertreten, ohne dass meine Beine sich in Gelee verwandelten. Gierig trank ich aus dem Glas, wollte mit dem Wasser das Feuer löschen – Anita auslöschen. Als sehnte ich mich nach Ruhe, nach einem Innenleben, das nicht unter Hochdruck kochte. Ich holte mein neues Handy heraus – es hatte sogar eine Kamera, mit der man gute Fotos machen konnte – und hielt es Egil hin, damit er das Phantombild sehen konnte.

»Das ist Anita«, zischte ich. »Das ist Anita, Egil, verdammt!«

Hinter mir hörte ich die Küchentür zufallen. Egil rutschte nach vorn an die Sofakante und starrte zu Boden.

»Ich versuche zu verstehen«, sagte ich, »aber ich sehe nur noch rot, so verdammt wütend bin ich. Du musst mir das erklären.«

Ich warf das Handy auf den Tisch. Egil nahm es und schaute auf die Skizze. Das Mädchen in dem orange-blauen Kapuzenpullover mit dem Schal um den Hals. Die blonden Ponyfransen, die Augen, die mich als Kind erwartungsvoll angeschaut hatten, erfüllt von der Vorstellung, dass ihr Papa magisch war, dass für ihren Papa alles möglich war. Dieselben Augen, die mich als Teenager skeptisch und irritiert gemustert hatten. Zu dem Zeitpunkt hatte sie es schon begriffen. Ihr Papa konnte nicht nur nicht zaubern – er war nicht einmal ein besonders guter normaler Papa. Er vergaß, sie wie vereinbart von der Schule abzuholen, weil ein aufregender Kriminalfall wichtiger gewesen war. Er kam spät nach Hause und schlief wie ein Stein auf dem Sofa ein, während sie aß, was sie noch im Kühlschrank gefunden hatte. *Wir waren zu jung, um Eltern zu werden*, hatte Ingrid so oft gesagt, aber für mich fühlte es sich nicht so an. Es war eher so, dass ich mit den Jahren ein immer schlechterer Vater wurde. Ich hatte mir keine Zeit für sie genommen. Jetzt sagten alle, dass die Zeit alle Wunden heile, aber jede Stunde meines restlichen Lebens würde Zeit sein, die ich erzwungenermaßen nicht mit ihr verbringen konnte.

»Hast du nichts zu sagen?«

Egil fummelte an meinem Handy herum. »Ich wollte deine Erinnerungen an sie nicht zerstören. Deshalb habe ich nichts gesagt. Ich glaube nicht, dass sie wirklich so war, eigentlich – sie war nur verzweifelt.«

»Sie war das Mädchen, das mit dir den Überfall gemacht hat?«, fragte ich. »Du hast damals gesagt, du kennst sie nicht. Was davon stimmt?«

»Ich kannte sie flüchtig. Ich bin ihr mal an der Wirtschaftshochschule begegnet, als sie dort studierte.«

»Du hast ihren Namen nicht genannt, um sie zu schützen.«

Egil nickte. »Ich wollte niemanden in die Sache hineinziehen. Es war mein Plan – ein dummer Racheakt gegen meinen Vater.«

»Du musst mir jetzt alles erzählen, Egil. Wer hat dich zu dieser Tat angestiftet?«

Er zuckte mit den Schultern. »Na ja, angestiftet ist nicht ganz das richtige Wort. Ich habe es David Lorentzen vorgeschlagen.«

»Und wie ist Anita da reingeraten?«

»Sie hat mich angerufen«, sagte er. »Sie hat gesagt, sie wolle Birk verlassen und brauche Geld. Sie weinte und war verzweifelt. Ich hatte nichts, was ich ihr leihen konnte, aber ich habe ihr vorgeschlagen, dass sie mir bei dem Überfall helfen könnte.«

»Dann war es also deinetwegen. Es ist deine Schuld, dass sie da hineingezogen wurde.«

Egil nickte und stützte den Kopf in die Hände. »Ich habe wirklich Mist gebaut. Wirklich.«

»Egil«, sagte ich. »Was ist mit Anita und Aurora geschehen? Warum sind sie tot?«

Er schüttelte den Kopf, den er weiterhin in die Hände stützte. »Ich weiß nicht, was nach dem Überfall passiert ist. Ich wurde ja verhaftet.«

»Weißt du, wer ihr neuer Freund war, für den sie Birk verlassen wollte?«

Wieder schüttelte er den Kopf.

»Ich brauche jetzt hundertprozentige Ehrlichkeit von dir. Du lügst mich jetzt nicht mehr an?«

Egil schüttelte den Kopf. »Ich lüge dich nicht mehr an.«

# Mariam

Ingvar sitzt im Wohnzimmer und sieht fern, als ich zurückkomme. Es ist der Nachrichtensender, das Foto von Iben und
mir erscheint auf dem Bildschirm, obwohl es nichts Neues zu
berichten gibt. Ich schließe die Augen und versuche so zu tun,
als gäbe es das Foto nicht. Es war Tor, der es an die Zeitung
*Tidens Krav* und offensichtlich auch an andere Medien weiter-
gegeben hat. Als ich erfahren habe, dass er dieses Foto weiter-
gegeben hatte, befürchtete ich, dass mich jemand als Liv erkennen würde. Trotzdem habe ich es nicht verhindert. Ich stellte
mir vor, dass Iben sich und ihre Mutter in der Zeitung und im
Fernsehen sehen und sich schuldig fühlen würde. Was für eine
Mutter ich doch gewesen bin.

»Ich dachte, du schaust keine Nachrichten«, sage ich.

»Es geht doch um dich«, sagt Ingvar und stellt den Ton leiser. »Wie ist es gelaufen?«

Ich seufze, werfe den Schlüssel auf den Tisch und lasse mich
neben ihn aufs Sofa fallen. Am liebsten würde ich meinen Kopf
an seine Schulter lehnen und Liv sein, die mit ihrem alten
Freund abhängt, aber ich tue es nicht.

»Hast du was von ihm gehört?«, frage ich, aber Ingvar schüt-

telt nur den Kopf. Ich reiche ihm den Zettel mit der Telefonnummer.

»Kannst du ihn für mich anrufen? Eine Nachricht hinterlassen, falls er nicht rangeht?«

Ingvar trägt ein T-Shirt mit der Aufschrift »Acid King« und
dem Bild eines Zauberers auf einem Motorrad. Er greift zum
Telefon und tippt die Nummer ein. Als es am anderen Ende zu
klingeln beginnt, steht er auf und läuft im Zimmer auf und ab.

»Hier ist Ingvar«, sagt er ins Telefon. »Kannst du mich zurückrufen, wenn du meine Nachricht abhörst?«

Er legt auf und setzt sich wieder. Erneut muss ich an den Tag
denken, an dem ich Patrick in der Stadt getroffen habe. *Bist du
ein Schlüsselkind geworden, Sara?* Wer sonst als mein Bruder
könnte mir eine so klare Botschaft senden? Ich muss ihn finden.

»Du hast gesagt, du siehst ihn öfter mal im Smutten«, sage
ich. »Wie oft siehst du ihn dort?«

Ingvar starrt an die Decke. »Ist schon eine Weile her, dass ich
dort war. Ich kann mich nicht erinnern.«

»Gibt es dort vielleicht jemanden, der ihn kennt?«

Ingvars Blick beginnt zu flackern. Macht ihn etwas nervös?
»Ja. Wahrscheinlich.«

»Dann gehen wir hin«, sage ich. »Wir reden mit allen. Ir-
gendjemand muss doch wissen, wo er ist oder mit wem wir reden können.«

Er hebt leicht die Schultern. »Von mir aus. Willst du vorher
noch was essen?«

Ingvar dreht sich um, greift nach der Fernbedienung und
will den Fernseher ausschalten, als er innehält und stattdessen
die Lautstärke aufdreht. Auf dem Bildschirm läuft eine Presse-

konferenz aus der Polizeistation in Kristiansund – ich erkenne den Hintergrund. Den Mann, der da spricht, habe ich noch nie gesehen – ein Mann, der pakistanischer Abstammung zu sein scheint, mit einer feierlichen Ausstrahlung. Shahid Sethi, steht unten auf dem Fernsehbildschirm. Er leitet die Ermittlungen.

»Wir haben beantragt, dass diese Person aufgrund der gesamten Beweislage in Gewahrsam genommen wird«, sagt der Ermittlungsleiter.

»Sie haben jemanden festgenommen«, sagt Ingvar, »im Fall Iben.«

Der Polizist auf dem Bildschirm zeigt auf einen Journalisten, der fragt, ob es noch Hoffnung gäbe, Iben lebend zu finden, aber die Polizei will zu diesem Zeitpunkt nicht spekulieren.

»Schau dir das an«, sagt Ingvar. Er hat auf seinem Handy eine Onlinezeitung geöffnet. »Da steht, dass ein Polizist festgenommen worden ist.«

Ich schüttle den Kopf. Das kann nicht sein.

»Kann ich mir dein Handy leihen?«, frage ich. Ingvar gibt es mir, ohne zu zögern, und ich wähle Tors Nummer. »Ich schaue gerade die Nachrichten«, sage ich, als er sich meldet. »Weißt du etwas?«

»Nicht viel. Ein Mann, ein Polizist. Sie wollen mir weder seinen Namen nennen noch ihn beschreiben. Sie vernehmen ihn gerade und haben versprochen, mir bald mehr Informationen zu geben.«

»Ich kann das nicht glauben«, sage ich. »Ich glaube nicht, dass es ein Fremder ist – es muss jemand sein, der uns kennt. Der mich kennt.« Während ich spreche, presse ich den Schlüssel in meiner Faust zusammen. Ich halte ihn hoch, als wollte ich ihn ihm zeigen, obwohl er mich nicht sehen kann.

»Verstehe«, sagt Tor, aber es klingt nicht so, als würde er das wirklich verstehen. »Wahrscheinlich steckt mehr dahinter, als sie uns sagen. Wir müssen einfach abwarten. Ich bin nur froh, dass endlich etwas passiert.«

Auf dem Bildschirm weigert sich der Ermittlungsleiter, die bohrenden Fragen der Journalisten zu beantworten.

»Nur damit du es weißt«, sagt Tor. »Die Polizei weiß, dass du weggefahren bist. Sie werden wahrscheinlich noch eine Weile mit diesem internen Problem beschäftigt sein, aber du solltest bald nach Hause kommen. Ich hoffe nur in Gottes Namen, dass irgendetwas davon Iben zurückbringt.«

# Roe

»Müssen wir das jetzt wirklich noch einmal durchgehen?«, fragte Ingrid und goss mir noch mehr Kaffee in die Tasse. Wir saßen in ihrem Wohnzimmer auf einem glänzenden neuen weißen Ledersofa, denn Ingrid kaufte ständig neue Möbel, immer auf der Suche nach etwas, das ihr ein Gefühl von Frieden geben konnte. Der Idiot, für den sie mich verlassen hatte, hatte sich wie immer in sein Büro zurückgezogen.

»Es ist das letzte Mal, dass ich dich darum bitte«, sagte ich. »Ich habe heute auch mit Birk gesprochen.«

»Du hast mit Birk gesprochen?«

»Ich habe ihm die üblichen Fragen gestellt. Ob er es war, der sie getötet hat, ob er weiß, wer es war, all das.«

»Du meinst, du hast ihn wieder terrorisiert, indem du ihm jede Menge Vorwürfe gemacht hast.« Sie schüttelte den Kopf. »Birk ist unschuldig. Davon ist mein Herz ganz und gar überzeugt.«

»Und wer, sagt dein Herz, hat sie getötet?«

»Du hörst nie auf, Roe, oder? Ist dir klar, was du tust? Du reduzierst unsere Tochter auf einen Kriminalfall, den nicht einmal du lösen kannst. Ganz zu schweigen davon, dass er unlösbar ist. Der Fall ist abgeschlossen. Es war ein Brand. Es gibt keine anderen Spuren. Kannst du unsere Tochter nicht einfach in Frieden ruhen lassen?«

»Das versuche ich ja gerade. Ich will Frieden, und ich will ihr Frieden geben – deshalb ziehe ich weg. Es ist nur ein Versuch, all diese Fragen hinter mir zu lassen, bevor ich gehe.«

Sie verschränkte die Arme. »Gut. Dann frag nur – komm schon.«

»Es muss etwas geben, das wir übersehen haben«, sagte ich. »Etwas aus der Zeit kurz vor Anitas Tod, das wir vergessen haben, etwas, das wir über sie hätten wissen müssen. Erinnerst du dich, ob sie von anderen Leuten gesprochen hat, die sie kannte, außer Birk?«

»Wie ich schon tausendmal gesagt habe«, antwortete sie. »Ich weiß nichts. Nur, dass sie mit jemand anderem zusammen war. Ich weiß nicht einmal, wie lange das schon so ging.«

»Als sie dir von diesem anderen Mann erzählt hat …«, sagte ich. »Kannst du wiederholen, was sie gesagt hat?«

»Sie war verzweifelt. Sie sagte, sie wolle Birk verlassen. Sie sagte, sie sei verliebt. Ich fragte, wer es sei, und sie meinte, es sei jemand in ihrem Alter. Jemand, der sie verstehe, sagte sie, und der nett sei. Ich wollte nicht mehr darüber hören.«

»Du hast nicht nach dem Namen gefragt?«

Ingrid schüttelte den Kopf. »Ich habe diese Fragen schon so oft beantwortet, Roe. Eigentlich bin ich froh, dass du wegziehst. Um deinetwillen. Du brauchst das, du musst weg von hier. Kristiansund ist schön. Du kannst neu anfangen. Ich hoffe, du kannst das alles hier hinter dir lassen. Fang wieder an zu leben.«

Ich wusste, dass sie recht hatte. Diese Stadt war ein großes schwarzes Loch in meinem Herzen, das nie verheilte. Ich konnte nicht durch die Straßen gehen, ohne all die verfluchten Menschen anzustarren, die meine Lütte überlebt hatten. Sogar mein eigenes Spiegelbild in den Schaufenstern. Ich musste weg.

»Ich will noch einmal ihre Sachen durchsehen, bevor ich gehe.«

Ingrid gestikulierte verärgert in Richtung des Zimmers. »Die sind da, wo sie immer sind.«

Anitas altes Kinderzimmer war voller Bilder. Die meisten hingen dicht an dicht an den Wänden, andere lehnten auf dem Boden. So viele Versionen von Anitas nacktem Gesicht, das geradeaus, nach oben oder nach unten schaute. Andere Menschen, viele aus Ingrids Familie. Babys und ältere Verwandte. Ich fuhr mit den Fingern über ein Bild von einem Baby mit offenem Mund und Blut an den Zähnen – ein lustiges Bild. Ich richtete eine gerahmte Skizze von Ingrid und ihrem Mann auf. Es war gut, dass einige Bilder erhalten geblieben waren, obwohl viele durch das Feuer zerstört worden sein mussten.

Als Aurora noch ganz klein war und Birk auf See arbeitete, war Anita oft hierhergekommen. Ingrid hatte ihr mit dem Baby geholfen, und Anita konnte zeichnen und malen, wenn sie eine Pause brauchte. Ingrid hatte erzählt, dass Anita oft auf dem Bett saß, während Aurora schlief, und mit Kohle zeichnete.

Drei Skizzenbücher lagen ordentlich gestapelt auf einer Kommode. Ich nahm sie mit zum Bett, setzte mich und begann, darin zu blättern. Wie immer waren es viele Selbstporträts, auch einige Bilder von Ingrid und dem Baby waren dabei. Hastige Skizzen von Körpern ohne Gesichter, von jemandem, der neben einer Staffelei stand oder ein Kind auf dem Arm hielt. Sie hatte oft Dinge gezeichnet, die sie gerade beschäftigten. Außerdem gab es einige Zeichnungen, die anders waren als die anderen, vielleicht ein Versuch, etwas Neues zu machen. Es sah so aus, als hätte sie versucht, eine Art Symbolik darzustellen. Ein Zimmer mit einem Bett und einem Nachttisch, einer Kommode, die dem Zimmer, das sie hier hatte, nicht unähnlich war. Der Hauptunterschied war die Schlange. Sie lag auf dem Bett, den Kopf auf ihren zusammengerollten Körper gestützt. Anita hatte sie mehrmals gezeichnet, einmal hing sie über der Schulter einer Frau. Ich fragte mich, was sie an dieser Schlange interessiert hatte, dem Symbol des Bösen an sich. Was hatte sie wohl zu bedeuten?

Eine der Zeichnungen fiel mir besonders auf. Anita hatte mit goldgelber Pastellkreide eine Kette mit einem Schlüssel gemalt. Die Kette lag genauso aufgerollt da wie die Schlange, eine Art Schlangenkette. Ich blätterte weiter und sah, dass Anita dieselbe Kette noch einmal gezeichnet hatte, diesmal am Hals eines jungen Mädchens mit dunklen Haaren und dunklen Augen. Ich glaubte, diese Kette und den Schlüssel schon einmal gesehen zu haben.

Ich stand auf und ging zum Schminktisch, der am anderen Ende des Zimmers stand. Dort hatte sie ihr Schmuckkästchen aufbewahrt. Ich öffnete das Kästchen und kramte zwischen den silbernen und goldenen Schmuckstücken herum, bis ich endlich fündig wurde. Eine glänzende Goldkette mit einem goldenen Schlüssel. Die hatte sie also gezeichnet. Ganz schlicht und fein.

Sorgfältig legte ich die Skizzenbücher zurück. Ich betrachtete das ganze Material, das Anita bei Ingrid zurückgelassen hatte. Verschiedene Papiersorten, Kreide und Druckfarben. Ich hob den glänzenden Glasläufer hoch, der als Briefbeschwerer auf einem Papierstapel stand. Anita hatte mir seinen Gebrauch erklärt. Er diente dazu, Pigmente zu feinem Pulver zu zermahlen, um daraus Farben herzustellen.

»Ich würde so gerne etwas von Anita mitnehmen«, sagte ich zu Ingrid, als ich aus dem Zimmer trat. »Darf ich das haben?« Ich zeigte ihr die Kette mit dem Schlüssel.

»Ich kann mich nicht erinnern, sie jemals gesehen zu haben«, sagte sie. »Natürlich, nimm sie einfach.«

Sie umarmte mich lange und wünschte mir alles Gute in Kristiansund.

»Nimm die Vergangenheit nicht mit«, sagte sie. »Lass sie hier. Du wirst sehen, es wird dir guttun.«

# Mariam

Ein Gitarrensolo von Led Zeppelin erfüllt den schummrigen Raum, als wir eintreten. Noch ist nicht viel los. Eine müde aussehende Frau in den Fünfzigern mit einem Minirock, der ihre dicken weißen Oberschenkel entblößt, unterhält sich an der Bar mit einem etwa gleichaltrigen Mann. Beide sehen betrunken aus, der Mann hängt über dem Tresen und zeigt auf die Schnapsflaschen im Wandregal. Um ein paar große Tische aus Bierfässern sitzt eine Gruppe von Bikern im Alter zwischen achtzehn und siebzig Jahren. Einer trägt eine mit Nieten besetzte Lederweste, ein anderer hat sich einen Wikinger auf den Arm tätowieren lassen. Über ihnen hängt ein Hirschkopf an der Wand.

Ingvar geht voran. Wir schieben uns an der Bar vorbei ins Hinterzimmer, wo zwei Mädchen Billard spielen. Sie beugen sich über den Tisch, lachen laut und sind offensichtlich betrunken, obwohl es noch früh am Abend ist. Neben dem Billardzimmer befindet sich ein separater Raum mit Tischen und Stühlen, aber ohne Menschen.

»Es ist noch früh«, sagt Ingvar und schaut auf sein Handy.

Wir gehen zur Bar. Ich fühle mich overdressed in dem Kleid und der Jacke, die meinem neuen Leben angepasst sind. Hier sieht niemand sonst so aus – so korrekt. Als ich mit Ingvar und Egil zusammenwohnte, war dies eine unserer Stammkneipen. Einer der wenigen Orte in der Stadt, wohin Ingvar mitkam. Ich stand an diesen Tischen und sang zu Rockklassikern, setzte Geld darauf, wer wen beim Billard schlagen würde, stritt mich mit Betrunkenen und schnorrte Bier, wenn ich kein Geld hatte. Früher hatte ich mal das Gefühl, dass dieser Ort mir gehörte. Im Smutten ging es ab. Der Mann hinter dem Tresen ist Ende dreißig, der Haaransatz ist schon zurückgewichen. Er war noch nicht hier, als ich in meiner Jugend hier gefeiert habe. Ich erinnere mich noch immer an die Namen der Leute, die damals hier gearbeitet haben.

»Kennst du Patrick Scheie?«, frage ich den Mann hinter der Theke, aber er schüttelt nur den Kopf. Ich wende mich an die beiden, die auf den Barhockern am Tresen sitzen. »Und ihr beide? Patrick Scheie – kennt ihr den?«

Sie schauen mich an, als würde ich sie fragen, ob sie an die Mondlandung glauben. Ich packe Ingvar am Arm und ziehe ihn ein Stück zu mir heran.

»Wir sollten uns trennen«, sage ich. »Ich frage die Mädchen da hinten, du die Bande hier drüben.« Ich deute mit einem Kopfnicken in Richtung der Motorradgang.

Dann werfe ich einen Blick zum Eingang, für den Fall, dass sich die Tür öffnen sollte. Auch wenn die Wahrscheinlichkeit, dass Patrick heute einfach so hereinspaziert, nicht besonders groß ist, erhöht sich mein Puls.

Während Ingvar sich auf den Weg zu den Bikern macht, gehe ich in den hinteren Teil des Lokals. Die beiden Mädchen am Billardtisch wirken zu jung für dieses Lokal und sind zu sehr in ihr Spiel vertieft, um zu bemerken, dass sie beobachtet werden. Die Blonde versucht, mit dem Queue hinter ihrem Rücken einen Stoß zu machen. Die Rothaarige lacht über ihre Technik.

»Wer gewinnt?«, frage ich.

»Keine Ahnung«, sagt die Rothaarige, und jetzt lachen beide.

»Willst du mitspielen?«

Ich nehme das Queue.

»Volle oder halbe?«, frage ich.

Die Mädchen zucken mit den Achseln.

»Wir spielen nur zum Spaß«, sagt die Blonde.

Ich beuge mich über den Tisch, ziele auf die rote Kugel und schieße so, dass sie mit einem lauten Knall in der Ecke landet. Die Mädchen jubeln begeistert. Sie wirken so leicht und glücklich – unbeschwert. Ich gebe das Queue an die Rothaarige zurück.

»Ich suche Patrick«, sage ich. »Patrick Scheie. Kennt ihr ihn?«

Die Blonde blickt auf. »Ich weiß, wer das ist. Aber ich habe ihn länger nicht mehr gesehen. Er taucht ab und zu auf. Und wenn er auftaucht, ist er meistens eine richtige Plage.« Sie sieht mich an. »Ich hoffe, es ist okay, wenn ich das sage.«

Ich nicke. »Kein Problem, ich weiß ja, wie er ist. Du weißt nicht, ob er umgezogen ist oder neue Freunde gefunden hat oder so etwas?«

Sie schüttelt den Kopf. Ich bedanke mich für das kurze Spiel und gehe zurück in den Hauptbereich des Lokals, der sich langsam füllt. Dabei frage ich mich, ob ich es für den Rest meines Lebens ertragen kann, Mariam zu sein. Das Mädchen, das ich früher einmal hier gewesen bin, ist immer noch irgendwo in mir – ab und zu spüre ich einen Hauch von Sehnsucht nach ihr. Aber ich vergesse, dass sie es auch schwer hatte. Die guten Erinnerungen sind Verzerrungen der Wirklichkeit. Es war kein

Spaß, auf den Tischen zu stehen und die Musik mitzugrölen. Es war anstrengend. Nur ein vorübergehender Versuch, die Leere zu füllen.

Ingvar sitzt allein an einem Tisch, das Gesicht dem Eingang zugewandt, ein Glas vor sich. So wie er dasitzt, wirkt er apathisch, mutlos.

»Alkohol?«, frage ich und deute auf das Glas.

»Nein, bist du verrückt?«

»Hast du was rausgekriegt?«, frage ich und nicke in Richtung der Biker, die hinter ihm sitzen. Er schüttelt den Kopf und schaut in sein Glas.

»Aus den Mädels da hinten habe ich auch nichts rausbekommen«, sage ich und setze mich auf einen der Barhocker am Biertisch.

Die Tür geht auf, mehr Leute kommen herein. Ich bin mir sicher, dass ich ihn finde. Es gibt nicht viele Verstecke in dieser Stadt, in der jeder jeden kennt.

Ingvar nickt zwei krass aussehenden Typen zu, die vor ihm auftauchen. Sie tragen beide Bärte, und der eine hat eine Lederjacke mit einem Biker-Logo an. Als Ingvar mich vorstellt, mustern sie mich von oben bis unten, wahrscheinlich fragen sie sich, was ich hier mache. Ich sehe die beiden Männer an. Für einen Moment frage ich mich, ob einer von ihnen nicht bei der Gruppe in der Ecke gesessen hat, als wir hereinkamen – der Gruppe, mit der Ingvar sprechen wollte. Es ist der Mann mit dem Wikinger-Tattoo auf dem Arm. Der Mann sieht mich an und hält sich die Hand vor den Mund.

»Du bist es«, sagt er. »Iben Linds Mutter.«

Dieses Foto von Iben und mir in der Umkleidekabine. Es kommt mir ewig her vor, dass ich es gemacht habe.

»Dieser Polizist, der Typ, den sie verhaftet haben. Glaubst du, er hat sie entführt?«

Ich schüttle den Kopf. »Ich glaube, es war jemand anderes. Jemand, der hier in der Stadt wohnt.«

Die beiden Männer setzen sich an den Tisch. Erwartungsvoll schauen sie mich an.

»Patrick Scheie«, sage ich. »Kennt ihr ihn?«

»Ich habe ihn seit Monaten nicht gesehen«, sagt der Mann in der Lederjacke. »Glaubst du, dass er es war? Ich meine, ja, er scheint nicht ganz richtig im Kopf zu sein, aber … Glaubst du wirklich, dass er es war?«

»Patrick ist verschwunden«, unterbricht ihn der erste Mann. »Er ist nicht zur Arbeit gekommen, habe ich gehört. Man hat seine Wohnung leer vorgefunden.«

»Verschwunden?«

Er nickt.

»Ich habe die Theorie, dass er abgetaucht ist. Es waren Leute hinter ihm her – es gab Gerüchte über ihn.« Er schüttelt den Kopf. »Vielleicht ist er auch ins Ausland geflohen.«

Ich schaue Ingvar an, der von dieser Nachricht erstaunlich unberührt scheint. Dann wende ich mich wieder den beiden Männern zu.

»Er ist also verschwunden?«

»Ohne eine Spur zu hinterlassen. Glaubst du wirklich nicht, dass es der Polizist ist, den sie verhaftet haben? Warum nicht?«

Ich strecke meine Hand aus und nehme Ingvars Glas, setze es an meine Lippen und nehme einen großen Schluck. Es fühlt sich ziemlich frech an. So wie Liv es früher gemacht hat.

»Ich komme gleich wieder«, sage ich.

Mit wackeligen Beinen stehe ich auf und gehe zur Toilette.

Ich will einfach allein sein, ich muss nachdenken. Ich versuche, die Tür zu öffnen, aber sie ist abgeschlossen. Wenn Patrick abgehauen ist, wird es schwer, ihn zu finden. Wenn er derjenige ist, der hinter der ganzen Sache steckt, meine ich. Es wird Zeit, dass ich mit Egil spreche. Vielleicht hat er die Antwort auf die vielen Fragen.

Die Toilettentür öffnet sich, und eine vertraute Gestalt tritt heraus. Ihr graues Haar fällt offen über ihre Schultern. Ihr Kleid ist dunkelviolett und hängt locker herab. Sie schließt mich in die Arme.

»*My darling!*« Carol riecht nach nassem Hund und Parfüm.

Ich begleite sie nach draußen, damit sie auf der verlassenen Straße eine Zigarette rauchen kann. Ich hatte ganz vergessen, wie oft ich Carol hier getroffen hatte, nachdem wir ihr die Schlange abgekauft hatten, und wie gut wir uns an den Abenden verstanden hatten. Irgendwann war Carol mehr wie eine Mutter für mich als meine richtige Mutter.

»Ich hatte gehofft, dass du heute zu mir kommst«, sagte sie und blies Rauch in den Himmel. »Ich habe in den Nachrichten gesehen, dass sie einen Polizisten verhaftet haben.«

Ich schüttle den Kopf.

»Ich glaube nicht, dass er es war«, sage ich. »Es muss jemand gewesen sein, der mich kennt. Jemand, der mir wehtun wollte. Weißt du noch, was ich dir über den Schlüssel im Schmuckkästchen erzählt habe? Es muss jemand von hier sein.«

»*You're wrong, dear.* Er ist es. Ein Polizist aus Ålesund. Er stand letzten Sommer vor meiner Tür. *I swear.* Er war von der Polizei und hat versucht, in mein Haus zu kommen.«

Sie lacht, laut und herzlich.

»Vor deiner Tür? Warum hast du mir nichts gesagt?«

Carol unterbricht ihr Lachen.

»Ich wollte dich nicht erschrecken. Damals wusste ich noch nicht, dass er ein *bad policeman* war – ich dachte, er wäre ein ganz normaler Bulle. *Anyway.* Er war wütend und wollte rein. Hat gefragt, ob ich dich kenne. Zuerst wollte er nicht zugeben, dass er von der Polizei ist, aber als er es dann doch tat – na ja, du weißt schon. Ich habe ihn gefragt, ob er Lust hat, einen *fight* mit meinen Hunden zu haben.«

Sie lacht wieder laut. In diesem Moment erinnere ich mich an den Polizisten, der mich an dem Tag besucht hatte, als Iben verschwunden war. Er hatte im Ålesunder Dialekt gesprochen. Könnte es derselbe Polizist sein, den Birk aus Kristiansund kannte?

»Das verstehe ich nicht«, sage ich. »Ich kenne keinen Polizisten. Kann ich mir dein Telefon leihen?«

Carol gibt mir ihr Handy. Ich suche im Internet nach Roe Olsvik, Polizei Kristiansund. Das Foto des Polizisten erscheint. Breitschultrig, grau meliertes Haar. Die Beschreibung passt auf den Mann, der die Frau besucht hat, die sich meine Mutter nennt. Ich zeige Carol das Foto.

»Ist er das?«

Carol wirft einen Blick aufs Telefon. »Oh ja, das ist er. Ich erinnere mich gut an ihn, ein strenger Mann.«

Ich spüre, wie mir eine Träne aus dem Augenwinkel läuft – ich bin mir nicht sicher, aus welcher Ecke meines kalten Herzens sie kommt. Carols Lächeln verblasst, sie kommt auf mich zu. Legt ihre mütterlichen Arme um mich.

»Nicht weinen, Liebling. *Heads up.* Sie haben ihn ja. Jetzt werden sie auch deine Tochter finden.«

# Ronja

Auf dem Bildschirm sehe ich Roe mit gesenktem Kopf in der Arrestzelle. Er sitzt auf der Liege, die mit einer Matratze versehen ist, auf seinem Schoß befindet sich eine Bettdecke. Auf die Zellenwand über seinem Kopf ist ein übertrieben fröhlicher Clown gemalt, dessen gelbe Haare in alle Richtungen abstehen. Roe scheint nicht der Typ zu sein, der sich von den bunten Bildern in seiner Zelle aufmuntern lässt, aber er protestiert nicht. Tatsächlich hat er seit seiner Verhaftung kein einziges Wort gesagt. August, Shahid und Birte löchern ihn mit Fragen, aber er sitzt nur blass und erschöpft da, den Kopf in die Hände gestützt. Sogar Shahid scheint jetzt davon überzeugt zu sein, dass Roe der Täter ist, nachdem sie seine Wohnung durchsucht und dabei entdeckt haben, dass die Wände seines Schlafzimmers mit Fotos von Mariam Lind tapeziert sind. Außerdem wurden Unterlagen von irgendwelchen alten Fällen, Kopien von Fingerabdrücken und anderes Ermittlungsmaterial gefunden. Es sieht langsam schlecht für ihn aus, muss ich zugeben. Und je länger er schweigt, desto verdächtiger wird er. Warum sagt er nichts? Will er sich nicht verteidigen? Wir müssen herausfinden, was all diese Fotos und Dokumente bedeuten. Und wenn Roe sich weiterhin weigert zu reden, könnte es Monate dauern, bis wir es herausfinden.

»Es ist verdammt schwer, ihn zum Reden zu bringen«, sagt August.

Ich zucke zusammen – ich habe gar nicht bemerkt, dass er neben mir steht. Auf seinem Kinn hat sich ein bleicher Stoppelbart gebildet.

»Das ist alles dein Verdienst«, sagt er.

»Was ist mein Verdienst?«, frage ich und seufze. Ich fühle mich hilflos.

»Der Fall ist so gut wie gelöst, dank dir.«

»Glaubst du wirklich, dass er gelöst ist?«

»Er muss nur noch reden.«

»Bestätigungsfalle«, sage ich. »Das ist ein Beispiel für eine Bestätigungsfalle – wir suchen nur nach Dingen, die unsere Hypothese bestätigen. Das hast du selbst zu Birte gesagt, als wir im Auto saßen: Zieh keine voreiligen Schlüsse. Wir wissen nicht, was passiert ist.«

Ich hole den Schlüssel für die Zelle, in der Roe sitzt, lasse August stehen und laufe die Treppe zu den Zellen im Keller hinunter.

Ein überraschter Ausdruck huscht über Roes Gesicht, als er mich eintreten sieht. Ich lasse die Tür einen Spalt offen und setze mich neben ihn auf die Liege. Dann lächelt er. Ich frage mich, ob ich ihn an seine Tochter erinnere – die junge Frau, die gestorben ist. Es muss sehr schwer für ihn gewesen sein.

»Ich glaube nicht, dass du Iben etwas angetan hast«, sage ich. »Aber die anderen schon.«

Ich zeige auf die Kamera.

»Fällt es dir schwer, über sie zu reden?«, frage ich. »Über Anita?«

Er schaut zu Boden.

»Ich glaube, du musst es wirklich tun«, sage ich. »Du musst uns sagen, was das alles zu bedeuten hat, sonst wird niemand je erfahren, was mit deiner Tochter passiert ist.«

Er starrt weiter zu Boden. Sein Blick ist leer und ausdruckslos, als hätte er sich irgendwohin tief in sich selbst zurückgezogen. Dann dreht er sich zu mir um und nickt.

# Roe

Ich verfluchte den Wecker, der mich wieder einmal in dieser Bruchbude von einer Wohnung weckte, in dieser ganz und gar durchschnittlichen Stadt, die Ålesund so verdammt ähnlich war, nur kleiner. Ich biss die Zähne zusammen, setzte mich auf die Bettkante, streckte den Rücken durch und versuchte zu fühlen, ob alles noch an seinem Platz war. Kopien von Dokumenten aus der Akte David Lorentzen lagen um mich herum verstreut auf dem Boden. Der Umzug hatte nichts verändert. Ich war immer noch an die unglückliche Stadt gebunden, die ich verlassen hatte. Wenn ich schon woanders hinzog, dann hätte ich weiter wegziehen müssen, verdammt. Oder ich musste alles zurücklassen, was ich eigentlich hatte zurücklassen wollen. Anita. Aurora. David. Egil. Teile meines Lebens, die nicht mehr zusammenpassten, weil es immer irgendwo etwas gab, das zu schmerzhaft war.

Ich bückte mich und hob die Papiere auf, steckte sie in die Plastikmappe auf dem Nachttisch. Niemand wusste, dass ich Kopien gemacht und mitgenommen hatte. Wenn ich diesen Fall löste, würde ich auch den Rest lösen, da war ich mir sicher. Ich ging in die Küche, stellte die Kaffeemaschine an und holte

Brot, Butter und Käse heraus. Dann ging ich zur Haustür und nahm die heutige Ausgabe von *Tidens Krav* von der Fußmatte. Die Zeitung hatte ich gleich am ersten Tag nach meinem Umzug abonniert. Ich hatte beschlossen, dass ich dieses Leben in vollen Zügen genießen würde – dass diese Stadt mir gehören würde. Es war unglaublich, wie naiv ich gewesen war. Es lag ein paar Monate zurück, dass ich hierhergezogen war, und es war immer noch ein fremder Ort. Ich versuchte, den Ratschlag zu befolgen, den mir die Leute von überall zuzuwerfen schienen: Wart es ab, die Zeit heilt alle Wunden. Aber die Zeit war unvorstellbar lang, und an ihrem Ende wartete nur der Tod.

Ich goss mir eine Tasse Kaffee ein und schlug die Zeitung auf. Im Berufungsprozess um das Krankenhaus waren neue E-Mails aufgetaucht. Der Fall schien kein Ende zu nehmen – die Leute in Kristiansund sprachen von nichts anderem. Ich konnte das verstehen, auch ich war frustriert über die Zusammenlegung von Krankenhäusern und Polizeistationen im ganzen Land. Aber ich hatte es einfach satt, darüber zu lesen. Ich schmierte mir eine Scheibe Brot, während ich die Seiten umblätterte und die Schlagzeilen las. Bei »VeryHealth gewinnt Ausschreibung« hielt ich inne. Versammelt um eine Marzipantorte stand eine kleine Gruppe von Menschen, die meisten von ihnen Frauen. VeryHealth war eine Firma, die persönliche Assistenten vermittelte. Jetzt hatten sie eine große Ausschreibung der Stadtverwaltung gewonnen, aber das war nicht der Artikel, der mich interessierte. Es war das Foto. Genauer gesagt, die Frau, die ganz rechts stand und lächelte, mit kurzen blonden Haaren und langen Ponyfransen, in der einen Hand einen Tortenheber. Ihr Haar war kürzer und heller, sie war älter und dünner, aber es gab wirklich eine große Ähnlichkeit.

Ich scrollte durch die Fotos auf meinem Handy, zurück zu den Bildern, die ich von Anitas Entwürfen in den Skizzenbüchern gemacht hatte. Es war seltsam. Konnte es wirklich dieselbe Frau sein? Laut Artikel hieß sie Mariam Lind und war Eigentümerin der Firma. Ich recherchierte ihren Namen im Internet und fand heraus, dass sie mit dem Stadtrat Tor Lind verheiratet war. Sie hatte keinen eigenen Facebook-Account, aber ihr Mann hatte ein Foto von sich und seiner Frau mit einem lächelnden kleinen Mädchen gepostet. Iben schaute nicht in die Kamera, sondern auf etwas rechts dahinter, ihr Blick wirkte abwesend. Als ich sie sah, lief mir ein Schauer über den Rücken. Irgendetwas in diesem Gesicht kam mir seltsam bekannt vor, aber ich konnte nicht genau sagen, was es war. Ich recherchierte im Netz nach ihrem Namen, aber alles, was ich fand, war eine Zeitungsanzeige zu Ibens elftem Geburtstag im Januar.

Dann suchte ich in meiner Kontaktliste nach Egils Telefonnummer. Es klingelte lange, und ich erschrak, als ich die Ansage der Mailbox hörte, die mich direkt an den Tag damals zurückversetzte. Schnell legte ich auf, beschloss aber, es noch einmal zu versuchen.

»Hallo?« Es war die Stimme eines Mannes am anderen Ende der Leitung, aber es war nicht Egil.

»Ist Egil da?«

Sekundenlang war es still in der Leitung.

»Egil ist im Gefängnis«, sagte der Mann.

# Mariam

Ich wache auf, weil ich keine Luft mehr bekomme. Keuchend und röchelnd im halbdunklen Zimmer, Licht fällt durch den Spalt zwischen den Vorhängen. Keine Luft. Ich versuche mich zu bewegen, doch meine Arme werden festgehalten. Ich bin von einer braun, schwarz und gelb gesprenkelten Muskelmasse umgeben. Ich öffne den Mund und recke den Hals, winde mich in der Umarmung der dicken Schlange. Ich drehe meinen Kopf zur Seite und blicke direkt in Neros klaffendes Maul. Er ist jetzt groß genug, um seinen Rachen über meinen ganzen Kopf zu stülpen. Vor meinen Augen tanzen schwarze Punkte. Ich schüttle den Kopf. Immer wieder, Tränen spritzen in alle Richtungen.

Dann lässt er mich frei. Die Luft schlägt wie Kies in meine Lungen. Ich krümme mich und huste heftig, es brennt in meiner Brust. Er ringelt sich neben mir zusammen, die schmale Zunge ragt aus dem geschlossenen Maul. Dann wendet er den Kopf ab und gleitet langsam vom Bett. Wie in Zeitlupe lässt er jeden Farbfleck an mir vorbeitanzen, bis sein Schwanz über die Bettkante nach unten verschwindet. Mein Herz schlägt wie wild in meiner Brust. Es ist das erste Mal, dass er mich richtig attackiert hat.

Ich zittere noch, als ich zu Ingvar gehe, der in der Küche sitzt und raucht. Der Geruch hat für mich längst jede Bedeutung verloren. Trotzdem hat es einen gewissen Reiz, bei offenem Fenster am Küchentisch zu sitzen und einfach nur zu rauchen.

»Die neuesten Nachrichten.« Er deutet auf das Radio. »Sie haben den Polizisten freigelassen.«

»Darf ich eine schnorren?«, frage ich.

Er wirft mir das Tabakpäckchen zu. Ich fange es auf, ziehe ein Blättchen heraus und fange an, es zu füllen. Ich merke, dass ich vergessen habe, wie man eine Zigarette dreht. Der Tabak verhält sich nicht so, wie er soll. Er klumpt in der Mitte, während die Zigarette an den Enden dünn ist. Sie haben den Polizisten freigelassen, aber ich bin noch nicht fertig mit ihm. Ich muss herausfinden, warum er mich gesucht hat. Warum wollte er mit Carol sprechen? Vielleicht war er auch der Mann, der mit meiner Mutter reden wollte? Und womöglich mit weiteren Leuten? Ich stecke die mies zusammengerollte Zigarette zwischen die Lippen und zünde sie an. Das glühende Papier und der Tabak brennen in meinen Lungen, ich huste, und Ingvar lacht.

»Sag mal, Liv, erinnerst du dich noch an den ersten Abend zu dritt in unserer WG? Wir waren die ganze Nacht auf, nur wir drei, rauchten und redeten Müll. Ich weiß noch, dass ich dich für das coolste Mädchen hielt, das ich je getroffen hatte.«

»Ich erinnere mich gut daran. Es war so nett von euch, mich hier wohnen zu lassen, ohne etwas über mich zu wissen. Ich musste im ersten Monat nicht einmal Miete zahlen.«

»Na ja, du hattest ja auch nichts, wovon du sie hättest bezahlen können.«

»Was mir am meisten bedeutet hat, war, dass ich mich bei

euch sicher fühlen konnte. Ich konnte über meine Vergangenheit sprechen oder auch nicht, wenn ich nicht wollte. Du schienst zu verstehen, dass es wie das Stochern in einem Schlangennest war.«

Ingvar nimmt einen letzten Zug von seiner Zigarette und drückt sie im Aschenbecher aus.

»Ein Schlangennest, genau«, sagt er. »Apropos, was ist eigentlich mit Nero passiert?«

»Ich habe ihn im Wald ausgesetzt. Ich hatte keine andere Wahl.«

Im Grunde hätte ich nicht lügen müssen – Ingvar hätte sich wahrscheinlich gefreut, Nero wiederzusehen. Aber die Lüge ist wie auf Bestellung gekommen. Ich will ihn nicht teilen. Dass Carol von seiner Existenz weiß, ist eine Sache, aber Ingvar braucht es nicht zu erfahren. Wer weiß, was er mit diesem Wissen anfangen würde.

»Da hättest du ihn doch auch gleich umbringen können«, sagt Ingvar. »Ich dachte, er ist dir wichtig.«

Ich will antworten, aber dann halte ich inne. Über unseren Köpfen ist zu hören, wie die alte Vermieterin über die knarrenden Dielen läuft. Dass ich nicht früher daran gedacht habe. Ich drücke die halb gerauchte Zigarette aus.

»Ich gehe nach oben«, sage ich. »Ich muss mit ihr reden.«


Im Flur habe ich die seltsame Erwartung, die grauen Turnschuhe vorzufinden, die ich immer getragen habe, als ich hier gewohnt habe, und werde enttäuscht. Auch wenn meine Schuhe nicht mehr so frisch geputzt und glänzend sind wie vor zwei Tagen, sind es doch Mariams Schuhe, die im Flur auf mich warten.

Ich gehe die Treppe hinauf ins Erdgeschoss und klingle an der Tür. Die Vermieterin habe ich eigentlich nur ein paar Mal gesehen, und wenn, dann hat sie sich kaum für mich interessiert. Sie lässt sich Zeit, bis sie zur Tür kommt. Ich höre, wie sie sich in der Wohnung bewegt. Ein leises Klirren, als sie durch den Spion schaut, bevor sie den Schlüssel im Schloss dreht und die Tür einen Spalt öffnet, aber die Kette zulässt. Ihr Rücken ist gebeugt, ihr weißes schütteres Haar kann das Muttermal auf der Kopfhaut nicht verdecken. Sie blinzelt mich durch die dicken Brillengläser an.

»Wer sind Sie?«

»Ich bin's, Liv«, sage ich. »Liv, die vor ein paar Jahren in Ihrem Keller gewohnt hat.«

»Du musst mich entschuldigen. Ich kann leider nicht mehr so gut sehen.«

»Ist ja auch lange her.«

»Wolltest du etwas? Ich glaube, ihr habt für diesen Monat schon bezahlt.«

Sie legt die Stirn in Falten, als wolle sie sagen, dass sie mit ihren Mietern keine Zeit verschwenden will, solange sie zahlen.

»Es geht um etwas anderes. Ich habe mich gefragt, ob vor ein paar Monaten jemand an Ihre Tür geklopft hat – ein Mann mittleren Alters? Breitschultrig? Könnte es ein Polizist gewesen sein?«

Ihre Miene hellt sich auf. »Ein Mann war hier, irgendwann im Frühling. Er war von der Polizei und sehr nett und hat mir viele Fragen gestellt, aber ich konnte nicht alle beantworten. Stimmt, er hat auch nach dir gefragt, aber ich konnte ihm natürlich nichts sagen. Hast du mit ihm gesprochen?«

Ich nicke. »War er unten in der Wohnung?«

»Ja, natürlich. Normalerweise gehe ich nicht einfach runter, aber wenn es die Polizei ist – na ja. Er wollte nur ein Zimmer sehen und hatte sogar den Schlüssel. Das war gut, denn ich habe keinen Zweitschlüssel. Er hat mit dem Jungen gesprochen, der jetzt im Gefängnis sitzt.«

»Egil?«

»Ach, ich weiß nicht mehr, wie er heißt. Aber er ist auf jeden Fall im Gefängnis, und wahrscheinlich hat er es auch verdient. Der Polizist hatte den Schlüssel, also habe ich ihm das Zimmer gezeigt.«

»War das dieser Mann?«

Ich zeige ihr das Foto von Roe Olsvik auf Ingvars Handy. Sie beugt sich vor, so weit, dass ihre Brille fast das Display berührt. Dann nickt sie.

»Ja, das war er. So ein netter junger Mann.«

# Roe

Ich parkte am Straßenrand vor dem Rahmengeschäft. Es würde nur ein kurzer Besuch werden. Ålesund war eine Stadt, die ich schon einmal verlassen hatte. Hoffentlich würde mich niemand sehen, bevor ich wieder weg war.

Ich überquerte die Straße und ging auf das gelbe Gefängnisgebäude zu. Im Laufe der Jahre war ich schon oft hier gewesen, aber immer nur dienstlich, nie mit einem Besucherausweis in der Tasche. Ich klingelte und wurde sofort eingelassen. Der Wärter an Tür Nummer zwei lächelte.

»Ich wusste gar nicht, dass du Freunde im kriminellen Milieu hast, Roe.«

Ich erinnerte mich nicht an den Namen des jungen Mannes. Er konnte nicht älter als fünfundzwanzig sein und hatte eine irritierend hohe Stimme, wie Stahldraht. Ich legte mein Handy und mein Portemonnaie in eines der kleinen Schließfächer und schloss ab. Als ich den übergroßen Schlüsselanhänger einsteckte, wölbte sich meine Hosentasche – vermutlich hatte ihn einer der Häftlinge in der Werkstatt angefertigt. Ich reichte dem Beamten meinen Besucherausweis und ging schnell durch den Metalldetektor, bevor er eine große Sache daraus machen konnte.

Das Gefängnis war über hundertfünfzig Jahre alt und hatte sein Verfallsdatum längst überschritten. Ein tolles Gebäude mit einer wunderbaren Lage – aber eher für ein Museum. Mitten in der Stadt, wo die Leute gleich gegenüber wohnten und die Häftlinge beobachten konnten. Viel zu wenige Plätze, um als Hochsicherheitsgefängnis für ganz Westnorwegen zu dienen. Es kamen hier mehr Leute aus Bergen als aus Ålesund – obwohl die Schlange an einheimischen Kandidaten lang genug war.

Der Beamte ließ mich allein in dem winzigen Besucherraum zurück. Auf die kalten Backsteinwände waren schlanke Bäume gemalt, die sich vom Boden bis zur Decke verzweigten. Kleine Vögel saßen auf den Ästen oder flatterten durch den kleinen Wald. Es schien, als habe der Künstler versucht, die Vögel im Gefängnis als etwas Schönes und Melancholisches darzustellen. Vielleicht sahen so die Träume der Menschen aus, die hier eingesperrt waren. Ich setzte mich auf das schwarze Ledersofa, schloss die Augen und stellte mir vor, wie die Vögel umherflatterten und in ihrer Not kreischten.

Egil lächelte, als er zur Tür hereinkam. Er schob die Ärmel seines Pullovers hoch und gab mir einen Händedruck, der in einer halben Umarmung endete.

»Das ist ja eine Überraschung«, sagte er und setzte sich auf den Stuhl vor mir.

Ich griff in meine Gesäßtasche und holte das Foto heraus, das ich von meinem Handy ausgedruckt hatte.

»Was ist das?«, fragte er.

»Weißt du, wer die Person auf dem Foto ist, Egil?«

Er starrte sichtlich überrascht auf das Foto und fuhr sich mit den Fingern durchs Haar, eine unwillkürliche Geste.

»Nein. Nein, das weiß ich nicht. Das ist eine Zeichnung, oder?«

»Anita hat sie gezeichnet. Wenn du das Modell kennst, möchte ich, dass du ganz ehrlich zu mir bist.«

Egil schüttelte den Kopf. »Ich habe keine Ahnung. Ich habe sie noch nie gesehen.«

»Lügst du mich an, Egil? Willst du das Mädchen beschützen?«

»Nein. Ich weiß von nichts. Gar nichts.«

»Weißt du, was es bedeutet, wenn du mich anlügst? Ich habe meine Tochter und meine Enkelin verloren. Du verweigerst mir das Recht, zu erfahren, was mit ihnen passiert ist.«

»Ich weiß nicht, was passiert ist. Ehrlich.«

Ich senkte die Hand, die das Foto hielt. Ich hatte recht gehabt. Er hatte die ganze Zeit gelogen.

»Du weißt nicht, was passiert ist, aber du weißt, wer sie ist.«

Ich hielt die goldene Kette mit dem Schlüssel hoch.

Seine graublauen Augen weiteten sich. »Woher hast du den?«

Ich blickte den Jungen an, von dem ich einmal geglaubt hatte, ich könnte ihn erreichen, ihm helfen. Der es nicht gewohnt gewesen war, dass jemand in meinem Alter ehrlich zu ihm war. Das hatte mir Hoffnung gegeben – und den Wunsch, wieder auf die Beine zu kommen und auch andere gute Dinge zu tun. Jetzt merkte ich, dass es mir nicht gelungen war. Er hatte sein Leben nach einer ganz anderen Vorstellung von Richtig und Falsch aufgebaut, nach der Moral der Straße.

»Ich habe ihn in einem von Anitas Schmuckkästchen gefunden. Ich weiß, dass er der Frau gehört, die sie gezeichnet hat.«

»Scheiße«, sagte er. »Ich kann sie nicht ewig beschützen. Diese Frau ist nicht ganz richtig im Kopf.«

Er schien einen Moment nachzudenken. Dann beugte er sich vor.

»Dieser Schlüssel gehört zu einem Zimmer in meiner Wohngemeinschaft. Oder besser gesagt, zu meinem jetzigen Zimmer. Vorher hat es Liv gehört. Dort sind noch ein paar Sachen von ihr, die wir nicht entsorgt haben. Sie stecken in einem schwarzen Müllsack. Sag Ingvar, dass du kommst, um etwas für mich zu holen. Wenn er dich nicht reinlässt, drohe ihm mit allem, was du aufbringen kannst.«

Ich umklammerte den Schlüssel in meiner Jackentasche, während ich zum Auto zurückging. Die Sache konnte nicht warten. Ich war nur übers Wochenende hier. Ich war umgezogen, hatte einen neuen Job und ein neues Leben angefangen. Da sollte ich mich nicht hier in der Vergangenheit aufhalten, sollte diese Last nicht mit mir herumtragen wie eine Tasche oder einen alten Fernseher. Aber ich musste einfach sicher sein, dass ich nichts übersehen hatte, sobald ich diese Stadt für immer hinter mir gelassen hatte.

In der Kellerwohnung war niemand. Die Fenster waren dunkel, und niemand öffnete die Tür, als ich klingelte. Ich ging die Treppe hinauf, bis ich vor der Eingangstür im Erdgeschoss stand. Da sah ich eine Frau im Fenster, weißhaarig und gebeugt, hinter den Küchenvorhängen. Ich ging zum Haupteingang und sagte mir, dass ich es dort auch versuchen konnte, wenn ich schon mal da war. Ich klingelte an der Tür. Sie kam, öffnete die Tür einen Spalt breit und sah mich misstrauisch durch ihre dicke Brille an.

»Was ist los?«

»Mein Name ist Roe Olsvik – ich bin Polizeibeamter aus Kristiansund. Ich war in Kontakt mit Egil Brynseth. Er hat mir die Erlaubnis erteilt, sein Zimmer zu durchsuchen, aber leider habe ich keinen Schlüssel für die Wohnungstür.«

Das ließ sich die Frau nicht zweimal sagen. Sie suchte einen Ersatzschlüssel heraus, zog sich einen dünnen Mantel über und ging vor mir die Treppe hinunter.

»Ich darf nicht bei meinen Mietern herumschnüffeln«, sagte sie, »und das tue ich auch nicht. Aber wenn die Polizei kommt, sage ich nicht Nein. Meine Mieter sind ein merkwürdiges Völkchen – ich will gar nicht wissen, wie es da drinnen aussieht. Ich war schon ewig nicht mehr in der Wohnung. Ach, ich weiß gar nicht, wie viele Jahre! Aber sie zahlen ihre Miete pünktlich. Hier – bitte.« Sie schloss die Tür auf, machte eine einladende Geste und blieb stehen, während ich einen Flur voller Schuhe und Kleider betrat. »Ich warte hier, ich will nicht herumschnüffeln.«

Egil hatte gesagt, sein Zimmer sei gleich links neben dem Bad. Ich versuchte, die Tür zu öffnen, aber sie war abgeschlossen. Ich nahm den goldenen Schlüssel heraus und fuhr mit den Fingern darüber. Hinter dieser Tür könnten Antworten auf mehr Fragen warten, als mir lieb war. Oder sie könnte eine weitere Sackgasse sein. Ich steckte den Schlüssel ins Schloss und drehte ihn um.

Das Zimmer war klein und bestand nur aus einem Bett, einem Schrank und einer Kommode. Neben dem Fenster stand ein Topf mit den Überresten einer Pflanze. Die Vorhänge waren halb zugezogen. In der Luft hing der stickige Geruch eines Jungenzimmers, der mich an meine eigene Jugend erinnerte. Ich öffnete die Tür zum Abstellraum und fand das, wovon Egil mir erzählt hatte. Zwei große schwarze Müllsäcke. Ich öffnete den einen davon, griff hinein und zog einen schwarzen Pullover und ein Fotoalbum heraus. Das Album war voll mit Fotos, die meisten von Partys. Ich setzte mich aufs Bett und begann zu blättern. Auf vielen Bildern war diese Frau zu sehen, sie trank, hatte rote Augen und streckte die Zunge heraus. Auf einem saß sie mit einer Gruppe junger Leute vor einem Fernsehbildschirm, im Hintergrund lief ein verschwommenes Bild aus einer Wildtiersendung. Auf einem anderen ging sie auf den Händen, während jemand ihre Füße festhielt. Sie schien der Mittelpunkt der Party gewesen zu sein. Zwischen den Partyfotos gab es andere – Alltagsszenen aus Küche und Wohnzimmer. Auf einem Bild saß sie im Schneidersitz auf dem Bett. Im Arm hielt sie einen Python. Es gab mehrere Fotos von dieser Schlange, auch von Egil und Ingvar, die sie hielten, aber auf den meisten Fotos lag sie in ihren Armen oder über ihrer Schulter.

Ich legte das Album weg und durchsuchte den Müllsack. Ich fand billigen Schmuck und billige Kleidung, Schuhe und andere Mädchensachen. Ich wühlte in der Tüte und spürte etwas Hartes, das sich als Babyflasche entpuppte. Ich fand auch einige Babykleider und einen kleinen Teddybären. In meiner Brust brannte es. Ich stellte mir den verkohlten Körper der kleinen Aurora vor, mit mehreren gebrochenen Rippen, als wäre sie durch eine starke Gewalteinwirkung von außen erstickt worden. Dann schlossen sich meine Finger um etwas, das ich zunächst für ein Telefon hielt, groß und klobig, mit einer Antenne. Ich zog es heraus. Es war blasslila und hatte nur einen Knopf zum Ein- und Ausschalten. Es war ein Babyfon. Ich erkannte es. Ich hatte es Anita zur Geburt von Aurora geschenkt.

# Mariam

In meiner Grundschulzeit habe ich einmal an einer Führung durch das Gefängnis von Ålesund teilgenommen, aber jetzt ist da nur noch eine ferne Erinnerung an den Gefängnishof und den Beton. Der Geruch von altem Jugendstilgebäude ist schwach, aber er ist da. Ich melde mich am Empfang und werde zu einem Metalldetektor geführt, den ich passieren muss. Dann werde ich in einen kleinen Raum gebracht, dessen Wände mit Bäumen und flatternden Vögeln bemalt sind. In diesem Raum gibt es nicht viel zu tun, außer Platz zu nehmen und das Kunstwerk anzustarren. Ich setze mich und warte darauf, dass sich die Tür wieder öffnet. Als sie aufgeht, lächelt Egil sein typisches, charmantes Lächeln. Sobald der Wärter gegangen ist, kommt er zu mir und umarmt mich lange.

»Mensch«, sagt er und setzt sich neben mich auf das Sofa. »Ich hätte nicht gedacht, dass ich dich jemals wiedersehen würde. Und noch dazu so elegant.«

Er schaut auf meine Schuhe, meine gebügelte Hose, und wieder habe ich das Gefühl, overdressed zu sein, aufgetakelt.

»Und wie geht es dir, Knastbruder? Bekommst du genug zu essen und frische Luft?«

»Es ist so langweilig! Ich gehe praktisch die Wände hoch, aber hey, das ist meine eigene Schuld. Wie geht es dir, Liv?«

»Ich heiße jetzt Mariam.«

»Mariam, genau. Mariam Lind. Du hast dir wirklich ein neues Leben aufgebaut, oder?« Er wirft einen Blick auf meine Hand. »Verheiratet, mit einer netten Familie und einem wichtigen Job, der wahrscheinlich viel Geld bringt. Ein neuer Name – und du hast die Vergangenheit abgelegt wie eine alte Jacke. Bevor das alles passiert ist, meine ich. Wie geht es dir?«

Ich überlege, ob ich ihm sagen soll, wie es mir geht, aber er hat es nicht verdient, irgendetwas über mich zu erfahren.

»Ich bin nicht zum Plaudern hier, Egil. Ich bin ziemlich im Stress. Meine Tochter wird vermisst.« Ich werfe einen Blick über meine Schulter auf etwas, das wie eine Kamera aussieht.

Egil schüttelt den Kopf. »Die überwachen uns nicht. Das machen sie nur, wenn jemand kommt, dem sie nicht trauen.«

»Gut. Dann kannst du mir ja sagen, wie du mir das antun konntest.«

Er schaut auf seine Hände. Die Falten in seinem Gesicht sind tiefer geworden seit der Zeit, in der wir zusammengewohnt haben. Er hat ein paar graue Haare.

»Ich nehme an, du meinst die Sache mit Roe Olsvik.« Egil wartet. Als er keine Antwort bekommt, fährt er fort. »Ich weiß, es war dumm, aber ich hatte keine Wahl. Er wusste schon zu viel, und wir waren Freunde. Ich konnte es nicht mehr ertragen, all diese Geheimnisse vor ihm zu haben. Jedenfalls hat er alles, was ich gesagt habe, für sich behalten. Sonst würdest du jetzt zusammen mit mir hier drin hocken.«

Er spricht schnell, offensichtlich aus Angst vor meiner Wut.

»Ich muss zugeben, Liv – ich hatte keinen Bock mehr, zu lügen. Ich hatte schon so viel gelogen, und er betrachtete mich als Freund, obwohl ich ein richtiger Versager war – und das hat mir viel bedeutet. Anita hatte dich ja gezeichnet – er hatte Fotos von ihren Skizzen. Er hatte sogar den Schlüssel zu deinem Zimmer, Liv.«

»Warte, ich kann dir nicht ganz folgen, Egil.«

»Anita Krogsveen. Er ist ihr Vater. Ich habe ihm gesagt, dass ich nicht glaube, dass du etwas damit zu tun hast. Mit ihrem Tod, meine ich. Obwohl ich mir nicht ganz sicher war, um ehrlich zu sein. Du hattest so viele Geheimnisse vor uns.«

Ich atme tief durch, schließe die Augen. Ich stelle mir Ibens blondes Haar vor, das ich als Kind mit den Fingern gekämmt habe, weil sie keine Haarbürsten mochte. So blond und dünn wie das Haar auf Anitas Kopf, und so fein wie Auroras Haare. Ich denke so oft in der Vergangenheitsform an Iben. Ist sie etwa schon Vergangenheit?

»Du hast gesagt, er hatte den Schlüssel?«, frage ich.

Er nickt. »Anita muss ihn gestohlen haben. Roe hat ihn in ihrem Kinderzimmer bei ihrer Mutter gefunden.«

Anita. Ich schließe wieder die Augen und denke daran, wie sie ins Bad gekommen war, in ihrem Schminktäschchen herumgewühlt und gesagt hatte, ich hätte interessante Augen. Und dann war sie losgegangen, um nachzusehen, ob die Gerüchte stimmten, dass ich einen Python in meinem Zimmer hätte. Sie hatte es die ganze Zeit gewusst. Tränen laufen mir übers Gesicht und tropfen auf meine ordentlich gebügelte Hose.

»Wie blöd«, sage ich.

Ich hatte gedacht, ich müsste Nero vor ihr verstecken. Ich habe ihn die ganze Zeit versteckt, und sie hat mich in dem Glauben gelassen, dass sie nichts wüsste.

»Du hast ihm also gesagt, wofür der Schlüssel ist«, sagte ich. »Du hast ihn in mein Zimmer gelassen.«

»Genau genommen ist es inzwischen mein Zimmer. Deine Sachen standen zwölf Jahre lang dort – ich habe nicht damit gerechnet, dass du ankommen und sie zurückfordern würdest.«

»Was ist, wenn er sie umgebracht hat, Egil? Hast du daran schon mal gedacht?«

Er schüttelt den Kopf. »Hat er nicht.«

Ich halte ihm den goldenen Schlüssel vors Gesicht und lasse ihn hin- und herbaumeln.

»Weißt du, wo ich ihn gefunden habe? In einem Schmuckkästchen im Zimmer meiner Tochter.«

Egil starrt den Schlüssel an. »Aber wie ist er da hingekommen? Glaubst du wirklich, dass …«

»Ich bin mir absolut sicher, Egil.«

»Warum bist du dann hier? Solltest du nicht da draußen sein und versuchen, deine Tochter zu finden?«

Ich starre auf den Boden. »Ja, das sollte ich, aber ich war mir so sicher, dass es Patrick ist.«

»Patrick?« Egil wirft einen Blick zur Tür, dreht sich dann wieder zu mir um und kommt näher.

»Patrick ist tot«, flüstert Egil. »Wir haben ihn erledigt.«

»Erledigt?«

Er kommt noch näher. »Ich und Ingvar – wir haben ihn erledigt. Und niemand wird ihn je finden. Es ist, als hätte er sich in Luft aufgelöst.« Er legt sich eine Hand auf die Brust und schließt die Augen. »Ich bin trotzdem im Gefängnis gelandet, aber nur, weil ich so schlecht darin bin, ein Verbrecher zu sein.«

Egil lacht kurz. Dann steht er auf, klopft an die Tür und ruft nach dem Wärter.

»Geh jetzt«, sagt er, während sich die Tür öffnet und der Wärter hereinkommt. »Finde sie.«

# Reptilienmemoiren

Die Zeit verging. Mein Körper wurde lang und schwer, und ich verließ das Bett nur noch, wenn ich das Bedürfnis verspürte, mich in die schmalen Sonnenstrahlen am Fenster zu strecken.

Zweimal bekam ich Besuch von Fremden. Kunden. Beim ersten Mal war es eine Gruppe von Männern mit Haaren im Gesicht und dunkler, glatter Kleidung, die mit spitzen Gegenständen verziert war. Sie waren ungestüm, schubsten mich herum und rochen seltsam. Die Männer murmelten etwas. Sie benutzten Worte, die ich schon einmal gehört hatte: »Haut« und »schön« und »kostbar«. Einer der Männer streichelte mich. Ich war gerade erwacht, voller Wut und Sehnsucht nach Beute und dem Geschmack von Blut und Fleisch, und so schnappte ich nach der ersten Hand, die ich sah. Ich bekam sie auch gut zu fassen. Die Hand war schmutzig und behaart. Ihr Besitzer benutzte andere Worte, die ich wiedererkannte. »Scheiße«. »Monster«. Er ließ den Teil meines Körpers los, den er festhielt, und ich fiel mit einem lauten Knall auf den Boden. Der Schmerz hielt danach noch lange an. Ich dachte, sie würden wiederkommen, aber sie kamen nicht, trotz meiner schönen, kostbaren Haut. Vielleicht war der Preis der kalten Frau zu hoch.

Beim zweiten Mal kam nur einer zu mir. Ich dachte mir, es sei ein Mann, der in ein großes weißes Gewand gehüllt war, das Kopf und Körper bedeckte. Über seinem Mund war ebenfalls etwas Weißes, und seine Hände waren von einer durchsichtigen Membran bedeckt. Er erinnerte mich an jemanden, ein entfernter Geruch von der Wohngemeinschaft hinter dem Plastik, aber Menschen neigen dazu, alle gleich auszusehen. Der Mann hatte einen großen schwarzen Sack in den Händen, der so glänzte, dass er das Licht reflektierte, das vom Fenster hereinfiel. Ich züngelte und versuchte, einen Geruch zu identifizieren, aber er war schwach. Etwas bitter und säuerlich.

Der Mann breitete ein großes Stück glänzendes Material auf dem Boden aus. Dann öffnete er den schwarzen Sack. Es roch nach Tod, geronnenem Blut und verhärteter Haut. Zuerst zog der Mann einen abgetrennten Arm heraus. Er legte ihn sorgfältig auf den Boden, zog ein Bein heraus und legte es daneben. Dann legte er einen weiteren Arm neben den ersten und tat dasselbe mit dem anderen Bein. Ober- und Unterkörper waren am Bauchnabel voneinander getrennt. Schließlich holte er den Kopf heraus und hielt ihn am Haar fest. Die Lippen des Toten waren geschwollen, einige Zähne fehlten. Auch die Haut um die hellen Augen war aufgequollen. Der Besucher legte den Kopf neben die anderen Körperteile. Er knüllte den schwarzen Sack zu einem Ball. Dann drehte er sich um und ging weg.

Ich wollte den Toten nicht essen. Der Körper war nicht frisch, er war Nahrung für Insekten und Aasvögel, aber die kalte Frau hatte mich so lange hungern lassen. Ich wusste, dass das Futter, das man mir jetzt gab, alles sein würde, was ich für lange Zeit bekommen würde. Deshalb aß ich, obwohl es irgendwie verdorben schmeckte. Mir wurde übel, als ich spürte, wie der steife Arm meinen Hals und meine Kehle hinunterrutschte. Ich schluckte alles hinunter. In den darauffolgenden Monaten konnte ich den Gedanken an Essen nicht ertragen, und man gab mir nichts mehr, bis ich wieder dem Hungertod nahe war. Als man mir endlich den üblichen kalten Kadaver servierte, der wenigstens frisch roch, nahm ich ihn sofort entgegen.

Nach dem letzten Besuch putzte die kalte Frau das Zimmer. Sie sperrte mich in einen Käfig, und die Luft roch nach starkem Reinigungsmittel. Ich beobachtete sie hinter den Gitterstäben und stellte mir den Tag vor, an dem ich sie überrumpeln und dafür sorgen würde, dass ihr Todeskampf lang und heftig wurde. Sie würde spüren, wie ihr Atem sie langsam verließ, wie sie in Panik geriet und vor Angst stank. Ihre langen grauen Haare würden sich zwischen meinen Zähnen verfangen.

Ich hatte die warme Frau längst aufgegeben. Der Tag, an dem sie schließlich kam, hatte für mich keine Bedeutung mehr. Es hätte auch ein Zeichen sein können, dass ich tot war, aber sie war es tatsächlich. Ich züngelte und nahm neue Gerüche wahr, aber auch einige altbekannte. Sie konnte sich vor mir nicht verstecken – ich ließ mich nicht von Parfümdüften täuschen. Sie legte sich hin, wie sie es immer getan hatte, und ließ sich von mir umarmen, als wäre sie eine Beute. Sie war frisch und strahlend – und ich war hungrig.

# Roe

Ich drosselte die Geschwindigkeit auf unter dreißig und ließ
den Wagen fast lautlos dahingleiten. Als ich am Ende der Straße
angekommen war, sah ich, dass in den Fenstern des Hauses
kein Licht brannte. Es war ein kleines Reihenhaus mit einem
eingezäunten Garten und einer Terrasse davor. Es war weder
hässlich noch idyllisch und sah aus wie ein ganz normales Haus
in einer norwegischen Wohnsiedlung. Der Unterschied war,
dass es das Haus des Teufels war. Ich fuhr auf den Parkplatz,
stellte den Motor ab und tat so, als würde ich etwas auf meinem
Handy nachsehen, während ich durch die Scheibe beobachtete,
was draußen vor sich ging. Ich hörte Kinder in der Nähe spielen, konnte sie aber nicht sehen. Auch das Auto, mit dem ich
Mariam Lind hatte herumfahren sehen, war nicht in Sicht.

Seit dem Frühsommer kam ich einmal am Tag hierher, um
mich umzuschauen. Mal waren die Fenster erleuchtet, mal
dunkel. Manchmal stand das Auto in der Einfahrt, manchmal
nicht. Meistens blieb ich ein paar Minuten und fuhr dann wieder weg. Warum ich das tat, war mir nicht klar. Vielleicht hoffte
ich auf eine Gelegenheit, jemanden anzusprechen – ihre Familienidylle zu stören. Wenn irgendein Nachbar nachfragte,

konnte ich behaupten, ich sei falsch abgebogen. Aber wenn ich ihr oder jemandem aus ihrer Familie über den Weg liefe, wäre das eine andere Sache.

Ich steckte mein Handy weg, blickte auf die leeren Straßen hinaus und dachte an all das, was Egil mir über diese Liv, die jetzt Mariam hieß, erzählt hatte. Was seiner Vermutung nach in diesem Zimmer passiert war. Ich wollte nicht daran denken, konnte den Gedanken daran nicht ertragen. Also schloss ich die Augen und versuchte, ihn zu verdrängen, aber er zwang sich mir auf. Auroras zarte Rippen, gebrochen, als wäre sie von etwas zerquetscht worden. In einem Punkt stimmte ich Ingrid zu: Birk hatte kein Motiv, sein eigenes Kind zu töten. Aber eine Schlange brauchte kein Motiv. Sie brauchte nur einen Teufel von einem Menschen, der den Jäger zu seiner Beute führte.

Ich öffnete die Augen wieder. Es war Zeit, zurückzufahren, aber da sah ich ein Kind den Hügel heraufkommen. Ein junges Mädchen mit langen blonden Haaren, dünn wie Flaum. Es schien auf ihrem Kopf zu schweben. Sie trug eine rote Jacke, die ihr ein bisschen zu groß war. Als sie näher kam, sah ich, wie sehr sie ihrer Mutter ähnelte. Ich ließ das Fenster herunter. Flüsterte ein leises »Psst«. Sie blieb stehen. Schaute mich an. Ich pfiff und winkte, und sie machte ein paar kleine, langsame Schritte auf mich zu. Sie sah skeptisch aus. Wahrscheinlich hatte sie gelernt, vor wem man sich in Acht nehmen musste. Ich deutete auf das Haus.

»Ist das da das Haus, in dem Mariam Lind wohnt?«

Sie sah zum Haus hinauf. Nickte.

»Bist du ihre Tochter?«

Wieder nickte sie.

»Du bist genauso hübsch wie sie«, sagte ich und zwinkerte ihr zu.

Sie sah schüchtern zu Boden.

»Ich habe etwas von ihr«, sagte ich. »Aus ihrer Jugendzeit.« Ich lehnte mich aus dem Autofenster und hielt ihr die goldene Kette mit dem Schlüssel hin. »Du kannst es haben, wenn du willst.«

# Dritter Teil

# Roe

Das Messer ist scharf an meinem Daumen. Ich habe aufgehört zu zählen, wie oft ich hier gestanden und die Klinge auf den feinen Furchen meiner Haut gespürt habe. Ich wusste immer genau, wie ich sie berühren musste, ohne mich zu schneiden. Im Spiegel der Schranktür sehe ich verrückt aus, wie ich hier mit dem Messer stehe. Ich hebe die Hand und fuchtele damit in der Luft herum, als wollte ich einen unsichtbaren Feind abwehren. Wer weiß, wenn ich an diesem Tag für die Lütte da gewesen wäre, hätte ich vielleicht etwas tun können, um es zu verhindern. Ich hätte alles getan – auch wenn es bedeutet hätte, jemandem die Kehle durchzuschneiden.

Ich ziele mit dem Messer auf Iben. Ihre Kehle liegt frei, zarte Sehnen und Adern unter der blassen Haut. Sanft stoße ich mit der Spitze der Klinge hinein. Zupfe an der Oberfläche ihrer blassrosa Haut, an ihrer Kehle, an ihrer Wange. Sie nimmt es hin, ohne den Blick abzuwenden, und lächelt ihr steifes Lächeln. Ein schüchternes, verlegenes Lächeln, ein Gesicht wie das ihrer Mutter, nur dass sie viel zurückhaltender wirkt. Mariams Blick ist durchdringend, sie stiert einen an, bis man zu Eis erstarrt. Ihre Tochter ist nicht so. Sie ist sanft und viel zu gutmütig. Ich weiß nicht, warum ich hier stehe und das Foto zerstöre. Vielleicht um mir klarzumachen, dass sie tot ist. Die ganze Stadt geht inzwischen davon aus, dass sie tot ist. Wie meine Anita und meine Aurora.

Ich beginne, die restlichen Fotos aufzuhängen, die meine Kollegen bei meiner Verhaftung konfisziert haben. Fotos von Liv, von dieser Pythonschlange. Beim Anblick dieser Fotos wird mir schlecht. Diese Übelkeit war in den letzten Monaten meine ständige Begleiterin, ebenso wie der Traum, ihr wirklich wehzutun. Sie nicht nur hinter Gittern zu sehen, sondern sie richtig zu verletzen. So wie sie mich verletzt hat. Deswegen habe ich mit Iben gesprochen. Ich war bereit, ihre Tochter zu benutzen, um ihr wehzutun. Vor dem Einkaufszentrum wollte ich ihr alles über die Person erzählen, die sie für ihre Mutter hielt. Es war eine Verzweiflungstat, ein Versuch, sie zum Verstehen zu bringen. Ich sagte ihr, dass sie wissen müsse, dass man niemandem trauen könne, vor allem nicht den Erwachsenen, auch nicht denen, die man am besten zu kennen glaubt. Dann sagte ich ihr, dass ihre Mutter eine Mörderin sei. Sie wollte gehen, und es ist möglich, dass ich meine Stimme erhob und ihren Arm packte, dass sie ihn schüttelte, um sich zu befreien. Dann rannte sie – schnell, schneller, die Straße hinauf – und verschwand.

Auf dem Nachttisch liegt die Mappe mit den Unterlagen zum Fall David Lorentzen. Ich öffne sie, blättere durch die Fotos und Berichte. Der Fall scheint auf den ersten Blick irrelevant zu sein, aber ich kann einfach nicht loslassen. Eine Zeit lang dachte ich, dass vielleicht jemand, der an dem Überfall beteiligt war, Anita aus einem mir unbekannten Grund getötet hatte. Woher sollte ich auch den Grund kennen – ich, der ich meiner eigenen Tochter nie zugetraut hätte, einen Raubüberfall zu begehen? Irgendwann war ich so verzweifelt, dass ich sogar David Lorentzens Mutter besuchte und ihr die ganzen Fotos und Dokumente auf den Esstisch legte – Berichte, die sie nicht sehen sollte, Zeitungsausschnitte und Fotos von Mariam und Iben. Ich kann schon lange nicht mehr klar denken. Ich habe noch so viel Wut in mir, obwohl ich weiß, dass es nichts bringt. Dass ich mit dieser Wut nur mein eigenes Gehirn kochen kann.

Es klingelt an der Tür, ein langes, hartes Schrillen durchdringt meinen Körper. Ich stecke das Messer in die Tasche, atme tief durch. Dann reiße ich mich zusammen und trete hinaus in den Flur, den Blick auf den Spion gerichtet. Da steht sie, starrt mich direkt an, ihre schmalen Lippen formen ein Lächeln. Sie scheint über mich zu lachen. Ich weiß, dass du da drin bist, sagen ihre Augen. Sie trägt Lippenstift, ist adrett gekleidet mit einer Bluse und einer schicken Hose. Über der schmalen Schulter hängt eine kleine Handtasche. Sie sieht aus wie die Geschäftsfrau, die sie geworden ist. Wahrscheinlich hat sie eine Waffe in der Handtasche versteckt, aber sie ist kleiner und zierlicher als ich. Das Selbstvertrauen, das sie durch ihr Kommen gezeigt hat, wird sie noch bereuen.

Sie hält sich am Riemen ihrer Tasche fest, als ich die Tür öffne.

»Mariam Lind«, sage ich. »Willkommen.« Ich verbeuge mich leicht und lasse sie eintreten.

Sie kommt herein, lässt ihre Schuhe an und setzt sich auf die Kante des Sofas.

Dann sieht sie sich um. »Ihre Einrichtung ist ja eher spartanisch.«

»Ich habe das, was ich brauche.«

Sie wirft mir einen Blick zu, der mir sagen soll, dass sie mich durchschaut hat.

»Ich habe Egil im Gefängnis besucht«, sagt sie. »Ich war heute dort.«

Ich warte darauf, dass sie noch etwas sagt. Natürlich musste sie irgendwann herausfinden, was ich über sie weiß. Also ist sie während ihrer Abwesenheit in Ålesund gewesen. Vielleicht hat sie dort ihre Tochter versteckt – die Leiche ihrer Tochter. Indem sie hierhergekommen ist, hat sie eine Dummheit begangen. Sie denkt, sie kann mich überrumpeln, mir einen Schlag auf den Hinterkopf verpassen, so wie sie es mit Anita gemacht hat.

»Ich verstehe«, sage ich schließlich. »Haben Sie ihn von mir gegrüßt?«

»Als ich ihm von dem Schlüssel erzählt habe, hat er gemeint, ich solle sofort herkommen.« Sie hält die Kette mit dem goldenen Schlüssel hoch, lässt ihn wie ein Pendel herabbaumeln. »Er lag in Ibens Schmuckschatulle.«

Ich nicke. »Was wollen Sie dann von mir?«

Der harte, kalte Ausdruck in ihren Augen verschwindet. Ihr Blick ist plötzlich flehend.

»Wo ist Iben?«, fragt sie. »Darf ich sie sehen? Bitte!«

# Ronja

Birte knabbert an einer Tüte Kartoffelchips, während sie in der Akte zum Fall David Lorentzen blättert. Sie hat die Füße auf den Tisch gelegt und die Chipstüte auf dem Schoß. Schon der Anblick des Papierstapels auf dem Schreibtisch macht mich müde. Es sind Kopien aller Fallakten, Zeitungsausschnitte und Fotos, die Roe in den letzten Monaten gesammelt hat. Mit der flachen Hand fächere ich einen Stapel Fotos auf. Mariam Lind als junges Mädchen mit dunklen Haaren. Natürlich kommt es vor, dass Menschen sich verändern. Dass sie eine neue Identität ausprobieren oder ihren Namen ändern. Aber dass jemand auf einmal seinen Namen, seinen Wohnort, sein Aussehen und seine Persönlichkeit ändert, ist eher ungewöhnlich. So etwas muss aus einem starken Gefühl der Verzweiflung heraus geschehen oder aus dem Bedürfnis heraus, unter etwas einen Schlussstrich zu ziehen. Könnte es sein, wie Roe vermutet, dass Mariam etwas mit dem Tod seiner Tochter und seiner Enkelin zu tun hat? Hat sie auch ihrer eigenen Tochter etwas angetan? Ich nehme ein Foto in die Hand, auf dem sie eine Pythonschlange über der Schulter trägt. Ich war mir nicht sicher, ob ein solches Reptil ein kleines Baby angreifen könnte, aber nach ein paar Recherchen im Internet hatte ich keine Zweifel mehr. Diese Schlangenart ist ein bekanntes Problem in Florida, wo ihre Besitzer sie aussetzen, wenn sie zu groß werden. In Florida greifen sie alles an, von Opossums über Waschbären bis hin zu Alligatoren. Ein kleines Baby wäre sicher kein Problem.

Endlich hat Roe das bekommen, was er wollte. Wir suchen die Gegend ab, durch die Mariam Lind gefahren ist, nachdem sie am Freitag mit Iben im Einkaufszentrum war. Die Polizei in Ålesund ist auf den Fall aufmerksam geworden und hat uns Zugang zu den Akten über den Tod von Anita Krogsveen und Aurora Krogsveen Fladmark gegeben – und sie fahnden nach Mariam Lind. Es dürfte nicht allzu schwer sein, sie zu finden – schließlich ist sie seit zwei Tagen in der Stadt unterwegs. Jeder, der sie kennt, wird befragt, es gibt Zeugen, die sie gesehen haben. Die Frage ist nur, wie viel Zeit wir haben, denn wenn sich auch das als Sackgasse erweist, stehen wir wieder am Anfang. Roe ist überzeugt: Wenn wir Mariam finden, finden wir auch Iben – aber was, wenn er sich irrt? Selbst er spürt, dass ein Puzzleteil fehlt. Irgendetwas in dem ganzen Material, das uns Antworten auf die Frage geben könnte, wo Iben ist.

In meinen Träumen lebt sie noch. Sie lugt aus einer weißen Schachtel hervor, in der sie sich die ganze Zeit versteckt hat, und lacht, weil sie es geschafft hat, uns auszutricksen. Auf dem Foto von ihrem elften Geburtstag lacht sie genau so, völlig unbeschwert. Das Lachen eines Kindes, weil das Leben ein Spiel ist. Ob sie jemals wieder so lachen kann?

Birte isst weiter ihre Kartoffelchips. Sie ist offensichtlich sauer, weil ich es war, der Roe zum Reden gebracht hat. Sie arbeitet schon länger hier als ich und will die Beste sein. Wir sind zwar keine Konkurrentinnen, aber es nervt sie wohl trotzdem. Es ist vermutlich das Beste, wenn ich sie eine Weile in Ruhe lasse, bis sie darüber hinweg ist.

Roe hat diese Geheimnisse schon lange mit sich herumgetragen. Er hatte Angst, einen dunklen Schatten auf die Erinnerungen an seine Tochter zu werfen, weil herauskommen würde, dass sie an einem Raubüberfall beteiligt war. Könnte es etwas damit zu tun haben, mit diesem Raubüberfall? Roe glaubt, wenn wir nur eine Verbindung zu David Lorentzens Tod finden könnten, würde sich alles aufklären. Deshalb liest Birte die Akte so hartnäckig. Sie will die Nächste sein, der ein Durchbruch gelingt.

Ich stehe gerade auf, um mir ein Glas Wasser zu holen, als die Tür aufgeht und Shahid hereinkommt.

»Da seid ihr ja«, sagt er.

»Kann ich etwas für dich tun?«, frage ich.

»August wird gleich noch einmal Tor Lind vernehmen. Kannst du dabei sein wie beim letzten Mal?«

Ich schaue zu Birte, aber sie ist schon wieder in die Unterlagen vertieft. Shahid tritt zur Seite, damit ich vorausgehen kann.

# Mariam

»Wovon reden Sie?«, fragt Roe Olsvik und seufzt. »Ich habe keine Ahnung, wo sie ist.«

Er klingt wirklich verärgert, aber mir fällt keine andere Erklärung ein, als dass er ein guter Schauspieler ist. Das muss man sein, wenn man sein ganzes Leben vor allen geheim halten will. Wenn das jemand versteht, dann ich. Man kann nicht vorgeben, jemand anderes zu sein – man muss ganz und gar die andere Person werden – man muss sich in zwei Teile spalten und als zweite Person genauso denken wie als erste. In meinem Fall ist die erste Person beschädigt – deshalb gibt es die zweite Person. Für ihn muss es dasselbe sein.

Ich will antworten, aber stattdessen breche ich zusammen. Verzweifelt versuche ich, die Tränen wegzuwischen, aber am Ende bin ich nur noch ein Häufchen Elend. Ich weiß nicht, wie ich glauben konnte, dass es mir gelingen würde, einen harten Ton beizubehalten, ihn scherzhaft herauszufordern und seinen Respekt einzufordern, bevor ich ihn in die Enge treibe. Ich hätte wissen müssen, dass ich nach kurzer Zeit zusammenbrechen würde. Während ich wie ein verlorenes Kind auf seinem Sofa sitze, bin ich Mariam. Nicht Liv, die ihm vielleicht einen

Faustschlag verpasst hätte, sondern eine verzweifelte Mutter, die nur wissen will, ob ihre Tochter lebt. Er schaut mich an, mustert mein Gesicht. Seine Augenbrauen ziehen sich zusammen, er runzelt die Stirn.

»Was wollen Sie?«, fragt er.

»Können Sie mir nicht einfach sagen, ob sie tot ist oder lebt?«

In diesem Moment fällt mir auf, dass er anders wirkt als das letzte Mal, als ich ihn gesehen habe. Irgendwie wirkte er damals distanzierter, kalkulierter. Jetzt hat er etwas Verlorenes an sich.

»Das müssen Sie mir schon sagen«, erwidert er.

»Ich spiele dieses Spiel nicht mit!«

»Nein. Ich bin es, der dieses Spiel nicht mitspielen wird. Sie haben sie auf dem Heimweg vom Einkaufszentrum eingesammelt und sind mit ihr irgendwohin gefahren. Ich weiß nicht, ob Sie sie getötet haben oder nicht – sie könnte auf dem Meeresgrund liegen, oder Sie könnten sie irgendwo eingesperrt haben – was weiß ich?«

»Sie haben nicht einmal nach mir gesucht.«

Er schaut zu Boden, seine Finger vergraben sich in den grauen Haarwurzeln. »Das ist alles meine Schuld. Sie haben sie getötet, weil Sie wussten, dass ich mit ihr gesprochen habe. Sie konnten nicht riskieren, dass sie alles ausplaudert.«

Energisch schüttle ich den Kopf. Irgendetwas stimmt hier nicht.

»Sie haben sie getötet, um Ihre eigene Haut zu retten«, sagt er. »So wie Sie einen kleinen Säugling rücksichtslos ermordet haben.«

»Sie sind nicht der, für den Sie sich ausgeben«, sage ich.

»Das wäre nicht so, wenn Sie nicht wären.«

Den letzten Satz ruft er. Er packt meinen Arm und zieht

mich hoch. Er hält mich fest, seine Finger bohren sich in meine Haut. Meine Handtasche fliegt zu Boden, und in diesem Moment wird mir klar, was ich getan habe. Ich habe den Fehler gemacht, von dem ich meinte, dass ich ihn nie wieder machen würde. Ich dachte, ich sei unbesiegbar. Ein blitzendes Messer taucht vor meinem Gesicht auf. Die Klinge hat mehrere Einkerbungen, der Griff ist militärgrün. Es sieht aus wie ein Jagd- oder Fischmesser.

Roe Olsvik drückt sich an mich. »Wenn noch eine Lüge über Ihre Lippen kommt, habe ich kein Problem damit, das hier zu benutzen.«

Ich fange an zu keuchen. Die Klinge des Messers blitzt vor meinen Augen auf. Sein Körper ist so nah, er riecht stark nach Schweiß. Mein Bauch, meine Brust und mein Kopf tun weh. Ich muss klar denken. Irre ich mich – hat Roe Olsvik Iben doch nicht entführt? Immerhin hat die Polizei ihn freigelassen, und er scheint überzeugt zu sein, dass ich die Kindermörderin bin. Vielleicht wird er kooperieren, wenn ich mich nicht zur Wehr setze. Zusammen können wir herausfinden, wo Iben ist.

»Lassen Sie mich los«, wimmere ich. »Ich werde Ihnen alles erzählen, ich werde mich benehmen, aber lassen Sie mich bitte los.«

Er hört nicht zu, hält mich nur noch fester. Dann fängt er an, mich vor sich her zu schieben, sodass ich fast zu Boden falle. Ich lasse mich nach draußen führen. Er versucht, mich auf den Gang hinauszuziehen. Mit einem Arm hält er meinen Oberkörper fest, mit dem anderen schwingt er das Messer. Er schiebt mich vor sich her, durch den Flur in einen anderen Raum.

Und da sind wir. Liv und Mariam, jeder Schritt von der verspielten jungen Frau zur Erwachsenen und Mutter. Ich bin keine von beiden und beide zugleich. An der Innenseite der Schranktür hängt ein Foto von Iben, wie sie lächelt. Das Bild ist beschädigt, die Oberfläche zerrissen. Es dauert einen Moment, bis ich begreife, um welches Foto es sich handelt. Es stammt aus der Lokalzeitung – eine kleine Anzeige zu Ibens Geburtstag im Januar. Ein wunderschönes Foto, das natürlich von Tor stammt. Er war schon immer der Beste, wenn es darum ging, Fotos von ihr zu machen, während ich wie eine Schlafwandlerin durchs Leben gehe. Das ist meine Strafe.

# Liv

Ich drückte lange auf den Klingelknopf und spürte, wie dieser unter meinen Fingern vibrierte. In der Wohnung brannte Licht. Ich hoffte, dass er allein war. Immerhin war es sein Schatten, der sich hinter dem Milchglas der Tür bewegte und den Vorhang beiseitezog, um zu sehen, wer draußen war.

»Liv!«

Er freute sich sichtlich, mich zu sehen. Mehr, als ich es mir gewünscht hätte – vielleicht auch mehr, als er es sich anmerken lassen wollte. Sein jungenhaftes Lächeln passte nicht zu dem harten Kerl, der er immer zu sein versuchte. David öffnete die Tür weit und gab den Blick frei auf den beleuchteten Flur mit der gelb-braun gestreiften Tapete und dem alten Telefontisch. Die Wohnung sehe aus wie die eines alten Mannes, hatte ich gesagt. Er hatte darauf nichts geantwortet, sodass ich immer noch nicht wusste, ob er die Wohnung geerbt oder anderweitig erworben hatte.

Verwirrt blickte er auf meine Tasche, die ich im Flur abgestellt hatte und die an mehreren Stellen Löcher aufwies. Ich schlüpfte aus meinen Schuhen und hängte meine Jacke an einen Garderobenhaken. Selbst die Teppiche sahen alt aus.

»Ich brauche Hilfe«, sagte ich. »Einen Platz zum Schlafen, ohne viele Fragen.«

»Dann ist es also aus zwischen dir und deiner Freundin?«

Ich räusperte mich. »Wie gesagt, ohne viele Fragen. Ich werde mir morgen etwas anderes suchen.«

Ich setzte mich und öffnete die Tasche, in der Nero schlief, die Augen offen wie immer.

»Können wir dein Badezimmer aufwärmen, damit Nero dort bleiben kann?«

»Gern.«

Ich drehte die Fußbodenheizung im Bad auf und hob Nero in die Duschkabine. Er schien sich dort wohlzufühlen und ringelte sich ruhig zusammen.

David streckte die Hand aus und zeigte in den Flur. Zu spät merkte ich, dass dies der letzte Ort war, an dem ich sein wollte. Zumal ich einen Rock trug, von dem er glauben konnte, ich hätte ihn seinetwegen angezogen. Dass er mich mochte, war seine und meine Achillesferse. Trotzdem blieb mir nichts anderes übrig, als hierherzukommen. Ich ging vor ihm her und spürte, wie sich seine Blicke in meinen Rücken bohrten. Dann bogen wir um die Ecke und betraten das Wohnzimmer. Auf dem Tisch standen Flaschen und volle Aschenbecher. Auch auf dem Boden und den Fensterbänken befanden sich leere Flaschen und Dosen. Der Fernseher zeigte das eingefrorene Bild einer nackten Frau, die mit gespreizten Beinen und dem Hinterteil so in Richtung Kamera stand, dass man jede Körperöffnung sehen konnte.

»Ich habe kein Gästezimmer«, sagte er. »Wir richten dir mein Zimmer her, und ich nehme das Sofa.«

»Das wird nicht nötig sein, das Sofa ist völlig okay.«

Das Sofa war alles andere als okay, es war staubig und voller Flecken, aber ich wollte ihm nichts schuldig bleiben. Und noch viel weniger wollte ich in seinem Bett schlafen.

Ohne weiteren Kommentar setzte sich David in den Sessel und drückte auf »Play«. Stöhnen erfüllte den Raum. Hohe, falsche Laute von Frauen, die niemals eine Rolle in einem Hollywoodfilm bekommen hätten. Ich stand mitten im Raum und wusste nicht, was ich mit mir anfangen sollte.

»Im Kühlschrank ist jede Menge Bier, bediene dich einfach. Ich habe nichts zu essen da.«

»Macht nichts. Ich habe keinen Hunger.« Ich verließ das Zimmer. Das Stöhnen aus dem Fernseher drang immer noch bis zu mir, als ich ins Bad ging.

Nero lag regungslos auf dem Boden, den Kopf so auf den zusammengerollten Körper gestützt, wie er es immer tat. Als ich mich ihm näherte, öffnete er sein Maul und fauchte mich an. Ich wich zurück. Seine Wut war so groß, dass mein Kopf zu explodieren drohte. Seine Stimme bohrte sich in mich hinein, die verärgerte Reaktion eines Tieres, dem man die Beute weggenommen hatte. Ich hatte ihn enttäuscht, und er wusste, dass ich nicht die Absicht hatte, ihn mitzunehmen, wenn ich ging. Ich konnte ihn nicht behalten, ich konnte nichts von diesem Leben behalten. Er würde mich in den Wahnsinn treiben, wenn ich ihn mitnähme.

Ich stand lange vor dem Spiegel und betrachtete mich. Meine Augen waren leicht gerötet, meine Haare hingen mir ins Gesicht, ich sah müde und blass aus. Trotzdem hatte ich nicht das Bedürfnis, zu schlafen. Die Erschöpfung, die ich empfand, ließ sich nicht so einfach kurieren. Sie fraß mich von innen auf, nagte an meinen Muskeln und Sehnen. Es war, als hätte man mein Blut verdünnt. Jedes Mal, wenn ich die Augen schloss, und sei es nur für den Bruchteil einer Sekunde, erschien das Bild von Auroras totem Körper hinter meinen Lidern. Es war, als wäre sie in meinen Poren geblieben, als haftete ein Abdruck von ihr auf meiner Netzhaut. Ich wünschte, ich könnte weinen, schreien, etwas weit, weit wegwerfen. Aber ich stand nur da und starrte mein Spiegelbild an.

Morgen würde ich zu Carol gehen und mit ihr reden. Sie wollte mir helfen, die nötigen Vorkehrungen zu treffen, um woanders neu anzufangen, aber sie wollte mich nicht bei sich übernachten lassen, nicht in der aktuellen Situation. So viel wollte sie nicht für mich riskieren. Also war mir nichts anderes übrig geblieben, als herzukommen. Nur für eine Nacht. Dann würde ich verschwinden. Ich würde mich in Luft auflösen, unsichtbar werden. Morgen würde es so sein, als hätte es mich nie gegeben.

# Roe

Ich bin jemand anderes. Die Finger, die das Seil um die schlanken Handgelenke einer Frau festziehen, sind nicht meine eigenen. Sie gehören einem Mann, den ich nicht kenne. Jemandem, der sich sicher ist, dass er Schaden anrichten kann, wenn er will. Der Roe, den ich kenne, versucht nie, Frauen zu dominieren, aber der Roe, der jetzt handelt, zieht die Fesseln noch ein bisschen fester, nur weil er es kann. Er ist derselbe Roe, der eine Familie ausspioniert hat, zu ihrem Haus gefahren ist, das Fenster heruntergelassen und mit einem unschuldigen kleinen Mädchen gesprochen hat. Später hat er wieder versucht, mit ihr zu sprechen, er muss bedrohlich auf sie gewirkt haben. Es ist wie das Überschreiten einer Grenze, die schwer zu definieren ist, aber eine Grenze, die vor Gefahren warnt. Er weiß das alles, weil er jahrelang mit Straftätern gearbeitet hat. Er weiß, dass diese scheinbar unbedeutenden Grenzen gefährlicher sind, als sie scheinen. Kriminelle fangen oft mit Kleinigkeiten an. Kriminelle rechtfertigen jede Grenzüberschreitung, Schritt für Schritt. Ich habe mich lange wie ein Krimineller verhalten. Mit guten Absichten, aber trotzdem wie ein Verbrecher. Ich habe längst den Sinn für Recht und Unrecht verloren.

Sie versucht, sich auf dem Boden besser zurechtzusetzen, aber es geht nicht, denn sie ist mit den Händen an die Bettpfosten gefesselt. Das Seil schneidet in ihre Haut und hält sie fest. Sie wimmert.

»Ich werde alles gestehen«, sagt sie. »Ich werde meine Strafe akzeptieren. Alles. Aber bitte lassen Sie mich nach Iben suchen.«

Ich setze mich auf einen Hocker, den ich über ihre Beine gestellt habe. Ich bin so wütend, dass das Diktiergerät in meiner Hand zittert. Ich stelle es auf »Aufnahme« und beuge mich vor, damit sie direkt hineinsprechen kann. In meiner anderen Hand bebt das Messer.

»Sagen Sie mir Ihren vollen Namen.«

»Mariam Steinersen Lind.«

»Und Ihr Geburtsname?«

»Sara Scheie.«

»Warum haben Sie Ihre Heimatstadt verlassen und einen neuen Namen, eine neue Identität angenommen?«

Sie lächelt. Für einen Moment ahne ich etwas in ihr, das viel gefährlicher ist als diese unglückliche Mutter.

»Wo soll ich anfangen?«

Ich bewege das Diktiergerät, um sicherzugehen, dass es funktioniert.

»Fangen Sie da an, wo Sie denken, dass die Geschichte beginnt.«

Sie dreht sich. Schaut an die Decke und denkt einen Moment nach. Ein Ausdruck huscht über ihr Gesicht, als suche sie nach einer poetischen Zeile.

»Ihr Körper war beim ersten Mal ein Paradoxon. Wie lebendiger Granit oder weiches Sandpapier«, beginnt sie.

Mir wird klar, dass sie sich mit dieser Geschichte Zeit lassen wird – vielleicht hat sie all die Jahre davon geträumt, sie erzählen zu können. Jetzt hat sie endlich die Gelegenheit dazu. Sie holt tief Luft. Sucht nach dem nächsten Satz.

»Er war hart und weich zugleich. Grob und glatt. Schwer und leicht.«

# Liv

David war wenigstens ausreichend Gentleman, das Sofa für mich herzurichten. Das Laken war vergilbt, aber es würde taugen. Der Tisch war voller Bierflaschen, die meisten davon hatte er geleert. Ich hatte ein wenig getrunken, um gut mit ihm auszukommen, aber nicht genug, um mich zu betrinken. Jetzt lehnte er sich in seinem Sessel zurück, zündete sich eine Zigarette an, legte seine Beine in der Jogginghose über die Armlehne und sah mich an.

»Warum bist du eigentlich hergekommen?« Sein Gesichtsausdruck verriet, dass er mich testen wollte. Er blies eine Rauchwolke an die Decke. Ich nahm eine Kippe aus dem Päckchen und zündete sie an. »Ich meine, ich bin sicher, es gibt viele andere Orte, wo du übernachten könntest.«

»Ich wollte bei jemandem über Nacht bleiben, der kriminell genug ist, dass ich ihm vertrauen kann.«

Er deutete auf die Decke über meinen Knien.

»Brauchst du ein T-Shirt? Oder schläfst du nackt?«

»Ein T-Shirt wäre cool.«

Er stand auf, die Zigarette zwischen den Lippen, und kam mit einem schwarzen T-Shirt zurück, das er mir auf den Schoß warf.

»Ich bin da drin«, sagte er und zeigte auf das dunkle Schlafzimmer. »Wenn du etwas brauchst.«

Er drückte die Zigarette im Aschenbecher aus und trank den
Rest seines Bieres aus, bevor er ging.

Ich legte mich rücklings auf die Bettdecke und schaute zur
Decke hinauf, wo feine Linien die weiße Fläche in rechteckige
Stücke teilten. Sie war hoch, sehr hoch. Höher als die Decke der
Wohnung, aus der ich gerade gekommen war. Plötzlich erinnerte ich mich an das eine Mal, als ich high gewesen war und
der Zimmerdecke zugesehen hatte, wie sie sich bewegte, als
würde sie atmen. Das Beruhigende und zugleich auch Beängs-
tigende daran war gewesen, dass es von außen sichtbar war,
aber von innen kam. Was ich gesehen hatte, war mein eigener
Atem – mein eigenes Inneres, das sich hob und senkte. Es war
tiefer, als mir bewusst war, dieses Innere, und so oft außerhalb
meiner Kontrolle. Nero hatte mir in gewisser Weise geholfen,
eine Zeit lang zumindest. Er hatte etwas von der Last ge-
schluckt, etwas von dem übernommen, was am schwierigsten
war. Aber zugleich, das wurde mir jetzt klar, hatte er die Last
auch größer werden lassen – und das nicht nur heute. Es war
so schwer, solche Dinge zu begreifen.

Er war im Bad eingeschlossen, aber ich konnte ihn bis hierher
hören. Er hatte längst einen Weg in mich gefunden, in meinen
Kopf und in meinen Körper. Der schuppige Schlangenkörper
schlängelte sich durch meine Adern, kratzte an den Zellwänden
und erinnerte mich daran, was ich getan hatte. Jetzt war es an
der Zeit, auch ihn loszuwerden. Ich musste alleine zurechtkom-
men. Der einzige Weg, ihn auszulöschen, war, jemand anderes
zu werden, aber ich wusste noch immer nicht, wie.

# Roe

Ich stehe auf, um die Kassette im Diktiergerät zu wechseln. Es ist Abend geworden, das Haus ist menschenleer. Ein Schrei würde wahrscheinlich ein paar Leute dazu bringen, ihre Arbeit zu unterbrechen, vielleicht ans Fenster zu kommen, aber sie würden sich genauso schnell sagen, dass es wahrscheinlich nichts war. Ich habe mit dem Gedanken gespielt, während ich ihr zuhörte, habe ihr Gesicht beobachtet, als sie beschrieb, was sie den unschuldigen Haustieren angetan hatte. Sie beschuldigt den Python und behauptet, er habe es von ihr verlangt – wie eine fremde Stimme in ihrem Kopf –, aber sie hat sich selbst verraten. Es hat ihr gefallen. Und ich nehme ihr nicht wirklich den Unfall ab, der dazu geführt haben soll, dass diese Frau einem kleinen Kind genau dasselbe Leid angetan hat. Ein Teil von mir sagt, dass das nicht wahr sein kann. Dass ich mich nicht manipulieren lassen darf von ihren vorgetäuschten Gefühlsausbrüchen, ihren Krokodilstränen und ihren kleinen Anflügen von einer Art Mitgefühl.

»Ich habe Durst«, sagt sie. »Kann ich etwas zu trinken haben?«

Die Frage vibriert im Raum. Ich will nicht antworten. Als

hätte ich keinen Durst, als würde ich nicht auch gerne eine Pause machen. Aber es geht nicht. Es muss alles auf Band sein, bevor ich es wage aufzuhören.

»Okay«, sage ich, schalte das Diktiergerät wieder ein und setze mich auf den Hocker. »Wir sind an dem Tag angekommen, an dem Sie auf Aurora aufpassen sollten. Wie hat dieser Tag begonnen?«

»Kann ich ein Glas Wasser haben?«

Ich lächle sie an, doch noch im selben Moment ertappe ich mich dabei und werde wieder ernst.

»Wenn Sie die ganze Geschichte erzählt haben, können Sie so viel Wasser trinken, wie Sie wollen. Also – Samstag, 16. April 2005.«

Sie sieht aus, als würde sie gleich wieder losweinen.

»Was ist an diesem Tag passiert? Wo wollte Anita hin?«

Sie zuckt mit den Schultern. »Sie hatte einen Auftrag zu erledigen. Es sollte nur für ein paar Stunden sein.«

»Anita war an dem Überfall beteiligt, zusammen mit Egil«, sage ich.

Sie nickt. »Ich habe in meinem Zimmer auf Aurora aufgepasst. Ich hatte mich noch nie um ein Baby gekümmert und war sehr nervös. Vor allem, als sie aufwachte und einfach nicht aufhören wollte zu weinen. Mittendrin rief mich Ingvar an. Wir hatten eine Vereinbarung: Wenn er mich oder Egil anrief, ohne am Telefon etwas zu sagen, sollten wir davon ausgehen, dass er einen epileptischen Anfall hatte, und gleich zu ihm kommen, um ihm zu helfen. Also bin ich, so schnell ich konnte, zu ihm gefahren. Aber es stellte sich heraus, dass er den Anfall nur vorgetäuscht hatte – ein wirklich schlechter Versuch, wieder Freunde zu werden.«

»Was ist dann passiert?«

»Ich habe sie nur ganz kurz so liegen lassen, so ungeschützt. Ich wusste nicht einmal, dass Nero im Wohnzimmer war, aber als ich zurückkam … Es war furchtbar.«

Tränen laufen ihr über die Wangen und übers Kinn. Was passiert ist, scheint ihr wirklich leidzutun. Nicht, dass ich nicht schon Täter hätte weinen sehen, aber sie verraten sich oft selbst. Es hat etwas mit dem Zeitpunkt zu tun, an dem sie anfangen zu weinen – es wirkt irgendwie berechnend.

»War das der Moment, in dem Anita zurückgekommen ist?«, flüstere ich.

Sie nickt und schluchzt auf. »Das Letzte, was ich wollte, war, dass sie das sieht. Als sie zurückkam, war ich gerade dabei, Aurora im Garten zu begraben.«

Ich schlucke. »Und was ist mit Anita? Wie ist sie gestorben?«

Sie schüttelt den Kopf. »Ich weiß es nicht. Sie hat Aurora genommen und ist gegangen. Das war das letzte Mal, dass ich sie gesehen habe.« Sie senkt den Kopf.

Die Geschichte klingt viel logischer als jene, die ich mir ausgemalt hatte, als ich mich in meiner schwarzen Wolke befand. Ich hätte nie gedacht, dass das, was aus dem Mund dieser Frau kam, alle Puzzlestücke zu einem Gesamtbild zusammenfügen und erklären würde, wie es sein kann, dass Anita vor dem Brand zu Hause und am Leben war und dass Aurora erwürgt, aber nicht verschlungen worden war. Das alles passt auf irgendeine absurde Weise zusammen. Der einzige Punkt, bei dem ich mir nicht sicher bin, ist, ob sie mit dem letzten Teil die Wahrheit sagt. War es wirklich das letzte Mal, dass sie Anita gesehen hat? Ich kann es einfach nicht sagen, denn sie ist von Natur aus eine Lügnerin.

»Wer, glauben Sie, hat Anita umgebracht?«, höre ich mich selbst fragen.

»Birk«, sagt sie sofort. »Das ist die einzig plausible Möglichkeit. Wissen Sie, dass er sie geschlagen hat? Sie hatte große blaue Flecken am ganzen Körper. Das war der Grund, warum sie ihn verlassen wollte.«

Ich beginne zu zittern und presse meine Finger in die Handflächen, um es zu stoppen.

»Wenn ich glauben soll, dass Sie Iben nichts angetan haben«, sage ich, »wer könnte es dann gewesen sein?«

Sie schüttelt den Kopf. »Ich habe keine Ahnung.«

Ich werfe einen Blick auf die vielen Fotos an der Wand. Wenn sie es nicht ist, stehen wir wieder am Anfang. Ich kann ihr nicht trauen, aber wenigstens habe ich ein Geständnis, und jetzt werde ich meine Kollegen einschalten. Sie müssen mir helfen, alles für Iben zu tun, was wir können. Als ich mich nach vorne beuge, um das Diktiergerät auszuschalten, flüstert sie etwas.

»Was haben Sie gesagt?«

»Es tut mir leid.«

Dann passiert etwas. Ein Schmerz durchfährt meine Seite und breitet sich in meiner Brust aus. Ich breche zusammen und falle vornüber auf den Boden. Mariam hat ihre Hand frei und stößt das Messer in mich – ich spüre es mit meinen Fingern. Blut bedeckt den Boden und strömt aus mir heraus. Überall Blut, auf meiner Hand und auf dem Hemd, mein eigenes Blut. Dann wird die Luft schwerer, wie dicker Lehm. Ich keuche und ringe nach Atem. Jetzt sterbe ich. Das hier wird also mein Ende sein.

# Mariam

Meine Hand ist rot von Roe Olsviks Blut. Er bricht auf dem Boden zusammen, ein dunkler Fleck breitet sich auf dem Teppich aus. Ich reiße mich los, stehe auf und wische das Blut von meiner Bluse, die jetzt für immer ruiniert ist. Aber das ist nicht wichtig. Das Einzige, was zählt, ist Iben. Ich gehe zur Wand, die Roe Olsvik mit Fotos aus meiner Vergangenheit tapeziert hat. Irgendwo hier muss die Antwort sein. Ich muss sie nur finden. Mit einer blutverschmierten Hand nehme ich die Bilder ab. Die meisten habe ich vergessen. Es sind ferne Erinnerungen an ein Leben im Rausch, als ich meine Impulse nicht mehr kontrollieren konnte. Ich habe rote Augen und ein vages Lächeln, ich mache alle möglichen lächerlichen Tricks für die Kamera. Ich spiele ein Spiel. Ich war schon immer so. Ist irgendetwas an mir echt? Ich bleibe vor einem Foto stehen, das mich an etwas erinnert. Es zeigt mich, Ingvar, Egil und David, der mit ausgestrecktem Arm die Kamera hält. Im Hintergrund steht ein Fernseher, den er gerade noch ins Bild bekommen hat. Die Schlange. Ich kann mich nicht erinnern, dass David an diesem Abend dort war.

Ich nehme das Foto von der Wand und vergleiche es mit dem

in meiner Handtasche, das ich neulich gefunden habe, als Nero in meinem alten Zimmer unter das Bett gekrochen ist. Auf dem Foto muss David hinter der Kamera gestanden haben. Er war es, der in der Nacht da war, als ich auf dem Sofa lag und die Decke atmen sah – der Typ, an den ich mich nur als ein Gesicht ohne Gesichtszüge erinnern konnte. Der Typ, der sagte, er wüsste, wo wir eine Schlange kaufen könnten.

Ich stecke die Fotos in meine Tasche und nehme gleichzeitig das Diktiergerät vom Nachttisch. Ich muss es irgendwo verschwinden lassen, wo sie nicht danach suchen werden. Roe Olsvik stößt ein verzweifeltes Röcheln aus, das ich ignoriere, so gut es geht. Noch ist es nicht zu spät. Noch kann ich Iben lebend finden und aus der ganzen Sache rauskommen, ohne im Gefängnis zu landen.

Da entdecke ich auf dem Nachttisch eine Mappe mit Papieren. Ich öffne sie. Es sind die Unterlagen zu Davids Fall. Fotos von seiner Leiche, die mehrere Wochen in seiner Wohnung gelegen hatte. Ich setze mich aufs Bett und blättere durch rechtsmedizinische Berichte, Tatortfotos, DNA-Profile, für die es keinerlei Übereinstimmungen im Register gab, Notizen von Zeugenbefragungen. Ich weiß erst nicht, wonach ich suche, bis ich es plötzlich entdecke. Auf einmal fügen sich die Teile zusammen. Ich hätte es längst wissen müssen.

Roe Olsvik stöhnt, als ich das Zimmer verlasse. Ich schlüpfe in den Flur und gehe mit schnellen Schritten auf die Haustür zu. Wenn jetzt jemand aus dem Fenster schaut, sieht er eine Frau in gebügelter Anzughose, Bluse und hochhackigen Schuhen. Ihre Kleidung ist mit dunklen Flecken übersät. Ich muss los. Es ist eine lange Fahrt.

Auf der Fähre ziehe ich eine dunkle Hose und einen schwarzen Rollkragenpullover an. Ich steige wieder ins Auto und fahre an Land, lasse mich von der Straße zu dem Haus führen, das friedlich im Licht der untergehenden Sonne liegt. Noch nie war ich so voller Gefühle, noch nie so ruhig.

»Dieses Mal kommst du mit«, flüstere ich. »Es ist Zeit für deine Belohnung.«

Ich öffne den Kofferraum und hole Nero heraus. Sofort stürzt er sich auf mich – ich kann gerade noch verhindern, dass er seine Zähne in mich schlägt. Nur mit Mühe gelingt es mir, ihn in den Koffer zurückzudrängen und den Reißverschluss zu schließen. Es muss das Blut sein. Es macht ihn hungrig, weckt seine Instinkte.

Ich hebe den Koffer heraus und trage ihn mit gebeugtem Rücken und langen Schritten zum hinteren Teil des Hauses, wo ein Fenster offen steht. In diesem Haus wird es im Sommer sehr heiß. Ich schiebe den Koffer zum Fenster und öffne den Reißverschluss so, dass der einzige natürliche Ausweg für ihn in den Keller führt. Er verschwindet hinter der Scheibe, und ich schließe das Fenster hinter ihm, damit er nicht wieder herauskommt. Nero scheint seine neue Umgebung zu erkunden – vielleicht hat er die Witterung der anderen Tiere aufgenommen, die sich in diesem Haus befinden. Ich sende einen Gedanken in seine Richtung und bitte ihn im Stillen, mir zu helfen.

Wie jedes Mal betätige ich den Türklopfer, laut und lange. Wie jedes Mal höre ich drinnen das Bellen und Rennen der Hunde, und wie immer folgen ihnen Carols geduldige Schritte und ihre beruhigende Stimme. Ihr strahlendes Lächeln, als sie mich sieht, ist so überzeugend wie immer – aus der Schauspielerin ist eine Kriminelle geworden. Ihr Traum war es gewesen, ein Filmstar zu werden – sie hatte jahrelang in Hollywood gelebt und gearbeitet, aber nach der Schwangerschaft waren die Kilos geblieben, die langen, durchwachten Nächte hatten ihre Haut müde gemacht und ihr die Konzentration geraubt, und sie brauchte Geld, um das Kind zu ernähren. Ihre Träume vom Schauspielerdasein erfüllten sich nie. Sie hörte auf, sich die Haare zu färben und sich zu schminken, und ließ ihren Körper verfallen. Schließlich zog sie nach Norwegen und heiratete. Ich kenne sie noch als Caroline Halloway, ein schöner Name für eine Schauspielerin. Aber im Polizeibericht steht ihr norwegischer Name. Karoline Lorentzen.

»Du bist zurückgekommen«, sagt sie.

Ihr Lächeln verblasst schnell. Ich brauche nichts zu sagen, sie hat die Worte in meinen Augen gesehen. Jahrelang kennen wir uns schon, ohne einander wirklich gekannt zu haben. Ich folge ihr in den Flur. Die Hunde schwänzeln vor mir her, hungrig nach Aufmerksamkeit und vielleicht auch nach Fleisch.

Carol wendet sich nach rechts und geht in die Küche. Dort stellt sie sich vor den Ofen und nimmt den altmodischen Kaffeekessel von der Wand, wie die alternde Frau, die sie inzwischen ist, um Kaffee für mich zu kochen, auf die traditionelle Art. Ganz so, als wäre nichts passiert, wie immer.

»Carol«, sage ich. »Du weißt, ich will keinen Kaffee. Ich will meine Tochter.«

Carol sieht mich an, und ihre dunklen Augen funkeln.

# Reptilienmemoiren

Nach all den harten Jahren kehrten die warme Frau und ich in das Haus von früher zurück. Ich war jetzt eine alte Schlange, und auch sie war älter geworden. Ihr Temperament hatte sich gemäßigt, sie wirkte weniger aufbrausend, nüchterner. Als sie sich diesmal neben mich in das Bett legte, in dem wir einst geschlafen hatten, trieften ihre Augen von denselben salzigen Tränen wie damals. In all den Jahren, in denen ich mit Menschen zu tun hatte, lernte ich, dass es Trauer war. Ein besonderes Gefühl, das sich von all den anderen negativen Emotionen unterschied, die sie empfanden – Wut, Angst, Furcht. Sie benutzten all diese Gefühle für etwas. Zur Kommunikation, zum Austausch von Geschenken und Handlungen, zur Selbstverteidigung. Es war unglaublich, dass sie so viele brauchten.

Ich streckte mich neben ihr aus und verglich mich mit ihrer Größe. Es freute mich, dass ich nun weit über ihren blassen Kopf und ihre nackten Füße hinausragte. Endlich konnte sie meine Beute sein. Nachts, wenn sie schlief, kroch ich unter ihren Rücken, fand meinen Weg um ihren weichen Bauch und umschlang sie. Wenn sie jetzt aufwachte, war es zu spät. Ich hatte sie. Meine Muskeln waren viel stärker als ihre. Ich züngelte auf der Suche nach ihrem Geschmack, hüllte sie ein und bereitete mich auf diese riesige Mahlzeit vor.

Doch kaum hatte ich begonnen, meinen Körper zu spannen,

wachte sie auf. Sie schnappte nach Luft und sah mich mit erschrockenen Augen an. Sie kämpfte mit mir wie jedes Tier, strampelte und kämpfte, um sich zu befreien, um zu atmen. Fassungslos beobachtete ich diese Demonstration des Wesens, das mich so lange gefangen gehalten hatte, das die Kontrolle über mein Leben gehabt hatte.

Ich öffnete den Mund, um endlich die Mahlzeit zu mir zu nehmen, von der ich so lange geträumt hatte, aber ich hielt inne. Ich kam nicht weiter, ich saß fest. Etwas hielt mich zurück. Sie zappelte weiter, während ich versuchte, es zu verstehen. Schließlich musste ich sie loslassen und mich verrenken, um mich zu befreien.

Ich zischte vor Wut, als ich den fremden Feind entdeckte. Ein einzelner Faden des Kissens hatte sich in einem meiner Zähne verfangen. Ich drehte mich um und züngelte, auf der Suche nach der warmen Frau, die gerade den Raum verließ. Nur noch eine Chance, dann würde ich es schaffen. Beim nächsten Mal.

# Ronja

Ich lege meinen Kopf auf den Papierstapel vor mir, während Tor Lind von August aus dem Vernehmungsraum geführt wird. Es ist genau wie befürchtet – Lind kann uns nicht weiterhelfen. Natürlich hat er uns verschwiegen, dass Mariam die Stadt verlassen hat, aber mehr weiß er nicht. Wir haben zwar die Telefonnummern, von denen sie ihn angerufen hat, aber keinen Hinweis darauf, wo sie sich gerade aufhält. Ganz zu schweigen davon, dass Lind seine Frau trotz aller Beweise hartnäckig verteidigt. Er erkennt die Frau, die ihm beschrieben wird, nicht wieder, kann kaum glauben, dass sie existiert. Er ist wütend und hat es satt, mit allen möglichen Informationen konfrontiert zu werden, die letztlich nichts mit ihm zu tun haben. Das alles war schließlich geschehen, bevor er sie kennenlernte. Er kennt Mariam – nicht Liv, nicht Sara.

Ich bin erschöpft. Ich habe die letzten Nächte kaum geschlafen – mein Körper wollte nichts anderes, als wach zu sein und zu arbeiten, um Iben zu finden. Ich bin schon eine ganze Weile in diesem Zustand, und es zehrt an mir. Wir haben in den letzten vierundzwanzig Stunden einen weiten Weg zurückgelegt. Trotzdem habe ich das Gefühl, dass wir nur langsam vorankommen, als wären wir in etwas Zähflüssigem stecken geblieben. Bin ich kurz davor aufzugeben? Ich seufze, hebe den Kopf und sehe August am Türrahmen lehnen.

»Hast du geschlafen?«

Ich schüttle den Kopf.

»Ich verliere nur gerade die Hoffnung.«

Das Lächeln, das er mir schenkt, hat etwas Tröstliches. Er ist ein guter Kerl. Stabil, ruhig. Es ist nur so blöd gelaufen, die ganze Sache.

»Weißt du, August«, sage ich. »Am Freitag. Ich hätte wohl nicht ...«

Sein Blick ist fest, er lächelt mich erwartungsvoll an.

»Ich fürchte, du könntest denken ... Na ja, es war vielleicht nicht gerade eine gute Idee ... Ich meine, es war nicht wirklich geplant ...«

»Wir waren betrunken«, sagt er. »So etwas kann passieren.«

Ich weiß nicht, ob ich es so gemeint hatte. Es gibt mehr als nur eine richtige Sicht der Dinge. Es gibt so viel zu bedenken – man weiß nicht, ob man auf die Stimme hören soll, die sagt, dass wir unser Berufs- und Privatleben lieber trennen sollten. Oder ob es in Ordnung ist, diese Regel zu beugen, wenn etwas anderes dafür spricht. Für mich ist die Rakotzbrücke nie der Eingang zur Hölle gewesen. Sie ist einfach nur eine Brücke, hinter der es noch mehr Wasser und Natur gibt. Vielleicht werden wir nie erfahren, ob es klug war, dort stehen zu bleiben und durch den Steinkreis hindurch auf die verlockende andere Seite zu schauen, oder ob es eine gute Idee ist, in ein Boot zu steigen und unter der Brücke hindurchzurudern. Man kann zwar jederzeit umkehren und zurückrudern, aber dann ist man vielleicht schon jemand anderes geworden.

»Ich habe etwas gefunden.« Birtes Stimme unterbricht uns. Sie stellt sich neben August und wedelt mit einem Zeitungsausschnitt in der Hand. Ich greife nach dem Ausschnitt und halte ihn hoch, während August so nah an mich herantritt, dass ich die Wärme seines Körpers spüren kann. Es ist eine Anzeige aus der *Tidens Krav* vom Januar dieses Jahres, in der Iben zu ihrem elften Geburtstag gratuliert wird.

»Das kenne ich schon«, sage ich.

»Sie ist im Januar geboren.«

Ich betrachte das Foto des scheinbar unbeschwerten Mädchens. »Na und?«

»Sie ist mitten im Januar geboren! Fast auf den Tag genau neun Monate nach dem Tod von Anita Krogsveen. Und wir wissen immer noch nicht, wer ihr Vater ist.«

»Es war doch eine Vergewaltigung«, sagt August.

»Aber wo ist das passiert? In Kristiansund?«

Ich sehe auf den Zeitungsausschnitt.

»Bei der Vernehmung hat sie gesagt, dass es in Kristiansund passiert ist.«

»Und wenn das gelogen war?«

In diesem Moment kommt Shahid durch die Tür gestürmt. Er wirkt aufgeregt.

»Wir brauchen euch, sofort«, sagt er.

»Was ist los?«, frage ich.

»Die Polizei in Ålesund hat Egil Brynseth vernommen, der dort im Gefängnis sitzt. Mariam Lind hat ihn heute besucht. Sie ist davon überzeugt, dass Roe Iben etwas angetan hat, und ist gleich zu ihm gefahren.«

»Roe!« Ich stehe auf. »Wir müssen zu ihm. Sofort.«

# Liv

Ich wachte von etwas Kaltem auf. Zuerst dachte ich, es käme von innen. Ein brennender Eiszapfen in meiner Brustwarze, der sich seinen Weg nach draußen bahnte. Ich träumte weiter und dachte, ich hätte ein winziges Baby in meinen Armen. Es versuchte, meine Milch zu trinken, wurde aber stattdessen von einem eiskalten Zapfen durchbohrt. Ich glaubte zu sehen, wie die Gehirnmasse des Kindes an meiner Brust herunterlief, bevor ich aufwachte und meine Augen öffnete.

David saß neben mir auf der Sofakante. Er starrte mich an, schaute mir mit einem steifen Grinsen direkt in die Augen, während er meine Brustwarze zwischen seine Finger klemmte. Er bewegte sich kaum von der Stelle, als ich mich zurückzog. Ein anderer Mann hätte Anzeichen von Verlegenheit gezeigt, aber nicht David. Stattdessen legte er die Hand auf meinen Oberschenkel und kniff mich ganz oben, am Rand meiner Unterwäsche. Dabei spannten sich seine Gesichtszüge an, als wäre er wütend, doch er hörte nicht auf zu lächeln.

Seine Hände waren stark. Ein pulsierendes Klopfen seines Daumens, der sich in meinen Oberschenkel grub. Sein säuerlicher Geruch war eine Mischung aus Alkohol und Tabak. Ich versuchte immer wieder, mich aufzurichten, wurde aber von seiner harten Hand an meiner Schulter nach unten gedrückt. Jede Bewegung löste nur noch mehr Widerstand aus. Ich spürte etwas Feuchtes an meiner Hüfte, blickte nach unten und sah seinen Schwanz, der wie eine Baumwurzel über den Bund seiner Boxershorts ragte. Ich schloss die Augen und bekam sofort einen Schlag ins Gesicht, sodass mein Hinterkopf gegen die harte Kante des Sofas prallte.

»Mach die Augen nicht zu!«

Eine keuchende Stimme, die nach Bier roch. Vermutlich hatte er sich heute nicht die Zähne geputzt und gestern auch nicht. Er drückte seine Stirn gegen meine, wodurch ich gegen die Sofakante gepresst wurde. Der Holzrahmen bohrte sich in meinen Hinterkopf, in meinen Nacken. Sein Schwanz bewegte sich auf meiner Haut, und ich spürte, wie sich etwas Zähflüssiges in meinem Zwerchfell ausbreitete, schwarzer Teer in meinen Adern, der alles verlangsamte. Mein Herz gab alles, um mein Blut zum Fließen zu bringen. Er zog mein eines Augenlid hoch und starrte mich mit einem großen, dunklen, glänzenden Auge an. Sein feuchter Atem legte sich auf meine Lippen und mein Kinn, Speichel tropfte ihm aus dem Mund. Er fuhrwerkte mit seiner Hand dort unten herum, zerrte an meiner Unterwäsche. Ich hätte mich anders entscheiden sollen. Ich hätte im Auto schlafen oder die ganze Nacht fahren sollen, um all dem zu entkommen, aber ich hatte mich für unverwundbar gehalten.

Das durchdringende Geräusch von reißendem Stoff, der Gummizug meines Slips wurde gedehnt, bis er komplett nachgab. Er drückte meine Beine auseinander und drang mit einem rauen Daumen in mich ein. Dieser Schmerz im Unterleib. Ein weiterer Versuch, mich zu befreien, misslang. Es folgte eine weitere Ohrfeige, die meine Zähne knacken ließ, und da war ein Geschmack von Metall.

»Ich hab doch gesagt: Mach die Augen nicht zu!«

Ich machte sie trotzdem zu, als er mit der schwankenden Baumwurzel in mich eindrang und einen haarigen Oberschenkel gegen meine Hüfte drückte, was sich anfühlte, als würde der Muskel gleich reißen. Etwas lief in meinen Mundwinkel, sammelte sich um meine Zunge und wuchs. Ich zielte und spuckte, traf aber nur mich selbst – das Kinn, den Hals und das übergroße T-Shirt. Ein weiterer Schlag folgte, und diesmal spuckte ich Blut mitten in sein Gesicht. Beim nächsten Schlag löste sich ein Zahn. Er kratzte an meiner Zunge, während die trockene Baumwurzel in mich hineinstieß, wieder und wieder, ein rauer Ast, der an meinem Fleisch brannte.

Ich verachtete meinen Atem, der langsam in mich ein- und wieder ausströmte und mich am Leben erhielt. Ich musste aus meinem Körper hinaus, wenn ich überleben wollte. Ich musste etwas Weißes sehen. Die Sonnenstrahlen vom Himmel, das Gras und die Bäume, alles weiß in meinem Kopf. Aber als ich die Augen schloss und versuchte zu verschwinden, traf mich ein Schlag, der mich in die Wirklichkeit zurückholte, zurück zu dem kratzenden Schmerz und dem stinkenden Atem. Eine scharfe Baumwurzel, die über all die Wunden wetzte und rieb, immer weiter, und es kam mir vor wie Stunden. Schließlich lag ich nur noch da, ließ es über mich ergehen und starrte in sein schamloses Gesicht.

Als er fertig war, setzte er sich auf die Sofakante und zog seine Boxershorts an. Dabei drehte er mir den Rücken zu. Ich

lag da, starrte an die Decke, hörte, wie er ein Feuerzeug anzündete, und roch, wie sich der Geruch von Marihuana ausbreitete. Schweigend rauchte er seinen Joint, während ich mit
brennendem Unterleib hinter ihm lag und wartete.

# Mariam

Carol streichelt dem Weimaraner über den schmalen Kopf.

»Ich glaube, du hast den Verstand verloren, *Darling.* Ich würde alles tun, um dir zu helfen, deine Tochter zu finden.«

Sie benutzt ihre sanfte Stimme, als würde sie mit dem Hund sprechen, beugt sich vor und krault ihn hinter dem Ohr. Der Hund winselt und wedelt mit dem Schwanz, ohne zu ahnen, dass er sich in einer angespannten Situation befindet.

»Es ist zu spät für Schauspielerei, Carol.«

Sie schaut auf. »Du wirfst mir vor, Theater zu spielen?«

»Lebt sie, oder ist sie tot? Deine Enkeltochter?«

Sie schüttelt den Kopf.

»Du bist die Mutter von David Lorentzen. Du hast mich belogen, als du behauptet hast, du hättest Roe Olsvik nicht reingelassen. Er war hier, hat dir alles erzählt, was er wusste, und dir ist klar geworden, dass Iben Davids Tochter sein muss. Habe ich recht?«

Sie schaut auf, streckt den Arm aus und öffnet den Ofen. In diesem Moment fällt mir auf, dass es nicht der neue Ofen auf der anderen Seite der Küche ist, den sie normalerweise benutzt. Sie greift hinein und zieht einen Revolver mit glänzendem Griff heraus, wie aus einem alten Western. Dann richtet sie sich auf und zielt auf mich.

»Weißt du, dass mir vorher noch nie jemand gesagt hat, dass ich ein Enkelkind habe?« Sie hebt Kinn und Brust, als wäre sie beleidigt. »Du willst deine Tochter. Ich will meinen Sohn. Lebt mein Sohn, Liv?«

Es fühlt sich an, als würden Eis und zerbrochenes Glas durch meine Adern fließen. Das Lächeln auf ihren Lippen erinnert so sehr an das Lächeln ihres Sohnes, dass ich nicht begreife, wie mir das entgehen konnte.

»Sag mir, woher du wusstest, Carol, dass David Ibens Vater ist.«

»Dieser Polizist war hier und hat all seine Unterlagen dort ausgebreitet«, sagt sie und deutet auf den Küchentisch. »Fotos und Zeitungsausschnitte. Zum ersten Mal habe ich ein Foto von deiner Tochter gesehen, von ihrem elften Geburtstag. Ich habe noch nie jemanden gesehen, der meinem Sohn so ähnlich sieht. Ihre Geburt war neun Monate, nachdem du zu mir gekommen bist, um die Schlange abzugeben – ungefähr zu der Zeit, als mein Sohn umgebracht wurde. Ich erinnere mich, wie schnell du die Stadt verlassen wolltest, und es war derselbe Tag, an dem *my David* zum letzten Mal gesehen wurde. Niemand, den er sonst kannte, hätte so etwas getan, es war eine hasserfüllte Tat, und er hatte vorher mit einer Frau geschlafen. Das musst du gewesen sein.«

»Kann ich sie sehen?«

Sie gestikuliert mit dem Revolver in Richtung der Kellertür. »Bitte. Schau sie so lange an, wie du willst.«

Sie will, dass ich vorausgehe. Noch eine Geste mit dem Revolver, und ich öffne die Kellertür, beginne, die steile, schmale

Treppe hinabzusteigen, Stufe für Stufe, hinunter in die Höhle. Ich weiß nicht genau, wo Nero ist, aber ich spüre seine Anwesenheit. Es ist, als würde er durch meine Adern kriechen und wäre durch mich hier.

»All die Jahre war ich die Hüterin deines Wahnsinns«, brummt Carol hinter mir mit ihrem rollenden amerikanischen »r«. »Ohne zu wissen, was für ein *excuse for a human being* du bist.«

Ich bin noch nie diese Treppe hinuntergegangen. Die ganze Zeit, die ich hier war, habe ich im Erdgeschoss oder auf dem Dachboden verbracht. Unten an der Treppe befindet sich ein kleines Wohnzimmer mit einem Kamin, einem Bett und einem großen alten Fernseher.

»Er durfte so oft herkommen, wie er wollte, wenn er eine Pause von diesem schlechten Milieu brauchte.«

Ich muss lachen. »David *war* das schlechte Milieu, Carol.«

Den Bruchteil einer Sekunde später krallen sich Carols Fingernägel in meinen Nacken. »*You beat him at being the bad guy*«, spuckt sie aus.

Sie berührt meine Schläfe mit dem Lauf der Pistole, und für einen Moment ist da etwas an ihrem Geruch, das mich überwältigt, etwas an dem Geschmack in meinem Mund, der mich an jene Nacht auf Davids Sofa erinnert, als er diese harte Baumwurzel in mich rammte und nicht aufhörte, mich zu schlagen. Der Zahn, für dessen Ersatz ich mehrere tausend Kronen ausgeben musste.

»Du weißt nicht, wovon du sprichst, Carol.«

Carol hält mich fest und öffnet die Tür zum nächsten Raum, einem kleinen Verschlag. Im Dunkeln sitzt ein blondes Mädchen auf einem Stuhl. Ihr Kopf hängt schwer auf der Brust, ihre

Augen sind geschlossen, und der Boden unter dem Stuhl ist dunkel gefärbt.

Mein eigenes Leben interessiert mich nicht mehr. Ich schiebe Carol beiseite und laufe zu den kleinen Füßen, den blonden Haaren, der jungen Haut. Mein Baby, das ich lieben gelernt hatte, obwohl es nach allem, was geschehen war, unmöglich schien. Für sie habe ich alles verändert. Meinen Namen, meinen Körper, meine Art, zu sprechen und mich zu verhalten – für sie konnte ich diese Veränderung wirklich vollziehen. Für sie bin ich ein anderer Mensch geworden. Ich schüttle den Körper des kleinen, mageren Mädchens, bis es den Kopf hebt. Mich mit halb geöffneten Augen unter schweren Lidern anschaut.

»Iben. Iben.«

Iben öffnet die Augen ganz. Sie glänzen unter den hellen Wimpern.

»Mama.«

Ich drücke sie an mich. Streiche mit der Hand über ihr dünnes, feines Haar, das jetzt vor Schmutz klebt. Iben, die immer so gut aufpasst, dass alles sauber bleibt – wir müssen sie nie ermahnen. Jetzt riecht sie nach Kacke und Urin. Sie muss lange allein hier gewesen sein und konnte nicht aufs Klo, als sie musste. Wenigstens stehen ein Teller und ein Glas auf dem Tisch, was darauf hindeutet, dass sie etwas zu essen bekommen hat.

»Mein Schatz. Mama ist hier. Es tut mir so leid.«

Wieder nehme ich sie in den Arm, diesmal fester. Da knallt es plötzlich. Gips spritzt aus der Wand an meinen Kopf.

»Lass sie los«, sagt Carol und zielt mit dem Revolver auf Ibens Kopf. »Oder ich schieße ihr direkt zwischen die Augen.«

Widerstrebend lasse ich Iben los und trete einen Schritt zurück. Dann ist es Carol, die sie in die Arme nimmt, sie fest an sich drückt und ihr den Revolver ins Gesicht hält. Iben scheint die Luft anzuhalten. Sie sieht mich flehend an.

»Bitte, Carol«, sage ich. »Sie ist unschuldig. Ich bin es, die den Tod verdient hat.«

»Verstehe ich das richtig? Du willst, dass ich dich stattdessen töte? Hast du das eben gesagt?«

Iben wimmert.

»Wenn du mich damals gefragt hättest, ob du mich oder meinen Sohn töten sollst, hätte ich gesagt: Töte mich. Aber hatte ich eine Wahl?«

»Ich kann es erklären.«

»Du wirst mir alles erzählen, und meine Enkelin wird sich alles anhören, was du sagst.«

Carol drückt Iben den Revolver an die Schläfe. Iben kneift wimmernd die Augen zusammen. Ich schaue mich nach einer Lösung um – einem Messer, einem Hammer, irgendetwas – aber der Raum ist fast leer. Ich schaue zur Tür, aber ich kann nicht gehen, ich kann Iben hier nicht allein lassen.

»Deine Mutter ist eine Mörderin. Wusstest du das? Sie hat einen Mann umgebracht. Komm schon, Liv. Erzähl uns, was du getan hast.«

# Liv

Als er mich endlich allein ließ, stand ich auf, um ins Bad zu gehen. Nero fauchte wütend, als ich ihn aus der Dusche zog. Ein klebriger Klumpen Davidschleim lief an der Innenseite meines Oberschenkels herunter und hinterließ große, hellrote Tropfen auf dem Boden. Ich griff nach dem Duschkopf, drehte ihn voll auf und hielt ihn zwischen meine Beine, um mit dem harten Wasserstrahl alles wegzuspülen, was sich entfernen ließ. Nero zischte mich von der Tür aus an. Ich hörte wütende Worte, Befehle, mich nicht unterkriegen zu lassen, die Kontrolle zurückzugewinnen.

Als ich zurück ins Wohnzimmer ging, um meine Sachen zu holen und die Wohnung zu verlassen, sah ich, dass die Schlafzimmertür einen Spalt offen stand. Von drinnen hörte ich den gleichmäßigen Rhythmus seines Schnarchens. Vorsichtig schob ich die Tür weiter auf. Das Zimmer war dunkel. Der stickige Geruch von seinem verschwitzten Körper ließ eine Welle der Übelkeit über mich hereinbrechen. Ich wollte nur noch raus, weg. Doch ich blieb stehen. Von dort, wo ich stand, konnte ich die Kommode im Wohnzimmer sehen, auf der Fernseher stand. Ich ging dorthin und fing an, die Schubladen zu öffnen, die mit allem Möglichen gefüllt waren, von kaputten CDs bis zu Zippo-Feuerzeugen, alten Batterien und Kabeln. In einer Schublade fand ich ein Bündel Geldscheine. In einer anderen fand ich das Gaffatape, das die anderen in der Nacht benutzt hatten, als ich hier auf der Party gewesen war.

Ich ging zurück zur Tür, wo ich immer noch Davids Schnarchen hören konnte. Ich hätte einfach gehen können. Ohne zurückzuschauen. Aber gleichzeitig wusste ich, wenn ich jetzt ginge, würde ich mich immer klein fühlen. Ich würde für immer mit dem schleichenden Gefühl herumlaufen, dass ich meinen Körper wieder einmal hatte zerstören lassen. Nero hatte recht. Ich konnte David nicht gewinnen lassen. Also ging ich in sein Zimmer.

Ich begann, das Gaffatape um seine Füße zu wickeln – drei volle Umdrehungen. Dann band ich seine Hände mit langen Klebebandstreifen zusammen, bis sie einen einzigen langen Arm an der Vorderseite seines Körpers bildeten. Diesen langen Arm befestigte ich mit mehreren langen Klebebändern an seinem Körper und am Bett. Ich ließ mir Zeit. Das letzte Stück Klebeband drückte ich auf seine haarigen Lippen.

Vorsichtig setzte ich mich aufs Bett, rittlings auf seinen zusammengeklebten Körper, eine gräuliche Halbmumie. Ich beugte mich vor und zog den Stecker der Nachttischlampe aus der Steckdose. Die Lampe war aus Stahl und hatte einen langen, schmalen Hals. Ich hielt sie an seinen Hals, direkt über seine Luftröhre. Aus seiner Nase kam immer noch ein leises Schnarchen. Ich begann vorsichtig. Nicht mit einem klaren Plan, es durchzuziehen, sondern nur von dem unmittelbaren und intensiven Bedürfnis getrieben, irgendetwas zu tun. Ich drückte immer fester zu, doch erst als er keine Luft mehr bekam, wachte er auf. Seine Augen wurden groß. Er sah an sich herunter, auf seinen mit Gaffatape gefesselten Körper.

»Sieh mich an«, sagte ich.

Er gehorchte und starrte mich mit diesen dunklen Augen an, wollte etwas sagen, wollte schreien, aber jeder Laut wurde durch das Klebeband auf seinem Mund gedämpft. Der Schmerz zwischen meinen Beinen führte meine Hände – ein Blutstrom, der schon leichter zu fließen schien, von unten nach oben, hinaus in meine schmalen Frauenhände. Er bewegte den unteren Teil seines Körpers in einem sich windenden Kampf, um sich zu befreien, aber vergeblich.

# Roe

Jemand schüttelt mich. Lichter blinken – jemand hält meine Augenlider hoch und leuchtet mir in die Augen. Im Auto sitzen mehrere Personen in roten Uniformen mit gelben Warnwesten. An einem Ständer neben mir hängt ein Blutbeutel mit einem Schlauch, der sich zu meinem Arm schlängelt. Das blaue Licht spiegelt sich an der Decke und in ihren Gesichtern. Mir ist schwindelig. Sie müssen mir etwas gegen die Schmerzen gegeben haben, etwas Starkes. Aber der Schmerz in meiner Seite ist so stark, dass ich es nicht aushalte. Ich ertrage es nicht, mit diesen Schmerzen wach zu sein, ich spüre, wie mich der Schlaf lockt. Anita wartet am Waldrand auf mich – zu ihr kann ich zurückkehren, wann immer ich will.

»Roe.«

Die Stimme kommt mir bekannt vor. Rechts von mir sitzt eine junge Frau, ihr Gesicht leuchtet vor Anspannung. Ronja. Sie berührt meinen freien Arm.

»Roe, du musst wach bleiben.«

Ich huste. Irgendwo in der Nähe höre ich das Rauschen eines Funkgeräts. Jemand spricht am anderen Ende, aber ich kann die Worte nicht verstehen.

»Gib mir einen Moment«, antwortet Ronja in das Funkgerät. Es rauscht. »Die Einheiten sollen sich bereithalten, sobald wir eine Adresse haben. Roe? Roe, bist du da?«

Am Waldrand wartet Anita auf mich. Sie hat mich angelächelt und gesagt, dass alles gut wird. Ich schließe die Augen, versuche, sie wieder heraufzubeschwören, aber da ist nur Dunkelheit.

»Roe!«

Ronja ruft mich immer wieder zurück zu den Schmerzen. Ich stöhne auf, sehe, dass hinter Ronja eine Frau vom Rettungsdienst steht. Wird sie mich zu Anita bringen?

»Warum hast du den Alarm nicht ausgelöst, Roe? Du hättest den Knopf drücken sollen, als sie kam, oder uns anrufen – und sie auf keinen Fall reinlassen, nicht mit ihr reden oder zulassen, dass sie dir ein Messer in den Bauch rammt. Das war deine Aufgabe, sonst nichts. Was in aller Welt hast du dir dabei gedacht?«

Ich stöhne. »Ich musste sicher sein, dass sie verurteilt wird.«

»Sich abstechen lassen – das war also die Lösung?«

»Das Diktiergerät«, sage ich. »Hat sie es mitgenommen?«

»Natürlich hat sie es mitgenommen.«

»Entschuldigung«, sagt die Rettungssanitäterin. »Es ist dringend – die Operation.«

»Ich muss erst ein paar Antworten aus ihm herausbekommen«, sagt Ronja. »Du musst es mir sagen, Roe. Wo finden wir Mariam Lind?«

Ich kann nicht sprechen, es tut so weh. Und was soll ich auch sagen?

»Wir haben sowohl in Kristiansund als auch in Ålesund einsatzbereite Polizisten«, sagt sie. »Sie müssen nur wissen, wo sie hinfahren sollen. Bitte – kannst du uns das sagen?«

# Mariam

Ich bin jemand anderes. Zum ersten Mal sieht meine Tochter das wahre Gesicht ihrer Mutter. Ich habe auf dem Boden Platz genommen. Iben sitzt mir gegenüber, mit Carols Armen um ihre schmalen Schultern. Iben lauscht ungläubig und ängstlich den Worten, die aus meinem Mund kommen, meinen idiotischen Versuchen, die Tatsachen zu beschönigen, damit es nicht so schlimm klingt. Vielleicht war es Notwehr? Aber ich habe David nicht in Notwehr getötet – es war Rache. Carols Gesicht verfinstert sich. Als ich aufhöre zu sprechen, kneift sie die Augen zusammen, presst die Lippen aufeinander. Langsam schüttelt sie den Kopf.

»Du darfst keine Lügen über meinen Sohn verbreiten.«

»Ich lüge nicht, Carol.«

»Nur du und er waren in dem Raum. Er existiert nicht mehr. Du hast ihn ans Bett gefesselt und ihn getötet. Vielleicht wollte er dich nicht, so etwas in der Art. Du tötest gerne. Du tötest Tiere und Menschen – das habe ich alles von dem Polizisten gehört. Wenn du wüsstest, wie ich geweint habe. Jahrelang habe ich mich gefragt, was meinem Sohn zugestoßen ist. Ich habe sogar gedacht, dass er vielleicht irgendwas Schlimmes getan und den Tod verdient hat – aber nach dem, was der Polizist gesagt hat, ist es einfach so, dass du gerne tötest. Du brauchst keinen Grund.«

Ich weiß, dass sie recht hat. Ich habe es genossen, David zu töten. Das Herz, das ich besitze, musste ich selbst erschaffen, ein Modell. Und doch liebe ich mit diesem Herzen.

»Dann erfuhr ich, was geschehen war und dass ich ein Enkelkind hatte. Ich wollte deiner Tochter helfen, dass sie von dem Monster wegkommt, das du bist. Ich wollte ihr ein neues Leben geben. Du wolltest sie für dich behalten, um sie zu zerstören. Du hast keine Liebe in dir, du zerstörst sie. Es ist besser, wenn sie hier bei ihrer Großmutter bleibt, dachte ich – aber du verdienst es, zuzusehen, wie ich sie töte.«

»Hörst du, was du da sagst, Carol?«

Carol steckt Iben den Revolver in den Mund. Ibens Augen werden groß und rot.

»Deine Mutter will meinem Sohn die Schuld an seinem Tod geben. Als hätte er sich selbst umgebracht – aber das ist nicht passiert. Sie hat ihn umgebracht. So viele Leute haben schlimme Dinge über ihn gesagt, aber sie hatten unrecht. Er war ein wunderbarer Sohn.«

»Ich bin mir sicher, du hast ihn genauso gut gekannt wie ich, Carol. Machen wir uns nichts vor. Weißt du noch, wie ich ausgesehen habe, als ich zu dir kam, nachdem ich bei David gewesen war? Du hast mich gefragt, was passiert ist – weißt du noch?«

Carol drückt den Revolver tiefer in Ibens Hals. Iben würgt, Tränen laufen über ihre weichen Wangen. Ich will zu ihr eilen, traue mich aber nicht. Carol richtet nun ihre ganze Wut auf Iben – es wird nicht lange dauern, bis die Pistole losgeht.

Doch in diesem Moment gleitet ein großer, wogender Körper über den Boden. Ich blinzle. Nero züngelt mit seiner gespaltenen Zunge und dreht den Kopf in meine Richtung.

# Roe

»Wir haben etwas übersehen.« Ich atme tief ein, und es zieht entlang meiner ganzen Seite vor Anstrengung.

»Ich muss wissen, *was* wir übersehen haben«, sagt Ronja. »Hilf mir beim Denken.«

»Ich denke seit zwölf Jahren.«

Vor zwölf Jahren war sie von Ålesund nach Kristiansund gezogen, kurz nach dem Vorfall mit Anita und Aurora. Was hatte sie mit der Schlange gemacht? Vielleicht hat sie sie getötet oder im Wald freigelassen, aber irgendetwas sagt mir, dass sie ihr zu wichtig war, als dass sie sie völlig hätte loslassen können.

»Sie wurde im Januar geboren«, sagt Ronja.

Ich huste, und der Schmerz fährt mir in die Seite.

»Ich weiß nicht, was das zu bedeuten hat«, sagt sie, »aber wir haben vergessen, an Ibens Vater zu denken, den Vergewaltiger. Sind wir uns wirklich sicher, dass Mariam nicht weiß, wer er ist?«

»Entschuldigen Sie«, sagt die Rettungssanitäterin. »Aber jetzt muss er wirklich in den OP.«

Zwei Sanitäter heben meine Trage an und gehen in Richtung Ausgang. Draußen blinken Lichter, Rettungswagen und Polizeiautos. Ich werde auf eine andere Trage mit Rädern gelegt.

»Birte hat auf Ibens Geburtsdatum reagiert«, sagt Ronja. »Es liegt fast auf den Tag genau neun Monate nach Anitas Tod. Da muss etwas innerhalb kürzester Zeit passiert sein.«

Mein Kopf ist schwer. Die Schmerzen in meiner Seite erschweren den Versuch, wach zu bleiben. Ich will nur noch schlafen. Ich will einfach nur zu Anita, die am Waldrand auf mich wartet, aber ich versuche mit letzter Kraft nachzudenken, als sich die Fahrstuhltüren öffnen und ich einen weiteren Korridor hinuntergerollt werde. Als es mir dämmert, schnappe ich zu heftig nach Luft und werde fast ohnmächtig.

»David Lorentzen«, bringe ich mit Mühe heraus. »Er hat vor seinem Tod mit einer Frau geschlafen. Überprüft die DNA mit der von Iben – ich bin mir sicher, ihr werdet eine Übereinstimmung finden.«

»Zuerst müssen wir Iben finden.«

David Lorentzens Mutter war mehr als bereit gewesen, mir zu helfen, die Verbindung zwischen dem Tod meiner Tochter und dem ihres Sohnes zu finden. Sie hörte sich alles an, was ich sagte, und beobachtete, wie ich die Dokumente auf dem Tisch vor ihr ausbreitete. Besonders interessierte sie sich für die Anzeige zu Ibens elftem Geburtstag – so sehr, dass ich es seltsam fand. Das war im Frühling gewesen, bevor Iben verschwand. Schon da hätte ich den Zusammenhang erkennen müssen.

»Ich glaube, sie ist bei ihrer Großmutter«, huste ich. »Karoline Lorentzen.«

Ich huste so stark, dass es sich anfühlt, als würde mein Herz gleich explodieren. Ronja wird aufgefordert, mich in Ruhe zu lassen. Sie protestiert, wird aber schnell weggeführt.

»Karoline Lorentzen, Karoline Lorentzen«, höre ich sie in das Funkgerät rufen, während sie losrennt.

# Reptilienmemoiren

Seit der Zeit, als ich noch so klein war, dass ich in eine Jackentasche passte, hatte ich mich auf den Tag gefreut, an dem ich
groß genug sein würde, um die kalte Frau zu schlucken. Als
dieser Tag endlich kam, konnte ich nicht glauben, dass ich das
Glück hatte, sie auf dem Boden sitzen zu sehen, und noch dazu
völlig unaufmerksam.

Sie kämpfte mit allen Gliedern, aber gegen meine viel stär-
keren Muskeln hatte sie keine Chance. Längst war ich den tanzenden Skeletten der Menschen überlegen, längst war ich es
leid, mich von ihren aufrechten Körpern beeindrucken zu lassen. Ich drückte ihr die Luft ab, wie ich es früher mit einer Ratte
getan hätte, bis sie aufhörte zu zappeln. Bald ließ sich ihr Körper in meinen Rachen führen. Ihre Haut schmeckte köstlich,
rein und edel. Ich drückte besonders fest zu, um zu genießen,
wie ich das Leben aus ihr herauspresste. Und nun gab sie sich
mir hin und ließ sich von mir zerquetschen, ohne den gerings-
ten Widerstand zu leisten. Es war die größte, die schwierigste
und doch die leichteste Beute, die ich je verschlungen hatte.

Noch nie hatte ich so lange zum Schlucken gebraucht. Mit
großer Anstrengung schlang ich sie Stück für Stück hinunter,
bis ich meine Lippen um ihre großen Füße schließen konnte.
Als ich sie die letzten Zentimeter hinunterdrückte, waren
draußen allerlei blinkende Lichter zu sehen, der Boden vib-

rierte unter menschlichen Füßen. Das Tragen einer so schweren Last kostete mich viel Kraft, aber schließlich gelang es mir, unter einen Tisch zu kriechen, wo ich mich verstecken und still liegen konnte, während mein Körper die Beute verdaute. Nach einer so nahrhaften Mahlzeit würde ich erst wieder etwas zu essen benötigen, wenn draußen vor den Fenstern weißer Regen fiel.

Als die trampelnden Füße näher kamen, legte ich mich in den Schatten und wähnte mich gut versteckt. Sie kümmerten sich mehr um das kleine Menschenwesen als um mich, was mir ganz recht war. Doch dann tauchte wie aus dem Nichts ein Kopf vor mir auf, der zu einem Männchen gehörte. Das Männchen schrie laut und fuchtelte mit den Armen. Ich zischte, so laut ich konnte, öffnete mein Maul und entblößte mich, aber das Männchen wich nicht zurück, es war frech und wollte mich anfassen, wollte mich aus meinem Versteck reißen. Seine Arme hielten mich fest und zogen mich hoch in die Luft, wo ich über allen sicheren Verstecken schwebte.

Ich kämpfte mit der Beute in meinem Bauch, aber ich hatte keine Wahl. Ich warf mich auf die Glieder, so gut ich konnte. Andere Männer kamen, schrien und hielten meinen Kopf.

Ich zischte alle menschlichen Laute, die ich gelernt hatte, aber falls sie mich hörten, taten sie so, als würden sie mich nicht verstehen.

# Ronja

Wir fahren an der Warteschlange vorbei und direkt auf die Fähre, unterwegs nach Ålesund für den Fall, dass sie Hilfe brauchen. Wenn Iben noch lebt, müssen wir sie nach Hause bringen. Birtes sommersprossige Wangen strahlen wieder – sie fährt zielstrebig und hält ganz vorne an der Schranke. So schnell habe ich die Fahrt von Kristiansund nach Molde noch nie erlebt. August hält neben uns.

Die Polizei in Ålesund hat versprochen, uns über den Einsatz bei Karoline Lorentzen auf dem Laufenden zu halten. Sie haben schnell die entsprechenden Haftbefehle und Durchsuchungsbeschlüsse besorgt und sind auf dem Weg dorthin. In diesem Moment geschieht es. Sie gehen rein, und wenn wir recht haben – wenn wir wirklich recht haben –, dann könnte sie noch am Leben sein. Jedes Mal, wenn das Funkgerät rauscht, zucke ich in meinem Sitz zusammen. Ich denke, das ist der Moment, in dem sie sagen, dass sie bereit sind, das Haus zu stürmen.

Ich halte die Luft an und warte, bis die Fähre vom Kai ablegt. Dann drehe ich mich um und beobachte, wie sich die hintere Öffnung der Fähre schließt. Als ich klein war und mit der Fähre gefahren bin, hat mich diese Öffnung immer fasziniert. Wie sie sich hinter uns schloss und die andere sich vor uns öffnete. Als würden wir von einem Ungeheuer verschluckt und müssten darauf vertrauen, dass es uns auf der anderen Seite wieder ausspuckt.

Das Funkgerät rauscht wieder. Ich schaue Birte an, und sie erwidert meinen Blick. Im anderen Auto sehe ich, dass auch August zuhört.

»Wir sind drin«, knistert es im Funkgerät. »Eine ist tot, zwei leben und sind in Sicherheit.«

»Wer ist tot, und wer lebt?«, frage ich ins Funkgerät.

»Die Verdächtige Karoline Lorentzen ist tot, getötet von einer Pythonschlange. Um ehrlich zu sein, das ist das Kränkste, was ich je gesehen habe. Mariam Lind und Iben Lind leben und sind auch nicht schwer verletzt.«

Birte und ich jubeln unisono. Wir weinen und umarmen uns. Auch August im Auto scheint zu jubeln. Er steigt aus und reißt die Arme hoch, Birte und ich steigen auf der anderen Seite aus. Birte umarmt ihn zuerst. Dann bin ich an der Reihe. Ich nehme Anlauf und schlinge meine Beine um seine Taille. Ich höre ihn überrascht aufstöhnen, aber ich lache nur. Langsam öffnet sich die Luke der Fähre. Ich schaue hinunter in Augusts Gesicht, das so nah ist.

Er riecht gut, und ein kleiner Kuss kann nicht schaden.

# Roe

*Kristiansund*
*Montag, 4. September 2017*

Irgendwo in der Nähe knistert es. Das Geräusch längst vergangener Flammen, deren Glut nie erloschen ist. Das glühende Wesen meiner Lütten ist längst verstummt – nur ihren flammenden Tod werde ich immer hören und spüren. Und doch dringt etwas von außen an mich heran. Ich öffne die Augen und sehe die Krankenschwester auf mich zukommen. Sie richtet das Laken.

»Ich glaube, es gibt niemanden, der so freundlich ist wie Sie«, sage ich.

Sie lächelt, während sie meine Kanüle kontrolliert und den Beutel an meinem Tropf wechselt.

»Sie sind auch nicht schlecht«, sagt sie. »Bei allem, was über Sie in der Zeitung steht. Sie sind berühmt.«

Sie deutet auf die Zeitung, die auf dem Nachttisch liegt und die ich noch nicht aufgeschlagen habe.

»Sie haben Besuch«, sagt sie. »Schaffen Sie das?«

»Solange es kein Journalist ist.«

Sie gibt mir einen kleinen Klaps auf die Wange, dreht sich um und geht. Als sie die Tür erreicht, dreht sie sich um, um zu sehen, ob ich sie beobachte. Ich schließe die Augen und ruhe mich ein paar Minuten aus. Die Medikamente machen mich so müde. Es ist, als wären die Tage ein einziger langer Traum. Manchmal, wenn ich aufwache, bin ich mir nicht sicher, ob ich alles geträumt habe, was mit Anita und Aurora passiert ist, mit David, Iben, Mariam. Ich atme aus. Im Traum sitzt Iben an einem Schreibtisch und malt. Ihre blonden Haare sind im Nacken zu einem Pferdeschwanz zusammengebunden. Als ich näher komme, dreht sie sich um. Schau mal, was ich gemalt habe, sagt sie und hebt ihr Bild hoch. Ich stehe neben einem großen Haus mit einem roten Kreuz auf dem Dach und halte einen Luftballon in der Hand. Auf meine Brust hat sie ein großes Herz gemalt. Das Gesicht des Mädchens, das dieses Bild gemalt hat, ist nicht das von Iben. Es ist das von Anita, und sie hat dieses Bild gemalt, als sie sieben Jahre alt war. Das Gebäude mit dem Kreuz darauf gehört nicht zu dieser Zeichnung, aber alles andere ist gleich.

Als ich die Augen wieder öffne, träume ich immer noch. Es muss ein Traum sein. Neben dem Bett steht ein Mädchen mit langen blonden Haaren. Ihr Blick ist ernst, der Kopf leicht zur Seite geneigt. Sie schaut auf die Kanüle in meinem Arm. Auf der anderen Seite des Bettes steht Ronja und lächelt mit zusammengepressten Lippen.

»Bist du wach, Roe?«

Ich atme tief durch. »Wie schön, dich zu sehen.«

Ich drehe mich zu dem blonden Mädchen um. Ihr Blick ist nun auf mein Gesicht gerichtet. Sie wirkt ein wenig schüchtern.

»Roe«, sagt Ronja. »Erkennst du Iben nicht?«

Natürlich erkenne ich sie. Aber es gab eine Verzögerung – und ihr Name, so wie Ronja ihn ausspricht, treibt mir Tränen in die Augen. Was bin ich doch für eine hoffnungslose Heulsuse geworden. Iben sieht viel älter aus als bei unserer letzten

Begegnung. Sie hat etwas verloren, die Unschuld in den Augen. Ich nehme ihre Hände in meine. Es tut in der Seite weh, aber ich tue es trotzdem.

»Iben wollte dich kennenlernen«, sagt Ronja.

»Es ist so schön, dich zu sehen, Iben.«

Iben schaut Ronja an. Sie weiß nicht, was sie antworten soll.

»Du brauchst nichts zu sagen«, füge ich schnell hinzu. »Es ist einfach schön, dass du mich besuchen kommst.«

»Roe ist der Mann, der dich gerettet hat«, sagt Ronja. »Ohne ihn hätten wir dich nie gefunden.«

Es ist auch meine Schuld, dass du das alles durchmachen musstest, denke ich. Ohne mich hättest du immer noch eine Mutter und die naive Weltsicht eines Kindes.

»Ach, blamier mich nicht, Ronja – nicht vor so einer netten jungen Dame.«

Iben kichert.

»Sag mal, Iben, gehst du schon wieder in die Schule?«

Das Mädchen schüttelt den Kopf. »Ich gehe nächste Woche für zwei Tage hin.«

Ich nicke. »Es ist völlig in Ordnung, wenn du Zeit brauchst. Vergiss das nicht. Auch wenn es für eine Weile schwierig sein wird. Je mehr du akzeptierst, dass es in Ordnung ist, Zeit zu brauchen, desto besser wirst du dich fühlen. Ich habe es immer gehasst, das gesagt zu bekommen, aber es ist wahr.«

Ronja, die neben mir steht, nickt. Ich atme tief durch und fahre fort.

»Das Schlimmste, was man tun kann, ist zu denken, dass man dieses oder jenes tun sollte. Dann fängt man an, sich selbst zu hassen. Hör auf die Ärzte – nimm ihre Hilfe in Anspruch und lass es erst mal ruhig angehen.«

Ich höre selbst, wie weise das klingt. Es ist jetzt zwölf Jahre her, und ich habe es endlich selbst gelernt. So viel Energie habe ich verschwendet, bevor ich dafür bereit war.

»Mama ist im Gefängnis«, sagt Iben.

»Ja, ich weiß. Es fällt dir sicher schwer, daran zu denken.«

Sie nickt und reicht mir etwas.

Ich muss ein wenig lachen, als ich sehe, was es ist. Es ist eine Zeichnung von einem Mann mit einem Schlüssel in der Hand. Der Mann hat ein breites Lächeln auf den Lippen.

»Vielen Dank«, sage ich. »Und ich hoffe, du weißt, dass es falsch von mir war, so mit dir zu sprechen. Du hast genau das Richtige getan, als du weggelaufen bist – du kanntest mich ja gar nicht.«

Sie nickt.

»Das Bild werde ich mir an die Wand hängen«, sage ich. »Es ist wirklich schön.«

Wieder nickt sie.

»Ich hätte gerne den ganzen Tag mit dir verbracht, aber leider habe ich im Moment nicht viel Kraft.«

»Wir müssen sowieso gehen«, sagt Ronja und zieht Iben mit sich. »Danke, dass wir dich besuchen durften – wir sehen uns bald wieder.«

Sie wartet, bis Iben auf den Flur hinausgegangen ist, und bleibt an der offenen Tür stehen.

»Wir haben die Ermittlungen um den Tod von Aurora und Anita neu aufgerollt«, sagt sie. »Birk wurde angeklagt, Anita getötet und das Feuer gelegt zu haben. Er war es, Roe.«

Ich zucke bei dieser Nachricht zusammen, die Schmerzen schneiden in meine Seite. Ich lasse mich zurück aufs Bett fallen – Ronja eilt mir zu Hilfe, aber sie kann nichts tun. Es ist egal, wie weh es tut. Der körperliche Schmerz ist erträglich, er hat einen Sinn.

»Wir haben die Waffe gefunden, mit der Anita erschlagen wurde«, sagt sie. »Sie lag in Anitas Kinderzimmer in Ingrids Haus – ein Glasläufer. Birk hatte ihn nach dem Brand versteckt und bei der erstbesten Gelegenheit wieder dorthin gestellt. Nach mehreren Gesprächen mit allen Beteiligten haben wir Birk zu einem Geständnis gebracht.«

Ich habe jetzt entdeckt, dass die andere Art von Schmerz – der unkontrollierbare Schmerz – nicht wachsen muss. Im Gegenteil, er kann abklingen, er kann nachlassen, und manchmal ist es sogar möglich, ihn ganz zu vergessen. Bis jetzt ist es noch nicht so weit, aber vielleicht wird es eines Tages so weit sein.

»Danke, Ronja«, sage ich und nehme ihre Hand. »Ich bin so froh, dass du es mir gesagt hast.«

Sie geht, und kaum ist sie weg, kommt die Schwester zurück und bringt ein Tablett mit Saft, einem Brötchen und einer kleinen Schüssel Fleischeintopf.

»Sie sehen aus, als könnten Sie etwas zu essen gebrauchen«, sagt sie, die mich bereits gut kennt. »Ich stelle es einfach hierhin, dann können Sie es essen, wann immer Sie wollen.«

»Danke, das ist sehr nett von Ihnen.«

Ich lege meine Hand auf ihre, während sie die Laken zurechtzupft.

»Wenn ich hier rauskomme«, sage ich, »führe ich Sie in ein nettes Restaurant aus, ja? Sie dürfen sich eines aussuchen.«

Sie nickt, und eine leichte Röte breitet sich auf ihren Wangen aus.

# Epilog

Ich parkte das Auto, das ich von Carol gekauft hatte, auf der Straße, nur wenige Meter von der Polizeistation in Kristiansund entfernt. Wenn es einen Ort auf der Welt gab, an dem sie ganz bestimmt nicht suchen würden, vorausgesetzt, sie suchten überhaupt nach einer verrückten, mörderischen Frau, dann war es hier. Direkt vor ihrer Nase. Ich hatte mich nicht getraut, das Radio anzuschalten, weil ich dachte, ich könnte die Stimmen all derer hören, die nach mir suchten. Ich brachte es nicht einmal fertig, mich auf die Rückbank zu legen, sondern kippte einfach den Fahrersitz nach hinten und machte es mir bequem. Innerhalb weniger Minuten schlief ich ein.

Als ich aufwachte, schien die Sonne durch eine Regenschicht auf der Windschutzscheibe. Mir war eiskalt, also startete ich den Motor, schaltete die Heizung ein und ließ die Scheibenwischer laufen. Draußen war die Straße fast menschenleer, bis auf eine einzige Gestalt weit vorne, eine Frau, die einen Kinderwagen schob. Ich betrachtete ihren Rücken in dem dicken Mantel. Sie ging gebückt und hatte die Kapuze auf dem Kopf. Mir kam der Gedanke, dass es möglich sein könnte, die zerstörerische Liebe, die ich für Nero empfand, durch etwas Besseres zu ersetzen.

Ich ging zum Kofferraum und öffnete meinen Koffer. Ich fand einen Wollpullover und eine Regenjacke, die ich mir überzog, und einen Schal, um Teile meines misshandelten Gesichts zu verbergen. Dann nahm ich mein Handy aus der Tasche, warf es in eine Pfütze und trampelte darauf herum, sodass meine Turnschuhe nass wurden. Ich wusste, dass es möglich war, neu anzufangen. Das erste Mal war ich noch ein Kind gewesen, noch auf der Suche. Diesmal würde ich es richtig machen, als Erwachsene.

Ich ging ins Stadtzentrum von Kristiansund und sah mich um, bis ich eine offene Apotheke fand. Das Mädchen hinter dem Tresen starrte mich an, als ich eintrat, mit meinem Schal halb vor dem Gesicht, der Mütze auf dem Kopf und einem zugeschwollenen und nässenden blauen Auge. Sie öffnete den Mund, um etwas zu sagen, hielt aber inne, als ich näher kam und Desinfektionsmittel, Mullbinden, Paracetamol und ein paar Schminkprodukte auf den Tresen packte. Ich bezahlte mit Scheinen aus David Lorentzens Versteck.

Zurück im Auto setzte ich mich vor den Rückspiegel und versuchte, meine Wunden im Gesicht zu versorgen. Mein blaues Auge und mein Mund schmerzten am meisten. Mein Kiefer schmerzte auch, aber das würde schon werden. Ich lächelte mich im Spiegel an und betrachtete die Lücke, die der fehlende Zahn hinterlassen hatte. Es würde eine Weile dauern, bis ich wieder irgendwo unbemerkt herumlaufen konnte. In der Zwischenzeit musste ich mich so gut wie möglich zusammenflicken, mit Make-up kaschieren, was sich kaschieren ließ, und den Rest abdecken.

Es dauerte ein paar Tage, bis ich eine Wohnmöglichkeit gefunden hatte. Bis dahin schlenderte ich durch die Straßen, um mich mit der Stadt vertraut zu machen, lernte alle Straßennamen und ging in die Bibliothek, um die Lokalzeitungen zu lesen. Ich wollte nicht einfach nur in die Stadt ziehen – ich wollte Teil dieser Stadt werden, als wäre ich schon seit Jahren hier. Ich ging in Bekleidungsgeschäfte, und nach unzähligen Anproben fand ich ein süßes Kleid, das mir gefiel. Der Rock war länger als gewohnt, die Farbe blasser und die Taille lockerer – ich sah älter aus. Ich kaufte mir auch ein Paar Ohrringe und mehr Make-up. Dann ging ich zu einer Friseurin und fragte sie, ob sie meine dunklen Haare entfärben, dann so hell wie möglich bleichen und anschließend kurz schneiden könnte. Sie wollte nicht so viel abschneiden, aber ich bestand darauf. Die Strähnen fielen wie Steine zu Boden, und ich fühlte mich leichter. Ich war auf dem Weg zurück in die Welt der Lebenden. Ich fand ein Zimmer, das ich billig mieten konnte, aber das Geld würde nicht lange reichen. Ich musste mir Arbeit suchen.

Als ich Tor traf, arbeitete ich als Kellnerin in einem Restaurant. Meine Zähne waren gerichtet, und die Schwellung in meinem Gesicht war zurückgegangen. Ich hatte mich an meinen neuen Stil gewöhnt und fühlte mich darin wohl, wie unter einer weichen Decke. An dem Tag, an dem Tor und ich uns kennenlernten, aß er gegen fünf Uhr allein zu Abend. Ich weiß nicht mehr, was er sagte, nur, dass er so nett lächelte. Ich erinnere mich auch, dass er meinen Babybauch bemerkte, aber das schien ihn nicht abzuschrecken. Ich fühlte mich abenteuerlustig, wie ein winziger Teil des Mädchens, das ich einmal gewesen war – der Teil, den ich mochte. Also schrieb ich meine Telefonnummer auf die Rückseite seiner Rechnung.

Nur wenige Monate später wurde Iben geboren. Bei mir im Kreißsaal war Tor – er drückte meine Hand und versuchte, mir Mut zu machen. Ich glaube, er sah es als ein gemeinsames Projekt an, Iben auf die Welt zu bringen. Über den Mann, der der

Vater des Kindes war, hatte ich ihm so viel erzählt, wie ich es über mich gebracht hatte. Tor war ein Mann der Gerechtigkeit – er hasste den Täter zutiefst. Trotzdem war er bereit, das Kind anzunehmen und zu lieben. Ich dachte, ich wäre ebenfalls dazu bereit, aber Ibens Geburt dauerte zwanzig Stunden. Auch Tor verlor irgendwann den Mut. Als ich alle Kraft, die ich noch hatte, aus mir herauspresste wie die Luft aus einem Ballon und das blutige Kind zu schreien begann, konnte ich es nicht annehmen.

Das Erste, was ich für Iben empfand, war nichts. Es war eine ganz andere Liebe, als ich erwartet hatte – nicht die aufopfernde Liebe, die Anita für ihr Kind empfunden hatte. Es war eine Liebe, die ich in Stunden und Tagen mit schmerzenden Brustwarzen und langen Nächten ohne Schlaf lernen musste, während ich nichts als Erschöpfung und Trauer empfand. Es war eine Liebe, die ich in Jahren des Töpfchentrainings, des Sprechenlernens und unzähliger Kämpfe lernen musste. Ich dachte, ich würde es nie schaffen, aber ich schaffte es. Ich habe elf Jahre gebraucht, um zu lernen, sie zu lieben.

Yrsa Sigurdardóttir

# NACHT

Thriller

*432 Seiten, btb 76241*
*Aus dem Isländischen von Anika Wolff*

**Das Verbrechen beginnt in einer eisigen Nacht**

Ein idyllisches luxuriöses Anwesen an einem abgelegenen Fjord.
Eine Studentin, die sich auf einen Job als Haushaltshilfe freut –
bis sie nachts Geräusche hört, die sie in Angst und Schrecken
versetzen …

**»Yrsa Sigurdardóttir ist eine der besten
Kriminalschriftstellerinnen der Welt.«**
*The Times*

btb

# RAGNAR JÓNASSON

## Dark-Iceland-Serie

Schneeblind. *Thriller*
Todesnacht. *Thriller*
Blindes Eis. *Thriller*
Totenklippe. *Thriller*
Schneetod. *Thriller*
Wintersturm. *Thriller*

»Jónasson hält immer die hohen Erwartungen – er schreibt
überaus atmosphärische Krimis über einen klaustrophobisch
kleinen Ort, in dem alles mit allem zusammenhängt.«

*The Guardian*

»Wie Agatha Christie serviert Jónasson ein ganzes Dorf von
Verdächtigen, die alle ein Motiv für ihr Verbrechen haben
könnten.«

*Washington Post*

**btb**